Herbert Schida

Im Tal der weißen Pferde

Ein historischer Roman

Herbert Schida

Im Tal der weißen Pferde

Ein historischer Roman

Heinrich-Jung-Verlagsgesellschaft mbH
Zella-Mehlis / Meiningen

Heinrich-Jung-Verlagsgesellschaft mbH
Am Einsiedel 7
D – 98544 Zella-Mehlis / Thüringen
Tel./Fax: 0 36 82 / 4 18 84
www.heinrich-jung-verlag.de
verlag@heinrich-jung-verlag.de

Herbert Schida wurde 1946 in Neuroda, einem kleinen
Dorf in Thüringen, geboren. Die Schule besuchte er in ei-
nigen Orten der Gemeinde Wipfratal, in Arnstadt und in
Erfurt. Nach dem Technikstudium an der TH Ilmenau ging
Herbert Schida nach Berlin und arbeitete an einem Institut
auf dem Gebiet der Supraleitung.
1980 übersiedelte der Autor mit seiner Familie nach Wien.
Hier war er in einem internationalen Konzern tätig und
reiste dienstlich oft nach Israel (1989-1991) und in die
Volksrepublik China (1994-2004).
Neben seinem Beruf befasste sich Herbert Schida
seit 1975 mit der Malerei und Grafik und hatte seit
1984 Ausstellungen im In- und Ausland. Mehr ist hier-
zu auf seiner Homepage unter www.schida.net zu finden. In den letzten Jahren widmete er sich verstärkt der
Geschichte des Thüringer Königreiches. Als Mitglied der
Elgersburger Ritterschaft ist ihm auch die Erforschung der
Heimatgeschichte ein wichtiges Anliegen. Sie bildet einen
Grundstein für diesen Roman.

© Heinrich-Jung-Verlagsgesellschaft mbH
   Zella-Mehlis / Meiningen
   1. Auflage, Zella-Mehlis 2009
   Alle Rechte vorbehalten
   Satz und Gestaltung: Ernesto Jung
   Umschlagillustration: Herbert Schida / Wien
   Druck: Westermann Druck Zwickau GmbH

ISBN 978-3-930588-92-3

Inhalt

1. Am Lagerfeuer 7
2. Rückkehr der Pferde 27
3. Besuch in Anstedt 43
4. Die Königspferde 55
5. Am Hof des Herminafrid 72
6. Das Jungmännerheer 89
7. Der Vergeltungszug 105
8. Besuch am Land 120
9. Der Pferdeflüsterer 138
10. Der Gesandte 159
11. Kriegsvorbereitung 182
12. Am Königinnengrab 202
13. Reise durchs Oberreich 223
14. Haralds Hochzeit 244
15. Der Spion 265
16. Prüfung der Jungkrieger 284
17. Die Schlacht 307
18. Der Königsschatz 336

Anlagen

Zeittafel (380-529) 360
Kleines Wörter-Lexikon 362
Germanische Stämme (Auszug) 364
Historische Personennamen 366
Königreich der Thüringer 527 367
Vorschau 368

Karte von Rodewin und Umgebung

1. Am Lagerfeuer

Der Abend war kühl. Vom Tal her stiegen Nebelschwaden zu den Bergkämmen empor. Dies war im Hochsommer auf den Höhen des Thüringer Waldes nicht ungewöhnlich. Das Wetter wechselte oft sehr plötzlich.

Herwalds Söhne waren schon seit vielen Tagen mit den Pferden unterwegs. Sie zogen mit ihnen zu den saftigen Waldwiesen des Mittelgebirges.

Am Rande einer Berglichtung hatten die drei Brüder neben der Pferdekoppel ihr Lager aufgeschlagen. Es hatte einige Mühe gemacht, alle Pferde vor dem Dunkelwerden in die Koppel zu treiben. Nach getaner Arbeit konnten sie sich nun von den Strapazen ausruhen.

Harald, der älteste der Brüder, kontrollierte den Zaun der Koppel. Siegbert, der Jüngste der Brüder, und Hartwig sammelten Reisig für ein Feuer. Sie hatten seit dem Morgen noch nichts gegessen und freuten sich schon auf ein zünftiges Mahl.

In einer Erdhütte neben der Koppel befand sich ein eiserner Kessel, den sie zum Kochen der Suppe verwenden wollten.

Hartwig versuchte ein Feuer zu entfachen und holte die notwendigen Utensilien aus seinem Lederbeutel, den er immer bei sich trug.

Er legte ein Stück Zunder auf einen großen flachen Stein. Dann schlug er zwei Feuersteine so gegeneinander, dass Funken absprangen und den Zunder zum Glimmen brachten.

Vorsichtig schob er etwas trockenes Gras an die glimmenden Stellen und blies. Im Nu brannte es. Jetzt legte er das trockene Reisig darüber und hatte schon bald ein loderndes Feuer.

Inzwischen hatte Siegbert größere Holzstücke herbeigebracht, die er auf das Reisigfeuer legte. Das Feuer sollte bis zum Morgen brennen, damit es die Bären und Wölfe von der Koppel fernhielt und sie sich in der kühlen Nacht ein wenig daran erwärmen konnten.

Zu den Aufgaben von Siegbert gehörte es auch, von der

nahen Quelle Wasser zu holen. Er hatte große Angst, wenn er sich vom Feuer entfernte und in den dunklen Wald gehen musste.

Viele schaurige Geschichten hatte er schon über Quellengeister gehört. Leise murmelte Siegbert Dankesworte, um diese zu beschwichtigen. An einer passenden Stelle schöpfte er schnell mit den Händen den Kessel voll und verließ die Wasserstelle eiligen Schrittes.

Schwitzend erreichte er das Lager und hängte den Kessel an den Dreibock. Hartwig tat gesalzene Fleischstücke und Kräuter in das Wasser und schürte fleißig das Feuer. Die Zubereitung des Essens war seine Aufgabe. Siegbert musste ihm zur Hand gehen und alle Hilfsarbeiten verrichten, weil er der Jüngste war.

Harald dagegen hatte nur auf die Pferde zu achten. Die Verantwortung dafür war sehr groß und er schaute immer wieder nach ihnen. Auch in der Nacht, wenn er aufwachte, ging er zur Koppel und kontrollierte den Zaun. Kein Geräusch entging ihm und wenn die Pferde unruhig wurden, war er gleich hellwach und beobachtete die Umgebung.

Das Fleisch in der siedenden Suppe verbreitete einen angenehmen Duft und Hartwig kostete unentwegt unter den neidischen Blicken der Brüder.

Ihr Hunger schien gewaltig anzuwachsen. Am liebsten hätten sie den Kessel vom Bock genommen und die Fleischstücke herausgefischt.

Die Suppe sollte kräftig schmecken und dazu musste das Fleisch noch etwas länger im Kessel bleiben. Als das Warten für seine Brüder unerträglich wurde, gab er den Kessel frei. Wie Wölfe stürzten Harald und Siegbert sich auf ihn und suchten mit ihren Messern nach Fleischstücken.

Der Erfolg war gering, doch der größte Heißhunger bald gestillt. Hartwig nahm nun den Kessel vom Feuer und stellte ihn auf den Boden. Sie setzten sich alle drei um ihn herum und löffelten mit ihren Holzlöffeln die heiße Suppe. Das tat gut, doch das gesalzene Fleisch machte durstig.

Siegbert sollte noch einmal zur Quelle gehen und den Wasserschlauch füllen. Hartwig und Harald wussten, dass er Angst hatte, aber es machte ihnen immer wieder Spaß, den Bruder zu ärgern.

Unter Tränen verließ Siegbert die Feuerstelle und dachte, dass es nur ein böser Traum sei, den er jetzt träumen würde. Auf dem Weg zur Quelle hörte er es überall rascheln und fühlte glühende Augen von allerlei Lebewesen auf sich gerichtet. Seine Sinne waren in höchstem Maße angespannt und die Knie weich wie Butter.

Es war sehr dunkel, obwohl der Mond schien. Siegbert tastete sich vorsichtig zu der Stelle, wo das Wasser aus einer Holzrinne rann. Schnell füllte er den Schlauch und bedankte sich diesmal laut bei dem Quellengeist, damit er ihn auch wirklich hörte und ihn ungeschoren wieder zurückgehen ließ. Danach eilte Siegbert den Hang hinauf und war erst beruhigt, als er das Feuer und seine Brüder sah.

„Schaut mal, wer da kommt", witzelte Harald, „das wird doch hoffentlich kein Dämon sein, der sich zu unserem Feuer verirrt hat." Er nahm ein brennendes Holzscheit und warf es zum Hang hinunter, den Siegbert herauf gerannt kam.

Dieser war froh, bald alles überstanden zu haben. Am Feuer angelangt, nahmen die Brüder einen großen Schluck aus dem Wassersack.

Hartwig verschloss den Sack und legte ihn neben sich auf den Boden. Wie nebenbei bemerkt sagte er zu Siegbert: „Du wirst deinen Durst bestimmt schon an der Quelle gelöscht haben und brauchst nicht mehr zu trinken." Siegbert setzte sich ans Feuer, sagte nichts und schmollte.

Harald nahm den Wasserschlauch und ging zu ihm hin. „Hier nimm einen Schluck, denn du bist den Hang hinauf geeilt, hast geschwitzt und viel Flüssigkeit verloren, nur damit unser Durst schnell gelöscht wird."

Alle drei setzten sich um das Feuer herum und Harald begann, wie immer, Geschichten zu erzählen. Er war im letzten Jahr von den Sippen in den Kriegerstand aufgenommen worden und durfte seinen Vater zu einem Thing am Königshof begleiten.

Das Thing war die wichtigste Volksversammlung der freien

Thüringer. Bei diesen Zusammenkünften beriet man sich über wichtige Dinge und traf Entscheidungen. Es wurden auch manchmal Gerichtsverhandlungen abgehalten oder die Götter befragt. Den Vorsitz führte der König und es dauerte oft mehrere Tage.

Harald hatte die Geschichten seinen Brüdern schon oft erzählt, doch sie wollten diese immer wieder hören. Jede Einzelheit musste er berichten. Harald verstand es gut, immer wieder etwas Neues einzuflechten. Mag sein, dass nicht alles stimmte, doch das störte seine Brüder nicht. Sie waren begeistert von dem, was er sagte und wünschten sich auf das Sehnlichste, dies alles auch bald einmal selbst erleben zu können.

Doch hierfür waren die beiden Brüder noch zu jung. Siegbert war erst 13 Jahre und Hartwig 17 Jahre alt. Mit 14 Jahren wurde man in die Männergesellschaft aufgenommen und hatte dann etwa 4 Jahre Zeit, sich als Krieger vorzubereiten. Dies war das große Ziel eines jeden Jungen und die Zeit, bis es einmal so weit war, verging viel zu langsam.

Mit großer Bewunderung blickten sie auf ihren 19-jährigen Bruder, der im letzten Jahr die Prüfungen abgelegt hatte und nun zu den Jungkriegern des Oberwipgaus zählte.

Dieser Gau umfasste ein großes Gebiet und zwar von der Quelle der Wip und ihren Zuläufen, der Proll und der Gom, bis hin zum Wilberg.

Das Zentrum dieses Gaus war dort, wo die Proll und die Gom in die Wip mündeten. Hier hatten die Sippen gemeinsam einen Versammlungsplatz und eine Opferstätte errichtet und trafen sich dort an den heiligen Festtagen.

Die Siedlungen der Sippenverbände waren sehr zerstreut gelegen und durch die bewirtschafteten Flächen voneinander abgegrenzt. Der Wald und das nicht bearbeitete Land gehörte dem König, konnte aber von allen Sippen genutzt werden. Wenn es hierüber Streitereien zwischen ihnen gab, schlichtete der Gaugraf, der auch zu dem zweimal im Jahr stattfindenden Thing am Thüringer Königshof auf die Tretenburg reiste.

Harald war sehr geschickt in der Handhabung des Speers und der Streitaxt. Auch mit dem Schwert verstand er wacker zu kämpfen. In der Freizeit zeigte Harald seinen Brüdern, wie man richtig damit umgehen musste.

Hartwigs Stärke lag dagegen im Bogenschießen, aber die anderen Disziplinen musste er auch gut beherrschen, um selber einmal Krieger zu werden.

Es war schon sehr spät geworden und die Anstrengungen des Tages ließen bei den jüngeren Brüdern die Augenlider schwer werden und sie legten sich neben das Feuer und deckten sich mit einem dicken Schaffell zu. Harald ging noch einmal um die Koppel herum und schaute, ob alles in Ordnung war. Dann legte auch er sich zum Schlafen nieder.

Gegen Mitternacht wurden die Pferde unruhig und Harald war sofort hell wach. Er schaute in die Dunkelheit, konnte aber nichts Außergewöhnliches bemerken.

Vielleicht war es nur ein Zweig, der vom Winde bewegt wurde und die Tiere erschreckt hatte. So nahm er ein paar trockene Äste und legte sie auf die Glut. Das Feuer begann bald wieder zu lodern.

Jetzt hörte Harald ein Knacken im Unterholz und die Pferde rannten verstört in der Koppel umher. Es musste ein größeres Tier sein, das sie gewittert hatten, dachte er sich und nahm einen großen brennenden Ast aus dem Feuer.

Langsam ging Harald in die Richtung des Unterholzes. Da war das Knacken wieder. Ganz nah, doch er konnte noch immer nichts sehen.

Das Knacken musste von einem schweren Tier verursacht worden sein, nicht von einem Fuchs oder Wolf. Ein Hirsch könnte es sein, doch der würde nicht so nah zum Lager kommen. Vielleicht war es ein Bär? Die hatten nicht so große Scheu vor den Menschen, besonders, wenn es alte Einzelgänger waren.

Harald ging zum Feuer zurück und weckte Hartwig und Siegbert. „Ich glaube ein Bär ist in der Nähe. Es ist besser, wenn wir achtsam sind. Siegbert, du gehst zu den Pferden und beruhigst sie. Ich gehe mit Hartwig zum Unterholz und wir sehen nach, was da los ist."

Verängstigt und schlaftrunken schauten die beiden Jungen Harald an. Sie nahmen jeder einen Speer und ein brennendes Holzscheit aus dem Feuer und gingen zur Koppel.

Harald versuchte mit leisen Worten die Pferde zu beruhigen, doch es half nicht viel. Siegbert stellte sich vor das Koppelgatter, so als würde er das Tor zu einem Wallgraben beschützen müssen. Als Harald und Hartwig in Richtung Unterholz verschwanden, kam die Angst in ihm wieder auf, so wie beim Trinkwasser holen an der Quelle. Er dachte daran, was er wohl tun würde, wenn der Bär auf ihn zukäme und keiner seiner Brüder ihm helfen könne.

Bei diesem Gedanken schien ihm das Herz fast still zu stehen. Doch was war das für ein Geräusch? Es war nur das laute Pochen seines Herzens, so wie er es noch nie vernommen hatte.

Harald und Hartwig gingen bis zum Unterholz, wo nur mannshohe Bäume standen. „Wir gehen nicht zu weit von der Koppel weg", sagte Harald leise. „Warum nicht?", fragte Hartwig. „Wenn es ein schlauer Bär ist, so kann es sein, dass er uns weglockt und von der Seite zur Pferdekoppel ausweicht. Siegbert könnte allein nichts ausrichten und die Pferde würden ausbrechen und wir hätten dann tagelang zu tun sie wieder einzufangen."

Harald hörte wieder das Knacken eines Astes. Es schien nicht weit vor ihnen zu sein. Er wusste jedoch auch, dass man sich in der Entfernung bei solchen Geräuschen leicht verschätzen konnte. „Geh nach rechts zu der freien Fläche", flüsterte er Hartwig zu. „Wenn wir Glück haben, können wir das Tier vertreiben."

„Und wenn es nun gar kein Tier ist? Vielleicht ist es ein Troll oder eine dunkle Elfe, die uns Angst machen will. Was tun wir dann?", fragte Hartwig verängstigt.

Harald blickte zu Hartwig und sah, wie der ganz erschreckt dreinschaute. „Wir werden schon bald sehen, was es ist und du brauchst keine Angst zu haben, denn ich bin bei dir." Diese Worte beruhigten Hartwig und machten ihm Mut.

Hartwig ging jetzt vorsichtig allein zur rechten Seite auf das Unterholz zu. Nichts war zu hören, alles blieb still.

Trotzdem hatte Hartwig das Gefühl, als ob mehrere Dutzend Augen auf ihm ruhten. Er ging langsam weiter und hielt den brennenden Ast vor sich hin, damit das Umfeld ein wenig ausgeleuchtet wurde. Wenn schon er nicht viel sah, so sollen die anderen ihn sehen und vor dem Feuer zurückweichen, dachte er sich.

Die Fackel von Harald konnte er kaum noch erkennen. Er war auch weitergegangen und manchmal durch einen Baum oder Busch verdeckt. So ganz allein, ohne Harald, war die Sache sehr beängstigend und ihm fiel auf einmal ein, wie sich der arme Siegbert gefürchtet haben musste, als er im Dunkeln das Wasser geholt hatte.

Jetzt hörte auch er ein ganz deutliches Knacken. Es musste etwa einen Speerwurf entfernt sein. Leise schlich er in die Richtung. Jeden Schritt setzte Hartwig ganz bedacht, damit kein Zweig unter seinen Füßen brach. Auf einmal schreckte er zusammen.

Ein Brüllen ließ die Erde erzittern. Schemenhaft konnte Hartwig die Gestalt eines Bären sehen, der zu ihm hinsah. Wie erstarrt blieb er stehen. Alle seine Sinne waren aufs heftigste angespannt.

Davonlaufen würde nichts nützen, der Bär wäre schneller als er. Hartwig blickte nach links, konnte aber Harald nicht sehen, auch nicht das geringste Flackern seines brennenden Holzscheites. Nun fühlte sich Hartwig von allen verlassen.

„Odin hilf!", schrie er mit heiserer Stimme und riss dabei seine beiden Arme nach oben. Der Bär erschrak, stellte sich auf die Hinterbeine und lief davon. In dem Moment kam Harald zu ihm geeilt und sah, wie sich der Bär entfernte.

„Du hast den Bären vertrieben", sagte er zu Hartwig. „Das war ein ganz schöner Brocken." Sie gingen langsam zu der Stelle, wo sich der Bär aufgestellt hatte und sahen da einen großen Hirschkadaver liegen.

Der Bär musste ihn soeben gerissen haben, denn der Hirsch blutete noch aus einer Wunde am Hals und war ganz warm anzufassen. Harald suchte nach Abdrücken der Bärenpfoten im sandigen Waldboden.

„Schau her, Hartwig, hier sind seine Abdrücke zu sehen. Es war ein sehr großes Tier. Wir hatten Glück, dass er es nicht auf unsere Pferde abgesehen hat und du ihn vertreiben konntest. Bist schon ein tapferer Kerl."

Diese Worte aus dem Munde seines großen Bruders taten Hartwig sehr gut. Er war sich nicht mehr so sicher, warum der Bär das Feld geräumt hatte.

Möglicherweise störte ihn das Feuer seines brennenden Holzscheites oder es war das laute Rufen nach Odin. Was es auch sei, der Bär war weg.

Harald schnitt die Bauchdecke des Hirsches auf und nahm die Eingeweide heraus. Dabei sah er, dass sich das Tier in einer ausgelegten Schlinge verfangen hatte.

„Schau her, Hartwig, da hat jemand eine Schlinge ausgelegt. Jeder weiß, dass das hier verboten ist. Wie leicht kann sich dabei ein Pferd verletzen."

„Wenn wir den erwischen, der das getan hat, dann werden wir ihn gehörig verprügeln", meinte Hartwig, noch ganz aufgeregt. Harald löste die Schlinge und schaute sie interessiert an. „So eine Schlinge habe ich noch niemals gesehen. Das Metall glänzt ganz eigenartig. Doch jetzt geh schnell zu Siegbert und bring ihn hierher. Er soll uns helfen, den Hirsch zum Lager zu tragen. Neben der Koppel ist auch ein Haufen mit Holzstangen. Von dem bringe eine mit hierher. Wir wollen den Hirsch daran aufhängen."

Hartwig rannte zur Pferdekoppel, konnte Siegbert aber nicht sehen. Der war auf einen Baum neben dem Gatter geklettert. „Was war es gewesen?", fragte er herunter und blickte ängstlich zu Hartwig. Der blieb jedoch stumm, da er die Geschichte lieber von Harald erzählen lassen wollte. So würde er das Lob vielleicht ein zweites Mal hören.

„Komm jetzt endlich herunter von dem Baum. Du sollst uns beim Tragen helfen." Siegbert sprang herunter und folgte Hartwig in das dunkle Dickicht. Harald hatte den Hirsch schon fertig ausgenommen und die Vorder- und Hinterbeine mit einem Riemen zusammengebunden. Er nahm die Stange und steckte sie zwischen die zusammengebundenen Beine des Hirsches.

„Ihr beide hebt das vordere Ende der Stange auf eure Schultern und ich trage hinten. So werden wir es bis zum Lager schaffen." Gleichmäßig hoben sie den schweren Kadaver in die Höhe.

Plötzlich hörten die Brüder ganz in der Nähe eine kreischende Stimme. „Wohin wollt ihr mit meinem Hirsch, ihr Diebesgesindel. Kommt lieber her und helft mir. Ich habe mich in einer Wurzel verklemmt."

Erschrocken schauten die drei Brüder in die Richtung, aus der sie die Worte hörten. Vorsichtig ging Harald mit dem Speer in der Hand bewaffnet auf die Stelle zu, wo die Stimme herkam. Er konnte aber niemand erkennen.

Doch da bewegte sich etwas an einem Baumstamm. Harald sah ein kleines Männchen, das sich mit seinem langen Bart in einem zersplitterten Baumstamm verfangen hatte.

„Was gaffst du wie ein Idiot. Komm endlich her und hilf mir, wieder frei zu kommen", schrie das Männchen ihn an.

Harald lief um den Baumstamm herum und besah sich das Umfeld. Doch außer dem Männchen schien niemand in der Nähe zu sein. Er rief nach seinen Brüdern und alle drei bestaunten das seltsame Ding.

„Was bist du für ein Wesen? Bist du ein Zwerg, ein Troll oder irgendein Waldgeist?", fragte Harald, „Ich habe so was, wie dich, noch niemals gesehen."

„Das ist doch ganz unwichtig, wer und was ich bin, ihr Idioten. Befreit mich erst einmal von diesem Baumstamm, dann werde ich es euch schon sagen."

„Für jemand, der Hilfe benötigt, seid ihr ganz schön frech und wer uns als Idioten beschimpft, dem werden wir bestimmt nicht helfen."

„Und überdies wollten wir den, der Schlingen im Wald auslegt, gehörig verprügeln", sagte Hartwig und hob seinen Speer, als wollte er auf den kleinen Mann jeden Moment einschlagen.

„Lasst ab, lasst ab, Burschen. Vielleicht war ich ein wenig grob zu euch. Das war aber nicht böse gemeint. Der Bär hatte mich mit seiner Pranke auf diesen Baumstamm geschleudert und mein Bart hat sich in den Holzsplittern verfangen. Allein komm ich nicht mehr bis zum Sonnenaufgang hier los."

„Warum hast du es denn so eilig. Wenn es Tag wird, dann können wir auch mehr sehen und dir vielleicht helfen", meinte Hartwig.

„Das ist aber zu spät für mich, denn ich vertrage das Sonnenlicht nicht."

„Bei der Dunkelheit können wir nichts erkennen, es sei denn, wir schneiden dir den Bart ab."

„Ihr seid wohl nicht bei Trost, ihr Dummköpfe, das wäre das Letzte. Lieber käme ich um, als meinen Bart zu verlieren."

„Na gut, dann lassen wir dich eben allein", meinte Harald und wandt sich ab, um zu gehen.

„Haltet ein, gute Freunde, bleibt hier. Wir werden schon eine Lösung finden. Hier neben dem Baumstamm müsste mein Lederbeutel sein. Ich habe ihn verloren. Seht einmal nach."

Siegbert fand nach kurzer Zeit den Beutel und Harald schaute hinein.

Drinnen waren viele unterschiedlich große Bergkristalle. Er nahm einen heraus und auf einmal fing dieser zu leuchten an. Er wurde immer heller und bald leuchtete er so stark wie eine Fackel.

„Da staunt ihr kleinen Geister, was es alles gibt. Jetzt aber schnell ans Werk und löst ganz vorsichtig meinen Bart aus der Verkeilung."

Mit dem Licht in der Hand betrachteten die Brüder das Männlein und den Baumstamm etwas genauer.

„Was gafft ihr mich so an, ihr …"

Im letzten Moment verkniff sich das Männlein die Beschimpfung.

„Ich bin ein Zwerg, der schon mehrere tausend Jahre in diesem Berg lebt und ab und zu fange ich ein Wild in meinem Gebiet, doch heute hat es mir ein Bär verwehrt. So nun kennt ihr meine Geschichte. Macht mich endlich frei."

„Was bekommen wir denn als Lohn, wenn wir dich befreien?", fragte Harald.

„Ihr wollt mir schon meinen Hirsch wegnehmen, wozu fragt ihr dann noch nach einer Belohnung?"

„Der Hirsch interessiert uns nicht so sehr. Habt ihr nicht etwas Besseres anzubieten?", fragte Harald.

„Na gut, wenn ihr wollt, so schenke ich euch den leuchtenden Stein, den du in deiner Hand hältst."

„Was ist denn das für ein Stein?", wollte Hartwig wissen.

„Das ist ein Signalstein. Wenn man ihn reibt, so erzeugt er einen ganz hohen Ton, den ein Mensch gar nicht wahrnehmen kann. Wir Zwerge haben ein viel besseres Gehör als ihr. Und wenn einer von uns diese Töne hört, so kommt er gleich zu Hilfe geeilt."

Harald hielt den leuchtenden Stein dem Zwerg entgegen, der ihn zu erhaschen versuchte.

„Gebt ihn mir, ich werde euch zeigen, wie das geht."

„Nicht so schnell, du kleiner Wicht", meinte Harald.

„Ich denke wir machen ein Tauschgeschäft. Wir geben dir den Hirsch und du gibst uns drei von diesen Steinen und dazu das Versprechen, dass du nicht wieder mit der Schlinge jagen gehst."

„Die Steine sind sehr viel mehr wert, als der Hirsch und mit der Schlinge jagte ich schon bevor die Menschen sich in diesem Land angesiedelt haben. Das wäre ein sehr schlechter Tausch. Hinzu kommt noch die Gefahr durch die Menschen, wenn sie bei euch diese Steine sehen und auch welche haben wollen. Sie kämen zu Massen in den Wald und würden in unsere Höhlen eindringen und uns berauben."

„Gut, deine Bedenken verstehe ich. So schlage ich dir vor, dass du uns versprichst, in Zukunft ohne Schlinge zu jagen und wir geben dir dafür unser Wort, niemanden etwas über diese Steine zu erzählen. Wenn du damit einverstanden bist, so helfen wir dir frei zu kommen."

„So soll es sein, doch beeilt euch."

Hartwig und Siegbert lösten vorsichtig die Barthaare des Zwerges aus dem Baumstamm und Harald nahm noch zwei Signalsteine an sich. Den Beutel mit den restlichen Steinen gab er dem Zwerg zurück.

Kaum war der Zwerg befreit und hatte seinen Beutel in der Hand, so schimpfte er gleich wieder drauflos. Der Zwerg rieb an einem seiner Steine, um Hilfe von seinen Artgenossen zu erhalten.

Harald ging mit seinen Brüdern schnell zum Lager zurück. Dort gab er Hartwig und Siegbert ihren Stein. Die Brüder hielten sie zwischen Daumen und Zeigefinger und gleich

fingen die Kristalle an zu glimmen und dann zu leuchten.
„Reiben dürft ihr jetzt nicht daran", warnte Harald, „sonst
kommen die Zwerge und nehmen uns die Steine womöglich wieder weg."
Jeder legte seinen Kristall in das Amuletttäschchen, welches sie um den Hals gebunden, immer bei sich trugen.
Hartwig gab trockenes Reisig auf die Glut und entfachte
schnell ein großes Feuer. Sie waren alle noch zu sehr aufgeregt, um weiter schlafen zu können. Siegbert drängte
die Brüder immer stärker, endlich zu sagen, was mit dem
Bären gewesen war.
Harald erzählte nun das Ganze aus seiner Sicht. „Als
ich mich von Hartwig getrennt hatte, bin ich weiter in
das Unterholz vorgedrungen. Dann auf einmal hörte ich
rechts von mir das Brüllen des Bären und rannte in diese
Richtung. Ich hörte, wie Hartwig etwas schrie und sah ihn
wild seine Fackel und den Speer schwenken.
Dann konnte ich auch den Bär erkennen, der aufgerichtet
hinter dem Hirschkadaver stand und zu Hartwig blickte.
Kurz danach rannte der Bär davon. Er war riesengroß und
ich weiß nicht, wie es ausgegangen wäre, wenn er Hartwig
angegriffen hätte."
„In diesem Moment haben bestimmt die Götter mitgeholfen, dich zu beschützen", meinte Siegbert aufgeregt zu
Hartwig gewandt.
„Was hattest du denn bei dem Bär geschrien?", fragte
Harald.
Hartwig zögerte mit der Antwort und die Brüder schauten
ungeduldig zu ihm.
„Ich rief nur ,Odin hilf!' und dann ist der Bär gewichen."
„Da seht ihr, welche Kraft in diesen Worten steckt", meinte
Harald, „wenn die Götter mit uns sind, brauchen wir uns
nicht zu fürchten und werden immer siegen."
„Kannst du uns noch eine Geschichte erzählen? Vielleicht
woher die Zwerge kommen", bettelte Siegbert.
„Das ist gar nicht so einfach, denn dann müsste ich bei der
Erschaffung der Welt anfangen und das ist nicht so leicht
zu verstehen."
„Du kannst es doch versuchen und wenn wir etwas nicht
begreifen, dann fragen wir einfach", meinte Hartwig.

„Na gut, so können wir es machen. Auch ich verstehe nicht alles. Es ist nun einmal so, wie es ist und wie wir es von unseren Vätern und die von ihren Vätern erzählt bekamen."

Am Anfang der Welt gab es nur Kälte und Feuer. Den Ort, wo Frost und Nebel waren, nannte man Niflheim und der Ort des Feuers, mit seinen zischenden Flammen, hieß Muspilheim. Zwischen beiden lag ein tiefer Schlund, wie ein schwarzes Loch.

An einer Stelle im eisigen Niflheim schoss Wasser aus einer Spalte und rann dem großen Schlund zu. Die Kälte ließ es, bevor es hinabstürzen konnte, zu Eis gefrieren.

Die Eismassen wurden immer größer. Tief im Schlund brodelte es und Hitze und Kälte kämpften dort miteinander.

In dieser Hexenküche der Gewalten sind der Riese Ymir und ein zweites Ungeheuer, das einer Kuh mit Hörnern und Euter glich, hervorgegangen.

Von der Milch der Kuh ernährte sich der Riese. Eines Tages leckte die Kuh an einem salzigen Eisstück und es kamen ein Gesicht und der ganze Leib eines schönen großen Mannes zum Vorschein. Das war der Stammvater aller Götter, die man die Asen nennt. Von sich selbst erschuf er einen Sohn und nannte ihn Bör.

Der Riese Ymir war nun sehr faul und im Schlaf gebar er verschiedene Lebewesen aus den Schweißdrüsen seiner Achselhöhlen und Füße. So entstanden Riesen und Trolle, die sich untereinander wild vermehrten.

Der Ase Bör hatte eine Liebschaft mit der Tochter eines Riesen und sie bekam einen Sohn. Dieser Sohn hieß Odin und wurde später das Oberhaupt aller Götter. Somit stammt Odin mütterlicherseits von den Riesen ab.

Zurzeit als Odin geboren wurde, war das Zusammenleben zwischen Riesen und Göttern noch ganz friedlich. Als jedoch der Riese Ymir immer mehr gefährlich aussehende Kinder gebar und die Überhand der Riesen und Trolle zunahm, überlegte Odin und seine Brüder, was sie dagegen tun können. Und so beschlossen sie damals, den Riesen Ymir zu töten.

Im Schlaf erstachen sie den Riesen. Das Blut floss in gewaltigen Strömen aus seinem Körper und alle die Riesen ertranken darin. Nur zwei hatten überlebt, da sie sich im Nebel versteckten. Alle, die ertrunken waren, wurden in den großen Schlund gespült. Auch die Kuh wurde mit hinab gerissen.

Den Leichnam des Riesen schleppten Odin und seine Brüder zu dem großen Schlund und bedeckten damit den Abgrund. Nun überlegten sie, was sie weiter mit dem Toten machen konnten. So kamen sie auf die Idee, eine neue Welt zu schaffen.

Aus dem Blut entstand das Meer, aus dem Fleisch das Land, aus den Knochen die Berge, aus den Haaren die Bäume und das Gras und den Schädel nahmen sie als Himmelsgewölbe.

Aus dem feurigen Muspilheim, das ganz im Süden lag, nahmen sie Funken und hefteten sie an die innere Schädeldecke von Ymir. So entstanden die Sterne.

Ein paar Fleischreste des toten Riesen lagen noch herum und verwesten. Hieraus sind die Zwerge hervorgegangen. Vier Zwerge tragen unser Himmelsgewölbe an je einer Ecke und diese Ecken nennt man Süden, Westen, Norden und Osten.

Den Zwergen haben die Menschen auch die Schmiedekunst zu verdanken und die meisten wunderbaren Dinge, die die Götter besitzen, kamen aus ihrer Hand.

Die Menschen brauchen die Zwerge nicht zu fürchten, jedoch ärgern darf man die kleinen Wichte nicht. Sie sollen dann sehr unberechenbar und starrsinnig sein. Wer sich mit ihnen dann noch anlegt, hat meist den Schaden."

Hartwig und Siegbert hatte am warmen Feuer irgendwann die Müdigkeit übermannt und waren eingeschlafen. Sie werden von der Geschichte nur wenig mitbekommen haben, dachte Harald und deckte die beiden mit einem Lammfell zu.

Bis zum Morgen blieb alles ruhig. Harald konnte jedoch nicht einschlafen. Viele Gedanken gingen ihm durch den Kopf. Eigentlich wollte er noch einen Tag in dieser Waldgegend die Pferdeherde weiden lassen, aber er entschied sich, doch schon in der Früh nach Hause aufzubrechen.

Es könnte sein, dass der Bär am Abend womöglich die Pferde erneut erschreckt. Sie würden dann wahrscheinlich versuchen, aus der Koppel auszubrechen. Die Suche nach den Pferden wäre dann nicht so leicht, da es immer wieder vorkam, dass sich die zahmen Tiere den Wildpferdegruppen anschlossen.

Die Wildpferde waren, wie alles, was im Wald lebte, Königsbesitz. Vier Mal im Jahr wurden einige Wildpferde eingefangen, um sie zu den Feiertagen, den Sonnenwenden und Tagnachtgleichen den Göttern zu opfern. Nur die weißen Pferde durften hierzu genommen werden. Sie gefielen den Göttern und wurden von ihnen angenommen. Je weißer und ebenmäßiger sie waren, umso besser.

Gescheckte oder farbige Tiere wurden, wie das andere Wild, das ganze Jahr über gejagt. Dadurch konnten sich diese Pferde kaum vermehren und aus diesem Grunde befanden sich in den Wildpferdegruppen mehrheitlich Schimmel.

Am östlichen Horizont war ein roter Schein am Himmel zu erkennen. Die Morgenröte kündigte sich an und es würde nicht mehr lange dauern, bis es hell war.

Harald weckte seine beiden Brüder. Diese bereiteten das Frühstück, welches wieder aus einer gesalzenen Suppe bestand, zu. Als Beilage für die Suppe gab es noch ein paar handflächengroße Fladenbrote aus Haferschrot.

Die Brote hatte ihnen ihre Mutter mit in den Proviantsack gegeben und sie waren inzwischen steinhart geworden. Man musste sie in die Suppe tunken, um sie beißen zu können.

Als die Brüder erfuhren, dass sie schon heute zurück nach Hause reiten würden, jubelten sie vor Freude. Zwei Monde waren sie mit den Pferden unterwegs. Hier, auf dem Kamm des Thüringer Waldes, war das Gras besonders gut und deshalb wurden die Schimmel mehrmals im Jahr auf die Bergwiesen getrieben.

Harald kannte sich mit Pferden und der Zucht sehr gut aus und die Schimmel waren der ganze Stolz der Sippe.

Nicht alle Sippen im Oberwipgau züchteten Pferde. Dies war ein Privileg, das nur dem Adel zustand.

Es kam auch auf die Bodenbeschaffenheit an, ob man sich eher auf Viehzucht oder Ackerbau verlegte.

Nach dem Frühstück packte Hartwig und Siegbert die Schaffelle zusammen, verstauten den Kessel wieder in der Erdhütte und holten frisches Wasser von der Quelle.

Harald war sich sicher, dass es die beste Entscheidung war, schon heute nach Hause aufzubrechen. Die Pferde sahen gut genährt aus. Er ging zur Koppel und rief sein Reitpferd zu sich. Es kam auch gleich angetrabt und ließ sich streicheln und das Zaumzeug anlegen. Dies bestand aus fein geflochtenen Lederschnüren, und war ein Geschenk seiner Braut Heidrun.

Im kommenden Jahr soll die Hochzeit sein und die beiden Sippenältesten hatten bereits über die Morgengabe der Braut gesprochen. Heidrun wird zu Haralds Sippe ziehen und sie werden dort in einem eigenen Haus leben, so war es abgemacht. Um die Organisation der Hochzeit brauchte sich Harald nicht selber kümmern und das war ihm auch sehr recht.

Hartwig hatte den Proviantsack und die Schaffelle auf dem Packpferd festgebunden. Er musste es an der Leine führen, damit es nicht zu nah an die Baumstämme kam und die Säcke dort abstreifen konnte. Sie trieben dann die Herde langsam in Richtung Rodewin. Harald kannte den Weg sehr gut und so fanden sie schon nach ein paar Stunden das Tal, das zum Oberwipgau führte. Sie kamen in das Quellgebiet der Wip und machten hier Rast.

Die Alten erzählten viele Geschichten von diesem Ort. Hier sollen Elfen wohnen, die aber gut zu den Menschen waren. Gleich unterhalb der Quellen hatten Biber riesige Dämme von Baumstämmen aufgeschichtet und somit Teiche geschaffen. Hier tummelten sich viele Fische und Wasservögel. Es war ein einziges Paradies. Für die Menschen des Oberwipgaus war dieses Gebiet heilig und keiner durfte die Natur verändern. Es war streng verboten, ein Tier zu töten oder einen Baum zu fällen. Die Tiere schienen das zu wissen, denn sie zeigten keine Scheu vor den Menschen und ließen sie ganz nah an sich heran.

Siegbert fühlte sich an diesem Ort nicht wohl und sagte

zu Harald: „Vielleicht gibt es auch Nixen hier oder andere Trolle, die uns etwas Böses tun. Wir sollten doch gleich verschwinden."

Harald beruhigte ihn. „Du brauchst keine Angst zu haben. Ich war schon sehr oft hier und in den unteren Teichen kann man sehr gut baden.

Wenn du Glück hast, so kannst du auch ein paar Elfen sehen. Sie zeigen sich nur Menschen, die guten Herzens sind." Elfen würde Siegbert gerne einmal sehen und so lief er gleich los.

Die Pferde grasten auf einer kleinen Waldlichtung und Harald legte sich unter einen Baum und döste ein wenig dahin. Er hatte letzte Nacht nicht geschlafen und wurde jetzt immer müder. Hartwig dagegen interessierte sich für die Teiche und schaute den Fischen zu, wie sie nach Mücken auf der Wasseroberfläche schnappten.

Es war, wie ein fröhliches Spiel und die Forellen sprangen manchmal mehrere Handbreit aus dem Wasser heraus. Es gab viele Frösche und Insekten. Die Sonne spiegelte sich im Wasser und wenn ihre Strahlen die Flügel der Libellen berührten, da schien es, als würden sich diese zu Elfen verwandeln.

Hartwig setzte sich an das Ufer des Teiches und bewegte seine Füße im Wasser hin und her. Die Frösche ließen sich nicht von ihm stören. Mit ihrer herausschnellenden Zunge verfehlten sie nur selten ein Insekt, welches sich gerade an einem Schilfrohr ausruhte.

Es war Mittagszeit und sehr warm. Hartwig überlegte, ob er sich in das Wasser trauen sollte. Ein Bad würde ihm bestimmt gut tun und seine Kleidung dabei auch gleich sauber werden. Er glitt langsam in das dunkle Wasser. Da er nicht wusste, wie tief es war, hielt er sich an einem Busch, der am Ufer stand, fest.

Der Teich war nicht sehr tief. Mit seinen Füßen spürte Hartwig den Grund und das Wasser reichte ihm kaum bis unter die Achselhöhlen. Der Boden war fest und sandig. Das war ihm sehr angenehm.

Nun begann er mit langsamen Schwimmbewegungen weiter in die Mitte zu kommen. Der Pflanzenwuchs nahm stark zu und er bemerkte es zu spät.

Seine Beine verfingen sich immer mehr in dem Pflanzen-
gewirr und es kam ihm so vor, als würden viele unsichtba-
re Hände ihn festhalten. Es war ihm unheimlich.
Was, wenn es Nixen waren, die ihn in ihr Wasserreich mitnehmen wollten. So etwas soll es gegeben haben. Hartwig
hatte schon darüber gehört. Es gab niemand, der wieder
zurückgekommen war. Nein, zu den Nixen wollte er nicht.
Mit letzter Kraft löste sich Hartwig von den langstieligen
Pflanzen und schwamm - auf dem Rücken liegend - ans
Ufer. Erst auf dem Trockenen fühlte er sich wieder sicher.
Dann zog Hartwig sein Hemd und die Hose aus und
spannte sie in ein Astkreuz. Der Wind konnte die Kleidung
so gut trocknen. Nackt lief er zu der kleinen Lichtung, wo
die Pferde standen.
Hartwig musste wohl sonderbar ausgesehen haben, denn
von weitem hörte er Siegbert vor Schreck aufschreien. Der
hatte seinen Bruder nicht gleich erkannt und glaubte, dass
ihm ein Troll entgegenkommen würde. Durch den Krach
wurde Harald munter. Er hatte verschlafen und der Weg
bis Rodewin war noch weit.
„Los, schnell auf die Pferde. Wir müssen uns sputen,
wenn wir noch vor der Dunkelheit zu Hause sein wollen",
rief Harald und klatschte in die Hände.
Hartwig ritt nackt. In der einen Hand die Zügel, in der anderen den Stock mit seinen aufgehängten Kleidern. Es
sah irgendwie komisch aus.
Als sie die erste Siedlung erreichten, schauten die Leute
ganz verwundert auf ihn und die Mädchen kicherten.
Hartwig störte es und er sagte zu ihnen: „Warum kichert
ihr so dämlich, stimmt etwas nicht?" Die Mädchen lachten
weiter und rannten in eine Hütte. Hartwig zog das halb-
trockene Hemd über und ritt der Herde schnell hinterher.
Harald wollte noch einen kurzen Besuch bei dem
Sippenältesten Ulrich in Alfenheim machen. Das gehörte sich so, wenn man an einer Siedlung vorbeikam. Der
Sohn des Sippenältesten war auch ein enger Freund von
ihm und er hatte ihn schon mehrere Monde nicht gesehen.
Ulrich empfing die unerwarteten Gäste vor seinem Haus.
Doch Udo, sein Sohn, war leider nicht da.

„Seid gegrüßt, Herr Ulrich. Ich freue mich, euch zu sehen. Aber wo ist mein Freund Udo?"

„Seid herzlich willkommen und stärkt euch erst einmal von eurem langen Ritt. Die Pferde sind ja ganz verschwitzt."

Die Schimmel blieben inmitten des Platzes stehen, der von den Hütten und Häusern der Siedlung umschlossen war. Voller Neugierde und Bewunderung streichelten die Leute über ihr silbern glänzendes Fell. Alle Tiere waren gut genährt und ebenmäßig weiß. Es war kaum eine dunkle Stelle auf dem Fell zu sehen.

Ulrichs Frau brachte einen Tonkrug mit Met und reichte ihn Harald. Der nahm einen großen Schluck daraus und gab den Krug an Ulrich weiter. So ging der Krug von Mann zu Mann und auch Hartwig und Siegbert sollten einen großen Schluck nehmen. Sie waren beide sehr froh über das Angebot, denn der Sippenälteste würdigte sie damit als Männer.

Ulrich sprach nun zu Harald: „ Mein Sohn Udo ist schon seit einem halben Mond zum Königshort verreist. Er will dort einige Schwerter, die wir geschmiedet haben, gegen etwas Passendes eintauschen. Vielleicht kommt er schon in ein paar Tagen zurück und bringt schöne Geschenke für die Frauen und Kinder mit."

„Das ist schade, dass ich ihn nicht sehe, aber vielleicht kann er mich besuchen, wenn er wieder da ist."

Hartwig war inzwischen zu der Hütte gegangen, in der die beiden lachenden Mädchen verschwanden. Sie saßen am Türeingang und lachten immer noch. Der Met war ihm etwas in den Kopf gestiegen und er merkte, wie er leicht schwankte. Das mussten auch die beiden Mädchen beobachtet haben und riefen ihm entgegen: „Du musst schon lange geritten sein und hast wohl das Laufen verlernt? Sollen wir es dir wieder beibringen?"

Die Mädchen sprangen auf ihn zu und zogen ihn an beiden Händen zur Tür der Hütte. Er ließ alles mit sich geschehen. Der Met hatte ihm seine Sinne vernebelt und ihm war schwindlig.

„Du hast ein nasses Hemd an und wirst dich erkälten", meinte die eine und zog ihm gleich das Hemd aus. Die andere rieb ihm mit Stroh über den Rücken, als würde sie ein Pferd trocken reiben. Sie sagte zu ihrer Schwester: „Gislinde, geh doch ins Haus und hole trockene Kleidung für unseren hübschen Jungen, damit er nicht friert."

Gislinde die jüngere Schwester sprang ins Haus und kam bald danach mit einem kleinen Bündel in der Hand zurück. „Hier habe ich etwas Passendes für ihn." Sie reichte ihrer Schwester Ursula Hemd und Beinkleid und sie zogen es Hartwig an.

„Nun gefällst du uns schon besser, du tapferer Held. Jetzt siehst du aus, wie ein richtiger Krieger", meinte Ursula und die Mädchen fingen von neuem an zu lachen. Hartwig ging schwankend zu den Pferden und schwang sich auf seinen Schimmel. Um ein Haar wäre er auf der anderen Seite wieder heruntergefallen.

Harald, der die Pferde nie aus seinen Augen ließ, drängte nun, nach Hause zu reiten. Er konnte Siegbert nicht sehen. Doch da erkannte er, dass dieser auf einer Bank eingeschlafen war. Er weckte ihn und half ihm auf sein Pferd. Dann ritten sie eilig mit der Herde weiter, in Richtung Heimat.

2. Rückkehr der Pferde

Bis zur eigenen Siedlung war es nicht mehr sehr weit, ungefähr eine Reitstunde. Wenn nichts dazwischen käme, würden sie noch am frühen Nachmittag daheim sein.

Harald erkannte, dass Siegbert und Hartwig ein Problem hatten und wusste auch warum. Seine beiden jüngeren Brüder hatten noch nie Met getrunken und das war auch kein Getränk für Knaben.

Es war nun einmal passiert und er musste etwas dagegen tun. So trieb Harald die Pferde in Richtung Eichelsee und wollte dann über den Sandberg nach Rodewin kommen.

Am Eichelsee hielt Harald an. Durch das Schütteln auf dem Pferderücken war es Siegbert und Hartwig bereits schlecht geworden und sie waren dankbar für die Pause.

Im See nahmen sie ein kühles Bad und das ungute Gefühl im Kopf verschwand langsam. Harald kannte diesen Zustand, denn es erging ihm heute noch ebenso, wenn es große Feiern gab und reichlich Met durch die Kehle floß. Am nächsten Tag hatte er dann einen Brummschädel und mochte meinen, dass dieser jeden Moment zerplatzen würde. So war das nun mal mit der Sauferei. Ab einer bestimmten Menge machte es ihm keinen Spaß mehr, beim Bechern mitzuhalten, aber es galt halt als besonders männlich. Wer nicht mittrank wurde gehänselt und das war noch schlimmer als das Schädelweh am nächsten Morgen.

Nach dem kühlen Bad ging es Siegbert und Hartwig schon viel besser. Siegbert war noch etwas blass im Gesicht, doch das verlor sich bald. Sie erreichten den Sandberg und konnten von dort aus in das Tal der Wip schauen. Am Horizont war eine lange Bergkette zu sehen, die man Rinsberge nannte und rechts war der Wilberg. In dem Kessel lagen verstreut mehrere Siedlungen, in denen Familien in Sippenverbänden lebten.

Die von Rodewin genutzte Landfläche war im Vergleich zu der ihrer Nachbarn größer. Das lag daran, dass Herwalds Sippe, fast ausschließlich Pferdezucht betrieb und das meiste, was sie sonst noch zum Leben benötigten, von den Nachbarn im Tausch erwarben. Dies funktionierte seit vielen Jahren sehr gut und es hatte noch nie eine Hungerszeit gegeben. Das Verhältnis zu den Nachbarn war gut. Einer achtete den anderen und wenn eine Sippe Hilfe benötigte, so wurde gutnachbarschaftlich geholfen.

Seinen Namen hatte die Siedlung schon vor sehr langer Zeit erhalten, als der Vorfahr der Sippe mit Namen Rodewin sich hier niederließ.

Rodewin war ein Gefolgsmann des ersten Thüringer Königs und bekam den Oberwipgau als Siedlungsgebiet zugewiesen. Damals gab es nur wenige Flecken, die von den Einheimischen genutzt wurden. Rodewin hatte den Wald an der Grenze zum Unterwipgau gerodet und schon damals für die Viehzucht genutzt.

Der Boden war sandig und für den Ackerbau kaum geeignet. Es gab wohl einige Felder für Dinkel und Hafer, aber die Erträge waren sehr gering. Als Neuansiedler hatte er den anderen Sippen, die schon länger hier waren, nichts weggenommen und so gab es zu keiner Zeit ernsthafte Auseinandersetzungen mit den Nachbarn. Er hatte die Aufsicht über das umliegende freie Königsland und auch dafür zu sorgen, dass Männer in den Sippen als Krieger ausgebildet wurden. Wenn in einem Thing ein Krieg beschlossen wurde, mussten diese Männer ihren Dienst leisten.

Das Amt des Gaugrafen war erblich und ging in der Regel an den ältesten Sohn. Er musste jedoch noch in der Versammlung aller Sippenältesten des Oberwipgaus und auch vom König bestätigt werden.

Seit mehr als hundert Jahren war es im Oberwipgau ruhig. Es gab sehr wenige kriegerische Auseinandersetzungen mit den Nachbarvölkern des Thüringer Königreichs. Wenn es an den Grenzen einmal unruhig wurde, so merkte man im Oberwipgau nur sehr wenig davon. Die entsandten Krieger kamen alle wieder zurück und brachten auch schöne Beutestücke mit nach Hause.

Die Leute lebten in ihren Sippenverbänden friedlich miteinander und wenn es einem zu eng wurde, dann zog er von hier weg. Die Landgrenzen zwischen den Siedlungen waren übersichtlich und boten kaum Anlass zu Konflikten. Meist lag noch unbebautes Königsland oder brach liegende Felder dazwischen.

Wenn es einmal Meinungsverschiedenheiten hierzu gab, so schlichtete der Gaugraf diese bei den Landbegehungen. Er hielt auch Gericht zu den Thingtagen des Gaus und vertrat den Oberwipgau bei den Zusammenkünften des Königs. Seit neun Jahren war Haralds Vater, Herwald, Gaugraf. Das brachte der Sippe und auch dem ganzen Gau großes Ansehen.

Harald trieb geschwind die Pferde auf einem Waldpfad zur Rinne hin. Als sie aus dem Wald kamen, zeigte sich ihnen die wunderbare Landschaft des Tals. Rodewin war jetzt nicht mehr weit entfernt und er konnte schon ein paar Hütten erkennen. Sie lagen auf einem Hügel, an dessen Fuß sich die Wip entlang schlängelte.

Die Wip war nur ein kleiner Bach, der aber im Frühjahr, nach der Schneeschmelze, erheblich anwachsen konnte und dann das Land im Tal überschwemmte.

Um die Siedlung herum waren großflächig Weideflächen mit Stangen eingezäunt und ein paar Kornäcker zu sehen. Ein großer Gemüsegarten war gleich an der Hinterseite des Haupthauses. Er war das Reich der Hausfrau. Hier wuchsen allerlei Gemüse und Kräuter für die Küche.

Die Pferde galoppierten von der Rinne kommend, zum Tor der eingezäunten Siedlung zu. Auf dem Siedlungsplatz rannten sie noch eine Weile im Kreis und wurden von allen bewundert. Der Aufenthalt in dem Bergwald hatte ihnen sichtlich gut getan. Sie strotzten voller Kraft. Die Kinder riefen manche mit Namen und gingen auf sie zu, um sie zu streicheln. Haralds Vater kam aus dem Haus und umarmte seine Söhne. Er war sehr froh, dass alles so gut ausgegangen war und alle wieder wohlbehalten zu Hause waren. Es kam auch die Mutter aus dem Gemüsegarten gerannt und Siegbert eilte ihr entgegen. Er hatte sie am meisten vermisst, insbesondere ihre Kochkunst und liebevolle Fürsorge.

Herwald ging mit Harald zu den Pferden und schaute sich

jedes Tier genau an. Nur wenige hatten sich im Wald an Ästen oder Dornen verletzt und kleine Narben davongetragen. Dies minderte ihren Wert. Am Königshof konnten nur makellose Schimmel abgegeben werden. Die übrigen blieben für die Zucht oder wurden gegen andere Waren getauscht. Herwalds Rösser zählten zu den besten im Königreich und wer eines seiner Tiere erwerben konnte, war sehr zufrieden damit.

Am Brunnen, der neben dem Haus stand, hatten sich viele Kinder um Hartwig und Siegbert gescharrt.

„Kommt Jungs", sagte die Mutter und zog ihre Söhne aus der Ansammlung der Kinder weg. „Ihr werdet bestimmt sehr hungrig sein und ich will euch gleich einen Haferbrei machen".

Sie gingen mit der Mutter in die große Wohnküche und die kleinen Kinder liefen hinterher. Bis der Brei fertig war, mussten sie die Fragen der jungen Schar beantworten.

„So nun lasst die beiden erst einmal in Ruhe essen", herrschte die Hausfrau die Kinder an. Sie gaben nur zögernd nach. Die Mutter stellte eine Holzschüssel mit Haferbrei auf den Tisch und gab zwei Löffel Honig hinein. Das war eine besondere Köstlichkeit und die anderen Kinder hätten auch gern mit ihren Fingern in die Schüssel gelangt. Dies war das Lieblingsgericht aller Kinder und es gab so etwas Gutes nur an wenigen Feiertagen im Jahr. Die Heimkehr der Söhne war auch wie ein Feiertag für die Mutter, denn sie machte sich immer Sorgen um ihre Jungen, wenn sie so lange von zu Hause weg waren.

Siegbert erzählte den Kindern vom heutigen Besuch in der Siedlung Alfenheim.

„Die haben uns da sehr freundlich empfangen und uns Met als Willkommenstrank gereicht."

Hartwig stieß ihn unter dem Tisch heftig mit dem Fuß an. Er sollte nichts davon erzählen. Siegbert verstand den Wink und schwenkte auf die Ereignisse der letzten Nacht um. Das schien auch bei allen anderen viel interessanter zu sein. Die Geschichte mit dem Bär erzählte er so, als wäre er selber dabei gewesen und hätte mit angesehen, wie Hartwig das Tier verscheuchte. Den Kindern fielen vor

30

Staunen fast die Augen aus dem Kopf, so spannend war es und sie schauten abwechselnd zu dem ruhig essenden Hartwig.

Im Hintergrund stand ein Mädchen, die einen großen Tiegel mit Sand scheuerte und immer wieder heimlich zu Hartwig blickte. Es war die Tochter der Sklaven Jaros und seiner Frau Lena.

Jaros und Lena wurden vor etwa 30 Jahren bei einem Grenzkrieg gegen die Slawen aus einem Dorf östlich der Elbe nach Thüringen gebracht.

Hier wurden dann die Kriegsgefangenen und Verschleppten an die Gefolgsleute des Königs als Sklaven aufgeteilt und so sind sie nach Rodewin gekommen. Sie waren nicht die einzigen Sklaven hier. Sigu, ein wahrer Riese an Gestalt, lebte schon lange Zeit hier. Er war einst von einem Verwandten an Herwald verkauft worden.

Jaros und Lena wurde erlaubt, zusammen zu leben und sie bekamen die Tochter Rosa, die nach dem geltenden Recht ebenso Eigentum von Herwald war.

Rosa und Hartwig waren etwa gleichaltrig und spielten als Kinder viel zusammen. Doch als sie größer wurde und im Haushalt mit helfen konnte, sah es Hartwigs Mutter nicht gern, wenn er sich mit ihr abgab.

Was nicht erlaubt war, tat er heimlich. Es fand sich immer eine passende Gelegenheit, im Wald oder an den Fischteichen, ungestört mit ihr zusammen zu sein. Rosa war sehr gut gewachsen und hatte langes blondes Haar. Wenn sie nicht ein so schäbiges Sackkleid anhätte, würde niemand erkennen, dass sie eine Sklavin war.

Nach dem Essen ging Hartwig auf den Vorplatz und überlegte, was er tun könne. Es war früher Nachmittag und sehr heiß. Siegbert musste den Kindern erzählen und Harald inspizierte immer noch mit seinem Vater die Pferde. Die Onkel und Tanten waren nach der kurzen Begrüßung wieder ihrer Arbeit nachgegangen und Hartwig ging von dem Einen zum Anderen und schaute ihnen ein wenig bei ihrer Arbeit zu. Er freute sich wieder daheim zu sein, in der gewohnten Umgebung.

Da nichts anderes zu tun war, beschloss Hartwig, zu den

drei Fischteichen im Wald zu gehen. Der erste Teich wurde auch als Schwemme für die Pferde genutzt. Er lag etwas freier und grenzte direkt an einer der weitflächigen Koppeln. Heute ging Hartwig jedoch zu dem dritten Teich, der tief im Wald lag und von einer Quelle gespeist wurde. Das Wasser war hier am klarsten und kältesten. Von den Leuten in der Siedlung wurden der Teich und seine Umgebung gemieden, weil es ein Ort der Elfen sein sollte. Wenn man sie störte, würden sie sich dafür mit manchem Schabernack rächen. Hartwig hatte schon oft hier gebadet und nie Angst vor diesen Wesen gehabt. Im Gegenteil, er wäre froh, einmal eine zu sehen.

Sogleich zog Hartwig sich aus und stieg langsam ins Wasser. Es schien ihm, als wäre es eisig kalt. Je weiter er seinen Körper untertauchte, umso mehr konzentrierte sich das Wärmegefühl auf den Nacken. Dann, als auch der im Wasser war, begann er langsam mit den Schwimmbewegungen und glitt geräuschlos dahin. Es lag so viel Ruhe und Schönheit in diesem Augenblick, dass er sich in einer anderen Welt wähnte. Vielleicht war es die Kraft der Elfen, die ihm dieses Gefühl schenkten.

Nachdem es Hartwig kühl wurde, schwamm er zum Ufer zurück und legte sich in die wärmende Sonne. Die Müdigkeit überkam ihn und er schlief ein. Er träumte von winzigen menschenähnlichen Wesen, die Flügel hatten. Sie musizierten und tanzten um die Blüten der Waldblumen herum. Er konnte sie auch hören. Sie unterhielten sich in einer ihm unbekannten singenden Sprache. Jetzt kamen ein paar zu ihm geflogen und setzten sich auf sein Gesicht. Mit einer Feder berührte die eine Elfe seine Nasenspitze und er musste niesen. Er erwachte mit dem Gefühl, dass die Berührung mit der Feder wirklich war. Als er die Augen öffnete, sah er Rosa, wie sie sich über ihn beugte und mit ihren langen Haaren über seine Nase strich. Eine seltsame Mischung zwischen Traum und Wirklichkeit.

„Du hast ganz süß geschlummert", sagte sie und strich mit ihrer rechten Hand über sein Gesicht. „Wenn du lieber weiterschlafen möchtest, so brauchst du das nur zu sagen und ich verschwinde gleich wieder. Bin ohnehin hier, um Tannenzapfen für das Herdfeuer zu suchen."

„Nein, bleib doch. Ich habe von Elfen geträumt und da musste ich niesen."

„Vielleicht bin ich eine von den Elfen und habe mich gerade zurückverwandelt in einen Menschen", meinte sie etwas scherzhaft.

Hartwig sagte nichts dazu und schloss die Augen. Mit ihren Fingern glitt sie leicht über sein Gesicht, als wäre sie blind und würde sich seine Umrisse einprägen wollen. So tastete sie seinen ganzen Körper ab. Die leichte Berührung tat Hartwig sehr gut und er genoss es in vollen Zügen. Als Rosa die Fußsohlen erreichte, kitzelte das so sehr, dass er nicht länger ruhig liegen bleiben konnte.

„Das ist eine sehr empfindliche Stelle. Das kann ich gar nicht aushalten. Soll ich das einmal bei dir machen?"

„Später", antwortet Rosa. „Zuerst nehme ich noch ein Bad. Willst du mit mir schwimmen gehen?" Sie zog ihr verschlissenes Kleid aus, damit es nicht nass würde und man zu Hause sehen konnte, dass sie baden war und glitt langsam am Ufer ins Wasser. Hartwig folgte ihr. Weil er so zögerlich in das Wasser stieg, bespritzte sie ihn mit dem kühlen Nass.

„Das sollst du mir büßen", rief er aufgeregt und sprang mit einem Hechtsprung zu ihr hin, umarmte sie und versuchte sie unterzutauchen. Sie wehrte sich wie bei einem Ringkampf. Hartwig wollte nicht zu grob erscheinen, denn es war schon ein Unterschied, ob er mit einem Jungen oder mit einem Mädchen rang. Sie entglitt ihm immer von neuem, doch das machte beiden viel Spaß. Jetzt schwammen sie noch ein paar Runden und legten sich dann am Ufer ins hohe Gras. Sie lagen nebeneinander und er fasste nach ihrer Hand. Die Sonne trocknete die nasse Haut.

„Das Wasser war ganz schön kalt", meinte Rosa ohne aufzuschauen.

„Wieso meinst du das?"

„Ich habe es dir angesehen", sagte sie und lachte.

„Das hast du nicht umsonst gesagt", erwiderte er und legte sich über sie. Sie wehrte sich nicht und ließ sich von ihm küssen.

Herwald war mit dem Zustand der Pferde sehr zufrieden.

Er hatte neun Pferde gezählt, die keinen Makel einer Hautverletzung oder eine dunkle Stelle des Fells aufwiesen. Sie waren in allem vollkommen und er würde am Königshof einen guten Tausch machen können.

Die Pferde wollte Herwald zu dem nächsten Thing, der schon in zehn Tagen sein sollte, mitnehmen. Seine Söhne Harald und Hartwig und sein jüngerer Bruder Ingolf sollten ihn begleiten und auf die Pferde aufpassen. Die ausgesuchten Tiere fing er ein und legte ihnen einen Lederhalfter um. Jaros half ihm die Tiere in einen eigenen Boxenstall zu führen. Sigu hatte inzwischen den Boden des Stalls mit Stroh ausgelegt und in die Futterbehälter, die an den Wänden hingen, Heu gegeben. Von nun an würden die Tiere immer unter Aufsicht stehen, damit ihnen nichts Böses passiert und sie sich auch nicht gegenseitig im Streit verletzten. Die übrigen Pferde trieb Harald zur Koppel, nahe dem Stall.

Was mit ihnen werden würde, entschied nur sein Vater allein. Doch zunächst lag das Hauptaugenmerk auf den Königsrössern. Die beiden Onkel Alwin und Ingolf kamen mit ihren Frauen und der Schwester Elfriede von den Wiesen zurück. Auch die Sklavin Lena war dabei. Sie waren schon seit Tagen mit dem Heumachen beschäftigt. Das Gras wurde mit der Sense geschnitten und von den Frauen und Kindern mit Holzrechen gewendet. So oft, bis es trocken war. Dann wurde das Gras in den kleinen Hütten eingelagert, die am Rande der Siedlung in der Nähe des großen Pferdestalls standen.

Obwohl sie sehr müde waren, gingen sie zuerst zu den Pferden an die Koppel und erfreuten sich an dem Anblick der edlen Tiere. Harald kam hinzu. Sie begrüßen ihn herzlich.

„Schön, dass du wieder gesund bei uns bist", sagte Elfriede und ging auf Harald zu. „Wir haben euch eigentlich erst morgen erwartet. Ist alles gut gegangen?"

„Ja, liebe Tante, wie du siehst sind die Pferde alle wohlauf, aber die Sehnsucht nach dir war einfach zu groß, so dass wir schon heute zurückgekommen sind."

„Du nimmst mich schon wieder nicht ernst, du Schlingel.

Ich sollte dir doch noch einmal den Hosenboden versohlen." Sie lachte bei diesen Worten und gab ihm einen Klaps auf den Oberarm.

„Jetzt erzähl einmal, wie es war", meinte Ingolf. „Wir hatten saftige Wiesen auf dem Rynnestig vorgefunden. Es hatte noch kein anderer seine Pferdeherde dorthin getrieben. So brauchten wir nicht viel herumziehen. Zweimal gab es nur nachts Probleme. Gleich am Anfang waren Wölfe in das Gehege eingedrungen und hatten die Pferde erschreckt. Ich merkte es sogleich und habe sie mit einem brennenden Holzscheit vertrieben. Ja und gestern kam ein Bär ganz in unsere Nähe, der beim Gehege einen Hirsch gerissen hatte und ihn um Mitternacht aufsuchte. Hartwig konnte den Bären jedoch verscheuchen."

„Was denn, so einfach? War es ein kleiner Bär?", fragte Ingolf überrascht.

„Nein, es war ein ganz großes Tier. Ich konnte ihn noch sehen, wie er aufrecht stand und sich dann davon machte. Hartwig rief nach Odin und der hat ihm wahrscheinlich geholfen."

Alle schauten fassungslos auf Harald und wollten noch mehr wissen.

„Ich werde euch heute Abend nach dem Essen noch mehr erzählen. Ihr seid doch bestimmt sehr hungrig und ich bin es auch."

So folgten sie ihm ins Haupthaus, wo sich in der Mitte die große Wohnküche mit der offenen Feuerstelle befand. Die kleinen Kinder, die nicht mit auf der Wiese waren, saßen noch immer um Siegbert herum und lauschten seinen Worten. Jetzt, als Harald mit den anderen hereinkam, räumten sie den großen Tisch und verdrückten sich in eine Ecke. Sie verhielten sich still, um nicht nach draußen geschickt zu werden. Waltraut, Herwigs Frau hatte inzwischen schon den Essenbrei vorbereitet. Rosa kam in die Küche mit einem großen Korb Tannenzapfen. Sie stellte den Korb neben die Feuerstelle.

„Wo bleibst du denn Rosa, trödle nicht so langsam dahin und hilf mir beim Essen auftragen", herrschte Waltraut das verschüchterte Mädchen an. Die Erwachsenen setzten

35

sich an den großen Tisch und die Kinder, die bei der Arbeit mithalfen, an einen der beiden kleineren Tische. An dem zweiten saßen die Sklaven.

Die ganz kleinen Kinder kauerten noch in einer Ecke. Sie mussten warten, bis alle fertig waren und würden dann mit der Hausfrau und Rosa zusammen essen. Hartwig kam noch rechtzeitig von den Teichen zurück, denn wenn er später gekommen wäre, so müsste er mit den Kindern essen und dass wäre ihm nicht recht. Hungrig war Hartwig nicht, denn er hatte schon am Nachmittag den süßen Brei bekommen und da er dabei nicht so viel erzählte, wie Siegbert, auch mehr davon essen können.

Es wurde noch über die tägliche Arbeit gesprochen. Herwald fragte, wie viel Gras geschnitten wurde und wann man das getrocknete Gras in die Heuhütten einlagern könne.

Der Brei war fertig und Waltraut füllte drei große Schalen voll. Rosa trug sie zu den Tischen und stellte sie auf die Tischplatte. Herwig saß an der vorderen Tischseite. Er stand langsam auf und sprach mit seiner sonoren Stimme: „Wir danken unseren Göttern für die glückliche Rückkehr unserer Söhne und der Pferde und für eine gute Heuernte in diesem Jahr."

Dann setze er sich und langte als Erster mit seinem Löffel in die Schüssel. Alle taten es ihm schnell nach, denn sie waren sehr hungrig. Die am großen Tisch bekamen noch zusätzlich Fladenbrot aus Haferschrot zum Essen. Mit Beginn des Essens verstummte jede Unterhaltung. Man hörte nur noch das laute Schmatzen. Darin wollte ein jeder den anderen übertrumpfen, um anzuzeigen, dass es ihm schmeckte. Am Ende der Mahlzeit ging das große Rülpsen los und es war auch gehörig windig dabei. Ein gutes Zeichen für die Hausfrau, die für das Essen und Wohl der Sippenmitglieder verantwortlich war.

Nun musste Harald berichten, wie es ihnen auf der Bergweide ergangen war. Er war ein ausgezeichneter Erzähler und trug alles sehr spannend vor. Alle lauschten und blickten wie gebannt auf seinen Mund. Auch Hartwig und Siegbert waren von seiner Erzählung ganz begeistert, obwohl sie alles selbst miterlebt hatten.

Waltraut stellte den Männer einen großen Becher mit Met auf den Tisch und die anderen bekamen eine Schale Kräutertee. Die kleinen Kinder mussten heute lange warten, bis sie essen konnten, aber es störte sie nicht. Die Geschichten, von denen Harald berichtete, waren so spannend, dass sie den Hunger darüber vergaßen.

Als Harald zum Ende kam, erzählte er das Erlebnis mit dem Bären und auch von Hartwigs Mut und Tapferkeit. Hartwig senkte bescheiden seinen Blick und ihm wurde innerlich ganz heiß dabei. Alle bewunderten ihn und das gefiel ihm. So gut, wie Harald das erzählte, hätte er das selbst gar nicht beschreiben können. Vielleicht hatte der Bruder auch ein wenig mehr ausgeschmückt, als wirklich war, doch darauf kam es letztendlich nicht an. Für die anderen war alles so, wie Harald es gesagt hatte und so würden sie es noch oft in den kalten Winternächten anderen weiter erzählen. Hartwig fühlte, dass er jetzt etwas Besonderes war und die anderen ihn mehr beachten und bewundern würden.

Nach der Erzählung gingen die Männer in den Pferdestall, um sich die Königsrösser anzusehen. Herwald teilte seine Entscheidung mit, wann die Pferde zum Königshof getrieben werden sollen und wer von ihnen mitkommen würde. Alwin, sein älterer Bruder, schaute ihn verwundert an.

„Es wird keine leichte Arbeit sein, die Pferde wohlbehalten dort hinzubringen", sagte Herwald zu den Brüdern und zu Alwin gewandt: „Du kannst nicht mitkommen, denn du bist für das Heu verantwortlich, damit es gut in die Schober kommt und musst mich hier am Hof vertreten."

Alwin schaute jetzt wieder zufrieden drein. Er war etwas einfältig, aber gutmütig in seiner Natur. Manchmal stachelte ihn nur seine Frau auf, die im Grunde bösartig war und nicht verwinden konnte, dass ihr Mann als ältester der Brüder bei der Wahl des Gaugrafen übergangen wurde. Herwig versuchte immer wieder auszugleichen, doch es war oft sehr schwierig.

„Wir werden in wenigen Tagen abreisen. Wir reiten am Wasser der Wip entlang. Wenn alles gut geht, kommen wir am ersten Abend bis an die Mündung der Ge und können in Molstedt bei unserem Schwager Gerwald übernachten. Von dort ist es nicht mehr weit bis zum Königshof des Bertachar und vor Mittag werden wir dort ankommen."

Die Männer wussten, dass Herwald alles gut durchdacht hatte und sie vertrauten ihm in seinen Entscheidungen.

„Was wollen wir denn für die Rösser tauschen?", fragte Ingolf.

„Das müssen wir noch gemeinsam besprechen. Am Königshof haben sie gute Schmiede und auch Tuchweber. Es soll jeder sagen, was er gern hätte und dann werden wir danach suchen."

Für Harald schien es schon klar zu sein, was er benötigte und er meinte: „Ich weiß schon, was ich brauche. Da ich nächstes Jahr heiraten werde, möchte ich meiner Braut einen schönen Ring schenken. Ich hoffe, dass ich so etwas am Königshof finde."

Herwald nickte zustimmend. „Ich denke schon, dass du das Richtige dort finden wirst, denn der König hat zwei sehr gute Goldschmiede und ich habe schon wunderbare Dinge da gesehen. Die Schmiedemeister hatte er einst als Sklaven aus Ravenna mitgebracht und sie stellen auch geheimnisvolle Dinge für unseren Oberpriester her. Sie sollen genauso gut schmieden können, wie die Zwerge Brokk und Sinder, die für die Götter den goldenen Ring „Draupne", den goldenen Eber „Gullborste" und den Hammer des Thor „Mjölner" gefertigt haben."

Alle staunten und baten Herwald davon zu erzählen.

„Lasst uns unter die Linde gehen und sagt den Frauen, dass sie uns Met bringen sollen und dann will ich euch die Sage erzählen."

Sie gingen zur Linde neben dem Haus und setzten sich auf die Holzbänke, die dort aufgestellt waren. Die Kinder strömten herbei und auch viele Frauen. Alle wollten die Sage hören.

Als es ruhig wurde, begann Herwald zu sprechen: „Die Geschichte von Draupne, Gullborste und Mjölner war so. Vor sehr langer Zeit hatte der Riese Loki, der ein Freund des Göttervaters Odin war, mit ihnen, wie in einer Sippe, zusammengelebt. Da aber die Riesen unberechenbar und manchmal sehr bösartig sind, so trieb auch dieser Riese Loki eines Abends seinen Scherz. Er schlich sich heimlich und unerkannt zu Thors Frau Siv. Die schlief fest in ihrem Bett und ihr Mann war gerade unterwegs, um böse Riesen in weiter Ferne zu erschlagen."

„Wer war denn dieser Thor, von dem wir schon so oft gehört haben?", fragte ein Kind in der Runde. Die Umstehenden zischten es an, damit es ruhig sein sollte und nicht den Redefluss von Herwald störte. Doch Herwald winkte ab und sagte: „Das ist gut, wenn du fragst, wenn du etwas nicht verstehst. Man muss dann immer fragen."

Er machte eine kurze Pause, um sich zu sammeln und fuhr fort: „Thor war ein Sohn von dem Göttervater Odin, den er mit einer Trollfrau gezeugt hatte und ist der gefürchtete Kriegsgott. Er hat schon viele böse Riesen getötet und wenn wir Schutz benötigen, dann hilft er uns Menschen."

Herwald überlegte, wo er stehen geblieben war und Harald flüsterte ihm zu, wo er die Geschichte fortsetzen musste.

„Also Loki schlich zu Thors Frau und schnitt ihr im Schlaf die Haare ab. Dann ging er zu seinen Kumpanen und prahlte damit. Als Thor nun nach Hause kam und seine unglückliche Frau so vorfand, da suchte er nach dem Frevler. Er fand ihn und wollte ihn erwürgen. Loki winselte um sein Leben und versprach Thor, dass er seiner Frau neue Haare beschaffen würde. Thor gab nach, denn erwürgen konnte er ihn später immer noch, wenn er sein Versprechen brechen würde.

Loki ging zu den Elfen, die in der Dunkelheit leben und traf dort einige Zwerge, die er durch seine Schmeichelreden dazu brachte, dass sie ihm Haare aus feinstem Gold und einen Speer mit Namen ,Gügne' sowie das Wunderschiff ,Skidbladner' fertigten. Diese Dinge waren etwas ganz besonderes. Das Haar würde sofort anwachsen und herrlich glänzen, der Speer kann durch jeden Schild und jede Mauer dringen und das Schiff konnte man zusammenfalten und es hatte immer Rückenwind. Diese Dinge waren wunderbar und Loki wollte damit die Götter besänftigen.

Auf dem Heimweg kam er noch an einer anderen Zwergenhöhle vorbei und sah zwei Zwerge fleißig hämmern. Er redete mit ihnen in seiner gewohnten Art und meinte, dass er von anderen Zwergen so schöne Geschenke für die Götter erhalten habe, die nicht übertroffen werden könnten. Er erzählte von den Geschenken und die Zwerge wetteten mit ihm, um seinen Kopf, dass sie in der Lage wären, noch bessere zu schmieden. Die beiden Zwergenbrüder waren Brokk und Sinder. Beide schmiedeten sogleich einen Ring mit Namen ‚Draupne', den Eber ‚Gullborste' und den Hammer ‚Mjölner' und Brokk nahm die drei Sachen und folgte Loki zu dem Wohnort der Götter nach Asgard. Hier sollte entschieden werden, wessen Geschenke die besseren wären.

Die Götter entschieden sich für die von Brokk und der wollte dem Loki gleich den Kopf abschlagen. Thor hätte das sehr gefreut, denn er mochte Loki trotz seiner Geschenke immer noch nicht leiden.

Mit seiner Redegewandtheit konnte sich Loki im letzten Moment retten. Er sagte zu Brokk: ‚Du kannst mir jetzt den Kopf abschlagen, aber du darfst dabei nicht meinen Hals und mein Genick berühren, denn so haben wir nicht gewettet.' Der Zwerg schimpfte laut und fühlte sich betrogen. Schnell nähte er Loki's Lippen mit einem Lederriemen zusammen. Jetzt konnte er seine Lügenzunge nicht mehr verwenden. Die Götter lachten Loki aus und der rannte nach Hause zu seiner Frau und seinen beiden Söhnen. Gemeinsam befreiten sie ihn von seiner Lippenfessel, doch die Schande blieb und Loki wartete von da an auf eine Gelegenheit, wie er dies den Göttern heimzahlen könnte.

Den Hammer bekam Thor als Geschenk und wenn er uns in einem Kampf gegen die Riesen hilft, so braucht er nur seinen Hammer zu schwingen und unsere Feinde fallen scharenweise vor uns um."

„Das ist eine schöne Geschichte Herwald", meinte Alwin. Herwald holte tief Luft und sagte: „So jetzt geht schlafen, denn morgen früh müssen wir zeitig aufstehen. Das Gras lässt sich bei Morgentau am besten schneiden."

Langsam gingen alle zu ihren Hütten. Im Sommer schliefen viele im Freien oder in einer kleinen Hütte, deren

Vorderseite offen war. Wenn es um Mitternacht dann zu kühl wurde, regnete oder der Wind unangenehm blies, so hängten sie einfach ein großes Pferdefell vor den Eingang. Erst ab Herbst, wenn die kalten Rauhreifnächte begannen, zogen alle in das große Sippenhaus und schliefen hier zusammen in kleinen Kojen auf Holzpritschen, die mit Stroh ausgelegt und mit Fellen abgedeckt waren. Auch die Kühe lebten dann unter diesem Dach und sorgten mit ihrer Körperwärme für ein milderes Raumklima.

Harald war es gewohnt in den Sommermonaten immer im Freien, unter einem Baum zu schlafen. Hier in der Siedlung hatte er seinen Lieblingsbaum. Es war eine alte Esche, zu deren Füßen hohes, weiches Gras wuchs. Er legte ein Schaffell auf den Boden und deckte sich mit einer Wolfsfelldecke zu. Sie bestand aus mehreren Häuten und die Wölfe hatte er vor drei Wintern selbst mit Pfeil und Bogen erlegt. Wenn Harald seine Schlafstelle aufsuchte, kam sein Lieblingshund ‚Harras' zu ihm und legte sich an seine Seite. Den Hund nahm er auf die Jagd immer mit, denn er folgte ihm aufs Wort und half beim Zutreiben des Wildes.

Heute war die Nacht sternenklar und mild. Er konnte nicht einschlafen. Auch der Met hatte keine Wirkung. Vielleicht war es zu wenig, dachte er.

Aus dem Haupthaus kam eine junge Frau. Es wird Rosa sein dachte er und blickte in ihre Richtung. Rosa musste an seinem Baum vorbeigehen, um zu der Hütte ihrer Eltern zu gelangen. Sie hatte im Haupthaus noch aufräumen müssen, so dass sie meist die Letzte war, die schlafen gehen konnte. Als sie in die Nähe des Baumes kam, blieb sie stehen und schaute zu Harald, der mit dem Oberkörper am Baumstamm lehnte. Sie sah, dass er noch nicht schlief.

Harald sagte zu ihr: „Komm einmal näher zu mir, Rosa." Zögernd trat sie näher und blieb vor ihm stehen. „Ich habe gesehen, dass du schon eine richtige Frau geworden bist und wunderbares goldenes Haar hast."

Diese Worte schmeichelten Rosa sehr, noch dazu, wo Harald schon ein Mann und um ein paar Jahre älter war, als sie. Er hatte früher nur selten mit ihr gesprochen. Sie

41

wusste nicht warum und es störte sie auch nicht, denn sie hatte Hartwig als Spielkameraden und Freund und das genügte ihr. Jetzt, wo er sie ansprach und so schmeichelhafte Dinge sagte, fing ihr Antlitz zu glühen an. ‚Nur gut, dass es so dunkel ist', dachte sie, denn somit konnte er ihr rotes Gesicht nicht sehen.

„Wie alt bist du denn Rosa?", fragte er sie.

„Ich weiß nicht, vielleicht 17", sagte sie unsicher.

„Weißt du denn nicht, wie alt du bist?" fragte er weiter und sie wurde immer unsicherer. Eigentlich war es ihr egal, wie alt sie war. Sie hatte sich nie Gedanken darüber gemacht und auch nicht die Jahre gezählt, so wie es die Kinder der Herren taten. Da sie einmal hörte, dass Hartwig 17 Jahre wird und ihre Mutter ihr sagte, sie wäre etwas älter, als er, so müsste es wohl stimmen.

Doch irgendwie schämte sie sich, es nicht genau zu wissen. Sie war auf Harald ärgerlich, der ihr eine solche Frage stellte und rannte schnell zu ihrer Hütte.

Alle schliefen schon und sie legte sich neben die Mutter ins Stroh. Sie konnte nicht einschlafen. Immer wieder gingen ihr die Worte von Harald durch den Kopf, der sie als Frau ansprach.

Bisher hatte ihr das noch niemand gesagt und auch die Spielereien mit Hartwig waren unschuldig und harmlos, wie zwischen Bruder und Schwester. Nur die blöde Frage nach dem Alter störte sie und machte sie wütend, auf ihn und dann wieder auf sich selbst.

3. Besuch in Anstedt

Am frühen Morgen frühstückten alle zusammen im Haupthaus. Es gab Hirsebrei und für die Erwachsenen noch Brot dazu. Nach dem Essen gingen alle hinaus zu der Wiese, die sie heute mähen wollten. Herwald schaute sich an, was am letzten Tag erledigt wurde und gab neue Anweisungen für die Arbeit. Er wollte mit Harald zu dessen zukünftigem Schwiegervater reiten und einiges mit ihm besprechen. Sie würden wahrscheinlich erst spätabends nach Hause zurückkommen.
Alle gingen ans Werk. Herwald und Harald schauten zu den Pferden, die gerade von Jaros versorgt wurden. Der Sklave war ein guter Pferdekenner und Herwald vertraute ihm. Er war immer bei den Pferden anzutreffen und schlief auch meistens im Pferdestall. Wenn es Probleme gab oder ein Fohlen geboren wurde, dann meldete er es sofort seinem Herrn und blieb die ganze Zeit bei den Tieren.
Herwald fragte ihn: „Jaros, hast du unsere Pferde geputzt, wie ich es dir aufgetragen habe?"
„Ja, Herr, es ist alles so, wie ihr mir befohlen habt."
Er ging in den Stall und führte zwei schöne Schimmel an den Zügeln heraus. Ihr Fell glänzte in der Morgensonne wie Gold und Herwald sagte zu Harald: „Schau dir diese schönen Tiere an. Ist das nicht ein wahrhaft göttliches Geschöpf". Er tätschelte den Hals seines Schimmels, fasste mit der linken Hand in die Mähne und schwang sich blitzschnell auf den Pferderücken. Das Tier blieb ruhig stehen, obwohl Herwald eher zu den Schwergewichten unter den Männern zählte.
Die beiden Reiter schlugen den kürzesten Weg entlang der Wip nach Heyloh und von dort direkt nach Anstedt ein. Am frühen Vormittag erreichten sie ihr Ziel. Haralds zukünftiger Schwiegervater Osmund, der Gaugraf vom Obergegau, arbeitete mit seinen Leuten auf dem Feld. Als er die beiden Reiter in der Ferne ankommen sah, wischte er sich den Schweiß von der Stirn und schickte seine Tochter nach Hause, damit sie sich etwas zurechtmachen konnte. Er glaubte schon zu erkennen, dass es Herwald

und Harald waren, denn so schöne Pferde hatte sonst niemand in der ganzen Gegend. Als die beiden näher heran kamen, rief er ihnen einen Willkommensgruß zu: „Seid gegrüßt."

Sein jüngster Sohn Olaf ging ihnen entgegen und Harald sprang vom Pferd und umarmte ihn herzlich. Olaf war auch einer seiner Freunde und oft hatten sie im freundschaftlichen Kampf die Klingen gekreuzt. Sie begrüßten sich alle und gingen dann gemeinsam zur Siedlung. Hier warteten schon die Hausfrau und die inzwischen fein herausgeputzte Tochter auf sie. Harald war sehr angetan von ihrer Schönheit und hätte sie am liebsten in seine Arme genommen. Doch das schickte sich nicht und er musste damit noch bis zur Hochzeit warten.

Sie setzten sich unter eine schattige Eiche, die neben dem Haupthaus stand und die Hausfrau und ihre Tochter servierten Met in Bechern. Dabei konnte Harald seine Braut Heidrun in Ruhe betrachten. Sie fühlte seine Blicke auf sich ruhen und wurde ganz unsicher in ihren Bewegungen. Harald freute es und gerne würde er eine Weile mit ihr allein verbringen können, doch das hing von ihren Eltern ab, wie viel sie erlaubten. Herwald und Osmund kannten sich schon sehr lange und hatten in manchem Grenzkrieg Seite an Seite gegen die Feinde gekämpft. Nach der Geburt von Heidrun besprachen die Männer die Verbindung beider Sippen durch eine Heirat ihrer Kinder zu bekräftigen. Harald und Heidrun erfuhren von dieser Abmachung erst vor zwei Jahren. Als sie sich damals das erste Mal sahen, waren sie sich jedoch gleich zugetan und mit der Entscheidung ihrer Väter sehr zufrieden. Der Hochzeitstag war auf die Mittsommerwende im nächsten Jahr festgelegt. Es sollte eine sehr große Feier mit sehr vielen Gästen werden. Der Ablauf musste noch besprochen werden. Die Väter kümmerten sich mehr um die Geschenke und welche hohen Gäste eingeladen werden sollen und den Müttern oblag der Rest. Das war natürlich sehr viel mehr und die Vorbereitungen mussten schon jetzt beginnen. Osmund stieß immer wieder mit dem Becher voller Met an und sie tranken auf die Zukunft ihrer Kinder und das Wohl beider Sippen.

Nur Harald nippte an seinem Becher. Er wollte, wenn es ging, noch mit Heidrun allein sprechen können und brauchte dazu einen klaren Kopf.

Herwald kam nun auf die Hochzeitsgeschenke zu sprechen und fragte Osmund: „Lieber Osmund, ich reise in wenigen Tagen zum Königshof und werde dort einige Rösser eintauschen. Da möchte ich auch die Hochzeitsgeschenke besorgen und mit dir abstimmen, was es sein soll".

Osmund zögerte mit einer Antwort. „Das ist gar nicht so leicht, etwas dazu zu sagen, aber da wir alte Freunde sind, wollen wir nicht lange um die Sache herumreden. Nach altem Brauch bekomme ich ein Pferd von dir und einen Schild mit Speer und Schwert. So ist es Sitte. Was du mir sonst noch geben willst, überlasse ich dir."

„So soll es sein", sprach Herwald zufrieden. „Ich werde dir nicht nur eines, sondern drei Pferde schenken, damit auch deine beiden Söhne Gunter und Olaf auf meinen feurigen Rössern reiten können."

Osmund und Olaf waren sehr zufrieden mit dieser Entscheidung und sie hoben die Becher und nahmen einen großen Schluck des süßen Mets. Sie hatten inzwischen schon so viel getrunken, dass sie sich lallend in den Armen lagen und von der alten Zeit redeten. Olaf war auf seiner Holzbank in sich zusammengesunken und schien zu schlafen.

Die beiden Frauen hatten sich in die Küche zurückgezogen und bereiteten das Essen für die Gäste vor. Harald kam zu ihnen und schaute den beiden bei der Arbeit zu.

„Schmeckt dir denn mein Met nicht?", fragte ihn die Hausfrau. „Doch, doch", antwortete er verwundert. „Ich wollte nur einmal nach euch schauen", stammelte er schüchtern.

„Ich kann mir schon denken, was du gern möchtest. Du möchtest dich bestimmt mit Heidrun allein unterhalten." Er war überrascht, wie deutlich das Heidruns Mutter sagte.

„Ja, wenn du es erlaubst."

Die Mutter lachte und sagte: „Na los, geht nach hinten in die Stube, dort seid ihr ungestört."

Heidrun fasste Harald an der Hand und rannte mit ihm in

die große Stube, die nur zu Festtagen genutzt wurde. Hier setzten sie sich an den Tisch und schauten sich an. Harald hatte noch nie ein schöneres Mädchen gesehen. Sie war schlank, aber nicht dürr und hatte einen fein geformten Kopf mit wallendem lockigem Haar. Ihre Hände waren trotz der schweren Feldarbeit zart und die Haut samtartig glatt. Er nahm ihre Hände und führte sie an seine Wangen. Sie dufteten nach Waldblumenblüten. Er führte sie weiter zu seinen Lippen und sie ließ es geschehen. Jeden Moment konnte die Mutter in die Stube kommen, daher mussten sie sehr vorsichtig mit ihren Berührungen sein.

„Du warst jetzt lange nicht bei uns", sagte sie.

„Ich war mit meinen Brüdern und den Pferden auf den Bergweiden und wir sind erst gestern zurückgekommen."

„Das ist sehr lieb von dir, dass du gleich zu mir gekommen bist. Hattest du Sehnsucht nach mir?"

Sie lächelte bei diesen Worten. Ihre Mutter kam herein und brachte eine Schale Tee und süßes Brot. Sie betrachtete die beiden eine Weile. Zu Harald gewandt fragte sie: „Haben die Väter schon den Tag der Vermählung beschlossen?"

„Ich glaube sie haben sich geeinigt. Es soll im nächsten Frühjahr zur Tagundnachtgleiche sein. Ich kann es kaum noch erwarten."

„Und wie ist es bei dir Heidrun?", fragte die Mutter weiter. Ihre Tochter war von dieser Frage überrascht. Sie hatte schon einmal mit ihrer Mutter darüber gesprochen und ihr gesagt, dass sie sich freut. Vielleicht hatte es die Mutter inzwischen vergessen.

„Ich freue mich auch auf die Hochzeit", sagte Heidrun und sah dabei Harald an.

Die Mutter ging zufrieden in die Wohnküche zurück und ließ die beiden allein. Sie hatten sich noch so viel zu erzählen, was nicht unbedingt für andere Ohren bestimmt war.

Herwald rief nach Harald. Es war schon Nachmittag geworden und sie mussten die Heimreise antreten, um nicht bei Dunkelheit reiten zu müssen. Sie verabschiedeten sich und dankten für die gute Bewirtung und ritten auf dem gleichen Weg zurück, den sie gekommen waren. Rechtzeitig zum Abendessen kamen sie in Rodewin an. Nach dem Essen erzählte Herwald den anderen, wann die Hochzeit sein sollte und welche Vorbereitungen bis dahin zu treffen waren. Die ganze Sippe würde eingespannt sein, denn man erwartete sehr viele Gäste. Für die musste man behelfsmäßige Unterbringungsmöglichkeiten schaffen, denn die meisten würden über eine Woche oder länger hier bleiben und mit feiern. Heute wollte niemand eine Geschichte hören, denn alle dachten nur noch an die bevorstehende Hochzeit. Es wurde spät, bis alle schlafen gingen.

Harald legte sich wieder unter seinen Baum zur Ruhe, doch seine Gedanken wanderten ständig zu seiner Braut Heidrun. Schon bald würden sie vermählt sein und viele Kinder haben. Er hätte gern gewusst, wie alles einmal werden wird und er dachte sich, dass es gut wäre, zur weisen Kräuterfrau zu gehen. Diese Alte konnte aus den Runen lesen. Wenn er sie früher einmal befragte, so war das auch immer eingetreten. Die Leute meinten, dass das alte Weib mit den Göttern und Geistern reden könne und möglicherweise gar kein richtiger Mensch wäre. Sie hatte zwei schöne Töchter, die hin und wieder von einsamen Männern aufgesucht wurden. Auch Harald war schon manchmal bei ihnen gewesen. Es war dann üblich ein paar Geschenke mitzubringen. So konnten die drei ganz gut im Wald überleben.

Am Himmel strahlten die Sterne und Harald hoffte, eine Sternenschnuppe zu sehen. Doch alle Anstrengung half nichts. Aus dem Haupthaus kam Rosa und lief leichtfüßig zur Hütte, wo die Mutter schlief. Als sie an dem Baum von Harald vorbeikam, blieb sie stehen und schaute zu ihm hin. Harald hatte die Augen geschlossen und tat, als würde er schlafen. Sie ging ganz nah zu ihm heran und deckte ihn mit seinem Wolfsfell zu, damit er nicht frieren würde. Harald merkte es, blieb aber ruhig. Dann lief sie schnell weg.

Am nächsten Morgen gingen alle zum Heu machen auf die Wiese. Harald half mit und warf das getrocknete Gras mit einer Gabel auf einen einachsigen Ochsenkarren.

Hartwig musste es dort fest packen. Als der Karren voll beladen war, dass er schon umzukippen drohte, wurde das Heu mit Hanfseilen festgezurrt. Dann fuhr Harald mit dem Ochsengespann zur Siedlung, um es in einem der großen Heuschober zu verstauen. Er rief nach Rosa. Sie sollte das lockere Heu auf der Tenne gut mit ihren Füßen festtreten.

Rosa kam sogleich aus dem Haus gerannt und kletterte auf der Leiter zu dem Zwischenboden des Heuschobers hinauf. Vom Wagen aus warf Harald mit der Gabel das Heu hinauf. Rosa trat hochbeinig darauf herum, bis es verdichtet war. Sie hob dabei ihr Kleid bis zu den Knien, um nicht darauf zu treten. Es sah aus, als würde ein Storch über die nassen Wiesen stolzieren.

Der Anblick gefiel Harald und er ließ sie immer wieder hin und herlaufen und meinte, dass alles noch nicht fest genug gepackt wäre. Auch Rosa gefiel dieses Spiel, schon deshalb, weil Harald es schön fand, wie sie sich bewegte. Es kam ihr so vor, als würde sie ganz allein für ihn auf der Tenne tanzen. Sie stellte dabei allerlei Verrenkungen an, so dass Harald oft darüber lachen musste. Das Abladen und Treten wiederholte sich noch ein paar Mal am Tag und beiden schien es sehr zu gefallen.

Am Abend ging Rosa wieder langsam am Baum vorbei. Harald tat so, als würde er schlafen. Sie stellte sich vor ihm auf und wippte hin und her.

„Hat dir mein Tanz heut gefallen?", fragte sie ihn, bekam aber keine Antwort.

„Ich habe mir dabei die ganzen Beine zerstochen, willst du es sehen?" Immer noch blieb Harald still. Sie ging ganz langsam auf ihn zu und strich ihm vorsichtig übers Gesicht. Harald öffnete die Augen und fragte: „Was willst du denn hier? Du müsstest doch schon längst schlafen."

„Ich musste bis jetzt noch im Haus arbeiten und werde mich gleich niederlegen. Vorher muss ich noch meine Beine mit Fett einreiben, denn die brennen so sehr."

„Wieso brennen deine Beine", fragte Harald gelangweilt und gähnte noch dazu. Rosa aber tat, als merkte sie das nicht.

„Ich habe mir die ganzen Beine im Heu zerstochen und das tut weh. Schau wie meine Beine jetzt aussehen." Sie zog dabei ihr Sackkleid hoch. Viel höher, als notwendig wäre und flüsterte: „Du darfst ruhig einmal darüber streichen, denn dann vergeht vielleicht der Schmerz schneller."

„Damit du Ruhe gibst, werde ich es tun", sagte er und strich mit der Hand über ihre Unterschenkel.

„Auch über dem Knie sind noch ein paar Stellen", sagte sie fordernd.

„Die kannst du selber streichen", sagte er und drehte sich auf die Seite. Dieses kleine Luder, dachte er sich. Die will es unbedingt wissen. Mal sehen, was sie noch anstellt.

Rosa ging in ihre Hütte und legte sich hin. Als Harald sie an den Beinen berührt hatte, war sie wie elektrisiert. Sie wusste selber nicht, was mit ihr los war. Bisher kannte sie solche Gefühle nicht. Jetzt bekam sie schon bei dem Gedanken an Harald richtige Hitzewellen.

Am nächsten Tag lief das Ganze ähnlich ab. Rosa machte ihren Heutanz und Harald amüsierte sich dabei. Übermütig hob sie dabei das Sackkleid so hoch, dass Harald ihre festen Schenkel sehen konnte. Er sagte nichts dazu. Es gefiel ihm. Auf dem Zwischenboden war nicht mehr sehr viel Platz und das Heu musste nun in die letzten Ecken gepackt werden. Dies ging nicht mehr so schnell und Rosa kam nicht nach. Harald wollte ihr helfen und kletterte die Leiter hinauf. Es war sehr eng und heiß unter dem Dach. Je weiter er nach hinten kam, umso wärmer wurde es. Mit seinen Händen stopfte er Heu unter das Dach. Rosa schaute ihm zu. Auf einmal spürte sie wieder diese Hitzewellen. Sie wusste nicht, ob diese von außen oder von innen kamen. Spontan zog sie ihr Kleid aus. Harald wusste im ersten Moment nicht, wie er sich verhalten sollte. Auch ihm war sehr heiß unter dem Dach. Er schaute auf den Hof, ob auch niemand in der Nähe der Scheune war und ging dann zu Rosa, um ihr zu helfen.

Nach der Arbeit eilte Rosa ins Haus zurück und war mit sich und der Welt sehr zufrieden. Niemand hatte mit ihr über die Beziehungen zwischen Mann und Frau jemals gesprochen und doch hatte sie im rechten Augenblick gewusst, was sie tun mußte. Mit ihren Gedanken war sie heute nicht bei der Arbeit und die Hausfrau musste sie öfter tadeln. Sie konnte nicht ahnen, was passiert war. Das war gut so, dachte Rosa.

Am Abend, nach dem Essen musste Herwald wieder eine seiner schönen Geschichten erzählen. Es kam mitunter vor, dass er eine wiederholt vortrug, aber das störte keinen. Alle lauschten gespannt seinen interessanten Ausführungen und Abwandlungen. Heute erzählte er ihnen, wie die Götter die Menschen erschaffen hatten.

„Der Göttervater Odin hatte zusammen mit seinen Brüdern die Welt erschaffen und auch die Menschen. Und das war so: Eines Tages gingen er und seine Brüder, der kluge Wile und der beredte We am Strand spazieren und fanden dort zwei Baumstämme, die von den Wellen ans Ufer gespült wurden. Diese Stämme ähnelten in ihrem Aussehen den Göttern.

Sie stellten sie aus einer Lust und Laune heraus am Strand auf und freuten sich über die zufällige Ähnlichkeit mit ihnen. Dann hauchte Odin den Hölzern Leben ein und sie fingen an zu atmen.

Wile gab ihnen Verstand und Vernunft und We schenkte ihnen die Sinne und das Aussehen. Beide Hölzer waren nun zum Leben erweckt. In ihnen strömte das Blut durch die Adern. Die Augen, die Haare und die Haut nahmen Farbe an. Jetzt waren sie keine Holzstücke mehr, sondern zwei lebende Wesen, die den Göttern ähnelten. Odin nannte sie Asch und Embla. Von ihnen stammen alle Menschen ab, auch wir.

Die Menschen lebten am Anfang mit den Göttern zusammen, doch das gefiel ihnen nicht so sehr, auch weil sich die Menschen so schnell vermehrten und es nur so von ihnen wimmelte. Deshalb haben sich die Götter im Himmel einen neuen Wohnsitz gebaut, den sie Asgard nannten. Über eine Regenbogenbrücke war ihre Welt mit der Erde verbunden, doch kein Sterblicher kann darüber zu der Götterburg gelangen."

„Es gibt aber doch Menschen, die in Walhall leben. Wie ist das möglich?" wollte Hartwig wissen.

„Das sind aber keine lebenden Menschen. Es sind die toten Helden, die wegen ihres Muts und ihrer besonderen Kampfesstärke von den Walküren vom Schlachtfeld dorthin getragen werden. Doch davon erzähle ich euch später mehr. Jetzt wollen wir schlafen gehen, damit wir früh rechtzeitig aus dem Strohlager kommen."

Am nächsten Morgen wollte Hartwig in den Waldteichen ein paar Fische fangen. Er fragte seine Mutter, ob ihm Sigu und Rosa dabei helfen könnten. Sie war einverstanden. Sie legten den Köcher und ein Netz in einen Tragkorb, den Rosa tragen musste und gingen zu den Teichen. Es waren die gleichen Teiche, wo er sich mit Rosa schon oft getroffen und sie zusammen gebadet hatten. Als sie dort ankamen, erklärte Hartwig, wie sie beim Fischen vorgehen wollten. Sigu und Rosa sollten das Netz nehmen und es durch das Wasser ziehen. Er wollte dann die Fische mit dem Köcher einfangen und in den Korb geben. Wie gesagt, so getan. Es funktionierte sehr gut. Zuerst stiegen Sigu und Rosa im seichten Schilfgebiet in das Wasser. Mit Stöcken vertrieben sie die Fische, die sich da verborgen hatten. Diese schwammen hurtig zu den tieferen Stellen.

Dann nahmen sie die Enden des Netzes und Hartwig hielt es in der Mitte fest. Den Köcher hatte er sich am Rücken festgebunden. Alle drei ließen das Netz vorsichtig in das Wasser, doch nur soweit, dass das Netz nicht in den Wasserpflanzen hängen blieb. Sie gingen ganz langsam zum tiefsten Punkt im Teich, der bei dem Wasserüberlauf lag. Dort war der Grund sandig. Das Wasser reichte Rosa schon bis an den Hals und sie jammerte, ertrinken zu müssen. Hartwig beruhigte sie und so ging sie weiter.

In der Mitte des Netzes war es schon sehr unruhig geworden. Die Fische sprangen aus dem Wasser und waren ganz wild. Hartwig nahm mit der einen Hand den Köcher und langte in das Knäuel von Fischen. Dann gab er sie in den Korb.

Es waren mehr als zehn große Karpfen, die er fangen konnte und alle waren mehr als vier Pfund schwer. Die restlichen Fische, die sich noch im Netz tummelten, ließen sie frei. Zufrieden über die gelungene Arbeit stiegen sie aus dem Wasser. Sigu der Riese hatte den Korb mit den Fischen aus dem Wasser gehoben, er war sehr schwer.

Am Ufer sagte Hartwig: „Wir sind sehr zeitig fertig und werden noch gar nicht zu Hause erwartet. So können wir uns noch eine Weile ausruhen und unsere Kleider trocknen. Ich sage euch dann, wenn es Zeit ist zu gehen. Sigu legte sich gleich am Ufer in die Sonne und zog nur sein Hemd aus.

Hartwig und Rosa suchten sich ein schönes Plätzchen im Unterholz, so dass sie nicht gesehen werden konnten. Sie zogen sich aus und hängten ihre Kleider über die Äste der umstehenden kleinen Bäume. Das Gras inmitten der Baumgruppe war hoch und weich. Beiden fröstelte, doch die Sonne wärmte sie schnell wieder auf. Rosa lag auf dem Rücken und hatte zwischen ihre Zehen Blumen gesteckt. Es sah sehr komisch aus und sie mussten lachen. Hartwig umfasste in gewohnter Weise die prallen Brüste von Rosa. Dies machte ihm schon immer viel Spaß. Die Brüste waren so weich und warm, es gab für ihn keine schönere Stelle am Körper eines Mädchens. Rosa dachte an Harald und an das, was sie gestern erlebt hatte. Sie war nun eine Frau und fühlte sich Hartwig gegenüber sehr viel älter und reifer. Hartwig merkte ihr an, dass sie sich verändert hatte, konnte aber nicht sagen, was es war. Da ihn das störte, fragte er sie: „Rosa, du bist heute so anders. So, als wenn du mit deinen Gedanken weit weg wärst."

„Das kann schon sein, das ist manchmal bei einer Frau so. Aber das verstehst du noch nicht."

„Was heißt hier ‚ich verstehe es nicht'. Bin ich denn ein Trottel?" Verärgert drehte sich Hartwig von Rosa weg. Sie fasste ihn am Arm und zog ihn zu sich.

„So habe ich das nicht gemeint. Sei mir bitte nicht böse. Du weißt doch, dass du mein bester Freund bist und es keine Geheimnisse zwischen uns gibt. Aber du wirst auch bemerkt haben, dass ich jetzt eine erwachsene Frau geworden bin."

„Was soll das Gerede. Du bist doch noch die Gleiche, so wie ich der Gleiche bin", meinte Hartwig etwas barsch.

„Nein, wir sind irgendwann in unserem Leben nicht mehr

die Gleichen. Wenn du zum Beispiel dort den Schmetterling siehst, erst war er eine Raupe und jetzt fliegt er frei herum und so ist es auch bei uns. Irgendwann sind wir erwachsen und haben dann andere Gefühle und Bedürfnisse. Für jeden kommt einmal der Zeitpunkt, wo er sich verändert."

„Ich merke nicht, dass ich mich verändert habe", brummte Hartwig.

„Das ist es ja eben. Deine Zeit ist noch nicht gekommen."

„Und was ist nun anders bei dir, wo du nun eine Frau bist?" fragte Hartwig spöttisch zurück.

„Mein ganzes Wesen ist jetzt anders. Ich muss vieles noch kennen lernen. Manches verstehe ich selbst noch nicht."

Von dem gestrigen Erlebnis unter dem Scheunendach wollte sie Hartwig nichts sagen. Sie hatte Harald versprochen, niemand davon zu erzählen. Rosa überlegte, wie sie Hartwig die Veränderung in ihrem Sein verständlich erklären konnte.

„Sag mal Hartwig, hast du schon einmal ein Mädchen geküsst?", fragte sie neugierig.

„Wieso fragst du, ich habe dich doch schon so oft geküsst."

„Nein, das meine ich nicht, ich wollte wissen, ob du ein Mädchen, außer mir schon einmal richtig geküsst hast?"

„Nein, ich kenne keine andere, aber warum fragst du so blöd?"

Er schien sichtlich verärgert und sie versuchte ihn zu beschwichtigen. „Ich werde dich jetzt einmal anders, als sonst küssen und du sagst mir dann, ob du es merkst. Aber du darfst dich nicht wehren, solange ich es so will."

Er willigte ein, legte sich auf den Rücken und schloss die Augen. Sie beugte sich über ihn und drückte ihre Lippen fest auf seine.

Anfangs hielt er die Lippen fest geschlossen, doch schon bald wurde er lockerer. Ihre Zähne stießen zusammen und sie öffnete den Mund. Auf einmal spürte er ihre Zungenspitze auf seinen Zähnen und er öffnete leicht den Mund. Dabei berührten sich beide Zungenspitzen. Das war ihm zu viel, was sollte das. Er drückte ihren Kopf mit seinen Händen hoch und holte erst einmal tief Luft.

„Ich finde es blöd, was du da machst", stieß er noch immer außer Atem hervor.

„Siehst du, ich habe dir doch gesagt, dass du noch nicht so weit bist, denn du fühlst noch nichts dabei", antwortete Rosa. Hartwig setzte sich aufrecht hin und schaute verwundert auf Rosa, die sich neben ihn hingelegt hatte.

„Was soll ich denn fühlen?" fragte er ganz verunsichert.

„Wenn dir beim Küssen das Blut in den Kopf steigt und ganz heiß dabei wird, dann wirst du erwachsen. Wir können es noch einmal probieren und jetzt küsst du mich, so wie ich dich vorhin geküsst habe."

Vorsichtig beugte sich Hartwig über Rosas Kopf und ihre Lippen berührten sich ganz zögernd. Rosa hatte ihre Arme um seinen Hals geschlungen und seinen Kopf weiter nach unten gedrückt. Als sich ihre Zungenspitzen berührten, fand er das schon nicht mehr so störend. Die Übung wiederholten sie noch ein paar Mal und er merkte, wie es ihm immer mehr gefiel. Er spürte, wie ihm das Blut in den Kopf stieg und dabei ganz heiß wurde. Rosa war als Lehrmeisterin ganz zufrieden und versprach ihm, an den nächsten Tagen mit den Übungen weiter zu machen.

Auf dem Heimweg war Hartwig noch ganz aufgeregt. Er fragte Rosa, woher sie das alles wisse.

„Das habe ich von der Kräuterfee gehört, die im Walde wohnt", entgegnete Rosa, da ihr nichts anderes einfiel.

Als sie mit den Fischen zu Hause ankamen, freute sich die Mutter sehr über den guten Fang und die Abwechslung der nächsten Mahlzeiten. Fisch zählte zu den besonderen Speisen und es gab ihn meist nur an Feiertagen. Der Pferdetrieb zum Königshof in den nächsten Tagen war so ein besonderes Ereignis und das musste gefeiert werden. Mit der Heuernte ging es gut voran. Die Sonne schien seit vielen Tagen und Jaros, der sich mit den Wetterregeln auskannte, sagte noch viele schöne Sommertage voraus. Harald hatte seinen Spaß mit Rosas Heutänzen und brachte ihr viele Dinge bei, die er bei den Töchtern der Kräuterfrau gelernt hatte. Dies kam wiederum Hartwig zugute, der ein gelehriger Schüler von Rosa war. So vergingen schnell die Tage bis zur Abreise.

4. Die Königspferde

Am nächsten Morgen begann der große Pferdetrieb. Am Vortag wurden hierzu alle Vorbereitungen getroffen. Der Ochsenkarren geputzt und die Radnaben gut gefettet. Jeder wusste, was er zu tun hatte. Herwald, Harald und Hartwig trieben die Pferde und Jaros und Ingolf sollten mit dem Ochsenkarren fahren. Auf den Karren packten sie genügend Futter für die Tiere und sonst noch alles, was sie auf der Reise benötigen würden. Jaros legte den Pferden ein Halfter an und sie wurden mit Leinen zu drei Gruppen zusammengebunden. So konnten sie nicht davon und sich womöglich noch verletzen. Das Verletzen an einem Ast oder etwas anderem bildete die größte Gefahr und Herwald wählte daher die besten Wege, auch wenn sie etwas länger waren.
Sie kamen gut voran, immer entlang der Wip. Die Siedlungen am Weg besuchten sie nicht. Wenn sie zu einem Besuch gebeten wurden, vertrösteten sie die Leute, bis zu ihrer Rückreise damit zu warten. Das sah auch jeder ein, denn die Pferde waren ein riesiges Vermögen und da müsste man sehr achtsam umgehen.
Als sie die Mündung zu dem Fluss Ge erreichten, war es nicht mehr weit bis zu Herwalds Schwager, bei dem sie die Nacht verbringen wollten. Am späten Nachmittag kamen sie bei Gerwald in Molstedt an. Die erste Hürde war geschafft und es gab keine Probleme. Gerwald hatte sie schon erwartet. Herwald schickte ihm vor einigen Tagen einen Boten, damit er die Vorbereitungen für die Unterstellung der Tiere treffen konnte.
Die Pferde wurden in eine kleine Koppel geführt und losgebunden. Auf diesen Moment schienen sie gewartet zu haben, denn sie galoppierten gleich davon. Jaros und Gerwald brachten ihnen frisches Futter. Dann erst gingen sie mit den anderen zum Haus. Hier wartete schon Gerwalds Frau und schenkte ihnen ein selbst gebrautes, gewürztes bierähnliches Getränk ein. Hartwig schlug das alkoholische Getränk aus, da sein Vater dabei war. Er bekam dafür einen Lindenblättertee.

„Wenn ihr erlaubt, bringe ich Jaros auch einen Tee", sagte Hartwig zur Hausfrau.

„Aber nein, bleib hier. Das mache ich." Und schon lief sie mit einer Schale Tee nach draußen.

Die Männer hatten viel zu besprechen. Da Gerwalds Siedlung in unmittelbarer Nachbarschaft zum Königshof lag, gelangten die Informationen von dort auch schneller zu ihm. Er kannte die aktuellen Tauschwerte und wie er schon sagte, standen Pferde derzeit hoch im Kurs.

„Vom Königshof des Bertachar sollen viele Pferde an den Kaiser des Oströmischen Reiches geliefert werden. Händler von dort sind vor ein paar Tagen angekommen. Sie haben auch wunderbare Dinge aus ihrem Land zum Tauschen mitgebracht. Vieles von dem habe ich noch niemals gesehen. Bertachar hat ihnen ein großes Haus innerhalb des Königshofes zugewiesen. Dort haben sie ein paar Stände aufgebaut, wo man ihre Tauschwaren ansehen kann. Wie ich hörte, suchen sie auch Schwerter aus dem harten Stahl vom Thüringer Wald. Es scheint sich in ihrem Lande schon herumgesprochen zu haben, dass wir gute Schwerter machen können."

„Mag sein", entgegnete Herwald. „Diese Sachen haben wir ja schon seit vielen Jahren in den Süden geliefert. Jetzt, wo Theoderich tot ist, hat der Oströmische Kaiser das Sagen und unser König tut gut daran, sich gut mit ihm zu stellen und Handel zu treiben."

Herwald und alle anderen nahmen zunächst einen großen Schluck Bier und wischten sich mit dem Unterarm den Mund ab. Er fuhr fort: „Kann man sich mit den Händlern überhaupt unterhalten. Sie sprechen bestimmt eine andere Sprache."

Gerwald hob die Hand und nickte mit dem Kopf. „Die haben ein paar ganz gescheite Burschen bei sich, die unsere Sprache fließend sprechen. Sie sehen aus wie die Römer, ohne Bart und kurze schwarze Haare. Aber das weiß man bei denen nie so genau, wo sie wirklich herkommen."

„Hoffentlich sind es keine Spione der Franken", gab Herwald zu bedenken.

„Das glaube ich nicht, die Franken sind Germanen, so wie

wir und sehen uns auch ähnlich. Aber die Fremden sind klein und zierlich, noch zarter, als meine jüngste Tochter Tusnelda."

Alle mussten lachen. Harald fragte: „Wo ist denn deine Tochter, ich kann sie gar nicht sehen. Ich glaube, du versteckst sie vor uns."

„Dummes Geschwätz", antwortete Gerwald etwas mürrisch. „Sie dient seit einem Jahr bei der Königin und passt dort auf ihre Kinder auf."

„Das ist doch schön für deine Sippe, denn es bringt dir viel Ehre, wenn sie dem König und seiner Familie dient", wandte Herwald ein.

„Es ist schon so, doch ich hätte das hübsche Ding auch gern bei mir."

„Sei nicht so egoistisch, du hast doch noch zwei andere Töchter, die älter sind."

„Schon, schon, aber die Jüngste ist mir halt die Liebste. Die Älteste wird schon im Herbst heiraten, dann bleibt mir nur noch die eine und die ist auch schon versprochen."

Herwald winkte ab und sagte: „So ist das mit den Kindern, kaum sind sie groß, schon fliegen sie aus. Aber ärgere dich nicht, denn du hast auch noch zwei Söhne und durch sie bekommst du wieder zwei junge Frauen ins Haus."

Gerwald machte ein betrübtes Gesicht und meinte: „So leicht ist das auch nicht. Beide Söhne stehen beim König im Dienst und haben dort viel erreicht. Es kann mir passieren, dass sie nicht mehr in unsere Siedlung zurückkehren und wir beiden Alten allein bleiben werden. So ein Königshof in der Nähe ist eine zu große Verführung für die jungen Leute. Es gibt dort interessantere Arbeit, als auf einem einfachen Bauernhof."

Herwald kratzte sich am Kopf. Er erkannte die Problematik und war froh, dass er etwas weiter entfernt seine Siedlung hatte.

„Wer hilft dir denn bei der Arbeit im Haus und auf dem Feld?"

„Dazu habe ich sechs fleißige Sklaven. Sie machen die ganze Arbeit und ich brauche nur nach dem Rechten zu sehen. So habe ich auch mehr Zeit, mich am Königshof umzuschauen und dort meine alten Freunde zu besuchen. Dadurch erfahre ich die neuesten Dinge, die im Lande passieren und das sind nicht immer die Besten."

Alle horchten auf und drängten Gerwald, doch etwas darüber zu sagen. „Ich hörte, dass die Franken im Westen großen Stunk machen und dort die Siedlungen der Burgunder niederbrennen. Das sind richtige Wölfe, die keinen davon kommen lassen. Ganz erbärmliche Kreaturen."

Harald gab zu bedenken: „Aber sie haben doch lange Zeit an unserer Grenze Ruhe gegeben, nachdem sie die Chatten an unserer Westgrenze besiegt hatten und unsere direkten Nachbarn geworden sind. Ich denke, nur Chlodwig war für uns wirklich gefährlich und der ist, Odin sei Dank, schon viele Jahre tot."

Gerwald winkte ab und meinte: „Du weißt nicht das Neueste aus dem Westen. Die Söhne von Chlodwig, die sich das Frankenreich aufgeteilt haben, sind keinen Deut besser als er. Ihnen ist nicht zu trauen."

Herwald meinte: „Ich denke die Franken sind noch lange mit den Burgundern beschäftigt. Der Krieg mit ihnen dauert nun schon viele Jahre."

„So einfach darf man das nicht sehen", gab Gerwald zu bedenken. „Wir hatten einen starken Beschützer, den Ostgotenkönig Theoderich, doch der ist im letzten Jahr gestorben und man vermeldet große Unruhen um seine Nachfolge."

„Für die Franken wäre es jetzt leicht, gegen uns zu ziehen, denn es würde uns niemand mehr von den Ostgoten helfen."

„Aber es wird bestimmt nicht so schlimm kommen", beschwichtigte Gerwald und winkte ab. „Kommt lasst uns noch einen Krug Bier leeren und dann wollen wir schlafen gehen. Ich komme morgen mit euch zum Königshof."

Die Männer saßen noch ein Weilchen zusammen. Der Raum war durch das Feuer auf der Herdstelle gut ausgeleuchtet. Die Flammen züngelten an der Oberfläche der starken Birkenscheite.

Hin und wieder legte die Hausfrau ein paar Holzstücke nach, damit das Feuer nicht ausging. In einer Ecke des

Raumes lag Stroh, über dem Rinderhäute ausgebreitet waren. Hier legten sich die Männer spät nach Mitternacht zur Ruhe.

Früh am Morgen, noch bevor die Sonne aufging, begann schon das geschäftige Treiben im Wohnhaus. Die Hausfrau war dabei, die Herdstelle zu reinigen und das Frühstück vorzubereiten.

Die Männer schliefen noch auf ihrem Strohlager. Manche schnarchten so laut, dass man glauben könnte, ein Gewitter würde kommen.

Gerwald wachte als Erster auf und weckte die anderen. Sie gingen vor das Haus, um die Morgenfrische zu genießen. Das Bier vom abendlichen Zechen hatte allen einen gehörigen Brummschädel bereitet. Jede Bewegung des Kopfes war schmerzhaft. Manche von ihnen gossen sich am Brunnen vor dem Haus Wasser über das Haupt und fanden dadurch etwas Linderung.

Das Frühstück war bald fertig und sie setzten sich an die große Tafel in der Mitte des Wohnraums.

Gerwald segnete die Speisen und dankte den Göttern für ihren Beistand.

„So, nun greift zu und lasst es euch schmecken", sprach er und langte mit seinem Holzlöffel als erster in eine große Schüssel mit warmen Hirsebrei, die in der Mitte des Tisches stand. Der Brei war mit Honig gesüßt und dazu gab es getrocknete Früchte, eine besondere Delikatesse. Die Männer aßen allein. Die Frauen, Kinder und Sklaven würden sich erst dann an die Tafel setzen, wenn die Männer aufgestanden waren und sich vor dem Haus unter der Linde gemütlich zusammensetzten.

Inzwischen hatten die Sklaven die Tiere in den Ställen und auf der Koppel versorgt. Herwald wollte schon bald aufbrechen, damit sie noch vor Mittag am Königshof des Bertachar eintrafen und das Geschäftliche vor Einbruch der Dunkelheit abwickeln konnten. Jeder wusste, was er zu tun hatte. Die Pferde waren gehalftert und in Gruppen zusammengebunden. Jaros hatte sie zusammen mit Gerwalds Sklaven fein gestriegelt, so dass sie wie Wesen aus einer anderen Welt aussahen. Alle waren auf den

Beinen, um den Abmarsch der Königspferde mit anzusehen und die Leute schauten ihnen noch lange hinterher.
Schon seit vielen Jahren machte Herwald hier mit seinen
Pferden einen letzten Stopp vor der Weiterreise nach der
Bertaburg. Die Burganlage Bertaburg, die sich am Rande
des Königshofs befand, war das politische und kulturelle
Zentrum des mittleren Thüringer Königreiches. Der befe-
stigte Königshof schloss die Burganlage ein. Hier lebten
die Beamten, Handwerker und Händler.
Der Weg zum Königshof war gut ausgebaut, breit genug
für vier Gespanne. So etwas hatte Hartwig noch nie gesehen. Unterwegs trafen sie viele Bauern und Händler, die in
beiden Richtungen unterwegs waren. Nach zwei Stunden
kamen sie zu dem Königshof und konnten auch die steinerne Burg sehen. Sie lag auf einem Hügel und der König
konnte von seinen Burgmauern weit ins Land schauen.
Die Siedlung war mit einem Schutzwall aus Eichenstämmen
und Erde umgeben. Die Stämme ragten etwa drei Meter
aus dem Boden und waren oben angespitzt, so dass
sie nicht leicht zu überwinden wären. Den Zugang zu
der geschützten Siedlung bildeten große Holztore mit
Eisenbeschlägen. Im Torbereich standen bewaffnete
Knechte, die jeden, der hinein oder herausgehen wollte,
kontrollierten.
Der Hauptmann der Torwache erkannte Gerwald und
Herwald und lief auf sie zu. Er umarmte beide, denn sie
waren alte Waffengefährten und kämpften so manches
Jahr Seite an Seite im Gefolge König Bertachars. Fast
jedes Jahr rief Bertachar seine getreuen Waffengesellen
zum Kampf gegen Grenzverletzer oder Unruhestifter im
großen Reich der Thüringer auf. Als Schwertführer des
Königreiches hatte er auch für den Schutz der Grenzen
seines Bruders Herminafrid, der das nördliche Königreich
besaß, zu sorgen. Das südliche Reich, das vom Main bis
zur Donau reichte und einst seinem verstorbenen Bruder
Baderich gehörte, wurde zum größten Teil dem Hauptkönig
Herminafrid, zugesprochen und von ihm verwaltet.
Der Hauptmann der Wache ging zu Harald und sagte: „Du
bist bestimmt der Sohn meines Freundes Herwald?" Er

schaute ihn an, als würde man ein Tier nach seinem Wert begutachten.

„Ja", sagte Herwald, „und das ist mein zweiter Sohn Hartwig. Es wird aber noch ein paar Jahre dauern, bis er das Schwert gut führen und mit uns in den Kampf ziehen kann."

„Die Jahre vergehen schnell, mein Freund", antwortete der Hauptmann. „Wir werden immer älter und so müssen bald die Jungen unseren Platz einnehmen und das ist gut so. In Walhalla ist schon ein Platz für uns drei reserviert und vielleicht dauert es nicht mehr lange, bis uns die Walküren dorthin holen."

Der Hauptmann schaute zu den Pferden und sprach zu Herwald: „Deine Pferde zählen zu den schönsten und besten, die wir haben. Des Königs Stallmeister wird sehr zufrieden sein damit. Sie werden bestimmt zur großen Herde in den Hainwald kommen und zur Nachzucht zugelassen werden."

„Das wäre sehr schön und ich würde mich freuen. Du bist ein großer Pferdekenner und es macht mich stolz, so viel Lob von dir zu hören."

Herwald verabschiedete sich vom Hauptmann und klatschte in die Hände, als Zeichen, dass sie jetzt weiter gehen mussten. Sie zogen durch das Tor und auf dem geraden Weg zu einem, in der Ferne schon sichtbaren Platz. Auf beiden Seiten der Straße blieben die Leute stehen, um die schönen weißen Rösser anzusehen. Es gab viele bewundernde Worte, besonders wegen der ebenmäßigen weißen Farbe des Fells und viele versuchten mit ihren Fingern die Tiere zu berühren. Bestimmt wird manches der Tiere zu einer besonderen Feierlichkeit den Göttern geopfert und so sah man die Pferde schon jetzt als geheiligte Wesen an.

Bald erreichten sie den großen Platz, der von Holzhäusern und Lagerschuppen eingeschlossen war und wo der Weg weiter zur Burg führte. Am Rande des Platzes war viel Marktbetrieb. Bauern hatten ihre Waren auf dem Boden ausgebreitet und tauschten sie mit anderen. In den Häusern und Hütten lebten verschiedene Handwerker. Das waren

Tuchmacher, Töpfer, Schreiner, Schmiede und andere, die sich allein auf ihr Handwerk spezialisiert hatten und die Waren des täglichen Lebens durch Tausch erwarben. Es waren auch viele Händler, die von weit her angereist kamen und ihre Waren von ihren Wagen oder Karren aus anboten. Sie waren für die Einheimischen und besonders für die Kinder sehr interessant, da sie weit gereist waren und auch viele Geschichten erzählen konnten.

Am Ende des Platzes stand ein großes Gebäude, das Zinshaus. Hier wurde alles abgeliefert, was dem König zustand. Er war der größte Grundbesitzer und erhielt ein Zehntel von allen Erträgen aus den verpachteten Böden. Die Lieferung der Pferde an den Königshof war auch ein Teil der Abgaben, da die nicht landwirtschaftlich bearbeiteten Fluren, ebenfalls dem König gehörten und Herwald diese Flächen für die Beweidung durch seine Pferde nutzen durfte.

Pferde spielten im Königreich eine große Rolle. Bertachar hatte ein großes Reiterheer, das damit versorgt werden musste. Zum anderen waren die Tiere ein wichtiges Tauschobjekt mit benachbarten Völkern, insbesondere im Süden. Der größte Teil wurde in den königlichen Gestüten gezüchtet. Sie lagen in der Nähe weitläufiger Waldflächen, den Hainen und die Tiere konnten sich dort frei bewegen. Die weiße Farbe der Pferde war durch Zucht entstanden. Als Opfer an die Götter bevorzugte die Priesterschaft weiße Tiere. Wenn ein Tier dunkle Stellen im Fell aufwies, so wurde es schon als Fohlen geschlachtet. Somit konnten sich nur die rein-weißen Pferde vermehren. Da die Tiere den ganzen Winter über im Freien verbrachten, waren sie widerstandsfähig gegen Wind und Wetter und sehr geeignet als Kriegspferde.

Herwald wurde schon vom Zinsverwalter erwartet. Die beiden Männer kannten sich seit Jahren gut und hatten manchen Humpen Met zusammen geleert. Wenn Herwald mit seinen Leuten am Königshof verweilte, so war er immer Gast bei ihm. Auch dieses Mal wurde er vom Zinsverwalter eingeladen, in seinem Haus für ein paar Tage zu verweilen. Herwald nahm dankend an. Die Männer gingen zu den Pferden und der Zinsverwalter begutachtete sie. Von den mitgeführten Tieren hatte Herwald vier als Zins für die Nutzung der Sommerweiden abzugeben. Die anderen wollte er gegen allerlei Dinge eintauschen. Der Zinsverwalter und sein Schwager Gerwald wollten ihm dabei helfen. Nachdem sie die Pferde für den König ausgewählt hatten, wurden die Tiere von Knechten zum Gestüt des Königs geführt. Die übrigen Tiere standen auf dem freien Platz vor dem Gebäude und wurden von einer großen Menge Menschen umlagert. Sie stellten für die meisten einen unvorstellbaren Wert dar.

Da durch Boten schon vor Tagen bekannt gemacht wurde, dass Herwald einige seiner Rösser auf dem Markt tauschen wollte, so waren an diesem Tag viele Interessierte erschienen und machten nun ihre Angebote. Auch die Händler aus dem Oströmischen Reich waren gekommen und von der Qualität der Tiere beeindruckt. Durch ihre Kleidung fielen sie gleich auf und wurden von den Kindern bestaunt.

Harald führte die Pferde, eines nach dem anderen im Kreis, damit man sie in der Bewegung sehen konnte. Herwald war umringt von einer kleinen Gruppe von Leuten, die ihm für die Tiere Tauschangebote machten. Er stellte seine Forderungen dagegen und fand gleich heraus, dass die besten Angebote von den Fremden kamen. Sie boten ihm viele Dinge, die sie aus ihrem Heimatland mitbrachten und die kaum einer zuvor gesehen hatte. Es waren feinste Seidenstoffe, Schwerter und Messer, Kettenhemden und Helme, Gewürze, Gold- und Silberschmuck und vieles andere mehr. Besonders interessiert zeigte sich Herwald für die Silbermünzen, die auch im Thüringer Königreich öfter als Tauschobjekt angenommen wurden und als besondere Wertanlage dienten. Nach ein paar Stunden waren sie sich über den Handel einig.

Die Einheimischen, die kein Pferd mehr bekamen, wurden von Herwald vertröstet. Er bat sie, am kommenden Vollmondtag nach Rodewin zu kommen, wo er weitere Tiere aus seiner Herde abgeben würde. Damit waren die meisten zufrieden, denn mit dem Tauschpreis der Fremden konnte niemand hier mithalten.

Nach dem geschäftlichen Teil lud der Zinsverwalter Herwald mit seinen Mannen und auch die Fremden zu sich in sein Haus ein. Herwald gab ihm als Geschenk eines der getauschten kostbaren Schwerter und für seine Frau einen Ballen feinster Seide. Sie zeigten sich sehr erfreut. Die Hausfrau ließ sogleich Speisen auftragen. Die Fremden setzten sich zu ihnen und die anfängliche Steifheit verschwand schnell nach den ersten geleerten Humpen Met. Der Dolmetscher hatte viel zu tun. Man wollte wissen, wo sie herkamen, wie sie lebten. Die meisten Thüringer konnten das Gesagte nicht verstehen, zu fremd war ihnen diese Welt. Sie hatten ihr Königreich nie verlassen. Auch bei Grenzkonflikten blieb man meist auf eigenem Boden. Nur die Händler und die älteren Krieger, wie Herwald, dessen Schwager und auch der Zinsverwalter waren vor vielen Jahren zusammen mit ihrem König nach Italien gezogen, um die Gemahlin des Hauptkönigs Herminafrid nach Thüringen zu begleiten. Sie kannten Städte aus Stein, Wasserleitungen, Bäder und vieles mehr, was bei den Thüringern nicht üblich war.

Herwald interessierte besonders die politische Lage in der Mittelmeerregion und er sprach die Händler darauf an.

„Könnt ihr uns sagen, wie die Entwicklung in Italien jetzt sein wird. Wir hörten, dass nach Theoderichs Tod Machtkämpfe um seine Nachfolge ausgebrochen sind."

Larinus, der Wortführer der Händler, bejahte diese Annahme.

„Es ist, wie ihr sagt. Gleich nachdem Theoderich der Große gestorben war, haben sich die Anführer zerstritten."

„Das wird aber eurem Kaiser ganz Recht sein, denn somit wird sein Einfluss in den Mittelmeerländern stärker sein."

„Ihr habt das richtig erkannt", meinte Larinus. „Nun ist unser Kaiser der mächtigste Herrscher auf dieser Welt."

„Wie ich hörte, ist er den Thüringern gut gesonnen, aber wie steht er denn zu den Franken?"

„Das kann ich euch nicht sagen", antwortete Larinus bedauernd, „aber warum wollt ihr das wissen?"

„Es ist so, dass die Franken im Westen gehörig Unruhe stiften und auch uns Thüringer bedrohen. Früher hat uns

Theoderich beigestanden und die Franken in die Schranken gewiesen, aber jetzt, wo er tot ist, brauchten wir einen neuen starken Verbündeten."

Larinus antwortete nur zögernd: „Das verstehe ich gut, aber Konstantinopel liegt weit weg von hier und es sind unruhige Zeiten im Abendland. Viele Völker sind in Bewegung und es ist sehr unbestimmt, wie diese Wanderung ausgehen wird."

Alle schauten bedrückt vor sich hin. Der Zinsverwalter hob seinen Humpen und sagte: „Ja, ja, nur wir Thüringer haben uns nicht von der Stelle gerührt und werden das auch in der Zukunft nicht tun. Darauf wollen wir anstoßen und einen kräftigen Schluck Met nehmen."

Die Händler baten, sich zurückziehen zu dürfen, denn am Abend hatte sie König Bertachar eingeladen und sie wollten sich zuvor noch etwas ausruhen. Der Gastgeber hatte Verständnis dafür und geleitete die Händler noch bis an die Tür. In der großen Wohnstube wurde fleißig weiter gezecht und über die große Politik und über die Fremden gesprochen. Harald hielt sich in allem etwas zurück, auch beim Trinken. Einmal wegen des Schädelwehs und zum anderen wollte er bei den Silberschmieden noch ein schönes Schmuckstück für seine Braut erstehen. Es fiel auch nicht auf, denn die drei alten Krieger hatten sich viel zu erzählen.

Es war schon später Nachmittag und das Schmausen und Zechen fand noch kein Ende. Da kam ein Bote des Königs zu dem Haus des Zinsverwalters geeilt und ersuchte die Herren unverzüglich auf der Burg zu erscheinen. Verwundert schauten sich alle an. Was war passiert, dass der König solche Eile zeigte. Sie gurteten sich ihre Schwerter um und ritten zur Burg hinauf. Harald und Hartwig durften auch mitkommen. Die Burg war einst eine Schutzburg der Kelten. Sie war auf dem Plateau des Berges errichtet und durch eine Steinmauer geschützt. Die Gebäude hatten eine steinerne Grundmauer mit Fachwerkhaus und in ihrer Mitte einen großen Hof. Als sie durch das Burgtor ritten, bemerkten sie ein emsiges Treiben im Hof. Sie eilten zur großen Halle, wo der König gewöhnlich seine Empfänge gab.

Als sie in die Halle kamen, konnten sie viele Krieger sehen. Auch der Hauptmann vom Stadttor war dabei. Er kam gleich zu Herwald gelaufen und flüsterte ihm zu: „Der König hat schlechte Kunde aus dem Frankenreich erhalten und will sich mit seinen Kriegern beraten, die erreichbar sind. Ich habe gewusst, dass ihr noch da seid und habe nach euch geschickt."

„Das war gut so, mein alter Freund", sprach Herwald und folgte mit seinen Leuten dem Hauptmann. Nicht weit vom Thron blieben sie stehen und warteten. König Bertachar beriet sich noch mit seinem Kanzler und nach einer Weile stand er auf und schaute in die Versammlung.

„Ich freue mich, dass ihr so schnell gekommen seid. Der Anlass dazu ist leider nicht erfreulich. Ein Bote brachte mir Kunde, dass die Franken an unserer Westgrenze wieder eingebrochen sind und einige Dörfer gebrandschatzt haben. Das ist in den letzten Jahren schon öfter passiert und wir müssen überlegen, was wir dagegen tun wollen. Was meint ihr dazu?"

Ein Raunen ging durch die Menge. Zuerst sprach der Hauptmann: „Die Grenzverletzungen haben in den letzten Jahren deutlich zugenommen und die Franken werden immer dreister. Unsere Männer in den Wachstationen an der Grenze können ihre Krieger nicht abwehren, da die Franken in größerer Zahl über die Werra kommen und nach dem Plündern und Brandschatzen schnell wieder verschwinden. Sie scheinen nur auf Beute aus zu sein. Ich schlage daher vor, dass wir ein Heer zusammenstellen und sie noch in diesem Jahr auf ihrem eigenen Boden bekämpfen."

Die letzten Worte waren kaum zu hören. Viele schrien vor Begeisterung über einen möglichen Straffeldzug ins Frankenreich. Sie erhofften sich nach einem Sieg reiche Beute und Sklaven.

Der Kanzler hob seinen Arm, damit es wieder ruhig wurde und sprach: „Bevor wir gegen die Franken etwas unternehmen, sollten wir die Folgen bedenken. Uns ist bekannt, dass das fränkische Heer sehr stark geworden ist und ihre Krieger mit zu den Besten im Abendland gehören.

Vielleicht wollen sie uns nur provozieren mit einem Heer auszurücken, um uns in ihrem Lande schlagen zu können. Die Versorgung unseres Heeres wäre nicht so einfach im Frankenreich zu bewerkstelligen und die Franken könnten uns leicht in einen Hinterhalt locken. Dazu kommt noch, dass uns Spione berichteten, dass die Franken einen Heerzug gegen Thüringen vorhaben. Wir wissen nicht, wann das sein wird, doch sollten wir darauf vorbereitet sein. Daher würde ich vorschlagen, das Ganze im großen Thing gemeinsam mit Herminafrid zu entscheiden."

Es gab keinen Applaus, sondern betretenes Schweigen. Bertachar stand von seinem Thron auf und sprach: „Ich sehe, ihr würdet so wie ich gern gleich das Schwert gegen die Franken erheben, aber der Kanzler hat nicht Unrecht. Es deutet alles darauf hin, dass wir schon bald mit einem größeren Einfall der Franken in unser Reich zu rechnen haben. Das wäre dann keine kleine Grenzverletzung, sondern es würde um sehr viel mehr gehen. Wir dürfen den Gegner nicht unterschätzen. Die Franken haben erst die Burgunder und Alamannen besiegt und ihr Land im Westen stark ausgedehnt. Sie sind somit sehr kampferprobt und können ein sehr großes Heer aufstellen. Wir wären momentan einem Ansturm eines so großen Heeres nicht gewachsen und sollten die Zeit nutzen um uns auf den großen Kampf vorzubereiten. Unsere Spione glauben, dass es in einem oder zwei Jahren sein wird, dass die Franken anrücken werden. Bis dahin wäre noch viel zu tun."

Alle nickten zustimmend. Bertachar fuhr fort: „Obwohl wir noch nicht das große Heer sammeln, wäre es doch nicht schlecht, mit einem kleinen beweglichen Haufen in der Grenzregion aufzutauchen. Dadurch würde bei den Franken nicht der Verdacht aufkommen, dass wir Größeres planen.

Zugleich könnten unsere Jungkrieger einige Erfahrungen im Kampf sammeln. Als Heerführer würde ich meinen bewährten Hauptmann vorschlagen. Er soll sich selbst seinen Trupp zusammenstellen.

Wir anderen werden auf dem großen Thing beraten, wie wir weiter vorgehen."

Dieser Vorschlag sagte allen zu und jeder von ihnen wünschte sich, dabei zu sein. Da aber der König nur die jungen Krieger entsenden wollte, mussten sich die meisten damit begnügen, zum Thing zu gehen.

Der König zog sich in die hinteren Räume mit dem Kanzler und Hauptmann zurück. Alle anderen diskutierten aufgeregt, wie es weitergehen würde und was am besten zu tun sei.

Nach einer Weile kam der Hauptmann und forderte einige der früheren Kampfgefährten auf, ihm zu folgen. Darunter waren auch Herwald, sein Schwager Gerwald und der Zinsverwalter. In einem großen Raum neben dem Saal stand der König mit dem Kanzler.

Bertachar sprach zu der kleinen Gruppe: „Morgen früh will ich zu meinem Bruder reiten und ihr sollt mich begleiten. Wir müssen die Angelegenheit mit ihm besprechen, damit er das große Thing einberufen kann. Gibt es hierzu noch Vorschläge?"

So mancher in der Gruppe war überrascht, und hätte zu Hause andere dringliche Dinge zu erledigen, doch traute sich keiner etwas dagegen zu sagen.

„Wenn es keine Vorschläge gibt, so werden wir morgen früh nach Sonnenaufgang aufbrechen. Ich werde gleich einen Boten zu meinen Bruder entsenden und unser Kommen ankündigen lassen."

Herwald fragte den König, ob er seine beiden Söhne mitnehmen dürfe. Bertachar war einverstanden, dass Hartwig ihn begleitet.

„Doch dein Sohn Harald soll sogleich mit dem Hauptmann den Trupp zusammenstellen, der an die Westgrenze reiten wird. Unter dem Kommando des Hauptmanns sollen sie in das fränkische Grenzgebiet einfallen und Stärke zeigen. Wir werden und wollen die ständigen Grenzverletzungen nicht mehr dulden."

„So soll es sein, mein König", antwortete Herwald und verbeugte sich.

Der König blickte in die Runde und bemerkte ganz beiläufig: „Heute Abend sind die Händler aus dem Oströmischen Reich bei mir zu Gast und wir würden uns freuen, wenn ihr uns alle Gesellschaft leistet. Wir sehen uns dann heute Abend."

Das war gewissermaßen die Aufforderung zu gehen.

Herwald und seine Mannen gingen zurück zum Marktplatz. Er wollte noch ein paar Sachen tauschen, die er seiner Frau und den anderen zugesagt hatte. Das Leben auf dem Marktplatz war jetzt am Nachmittag noch genau so rege, wie am Vormittag. Viele Häuser waren zur Marktseite hin offen, so dass man den Handwerkern bei der Arbeit zusehen konnte. Die fertigen Waren wurden an den Wänden oder vor dem Eingang ausgelegt und zur Schau gestellt. Es war ein buntes Treiben, das Hartwig besonders gut gefiel. Er sah es zum ersten Mal und hätte sich soviel Betrieb und Auswahl nicht vorgestellt.

Harald war mit dem Hauptmann zu dessen Haus gegangen, um die Einzelheiten der Planung und Durchführung des Heerzuges gegen die Franken zu besprechen. Der König hatte bestimmt, dass nur die Jungkrieger an dem Feldzug teilnehmen sollen. Mit einer größeren Gegenwehr der Franken war nicht zu rechnen, denn deren gesamte Streitmacht war in diesem Jahr in Burgund gebunden. Daher würde man wahrscheinlich nur kleinere Gruppen von fränkischen Kriegern antreffen, die die Grenze bewachten.

Im Haus des Hauptmanns angekommen, begrüßte ihn die Hausfrau und lud ihn zum Abendessen ein. Ihr Mann erklärte ihr, dass sie heute Abend beim König erwartet werden und daher nur wenig vorher essen würden. So kam sie nach einer kurzen Weile mit Schinkenspeck und Brotfladen und einer Kanne Met zu den Männern, die tief in ihrer Planung des bevorstehenden Heerzuges standen.

Es mussten noch am gleichen Tag die Boten losgeschickt werden, die die jungen Krieger zum Heerzug aufforderten. In genau zwei Wochen sollten sich alle hier am Königshof versammeln, das erschien dem Hauptmann zeitlich möglich. Da die Streitmacht in ihrer Zahl begrenzt sein sollte, so brauchte man nur im Königreich des Bertachar die Jungkrieger ausheben. Als Mannschaftsführer wollte der Hauptmann erfahrene Männer aus seiner Wachmannschaft nehmen. Noch bevor sie zur königlichen Festtafel gingen, konnten alle Boten ausgesandt werden. Danach mussten sie sich eilen, um nicht zu spät beim König zu erscheinen.

Auf der Burg war reges Treiben. Alle die kamen, hatten ihre schönsten Gewänder angelegt. Die oströmischen Gäste stachen durch ihre besondere Tracht besonders heraus. Man hatte sich im Hof versammelt und stand in kleinen Gruppen zusammen. Die Gäste warteten darauf, in den Festsaal gebeten zu werden.

Nach einer Weile erschien der König und begrüßte die Gäste mit einer kurzen Ansprache. Am Ende seiner Rede bat er in den Saal zur Tafel. Hier hatten Diener in Hufeisenform Tische aufgestellt, auf der einige kalte Speisen zu sehen waren. Die Gäste wurden zu ihren Plätzen geführt und der König forderte alle auf, zuzugreifen.

Lautenmusik war im Hintergrund zu hören und die Diener brachten nun die warmen Speisen aus der Küche, Wildbret und Gemüse. Alle griffen beherzt zu. Neben dem König saßen die Königin und ihre beiden Kinder. Dann waren noch die Honoratioren des Königreiches, wie der Kanzler und der Hauptmann der Burgwache an der Haupttafel. Es folgten an den Seiten die Händler aus dem Oströmischen Reich und nach Rang und Stand, die übrigen Adligen.

Für Harald und Hartwig war es das erste Mal, dass sie an einem königlichen Festessen teilnehmen konnten und ihr Erstaunen wollte kein Ende finden.

Hartwig schaute zu dem Sohn des Königs, der etwa gleichaltrig sein musste. Auch dieser blickte immer wieder interessiert zu ihm. Außer Radegunde waren sie die Jüngsten an der Tafel und so etwas verbindet. Von dem, was gesprochen wurde, verstanden sie nicht viel und interessierten sich auch nicht sonderlich dafür, so dass es sich nach dem Essen bald ergab, dass der Königssohn zu Hartwig ging und fragte, ob er mit ihm kommen würde. Hartwig fragte seinen Vater und der erlaubte es ihm, sich von der Tafel zu entfernen.

Die beiden Jungen gingen in die Waffenkammer und Baldur, der Königssohn, zeigte Hartwig einige schöne Schwerter.

Das war schon viel interessanter, als den Gesprächen über Politik zuzuhören. Sie verstanden sich sehr gut miteinander. Baldur bemerkte das Interesse von Hartwig und er steigerte sich immer mehr in seinen Erzählungen über Reisen, Jagderlebnissen und vielem anderen mehr. Manches mag dabei nicht immer der Wahrheit entsprochen haben, jedoch Hartwig schien stark beeindruckt zu sein.

Als Hartwig dann von sich erzählen sollte, fand er seine Erlebnisse geradezu banal und hätte am liebsten gar nicht darüber gesprochen. Doch die Geschichten vom Fischfang und den Vorkommnissen beim Hüten der Pferde fand auch Baldur sehr interessant.

Die eisenbeschlagene Tür zur Waffenkammer öffnete sich ganz langsam. Radegunde, die Schwester Baldurs, versuchte sie mit ganzer Kraft aufzudrücken.

„Hier finde ich euch endlich. Ich habe euch schon überall gesucht."

„Was willst du denn hier Radegunde?", fragte Baldur etwas mürrisch. „Mir war so langweilig und deshalb wollte ich lieber bei euch sein."

„Na gut, wenn du schön still bist, darfst du hier bleiben."

Hartwig musste noch seine Erlebnisse beim Pferdehüten weitererzählen und als nun Radegunde noch zuhörte, schmückte er die Geschichten ein wenig mehr aus. Besonders das Erlebnis mit dem Bären auf der Sommerweide beeindruckte Baldur und Radegunde stark.

Einem Bären stand Baldur in der freien Wildbahn noch nie gegenüber. Er hatte schon Kämpfe zwischen Bären und Hunden im Bärenzwinger auf dem Burghof gesehen, doch das waren meist zahme Tiere.

Die Kinder hörten laute Stimmen im Gang. Man suchte nach ihnen. Das Festessen war zu Ende und einige kleine Gruppen ließen sich den Met weiter gut schmecken.

Der König hatte sich bereits zurückgezogen, um noch einige Vorbereitungen für den morgigen Tag zu treffen.

Herwald wollte auch nicht länger zechen, denn am nächsten Morgen musste er den König begleiten und es war ein langer Weg bis zum Königshof von Herminafrid.

5. Am Hof des Herminafrid

Am nächsten Morgen standen alle sehr zeitig auf. Es galt noch verschiedene Vorbereitungen für die Reise und die nächsten Tage zu treffen. Harald sollte mit Jaros und Ingolf zurück nach Rodewin. Herwald, sein Schwager Gerwald und Sohn Hartwig würden König Bertachar zu seinem Bruder, dem König Herminafrid, begleiten. Wie lange dies dauern würde, war unbestimmt und konnte niemand sagen. Nach dem gemeinsamen Frühstück zogen sie los. Die einen zur Burg und die anderen nach Rodewin.

Auf der Bertaburg war bereits reges Leben. Diener rannten hin und her. Krieger ordneten ihre Waffen und Kleidung. Knechte versorgten die Pferde. Herwald traf hier seinen Freund, den Hauptmann, der trotz des Trubels sehr gelassen schien und sagte zu ihm: „Ich freue mich, dass du den Heerzug an die Westgrenze führen wirst, so wird mein Sohn Harald bestimmt sehr viel lernen können. Ich würde dich bitten, ein Auge auf ihn zu werfen und ihm den letzten Schliff für einen guten Krieger zu geben."

„Du kannst ganz unbesorgt sein, mein lieber Freund. Ich werde auf ihn schauen, als wäre es mein eigener Sohn."

„Das freut mich sehr und ich wünsche euch ein scharfes Schwert und eine siegreiche Hand. Leb wohl, mein Freund."

Beide alten Recken umarmten sich zum Abschied.

Die Ritter und Knappen standen noch ungeordnet umher und unterhielten sich miteinander. Erst nach einer Stunde erschien der König mit seinem goldenen Helm, den er vor sechzehn Jahren von Theoderich dem Großen als Geschenk erhielt. Er sprang mit einem Satz auf sein Pferd. Die Königin reichte ihm ein Trinkhorn mit Met zum Abschied, so wie es Brauch war. Die Pferde wurden schon unruhig. Sie spürten, dass es gleich losgehen würde. Auch der weiße Hengst des Königs konnte kaum noch von seinem Pferdeknecht gehalten werden. Nun hob Bertachar die Hand zum Aufbruch und galoppierte den anderen voran, durchs Burgtor.

Das Wetter war schön und sie kamen schnell voran. Der Weg zur Herminaburg war gut befestigt. Es gab eine direkte Verbindung zwischen den beiden Königshöfen. Gegen Mittag legten sie in einem Königsgut eine Zwischenrast ein. Knechte hatten auf einem freien Platz Tische und Bänke aufgestellt. Nachdem der König mit seinem Gefolge Platz genommen hatte, wurden kalte Speisen aufgetragen. Baldur, der Königssohn, ging an den Tisch, an dem Hartwig saß. Er setzte sich zu ihm und sie konnten ihr Gespräch von gestern Abend fortsetzen.

Nach der Rast zog der König mit seinem Gefolge weiter. Er wollte noch vor dem Abend auf der Herminaburg ankommen. Unterwegs sahen sie Bauern mit ihren Knechten und Mägden auf den Feldern, die dem König zuwinkten. Es kam nicht oft vor, dass ein so großer Tross mit weißen Pferden hier vorbei zog.

Am späten Nachmittag war König Bertachar mit seinem Gefolge am Königshof seines Bruders Herminafrid angekommen. Es standen viele Leute an der Straße und begrüßten jubelnd den König. Im großen Hof der Königsburg wurden sie von Herminafrid empfangen. Auch die Königin und ihre Kinder waren erschienen. Die beiden Könige umarmten sich. Dann begrüßte König Bertachar seine Schwägerin Amalaberga. Er drehte sich zu den Leuten im Hof und winkte ihnen zu. Laute Jubelrufe tönten aus der Menge. Die Königsfamilie ging ins Innere der Burg.

Das Gefolge des Königs Bertachar wurde in einen separaten Raum geführt, wo sie sich waschen und ihre Kleider richten konnten.

König Herminafrid hatte alle Gäste zum gemeinsamen Abendessen im Rittersaal eingeladen. Bis dahin blieben noch etwa zwei Stunden zur Erholung. Hartwig wollte die Zeit nutzen, um sich ein wenig in der Burg umzusehen. Ihm war gleich aufgefallen, dass die Gebäude des Königshofs anders aussahen. Die Hauptgebäude waren keine Fachwerkbauten, so wie er sie von der Bertaburg kannte, sondern Bauten aus Stein. Diese hatten Löcher in den Außenwänden, durch die man auf die Straße hinaus schauen konnte. Die Straßen waren mit Steinen gepflastert und auch der Burghof. Im Vergleich zu König Bertachars Königshof war dieser mindestens fünfmal größer, so schien es Hartwig. Er schlenderte über den Hof zu den Stallungen und schaute nach seinem Pferd. Knechte hatten es, so wie auch die anderen, gut versorgt. Als er neben ihm stand und den Hals tätschelte, sah er, wie Baldur mit einem Jungen in den Stall kam, um sich auch die Pferde anzusehen. Das Pferd Baldurs und auch des Königs waren in einer eigenen Box untergebracht. Als Baldur Hartwig erblickte, rief er ihn zu sich.

Zu dem fremden Jungen sagte er: „Das ist Hartwig, Herwalds Sohn. Er kommt aus Rodewin, das ist eine Siedlung im Oberwipgau, am nördlichen Rand des Thüringer Waldes."

Hartwig war überrascht, wie gut Baldur sich gemerkt hatte, wo er herkam, denn gestern lernten sie sich erst kennen. Nun stellte Baldur ihm auch den fremden Jungen, der so in ihrem Alter sein musste, vor.

„Dies ist mein Cousin Amalafred, der Sohn des Königs Herminafrid. Er mag auch so sehr die Pferde, wie wir."

„Wo hast du denn dein Pferd?", fragte Hartwig Amalafred.

„Ich kann es euch zeigen, es ist im Nachbarstall."

Sie gingen zu einem anderen Stallgebäude. Hier waren mehrere Boxen mit besonders schönen Tieren. Es waren die Pferde der königlichen Familie. Jedes stand in einer einzelnen Box und wurde von einem eigenen Pferdeknecht betreut. Amalafred ging zu der rechten Box und rief sein Pferd beim Namen. Es kam sofort zu ihm und ließ sich durch die Holzgitter streicheln. Er öffnete die Tür zu der Box und ging hinein. „Ihr könnt mitkommen", sagte er zu den anderen gewandt. Hartwig und Baldur folgten nur zögerlich. Man wusste nie, wie sich ein Pferd in einer Box verhielt. Angst hatten sie nicht, doch war Vorsicht immer angebracht.

„Das ist mein Lieblingshengst, den ich zu Wettrennen und Schaukämpfen reite. Er ist einer der feurigsten Tiere, die wir haben. Wenn ihr wollt, können wir im Hof einmal eine Runde reiten?"

Ohne eine Antwort abzuwarten, stülpte er seinem Hengst einen Lederhalfter über den Kopf und führte ihn aus dem Stall. Im Nu schwang er sich auf das Tier und galoppierte im Kreis auf dem Hof. Er hielt sich nur an der Mähne des Tieres fest und steuerte es mit dem Druck seiner Schenkel. Der Hengst reagierte sehr sensibel auf die geringsten Hilfen. Nachdem er fünf Runden geritten war, hielt er an und fragte Baldur, ob er es auch einmal versuchen wolle. Baldur zögerte zunächst. Amalafred redete ihm aber gut zu und so schwang sich Baldur auf das Tier. Das Pferd jedoch rührte sich nicht von der Stelle, obwohl er es mit den richtigen Hilfen zum Gehen aufforderte. Alle lachten.

„Du kannst es auch einmal versuchen", sprach er zu Hartwig gewandt. Hartwig schwang sich auf das Tier, doch es erging ihm genauso wie Baldur. Betreten stieg er wieder ab und alle um ihn lachten laut.

Er fragte Amalafred beschämt: „Warum rührt sich dein Hengst nicht von der Stelle? Ich habe ihm doch die richtigen Hilfen gegeben, aber er blieb stur wie ein Esel stehen."

„Ärgert euch nicht", sprach Amalafred. „das Pferd habe ich so abgerichtet, dass es sich nur von mir reiten lässt. Hättet ihr versucht es mit der Gerte zum Gehen zu bewegen, so würde es euch flugs abwerfen. Somit habt ihr noch Glück, dass es ruhig stehenblieb."

Baldur und Hartwig waren froh, dass es nicht an ihnen lag, dass sie den Hengst nicht reiten konnten. Es war ihnen trotzdem sehr peinlich, denn die umherstehenden Knechte amüsierten sich und lachten noch immer.

Amalafred führte seinen Hengst wieder in den Stall. Als er zurückkam, hatte er zwei Lederhalfter mit Silberbeschlägen in der Hand.

„Hier habe ich zur Wiedergutmachung für euch ein Geschenk." Er reichte die Halfter Baldur und Hartwig, die sich dafür bedankten. Im Fenster des Herrenhauses stand Amalafreds Mutter und hatte den Jungen zugesehen. Sie war froh, dass sich die beiden Cousins so gut verstanden.

„Amalafred", rief sie nach ihrem Sohn „du musst dich noch umziehen, denn es gibt gleich Essen."

„Ja, Mutter, ich komme sofort", rief er hinauf zum Fenster. Zu den Jungen gewandt sagte er: „Nach dem Essen kann ich euch noch die Burg zeigen, wenn ihr wollt?" Er schaute

Baldur und Hartwig an und beide nickten. Dann rannte er die Steintreppe zu dem Herrenhaus hinauf.

„Wir werden jetzt am besten auch hineingehen, denn es ist nicht mehr viel Zeit und ich habe auch einen gehörigen Hunger", meinte Baldur.

Herwald war schon ganz unruhig, weil sein Sohn so lange ausblieb. „Wo warst du denn so lange?" fragte er ihn mürrisch.

„Ich habe Baldur im Hof getroffen und Amalafred hat mir diesen schönen Pferdehalfter geschenkt."

Herwald betrachtete ihn und meinte: „Ein wirklich königliches Geschenk."

„Wenn du ihn möchtest, gebe ich ihn dir gern, Vater."

„Nein, behalte ihn. Er gehört dir und so soll es auch bleiben."

Er gab Hartwig schnell den Halfter zurück und meinte: „Du musst dich jetzt fertigmachen, denn ich sehe schon den Zeremonienmeister, der uns an der Tafel platzieren wird."

Der Zeremonienmeister stand an der Tür und bat um Ruhe. Als es still war, sprach er zu den Leuten. „Ich werde zum Rittersaal vorangehen und euch eure Plätze an der Tafel zuweisen. Wenn ihr euch dann hingesetzt habt, wird die königliche Familie erscheinen und unser König Herminafrid wird eine kurze Ansprache halten. So darf ich euch bitten, mit mir zu kommen."

Alle folgten dem Zeremonienmeister über die Treppe hinauf zum Rittersaal. Im Saal war eine U-förmige große Tafel aufgestellt und beidseitig standen Schemel. Nur für die beiden Könige und die Königin hatte man Stühle vorgesehen. Der Zeremonienmeister wies jedem nach seinem Rang und Stand einen Platz zu. Nachdem sie alle saßen, kam Herminafrids Gefolge in den Saal. Ihnen musste kein Platz zugewiesen werden, denn sie wussten, wo sie sich hin setzen durften. Einige der älteren Krieger kannten sich schon und sie gingen zueinander, um sich zu begrüßen. Es war ein lautes „Hallo" auf beiden Seiten und es dauerte lange, bis wieder etwas Ruhe eintrat. Nach einer geraumen Weile kündigte der Zeremonienmeister die königliche Familie an. Jetzt wurde es ganz still. Jeder stand auf und blickte zum Eingang der königlichen Räume.

Herminafrid erschien als Erster, gefolgt von Bertachar, an dessen Seite die Königin ging. Dahinter kamen die beiden Kronprinzen Amalafred und Baldur und die Töchter Amalabergas. Nachdem sie an der Tafel Platz genommen hatten, setzten sich auch die anderen nieder.

Herminafrid stand auf und begann mit einer kurzen Ansprache. „Ich begrüße euch alle und besonders unsere Gäste aus dem mittleren Königreich. Ich hoffe, ihr habt die Strapazen des langen Ritts gut überstanden und konntet euch in eurer Unterkunft ein wenig erholen. Mein lieber Bruder hat mich schon über den Grund für den kurzfristigen Besuch informiert und ich schlage vor, dass wir gleich nach dem Abendessen darüber beraten sollten. Jetzt wünsche ich euch guten Appetit und eine gesegnete Mahlzeit."

Er setzte sich und die Diener trugen flink die Speisen auf. Obwohl sich alle mit dem Met sehr zurückhielten, denn keiner wollte bei der Beratung angetrunken sein, war es doch wieder sehr laut geworden und man verstand fast das Wort seines Nachbarn nicht. Das hielt solange an, bis ein wohliges Sättigungsgefühl einen jeden erfasste. Nach dem Essen verließ die Königin mit ihren Töchtern die Tafel und das restliche Essen wurde von den Dienern in die Küche zurück getragen. Nur die Humpen für den Met blieben noch stehen und die Diener schenkten fleißig nach. Es gab aber auch frisches Quellwasser zu Trinken und manch einer wechselte bald sein Getränk, denn der Met stieg schnell in den Kopf.

Herminafrid erhob sich von seinem Stuhl und begann die Beratung. „Mein Bruder hat mir gesagt, dass die Franken an seiner Westgrenze wieder regelmäßig einfallen und plündern. Auch in meinem südlichen Reich wurde mir solches berichtet. Daher wollen wir beraten, wie wir uns diesen ständigen Provokationen stellen sollen. Wie ihr wisst, bin ich nicht ein Mann des Schwertes und denke, dass auch dieser erneute Konflikt mit den Franken an unserer Westgrenze durch Verhandlungen beigelegt werden kann.

Die Franken haben zurzeit immer noch mit den Burgundern in ihrem Reich zu tun, daher dürften sie an einer wirklichen Auseinandersetzung mit uns nicht interessiert sein. So denke ich, dass die Einfälle an unserer Westgrenze nur aus Übermut von einigen Hitzköpfen im fränkischen Heer getragen sind und diese keine wirkliche Gefahr darstellen. Das Beste wäre, mit ihnen zu reden und sie zu besänftigen."

Bertachar war schon ganz aufgeregt, da er die Meinung seines Bruders nicht teilte. Er versuchte ihm ins Wort zu fallen und seine Meinung kundzutun. Herminafrid merkte es und erteilte ihm dann das Wort.

„Seit dem letzten Feldzug gegen die Franken vor etwa zehn Jahren, bei dem unser lieber Bruder Baderich gefallen ist und wir die Franken siegreich in der Schlacht zurückdrängen konnten, haben die Grenzverletzungen nie aufgehört.

Unsere Bauern in den Grenzgebieten verlassen ihre Höfe, da wir ihnen keinen ausreichenden Schutz bieten können. Die Unterhaltung von größeren Wachstationen wäre zu teuer und das wissen auch die Franken. Daher bin ich der Meinung, dass wir nur durch einen Heerzug in das Grenzgebiet und die Vernichtung der fränkischen Grenzverletzer wieder Ruhe schaffen können. Ich habe daher bereits entschieden, ein Heer zusammenzustellen, das die Franken an der Westgrenze zurückdrängen soll."

Bertachar bekam stürmischen Beifall, auch von einigen Männern aus Herminafrids Gefolge. Vielen von ihnen war die Haltung ihres Königs nicht recht. Sie würden lieber viele Streitigkeiten mit dem Schwert, als mit Diplomatie lösen. Schon lange hatten sie an keinem Heerzug mehr teilgenommen und wenn sie ihren Söhnen von den Kriegszügen berichteten, dann lagen diese schon weit zurück. Auch die jüngeren Krieger wollten sich endlich einmal beweisen können und sehnten sich nach einem Kampf. Daher waren die Worte Bertachars so ganz in ihrem Sinn.

Herminafrid merkte das und gab zu Bedenken: „Was versprecht ihr euch von einem Heerzug gegen die Franken. Wenn ihr gewinnt, so macht ihr nur wenig Beute und nach einiger Zeit werden die Franken mit einem stärkeren Heer kommen und Rache nehmen wollen. Sie würden dann viele von euch und euren Söhnen im Kampf töten, auch wenn wir am Ende siegreich sind.

Verlieren wir, so wäre ihre Rache unbeschreiblich. Sie würden unser Land brandschatzen und die Frauen vergewaltigen und dann unsere Kinder in die Sklaverei führen. Das ist doch nicht erstrebenswert. Daher finde ich den Weg der Verhandlungen als den Besten."

Auch hierfür gab es Beifall, jedoch nur von den Männern aus Herminafrids Gefolge.

Herminafrid fuhr fort: „Von Spähern wurde mir gemeldet, dass das fränkische Heer schon seit Jahren immer stärker wird und sie im Süden und Westen viel Land erobern konnten. Die Söhne Chlodwigs sind genau so wild und machthungrig, wie ihr verstorbener Vater und irgendwann werden sie versuchen, weiter nach dem Osten vorzudringen, so wie es früher schon die Römer probiert haben."

Bertachar entgegnete heftig: „Sollen sie nur kommen, dann werden wir sie ebenso zurücktreiben wie wir es einst mit den Römern getan haben."

Eine laute Diskussion entstand im Saal. Herminafrid hob die Hand und gebot Ruhe. „Wir leben jetzt in einer anderen Zeit. Schon unser Vater Bisin wusste, dass mit Verhandlungen mehr zu machen ist, als mit Kampf. Das war schon damals, als er einigen Völkergruppen im Osten den freien Durchzug durch unser Reich gestattete und auch zu den Nachbarn freundschaftliche Beziehungen aufbaute. Der germanische Stamm der Franken war von Anfang an auf Raub aus und so haben sie auch in kurzer Zeit ein großes Reich erobert. Dies wird aber nicht lange Bestand haben und wie das Römische Reich bald zugrunde gehen. Doch was sagt ihr dazu?"

Er schaute in die Runde, um zu sehen, ob jemand das Wort ergreifen möchte.

Sein Kanzler hob die Hand. „Das, was Herminafrid sagt ist richtig. Im letzten Jahr ist Theoderich in Italien verstorben und er war unser stärkster Verbündeter gegen die Franken. Ihn fürchteten sie mehr, als uns. Jetzt, wo er nicht mehr ist, können wir keine Hilfe aus Italien mehr erwarten. Das wissen auch die Franken und es sollte mich nicht wundern, wenn sie schon Pläne gegen uns schmieden. Wir sollten daher versuchen, mit ihnen ein Bündnis zu schließen und sie nicht durch Grenzgefechte verärgern."

„Verärgern tun sie uns doch mit ihren ständigen Raubzügen an unserer Westgrenze", warf wütend der Kanzler von Bertachar ein. „Wir können uns doch nicht alles von ihnen gefallen lassen und stillhalten, wie eine Maus in ihrem Loch. Ich bin daher für einen Feldzug, denn es geht auch um unsere Ehre."

Rede und Gegenrede wechselten oft sehr heftig ab. Es gab keine Übereinstimmung in den Ansichten, so dass Herminafrid die Versammlung unterbrach und festlegte, am nächsten Morgen, gleich nach dem gemeinsamen Frühstück, die Diskussion fortzusetzen. Alle waren damit einverstanden und verließen heiß diskutierend den Saal.

Baldur hatte Hartwig an der Tür abgepasst und ihn gefragt, ob er noch mit Amalafred und ihm durch die Burg ziehen will. Hartwig schaute seinen Vater an und der nickte ihm zustimmend zu. Sie rannten einen langen Gang entlang und die Wendeltreppe hoch zu einem Turm. Hier oben erwartete sie Amalafred.

„Schaut nur", sagte er und blickte nach Westen, wo schon die Sonne im Untergehen war, „dort würde ich jetzt gern sein und mit dem Heer gegen die Franken kämpfen. Doch leider bin ich noch zu jung und zum anderen würde es mir mein Vater auch nicht erlauben. Da habt ihr es schon besser."

„Ich bin auch noch nicht alt genug", meinte Hartwig, „aber im nächsten Jahr werde ich meine Prüfungen ablegen können und dann werde ich in den Stand der Krieger aufgenommen."

„Bei mir wird es auch so sein", meinte Baldur.

Amalafred schaute traurig drein und sprach: „Ihr habt es gut. Mein Vater interessiert sich überhaupt nicht für das Kriegshandwerk. Ich habe ihn nicht einmal kämpfen sehen. Er meint, dass ein König mit seinem Kopf kämpfen muss und nicht mit dem Schwert."

„Wenn das die anderen auch so sehen, hat er vielleicht Recht, aber sonst wird immer der Stärkere das Sagen haben. Das hat mein Vater zu mir gesagt", meinte Baldur.

Hartwig hatte sich über die Brüstung hinausgelehnt und schaute in den Burghof. Da war noch reges Leben, obwohl es schon spät war. „Was ist denn in dem Gebäude, wo es so sehr hell ist?" fragte er Amalafred. Der wusste erst nicht, welches Hartwig meinte und wies mit den Fingern auf die verschiedenen Bauten und erklärte, was sich darinnen befand. Das hell erleuchtete Gebäude war die Küche und daneben befand sich ein lang gezogener Steinbau, der ein römisches Bad sein sollte.

„Was ist ein römisches Bad?", fragte Hartwig. Er hatte noch nie davon gehört.

„Das sind Räume mit warmen Wasserbecken zum Ausruhen und waschen. Das Wasser wird von der Küche aus geheizt und an kühlen Tagen sind wir lieber dort, als woanders."

„Das glaube ich", meinte Hartwig erstaunt.

„Wollt ihr gern ein Bad nehmen, dann können wir gleich hingehen. Jetzt wird es bestimmt ganz leer sein."

Ohne eine Antwort abzuwarten, rannte Amalafred die Treppe hinunter zum Hof. Er öffnete die Tür zum Badehaus. Von einem langen Gang aus, konnte man in die verschiedenen Badestuben gelangen. Es gab eine Stube, die nur der königlichen Familie vorbehalten war und eine Männer- sowie Frauenbadestube für Gäste.

Diese wurden auch manchmal von dem Dienstpersonal benutzt. Amalafred schaute vorsichtig in das königliche Bad. Es war leer und so zeigte er den beiden die kunstvoll mit Mosaiken ausgeschmückten Räume. Auch Baldur hatte so etwas Schönes noch nie gesehen. Die Mosaike hatten Künstler aus Ravenna hier angebracht, die einst im Gefolge Amalabergas mit nach Thüringen kamen. Dargestellt waren meist südländische Landschaften und Tiere, die sie noch nie gesehen hatten. In der Mitte waren zwei Wasserbecken, eines mit kaltem und eines mit warmem Wasser gefüllt. Als sie sich alles angesehen hatten, gingen sie zu den anderen Badestuben. Auch in diesen Räumen waren überall Mosaike, an der Decke, den Wänden und auch die Fußböden waren damit geschmückt. Sie waren jedoch nicht so kostbar, wie die im Königsbad. In der Frauenbadestube überraschten sie gerade die Bademädchen, wie sie in den Becken herumplanschten. Sie hatten in ihrem Spiel die Jungen nicht bemerkt und waren ganz übermütig. Die drei standen regungslos neben der Tür und schauten eine Weile dem Treiben zu.

Da rief Amalafred, „He, ihr Nixen, dürfen wir ein wenig mitspielen?"

Die vier Mädchen standen vor Schreck wie erstarrt im Wasser. Sie hatten die Jungen nicht bemerkt und es war für sie zu dieser Zeit auch noch nicht erlaubt zu baden. Da aber wegen der vielen Gäste im Haus niemand an Baden dachte, so nutzten sie die Gelegenheit.

„Das ist aber nicht erlaubt", meinte das eine Bademädchen ganz verschreckt.

Amalafred winkte ab und meinte: „Habt keine Angst, ich kann ja den Riegel vorlegen, so dass niemand überraschend hereinkommen kann."

„Wenn ihr meint, Herr", antwortete das Mädchen, die nun Amalafred bei dem geringen Licht erkannt hatte. Die anderen drei standen noch immer wie versteinert im warmen Wasserbecken. Amalafred blickte zu seinen beiden Gefährten und fragte: „Es macht euch doch nichts aus, wenn wir hier ein schönes warmes Bad nehmen."

Baldur und Hartwig schienen wegen der Mädchen auch etwas unsicher zu sein, doch wollten sie es sich nicht anmerken lassen. Amalafred zog sein Gewand aus und stieg langsam die Stufen hinab in das Warmwasserbecken. Alle schauten zu ihm hin.

Als er am Beckenboden stand und ihm das Wasser bis zur Taille reichte, bespritzte er mit beiden Händen die noch immer wie erstarrt dastehenden Mädchen. Sie kreischten auf und die Erstarrung schien wie weggeblasen.

„Na also", sagte Amalafred, „ich dachte schon, ihr seid Steinfiguren".

Er lachte und auch die anderen mussten jetzt lachen. Er schaute zu Baldur und Hartwig und forderte sie auf, zu kommen. So zogen sie sich ebenso aus und legten ihre Sachen auf eine Steinbank, die vor dem Becken stand.

„Vorsichtig stiegen sie ins Wasser und waren überrascht, dass es so schön warm war."

„Da staunt ihr", meinte Amalafred, „das Wasser kommt von einer Quelle. Ein Teil wird in der Küche erwärmt und fließt dann in die Becken und durch die Überläufe wieder hinaus. Das war eine Idee von unserem römischen Baumeister, der auch die übrigen Gebäude des Königshofs und der Burg gebaut hat. Er ist schon ein sehr alter Mann, aber sein Sohn hat viel von ihm gelernt und ist fast genau so gut wie sein Vater."

Am Rand des Beckens war ein Absatz, auf dem man gut sitzen konnte und wo es sich Amalafred gemütlich machte. „Kommt und setzt euch zu mir. Wir werden uns jetzt von den kleinen Nixen verwöhnen lassen."

Die Mädchen holten große Schwämme und Bürsten und fingen an die Rücken, Arme und andere Gliedmaßen der Jungen damit zu bearbeiten. Die Haut rötete sich durch das Bürsten, so dass sie bald so rot wie Krebse aussahen. Anschließend wurden sie von den Mädchen im Wasser massiert. Das tat nach den Strapazen mit den Bürsten ganz gut.

Amalafred forderte die Mädchen auf, ihnen ein paar Schwimm- und Tauchkunststücke zu zeigen. Das taten sie gern. In Formation vollführten sie verschiedene Übungen und es war für die Jungen eine Augenweide, ihnen zuzusehen. Am Ende der Vorführung stiegen sie aus dem Becken und kühlten sich noch kurz im Kaltwasserbecken ab. Die Mädchen hatten inzwischen Tücher geholt und diese auf die beheizten hohen Steinbänke gelegt. Darauf setzten sich die Jungen und wurden nochmals massiert. Dazu verwendeten die Bademädchen wohlduftende Öle. Hartwig und Baldur kannten das alles noch nicht und sie genossen es sichtlich. Die Mädchen hatten auch ihren Spaß dabei und zeigten sich nicht mehr schüchtern.

Nach diesem schönen Erlebnis suchte Hartwig den großen Schlafsaal auf. Diener hatten am Rand des Raums Stroh ausgebreitet und Decken und Felle darüber gelegt. Hier legte er sich neben seinen Vater schlafen. Der schnarchte schon und hatte ihn gar nicht bemerkt, als er kam. Das Badeerlebnis beschäftigte ihn immer noch und er konnte lange Zeit nicht einschlafen. Es war auch die ungewohnte

Umgebung, die ihn so voller Unruhe erfüllte. Er ging zum Fenster und schaute über die Dächer der Unterburg, wo sich die Stallungen und die Wohnräume der Knechte und Mägde befanden. Hier war es inzwischen auch ganz ruhig geworden. Alle schienen nun zu ruhen. Nur ein paar Hunde liefen gelangweilt auf dem Burghof herum und schauten in jede Ecke, nach etwas Essbaren.

Bevor der Morgen graute war schon in der Küche reges Leben. Es brannten die Feuer und die Köche waren emsig mit den Vorbereitungen für das Frühstück beschäftigt. Alles ging aber sehr leise zu, damit von der Herrschaft und den Gästen niemand geweckt wurde. Die Morgensonne tauchte die Burg in ein zartes Rot, das sich langsam in Orange wandelte. Hartwig hatte in der Nacht kaum geschlafen und war schon sehr früh am Fenster, um das Leben auf dem Hof zu beobachten. Inzwischen wurden die ersten Männer im Saal wach und reckten sich. Sie standen behäbig auf und gingen zum Holztrog, in dem sich Wasser befand. Dort benetzten sie ein wenig das Gesicht und die Hände und gingen in den Hof, um sich die Beine zu vertreten.

Mit einem Glockenschlag zeigte der Zeremonienmeister an, dass es gleich Frühstück geben würde. Inzwischen waren alle in den Hof gegangen und diskutierten in kleinen Gruppen emsig weiter. Es bestand keine Einigkeit über die gemeinsame Vorgangsweise gegen die Franken wegen der stetigen Grenzverletzungen. Nach dem dritten Glockenschlag gingen alle in den Rittersaal und setzten sich an ihren zugewiesenen Platz. Dann erschien die Königsfamilie und nahm auch Platz. Herminafrid stand von seinem Sitz auf, faltete die Hände und sprach laut ein Gebet zu einem Gott, den viele gar nicht kannten. Die meisten der Gäste schauten betreten nach unten. Sie wussten nicht, wie sie sich verhalten sollten und mit dem neuen Glauben wollten sie auch nichts zu tun haben.

Herminafrid hatte den neuen christlichen Glauben nach seiner Heirat mit Amalaberga angenommen und viele seiner Gefolgsleute ließen sich taufen. Anfänglich, um ihrem Herrn die Treue zu zeigen, später aber aus Überzeugung. Der christliche Gott schien ihnen gütiger und mächtiger zu sein, als die germanischen Götter. Diejenigen, die immer noch an die germanischen Götter glaubten, hatten es schwer, denn sie galten als veraltet im Denken. Das erschwerte ihnen oft auch den Zugang zu höheren Ämtern in der Verwaltung des Königguts. Daher waren manche Adlige ins Thüringer Mittelreich übersiedelt, da der König Bertachar selbst nur den germanischen Göttern huldigte.

Nach dem Gebet wurden die Speisen aufgetragen. Die Vielfalt war ähnlich wie zum Abendessen. Nur gab es auch die gewohnte und beliebte Grütze und ähnliche Breie. Vieles davon kannte Hartwig nicht, doch hatte er von allem gekostet.

Nach dem Frühstück blieben die Männer wieder sitzen und diskutierten weiter. Die Meinungen schienen sich über Nacht noch verhärtet zu haben und selbst Bertachar und Herminafrid gerieten aneinander. Der Streit endete damit, dass Herminafrid seine Unterstützung bei dem Vergeltungsheerzug verweigerte und Bertachar für zukünftige größere Probleme mit den Franken verantwortlich machte. Das war Bertachar zu viel und er befahl den sofortigen Aufbruch. Sogleich standen alle seine Mannen auf und folgten ihrem König aus dem Saal.

Herminafrid versuchte noch zu beschwichtigen, aber er erkannte, dass da wohl nichts mehr zu machen war. So gingen die beiden Könige im Streit auseinander.

Auf der Rückreise nach Bertaburg hatte der König keine Pause eingelegt und so erreichten sie die Heimburg schon am frühen Nachmittag. Der anstrengende Ritt beruhigte die Gemüter ein wenig. Der König ließ in seinem Reich Boten aussenden, die alle Gaugrafen und Adligen zum Thing aufforderten. In diesem Thing wollte er seinen Standpunkt erklären und hoffte auf Zustimmung aller in seinem Reich.

Der Hauptmann hatte ihm nach seiner Ankunft von den Vorbereitungen zur Aushebung des Heeres gegen die Franken berichtet und zugesichert, dass es bereits in zehn Tagen zum Abmarsch bereit stehen würde.

„Das soll so bleiben", meinte Bertachar, „wir werden gegen die Franken ziehen, auch wenn mein Bruder diesen Kampf nicht unterstützt."

„Aber warum habt ihr das Thing dann einberufen?" fragte der Hauptmann.

„Das Thing soll meine Entscheidung bestätigen. Ich will auch sehen, ob sich in meinen Reihen so viele Zauderer befinden, wie bei meinem Bruder."

„Nun gut, dann kann ich mit den Vorbereitungen uneingeschränkt fortfahren."

„Ja, das kannst du", antwortete der König, „niemand kann mich von meiner Entscheidung mehr abbringen." Er ging mit dem Kanzler in seine Privatgemächer, um noch Einzelheiten für das Thing zu besprechen.

Herwald und sein Schwager Gerwald wollten die drei Tage bis zum Thing am Königshof bleiben. Sie bezogen wieder ihre Unterkunft beim Zinsverwalter und die Hausfrau war froh, dass sie ihre Gäste für ein paar Tage länger verwöhnen konnte. Sie war eine gute Köchin und kannte viele Rezepte von süßen und anderen Speisen. Da zum Königshof des Öfteren Kaufleute aus fernen Ländern kamen, kaufte sie unbekannte Gewürze und Zutaten und fragte auch die Kaufleute nach Rezepten zu deren Verwendung. Die beiden Männer wussten die Kochkünste der Frau des Zinsverwalters zu schätzen und sparten nicht mit Lob.

Hartwig war über die Verlängerung des Aufenthaltes sehr erfreut. Er hatte in den letzten Tagen schon so viel gesehen und es gab noch viel mehr zu entdecken. Auch war er froh, dass er Baldur kennen gelernt hatte. Sie verstanden sich sehr gut und Hartwig lud Baldur zu sich nach Rodewin ein. Baldur wollte das noch mit seinen Eltern besprechen und ihm dann Bescheid geben.

Am nächsten Tag ging Hartwig ganz allein durch den Ort und schaute den Handwerkern bei der Arbeit zu. Der Fleiß und das Geschick dieser Leute hatten ihn sehr beeindruckt. Immer wieder gab es Neues und Interessantes zu sehen. Erst zum Abendessen erschien er wieder im Quartier. Die Hausfrau fragte ihn aus, wo er war und was er so alles erlebt hatte und sie amüsierte sich über seine manchmal naiven Antworten. Die Zeit bis zum Thing war für ihn zu schnell vergangen, denn er hatte nur einen kleinen Teil von dem Ort näher erkundet.

Am Tag, an dem das Thing angesetzt war, kamen viele Männer aus den verschiedenen Gauen des Mittelreichs zusammen. Manche hatten eine sehr weite Reise hinter sich und waren ganz erschöpft von den Strapazen. In Herbergen, die sich in der Nähe des Marktplatzes befanden, nahmen sie Quartier. Viel Zeit blieb ihnen nicht zur Erholung, denn eine Zusammenkunft war zur Mittagszeit angesagt. Das Thing fand auf einem großen freien Platz, neben dem Hain, statt. Es war ein heiliger Platz, der auch für die Opferhandlungen an den heiligen Tagen genutzt wurde.

Heute zum Thing war der Adel aus dem ganzen Thüringer Mittelreich gekommen. Dieses reichte vom Main bis an die Unstrut und von der Werra bis an die Saale. Das Südreich, das zwischen Main und Donau lag, hatte nach dem Tod des unverheirateten Königs Baderich, sein Bruder Herminafrid übernommen. Ihm gehörte auch das Nordreich, das ihm sein Vater nach seinem Tod vermachte. Das Nordreich war vor sehr langer Zeit das Stammland der Thüringer und reichte von der Unstrut bis weit in den Norden des Harzes und im Osten bis an die Elbe. König Herminafrid war als ältester Sohn von seinem Vater als Hauptkönig bestimmt worden. Die beiden anderen Brüder sollten in allem seine Entscheidungen beachten. Doch das war nicht immer leicht. Bertachar war manchmal ein großer Hitzkopf und unbedacht in seinen Entscheidungen. Wenn es jedoch ums Kämpfen ging, war er der Beste. Das führte dazu, dass manche Adlige lieber Bertachar als Hauptkönig gesehen hätten. Er war ein germanischer Heerführer, wie man sich keinen besseren vorstellen konnte und er liebte den Kampf, Mann gegen Mann. Dazu kam noch, dass er dem germanischen Götterglauben treu geblieben war und nicht, wie sein Bruder auch dem christlichen Gott huldigte.

Die Versammlung wurde mit lauten Tönen aus einem Horn eröffnet. Die Männer setzten sich um eine große Steinplatte, die schon aus Urzeiten ihren Platz hier hatte.

Auf diesen Stein stellte sich Bertachar und sprach zu seinen Leuten. Er konnte von allen gut gesehen werden und es verstand jeder, was er sagte.

Bertachar sprach über sein Vorhaben eines Heerzuges gegen die Franken. Es tobte die gesamte Versammlung vor Begeisterung. Dies gefiel ihm und er hätte sich diese Begeisterung auch bei den Leuten seines Bruders gewünscht. Nun ließ er die anderen zu Wort kommen.

Alle Redner begrüßten dieses Vorhaben und sicherten volle Unterstützung zu. Nachdem der letzte Redner gesprochen hatte, befragten die Priester noch das Orakel. Sie warfen Stöcke mit eingekerbten Runen auf den Stein und deuteten den Ausgang des Unternehmens. Die Priester flüsterten eine Weile untereinander und der Oberpriester gab die weise Entscheidung der Götter bekannt.

In allem soll der Heerzug unter einem guten Stern stehen und für die Thüringer gut ausgehen. Das hörte man gern und der Jubel wollte nicht enden. Befriedigt ritt Bertachar zurück zur Burg.

Zum Abendessen waren alle geladen. Da der Platz in dem Rittersaal nicht ausreichte, wurde der Hof hierfür umgestaltet. Diener stellten Reihen von Tischen auf und Bänke zu beiden Seiten, so dass alle einen Platz fanden. Als sich die königliche Familie zu ihnen gesellte, wollten die Hochrufe nicht verstummen. Der König hielt noch eine kurze Ansprache und danach trugen die Knechte die Speisen auf. An diesem Abend wurde nach echter germanischer Art gezecht, das bedeutete, bis zum Umfallen. Die Königin war mit ihrer Tochter schon früh gegangen.

Nur Baldur saß noch mit Hartwig zusammen. Er hatte inzwischen mit seinen Eltern gesprochen und sie erlaubten den Besuch in Rodewin. Schon am nächsten Tag wollten sie gemeinsam von hier abreisen.

6. Das Jungmännerheer

Harald hatte nach seiner Ankunft in Rodewin alle Sippenältesten und Krieger des Oberwipgaus zum Thing geladen
und dort berichtete er von dem bevorstehenden Heerzug
gegen die Franken. Etwas enttäuscht war man darüber,
dass die kampferprobten Krieger nicht mit teilnehmen
durften. Doch man rechnete auch nicht mit einer großen
Feldschlacht, sondern eher mit kleinen Gefechten hinter
der Grenze im fränkischen Gebiet.
Für die jungen Krieger sollte dieser Kampfeinsatz eine
Möglichkeit sein, ihre Stärke und Geschicklichkeit im
Gebrauch der Waffen zu erproben. Da die Kampftruppen
der Franken im Süden und Westen ihres Reiches im
Einsatz waren, so war mit einer großen Gegenwehr im
Grenzgebiet nicht zu rechnen.
Die Begeisterung bei den Jungen war sehr groß. Nun konnten sie sich beweisen und mussten nicht den Ruhm mit den
erfahrenen Kriegern teilen oder denen zur Gänze überlassen. Die Versammlung wählte Harald als Truppführer für
die jungen Krieger des Oberwipgaus.
Er war nunmehr verantwortlich für diese Männer und sie
waren dazu verpflichtet, seinen Anordnungen Folge zu leisten. Danach wurde zu Ehren der Götter und insbesondere
dem Kriegsgott Thor ein Schafbock geopfert.
Harald versammelte nach dem Thing alle jungen Krieger,
die mit ihm ziehen würden. Er wollte mit ihnen die
Einzelheiten bis zur Abreise besprechen.
„Jeder Krieger soll morgen zur Mittagszeit hier eintreffen",
ordnete er an.
„Wir wollen am Thingplatz Zelte aufstellen und uns bis zur
Abreise im Kampf üben. Am vierten Tag werden dann die
Sippenältesten und Krieger die Waffenschau abnehmen
und am Abend können wir gemeinsam Abschied feiern."
Udo, der Sohn Ulrichs, meldete sich zu Wort: „Beim Üben
mit den Schwertern sollten wir nicht unsere eigenen verwenden, denn die sehen nach den paar Tagen wie Sägen
aus."
„Wir können doch nicht mit Holzschwertern üben?" fragte
ein anderer aus der jungen Schar.

Udo entgegnete: „Ich bin doch Schmied und habe immer genügend Schwerter als Vorrat. Wenn ihr wollt, stelle ich sie leihweise zur Verfügung."

„Das ist eine gute Idee, Udo. So werden wir es machen." Harald fragte, ob noch jemand sprechen möchte, doch es meldete sich niemand.

Für die Bewaffnung und den Reiseproviant musste jeder selber sorgen. Als Feldzeichen entschieden sie sich für den Kopf des geopferten Widders mit den gewaltigen gewundenen Hörnern. Harald sollte ihn präparieren und auf eine Stange setzen lassen. An diesem Zeichen würden alle die Krieger des Oberwipgaus erkennen können.

Die Ungeduld bei den Jungkriegern war sehr groß. Am liebsten wären sie gleich vom Thingplatz aus mit Harald zur Bertaburg am Königshof geritten. Harald beruhigte sie und schickte sie erst einmal heim.

Am nächsten Morgen ritt er mit voller Kriegsausrüstung zum Thingplatz. Siegbert war bei ihm und half bei den Vorbereitungen. Obwohl erst die Mittagszeit zum Treffen vereinbart war, kamen die meisten schon in der Morgenstunde. Nichts konnte sie mehr zu Hause halten.

Es waren viele Kinder und Jugendliche gekommen, die bei der Vorbereitung zum Errichten der Zelte halfen. Danach schaute sich Harald die Waffen und Kleidung der jungen Krieger an und gab Ratschläge, wie manches zu verbessern wäre. Gegen Mittag kamen die restlichen Jungkrieger und so mancher alter Haudegen war auch dabei, der seine Erfahrungen gern an die Jugend weitergeben wollte. Harald bestimmte den Ablauf der Kampfesübungen und die alten Krieger gaben hilfreiche Tipps, wie sie ihre Kampfweise verbessern konnten.

Am Abend waren alle sehr erschöpft und hatten kaum Lust zum Essen. Über einem Feuer hing ein großer Kupferkessel, in dem Hammelfleisch kochte und auch die Knaben, die noch hier waren und bei den Vorbereitungen mitgeholfen hatten, durften mitessen. Für sie war es ein einmaliges Erlebnis. Sie fragten Harald, ob er ihnen noch eine schöne Göttergeschichte erzählen würde.

„Was wollt ihr hören, denn es gibt so viele Geschichten.

Vielleicht sollte ich euch einmal von den Anfängen erzählen, wie zum Beispiel die Zeit entstanden ist. Alt genug seid ihr, um das zu verstehen."

„Oh ja, Harald, fang schon an", schrien sie ungeduldig durcheinander.

„Nachdem Odin und seine Brüder die Welt erschaffen hatten, da fühlten sie dennoch, dass irgendetwas fehlte. Immer war es unter der Sternenkuppel, der ehemaligen Schädeldecke des Urriesen Ymir gleich hell oder dunkel, nichts veränderte sich.

So erinnerte sich Odin an eine Riesenfrau, die ganz besonders schwarz ausschaute und mit einem der Götter liiert war. Sie hatte einen Sohn, der war dagegen strahlend hell. Diesen beiden schenkten die Götter je ein Ross mit Wagen und baten sie über die ganze Welt zu reisen.

Sie waren damit einverstanden und Odin hob sie zum Himmel empor. Die Riesenfrau mit Namen Nott fuhr als Erste los und als sie zurückkam startete ihr Sohn Dag. Sein Pferd leuchtete glänzend hell und seitdem kann man auf der Welt Tag und Nacht unterscheiden. Mit dem Tag und der Nacht gibt es die Zeit, die wir in Tagen und Jahren zählen."

„Das war aber eine sehr kurze Geschichte, da wollen wir schon noch mehr hören" bettelten die Jungen.

„Na gut, wenn ihr noch nicht zu müde seid, so will ich euch noch erzählen, wie die Sonne und der Mond entstanden sind." Harald blickte in die Runde und sah nur erwartungsvolle Augen. Die Geschichten schienen sie sehr zu interessieren.

„Die Sonne und der Mond sind ebensolche Gebilde, wie die Sterne. Da sie sehr groß sind und vom Himmelsgewölbe fallen könnten, haben die Götter zwei Kinder dazu bestimmt, den Sonnenwagen und die Mondpferde zu lenken und aufzupassen, dass alles seine Ordnung hat.

Warum die Götter gerade Kinder nahmen kam daher, dass ein Vater voller Stolz seine bildschöne Tochter Sonne und seinen Sohn Mond nannte. Das fanden die Götter sehr anmaßend von ihm und sie nahmen ihm die Kinder weg. Leicht haben es die beiden Kinder nicht, denn sie werden immer von zwei Wölfen verfolgt, die sie verschlingen wollen. Diese Wölfe sind die Kinder einer Trollfrau, die weit im Osten lebt und viele solche grimmige Wesen geboren hat. Zum Glück ist es den Wölfen noch nicht gelungen, die beiden Kinder einzuholen, denn was dann passiert, weiß man nicht. Oder hat von euch jemand eine Idee, was dann sein könnte?"

Einer von den Jungen traute sich etwas zu sagen. „Wenn die Wölfe die Sonne und den Mond fressen, dann wäre es so, wie an Schlechtwettertagen. Mir würde das nicht gefallen."

„Ja, das ist richtig", entgegnete Harald, „überall würde wohl Trübsal einkehren und nichts könnte mehr so richtig wachsen und gedeihen."

„Warum verscheuchen die Götter nicht die Wölfe, damit Sonne und Mond keine Angst mehr vor ihnen haben müssen?" wollte einer der Jungen wissen.

„Das kann ich euch auch nicht sagen. Es gibt so viele Dinge, die wir mit unserem geringen menschlichen Verstand nicht begreifen können.

So das wär's und ihr geht jetzt brav nach Hause."

Ein Murren begann und wollte nicht enden. „Alle guten Dinge sind drei. Auch die zweite Geschichte war so kurz, so dass du uns noch eine letzte erzählen kannst."

„Na gut, ihr Plagegeister. So werde ich euch eine allerletzte Geschichte erzählen und zwar, woher der Wind kommt."

„Gut Harald", riefen alle.

„Im hohen Norden wohnt ein riesengroßer Adler, der mit seinen Schwingen schlägt. Manchmal mehr und manchmal weniger. Doch es kommt auch vor, dass er ganz still ist und dann geht kein Lüftchen. So wie jetzt und nun ab nach Hause."

„Das ist ja gar keine richtige Geschichte. Das war ja viel zu kurz."

„Eure Eltern werden schon auf euch warten und sich Sorgen machen. Es soll schon vorgekommen sein, dass die Trolle kleine Jungen, wie euch gefangen und verschleppt haben. Also eilt, so schnell wie der Wind heim, damit euch niemand fangen kann."

Die Jungen wollten noch mehr hören, aber Harald bestand darauf, dass sie gingen.

Am nächsten Tag wuchs die Schar der Zuschauer an. Es kamen auch die Bräute, Schwestern und Ehefrauen von manchen der jungen Krieger, um bei den Übungen zuzusehen. Das spornte den Kampfgeist mächtig an und Harald musste oft bremsend einwirken, denn sie hätten sich sonst gar ernsthaft verletzt.

Nach dem Abendessen war Ruhe und die Frauen behandelten so manche leichte Verletzung oder Prellung, die sich die Krieger zugezogen hatten. „Wenn wir im Feld sind, werdet ihr nicht so gut versorgt", meinte Harald etwas spöttelnd zu seinen Leuten, „es sei denn unsere Frauen ziehen mit in den Kampf."

„Wer soll denn dann zu Hause unsere Arbeit machen", meinte Ursula, die Schwester von Udo und Tochter Ulrichs aus Alfenheim. „Einer muss für die Familie sorgen, wenn ihr schon nicht da seid und in der Welt herumzieht."

„Es ist auch für euch, dass wir in den Kampf ziehen. Was wäre, wenn wir den Franken alles erlauben. Sie würden dann schon bald im Oberwipgau einfallen und euch als Sklaven mitnehmen. Das wäre doch bestimmt nicht schön."

„Wer sagt dir, dass sie das tun würden?" fragte Ursula zweifelnd zurück.

Harald war nicht gewohnt, dass ihm ein Frauenzimmer solche Fragen stellte und war etwas verunsichert.

„Die Frage solltest du den Thüringern stellen, die in der Nähe der fränkischen Grenze ihre Höfe haben und jedes Jahr von fränkischen Kriegern heimgesucht und ausgeplündert werden. Die können dir die rechte Antwort geben."

„Ich habe das nicht bös gemeint, entschuldige bitte, aber ich mache mir so meine Gedanken, dass es auch anders sein könnte."

„Das kann dir keiner verwehren, doch es ist nun einmal so. Wenn ein böser Nachbar keine Ruhe gibt, wirst auch du keine Ruhe finden."

Harald schaute sich jetzt Ursula ein wenig genauer an. Wenn er seinen Freund Udo besuchte, so hatte er die Schwestern gar nicht so recht wahrgenommen. Ursula, die Älteste von ihnen, hatte sich inzwischen zu einer schönen Frau entwickelt und gescheit schien sie auch zu sein. So versuchte er ihr die politischen Zusammenhänge zu erklären. Sie hörte ihm aufmerksam zu und stellte noch so manche Frage, die er nicht ausreichend beantworten konnte. Trotzdem gefiel ihm die Unterhaltung und er dachte noch lange darüber nach.

Der letzte Tag war angebrochen und die Kampfesübungen zeigten gute Erfolge. Auch die alten Lehrmeister waren mit ihren Schützlingen sehr zufrieden. Am Nachmittag kamen die Angehörigen und viele anderen Leute und brachten Speisen und alle möglichen und unmöglichen Dinge für die Reise mit.

In einer Waffenschau konnten sie die jungen Krieger bewundern. Gezeigt wurden Kampfeskünste am Boden und auf den Pferden. Zuletzt traten sie in Formation auf. Voran ritt ein Jungkrieger mit einer langen Stange, auf der der präparierte Widderschädel aufgesteckt war. Zusätzlich flatterte noch der buschige Schwanz des Widders im Wind. Ihm folgten Harald als Truppführer und die anderen in Zweierreihen. Alle Zuschauer applaudierten und eilten zum Opferplatz. Da wartete schon der Priester, um die Krieger und Pferde zu segnen. Er warf auch die Runenstäbe und las daraus ein erfolgreiches Unternehmen und eine glückliche Heimkehr.

Haralds Braut Heidrun aus Anstedt war ebenfalls mit ihren Eltern hier und ganz stolz auf ihren Bräutigam. Nach der Zeremonie wurde abermals ein Widder geopfert. Der Priester tauchte seine Finger in das noch warme Blut und bestrich die Stirn und die Brust eines jeden Jungkriegers, damit die Götter immer mit ihnen seien, auch wenn einer von ihnen nach Walhall abberufen werden sollte. Nur im Kampf konnte einem Krieger diese Ehre zuteil werden und somit fürchtete sich niemand von ihnen vor dem Tod.

Nach der priesterlichen Zeremonie setzten sie sich alle

zum gemeinsamen Mahl zusammen und der Priester erzählte während des Essens Geschichten aus der Götterwelt. Irgendwann verstummte er, da ihn wahrscheinlich der Hunger quälte und ein paar Musikanten spielten volkstümliche Weisen. Die Kinder tanzten zu den Klängen der Musikinstrumente und später folgten ihnen auch die Erwachsenen.

Am späten Nachmittag verabschiedeten sich die Verwandten von ihren jungen Kriegern, denn sie mussten noch vor Dunkelheit nach Hause kommen. Auch Harald und seine Männer gingen bald schlafen, denn sie wollten am nächsten Morgen sehr zeitig aufbrechen, um nicht zu spät am Königshof anzukommen.

Zeitig am Morgen setzte sich die Jungkriegerschar in Bewegung. Kurz nach Mittag erreichten Harald und sein Trupp den Königshof und sie wurden von einem Knecht zum großen Thingplatz, der neben der Bertaburg lag, geleitet. Hier standen schon verschiedene Zelte der bereits angekommenen Kampfverbände aus verschiedenen Gauen des Landes. Ein Platzwart führte die Ankömmlinge zu der Stelle, wo sie ihre Zelte aufbauen konnten. Sie mussten alles selber tun, denn im Feld würde es auch so sein.

Jeder Trupp hatte acht bis zwölf Krieger. Fünf Trupps wurden zu einer Hundertschaft zusammengefasst, die von einem erfahrenen Krieger aus der Wachmannschaft des Königs angeführt wurde. Und allen voran befehligte der Hauptmann der Wachmannschaft als Heerführer die gesamte Kampfeinheit.

Der König würde aus politischen Gründen nicht am Kampfeinsatz teilnehmen. Das Unternehmen war als Vergeltung für die stetigen Grenzverletzungen gedacht und sollte nicht politisch überbewertet werden.

Als Haralds Trupp sich eingerichtet hatte, wurde er zum Führer der Hundertschaft, dem Hunno, hin beordert. In seinem Zelt waren schon drei weitere Truppführer aus verschiedenen Gauen. Der Hunno forderte ihn auf, auch Platz zu nehmen und zu warten, bis der noch fehlende fünfte Truppführer eintreffen würde.

Auf einem Tisch lag ein Pergament ausgebreitet, auf dem verschiedene Linien eingezeichnet waren. Dieses Pergament schaute der Hunno immer wieder an und führte Selbstgespräche dabei. Nach einer Weile kam endlich der fünfte Truppführer ins Zelt geeilt.

„Das hat ganz schön lange gedauert bei dir. Ihr habt wohl noch nicht ausgeschlafen", brummte er ihn, sichtlich verärgert, an.

„Es tut mir leid, dass ihr warten musstet, aber wir hatten noch ein Problem mit der Essenbeschaffung."

Der Zugführer schnaufte schon vor Wut. „Wenn deine Leute lieber Essen als kämpfen, dann könnt ihr gleich wieder nach Hause reiten. Solche Krieger können wir nicht gebrauchen."

Das war eine harte und klare Aussage und alle blickten eingeschüchtert zu Boden.

„So, ihr neunmalklugen Kämpfer, sagt mir, was hier auf dem Tisch liegt."

Er sah sich jeden von ihnen von ganz nah an und schien zu genießen, wie ratlos sie dreinblickten.

„Da schaut ihr und wisst überhaupt nichts. Das ist ein Pergament mit einer Wegekarte und wozu werden wir die wohl brauchen? Na, na, ich kann euch gar nicht hören."

Der Hunno genoss sichtlich seine Überlegenheit und fuhr in gleicher Art fort. „Soll ich es euch Grünlingen verraten? Oder kommt ihr doch noch selbst darauf?"

Zögernd flüsterte Harald: „Um den Weg an die Westgrenze zu finden."

„Na schaut, der Neunmalkluge hat es herausgefunden. Das ist doch schon etwas. Nun gut, so will ich es euch erklären."

Er zeigte auf das Pergament und sagte: „Die rechte Seite ist Osten, wo die Sonne aufgeht. Hier unten ist Süden, wo die Sonne zu Mittag steht und ihren höchsten Stand hat und hier ist Westen, wo die Sonne wieder untergeht. Dann bleibt nur noch hier oben Norden."

Er machte eine Pause und schaute in die Gesichter der Truppführer. Sie schienen alles verstanden zu haben oder taten zumindest so.

„Nun haben wir hier dicke und dünne Linien, das sind Haupt- und Nebenwege und die blauen Schlangenlinien sind Bäche und Flüsse. Die Siedlungen könnt ihr an den Punkten erkennen. Je fetter, umso größer. Sie haben alle einen Namen."

Einige der Jünglinge machten nun doch ein verdutztes Gesicht, denn sie konnten die Schriftzeichen nicht lesen. Der Hunno meinte etwas sarkastisch: „Wenn ihr es nicht verstanden habt, so kann ich alles wiederholen und irgendwann werdet ihr es einmal begreifen oder liegt es daran, dass ich nicht deutlich spreche."

Keiner wagte, etwas zu sagen. Ein jeder hoffte, nicht direkt angesprochen zu werden.

„So, das wär's für heute, jetzt geht zu eurem Trupp und bald schlafen, denn Morgen früh will ich mir ansehen, was ihr so drauf habt. Es bleiben uns nur drei Tage. Am vierten ist Abmarsch."

Mit einer Handbewegung deutete er den Truppführern zu gehen und schaute gedankenvoll auf das vor ihm liegende Pergament. Das Lesen der Wegekarte war auch nicht seine Stärke, aber das würde er niemals zugeben. Diese Karten hatte der Hauptmann an alle Hunnos ausgegeben und sie aufgefordert, sie gründlich mit den Truppführern zu studieren.

Vor dem Zelt holten die Truppführer erst einmal tief Luft. Einen solchen Grobian hatten sie nicht erwartet. Sie stellten sich erst einmal untereinander vor, wie sie hießen und woher sie kamen. Die grobe Art des Hunnos hatte unter ihnen schnell eine Verbundenheit, wie bei Leidensgenossen, entfacht. Da sie auf dem zentralen Lagerplatz ihre Zelte nebeneinander stehen hatten, verabredeten sie sich noch auf einen gemeinsamen Humpen Met in Haralds Zelt.

Am nächsten Morgen war nicht an ausschlafen zu denken. Der Platzwart weckte alle, bevor es hell wurde und befahl in einer halben Stunde in Reih und Glied auf dem Kampfplatz ohne die Pferde zu stehen. Alle schienen sehr unschlüssig zu sein, was sie als erstes tun sollten. Es klappte nicht mit den Feuerstellen und auch die Essenzubereitung war schlecht bei den meisten Trupps organisiert. Es schien das totale Chaos zu herrschen. Als alle dann doch zeitgerecht am Kampfplatz standen, war so mancher dabei, der noch nicht gefrühstückt hatte.

Die Sonne stieg langsam im Osten auf, doch keiner ergötzte sich an dem herrlichen Anblick. Jeder hatte mit sich zu tun und das stillstehen, auf einem Fleck war kein Vergnügen.

Die Hunnos überprüften kurz die Vollzähligkeit ihrer Trupps und stellten sich vor ihnen auf. Lange Zeit passierte nichts. Das Warten dauerte schon mehr als eine halbe Stunde und die ersten bekamen weiche Knie und sanken an ihrem Platz zusammen und blieben liegen. Dann endlich kam der Hauptmann angeritten und stellte sich vor die Züge, die angetreten waren.

„Guten Morgen, Männer", rief er laut in die Menge.

„Guten Morgen, Hauptmann", klang es leise zurück.

„Ihr seid wohl noch nicht recht ausgeschlafen, Männer, drum versuchen wir es noch einmal."

Jetzt waren alle gut und laut zu hören.

„Na also, Männer, so ist das schon viel besser. Ihr wisst, was wir vorhaben und in vier Tagen ist Abmarsch. Bis dahin werden wir noch gute Krieger aus euch machen. Jetzt fangt an und übt euch in den Kampftechniken."

Die Trupps zogen zu separaten Plätzen, wo sie mit den Schwertkampfübungen begannen. Das Niveau in der Kampfkunst war bei den jungen Kriegern sehr unterschiedlich, doch der Kampfeswille schien bei allen gleich hoch zu sein. Nun versuchten die Hunnos dies, soweit es in der kurzen Zeit überhaupt möglich war, zu verbessern und das Zusammengehörigkeitsgefühl in ihrer Hundertschaft zu fördern. Für viele war es das erste Mal, dass sie mit Gleichaltrigen aus anderen Gauen zusammen kamen. Manche sprachen einen anderen Dialekt und hatten auch andere Angewohnheiten, die es zu verstehen galt. Doch bei den jungen Männern war dies alles kein Hindernis und bei den gemeinsamen Übungen bildeten sich schnell neue Freundschaften.

Mit kurzen Pausen wurde bis zum Abend geübt, nur Mann gegen Mann. Das war sehr ermüdend und viele brachen vor Erschöpfung zusammen. Wem das passierte, der wurde einfach liegengelassen und musste selber sehen, wie er wieder auf die Füße kam. Als es langsam dunkel wurde, marschierten sie zurück zum Lagerplatz.

Jeder Trupp musste für sein Abendessen selbst sorgen. Da Harald das mit seinen Männern schon zu Hause geübt hatte, funktionierte es auch jetzt ganz gut. Schnell war ein Feuer entfacht und Fleisch in einem Kessel gekocht. Das duftete so gut, dass man geradezu die neidischen Blicke der Männer aus den anderen Trupps auf sich zog. Auch der Hunno kam vorbei und lobte die Schnelligkeit in der Essenszubereitung.

„Das klappt ja bei euch sehr gut."

„Möchtet ihr eine Schale von unserer Brühe probieren?" fragte Harald.

Der Hunno ließ sich nicht lange bitten und setzte sich zu ihnen. Harald schöpfte aus dem Kessel Brühe, zusammen mit einem großen Stück Fleisch, in eine Holzschüssel und reichte sie ihm. Er schlürfte die Brühe hastig aus. Dabei setzte er öfter ab, denn sie war sehr heiß.

„Das ist eine kräftige Brühe. Davon wird der Kampfgeist gestärkt", meinte er mit breitem Grinsen und stach mit seinem Messer in das Stück Fleisch, was noch in seiner Schüssel lag. Das verschlang er so gierig, wie ein Hund, ohne es zu kauen. Die Umstehenden staunten, sagten aber nichts.

„Jetzt werde ich einmal zu den anderen Trupps gehen und schauen, ob die auch so etwas Gutes zaubern können. Gute Nacht Männer und geht bald schlafen. Heute habt ihr euch noch ausruhen können, aber morgen früh werden wir einen Zahn zulegen."

Er stand auf, ohne Danke für die Suppe zu sagen und ging davon. Viele waren heute schon am Ende ihrer Kräfte angelangt und morgen sollte es noch anstrengender werden. Das gefiel keinem, doch niemand wagte etwas dagegen zu sagen. Wie man hörte, wurden diejenigen, die vor Schwäche umgefallen waren, wieder nach Hause geschickt. Eine größere Blamage konnte sich keiner vorstellen.

Der nächste Tag begann genau so wie der erste. Frühes Aufstehen, schnell frühstücken, Pferde versorgen und in Kampfkleidung am Platz aufstellen. Diesmal ließ der Hauptmann jedoch nicht so lange auf sich warten. Er erschien pünktlich und begrüßte die Jungkrieger. „Heute sollt ihr das Kämpfen im Verband und auf dem Pferd üben. Eure Vorgesetzten werden euch die notwendigen Instruktionen geben. Der schnelle und gezielte Angriff ist unsere Stärke. Achtet darauf, was von euch gefordert wird und haltet euch an die Befehle. Auf denn Männer, setzt eure Übungen fort!" Er hob die Hand zum Aufbruch und die Trupps marschierten wieder zu den gestrigen Übungsplätzen.

Bis zur ersten Pause wurde das Gestrige wiederholt. Nachdem alles geklappt hatte, konnten sie die Übungen mit den Pferden beginnen. Alle freuten sich schon darauf und hofften, sich auf dem Rücken ihrer Tiere ausruhen zu können. Die gesamte Hundertschaft ging zurück zu dem Lagerplatz, wo die Rösser in kleinen Einzäunungen zusammenstanden.

Sie ritten dann auf ein freies Feld, weit außerhalb des Königshofes und begannen mit den Kampfübungen hoch zu Ross. Dazu gehörten das Lanzenstechen, der Schwertkampf und auch das Bogenschießen im Galopp. Einzeln ging das bei den meisten ganz gut, aber in der großen Gruppe gab es so manche Probleme. Es lag auch mit daran, dass die Pferde so große Gruppen nicht gewöhnt waren und der Herdentrieb bei ihnen immer wieder die Oberhand gewann. So wirkte alles chaotisch und es war für den Hunno nicht leicht, Ordnung in den Verband zu bringen. Die wüstesten Schimpftiraden prasselten auf die Truppführer und die jungen Krieger nieder und mancher von ihnen war fast am Verzweifeln.

Nach wenigen Stunden waren die Tiere völlig erschöpft und der Hunno befahl Ruhe. Jedoch nicht für die Krieger, die ihre Übungen Mann gegen Mann fortsetzten mussten. Wer sich nicht viel Mühe gab, dem wurde angedroht, am Abend nicht auf dem Rücken seines Pferdes, sondern daneben den Heimweg anzutreten. Da sie weit weg vom Lagerplatz waren, wäre es für den Betroffenen eine große

Belastung und harte Strafe. So bemühten sich alle das Beste zu tun.

In den Pausen erzählte der Hunno von Kriegsabenteuern und wie man sich richtig in außergewöhnlichen Situationen verhalten sollte.

Den Vorträgen lauschten alle sehr interessiert, auch deshalb, weil man sich dabei hinsetzen und ausruhen konnte.

Als es dämmrig wurde, brachen sie die Übungen ab und traten den Heimritt an. Nur drei Krieger mussten neben ihren Pferden rennen. Sie hielten sich an den Mähnen fest und kamen völlig erschöpft bei ihren Zelten an.

An diesem Abend war bald Ruhe im Lager. Die Essenzubereitung funktionierte auch bei den anderen Trupps besser. Die Erschöpfung ließ kein Gespräch untereinander mehr aufkommen. Jeder war froh, wenn er sich in seinem Zelt auf das Stroh legen konnte. So hatte kaum jemand den Hauptmann bemerkt, der mit seinen Hunnos durch die Reihen der müden Krieger ging. Er sah zufrieden aus.

Um Mitternacht gab es großen Lärm. Vom Haupteingang kamen einige gefährlich aussehende, verkleidete Gestalten mit Holzkeulen in der Hand ins Lager und niemand wusste, wer sie waren und was das sein sollte. Sie rissen Zelte ein und wenn sich ihnen jemand entgegenstellte, so bekam er die Keule zu spüren. In kurzer Zeit war ein totales Chaos entstanden.

Da die Glut in den Feuerstellen teilweise erloschen war, konnte man in der Dunkelheit nicht sehr viel sehen. Einzig die Fackeln der wüsten Gestalten warfen einen Lichtschatten.

Die aus ihren Gehegen ausgebrochenen Pferde rannten wild umher und vergrößerten das Chaos. Dieser Spuk dauerte wenige Augenblicke. So plötzlich, wie die Gestalten kamen, waren sie wieder verschwunden, doch das Chaos blieb.

Jeder Trupp versuchte seine Feuerstelle schnell wieder in Gang zu setzen und als die Flammen loderten, konnte man das Ausmaß des nächtlichen Überfalls erkennen. Die restliche Zeit bis zum Wecken fand niemand mehr Schlaf.

Es mussten die Pferde eingefangen und die Zelte wieder aufgestellt werden. Die Unordnung war riesengroß. Die Rösser von Haralds Trupp waren nicht so weit gelaufen und schnell wieder eingefangen. Auch der Schaden an ihren Zelten war nicht so groß. Da aber jetzt nicht mehr an Schlaf gedacht werden konnte, befahl er, den Kessel an den Dreibock zu hängen und eine warme Grütze vorzubereiten. So würden sie statt dem Schlaf zumindest ein gutes Frühstück haben.

Man munkelte viel darüber, wer die wilden Gestalten wohl sein konnten. Manche glaubten, dass es böse Geister waren, andere hatten sie als Riesen erkannt und dann den Kriegsgott Thor gesehen, wie er sie mit seinem Hammer vertrieb.

Die Spekulationen wollten schier kein Ende nehmen und die Aufregung hielt bis zum ersten Morgendämmern an. Da erschall wieder das laute Horn zum Aufwachen.

Diesmal gab es niemand, der zu spät am Sammelplatz erschien und alle hatten inzwischen gut gefrühstückt. Auch die Begrüßung des Hauptmanns klang frischer als an den Tagen zuvor. Er schien sehr zufrieden zu sein.

„Krieger, wie ich hörte, haben euch heute Nacht wilde Gesellen heimgesucht und manchen von euch verprügelt. Denjenigen, die sich gegen die Eindringlinge zur Wehr gesetzt haben, spreche ich ein besonderes Lob aus.

Die Eindringlinge waren niemand anders, als verkleidete Krieger aus meiner Wachmannschaft. Sie sollten euch zeigen, wie gefährlich es ist, ohne die Sicherheit einer Nachtwache an irgendeinem Platz zu verweilen.

Es hätten auch fränkische Krieger sein können, die unerkannt in das Lager eindringen und euch die Hälse durchschneiden. Ich hoffe, es bleibt euch eine gute Lehre und ihr werdet zukünftig in der Nacht wachsamer sein.

Was die Übungen an dem heutigen letzten Tag betrifft, so werdet ihr im großen Kampfverband Angriff und Rückzug lernen. Morgen früh ist um die gleiche Zeit Abmarsch. Ihr werdet heute schon zu Mittag wieder zurück sein, denn unser König wird am Nachmittag selbst die Waffenschau abnehmen."

Vor Begeisterung schlugen alle mit ihren Schwertknäufen gegen die bespannten Holzschilde. Der Hauptmann leitete die heutigen Übungen selbst. Es ging darum, den Einsatz der einzelnen Hundertschaften gut zu koordinieren.

Reitende Boten brachten die Befehle zu den jeweiligen Hunnos. Es wurden Frontal- und Flankenangriffe und auch der geordnete Rückzug geübt. Die Übung war zufrieden stellend für den Hauptmann. Er gab Befehl zum Lager zurückzureiten und sich auf die Waffenschau vorzubereiten.

Vor dem Lager hatten Knechte auf Karren Lebensmittel aus dem königlichen Bestand angeboten und so konnten die Krieger ihren Reiseproviant für die kommenden Tage auffrischen.

Jeder Trupp hatte alles, was sie die nächsten Tage benötigen würden, selbst mitzuführen. Ein Versorgungstross, wie er bei großen Heeren mitgeführt wurde, war bei diesem Unternehmen nicht vorgesehen.

Solange sie sich im eigenen Land bewegten, erhielten sie Proviant von den gut bewirtschafteten Königsgütern. Diese waren weniger als eine Tagesreise voneinander entfernt. Sie belieferten den Königshof oder wie im Fall eines Heerzuges versorgten sie die Krieger mit allem Notwendigen.

Wenn das Reiterheer dann im Feindesland sein würde, so mussten sie das, was sie brauchten, sich selbst beschaffen.

Am frühen Nachmittag wurde zur Waffenschau geblasen. Der König und sein Gefolge waren am Übungsplatz erschienen und hatten auf einer Tribüne Platz genommen. Der Hauptmann zog mit seinem gesamten Heer an ihm vorbei. Danach wurden einige Schaukämpfe vorgeführt, um die Tüchtigkeit der Krieger zu zeigen.

Der König war sehr beeindruckt von der Vorführung und sprach zu den Kriegern.

„Krieger des Thüringer Mittelreiches! Wir sind stolz auf euch und eure Kampfeskunst. Schon bald könnt ihr euer Können gegen die fränkischen Grenzverletzer beweisen und wir sind sicher, dass ihr dem Treiben der Franken ein Ende setzen werdet.

Odin und Thor werden euch beschützen. Nach dem erfolgreichen Feldzug werden wir uns hier auf diesem Platz wieder sehen und ihr sollt von mir und dem ganzen Reich geehrt werden. Drum zieht los und erfüllt eure Pflicht."

Er wandte sich zu dem neben ihm stehenden Hauptmann und sprach: „Euch Hauptmann übergebe ich hier mein Schwert zum Zeichen, dass ihr als Heerführer in Treue für unser Königreich kämpfen und siegen werdet."

Der Hauptmann hielt das Schwert in die Höhe und zu den Soldaten gewandt, rief er laut: „ Für unseren König und den Sieg!"

Alle Krieger schlugen mit ihren Schwertknäufen gegen die Schilde und schrien „Hurra, hurra, hurra!"

Danach verließ der König die Tribüne und die Jungkrieger gingen zu ihren Zelten zurück, um die letzten Vorbereitungen für den morgigen Abmarsch zu treffen.

7. Der Vergeltungszug

Bei Sonnenaufgang war das Heer abmarschbereit. In Zweierreihen ritten die Krieger hinter ihren Hunnos- und Truppführern her. An der Spitze ritt der Hauptmann, der einen metallenen Brustpanzer und einen Helm trug. Sie ritten auf der gepflasterten Straße, die durch das Osttor des Königshofes zum Marktplatz führte. Zu beiden Seiten wurden sie jubelnd von den Handwerkern, Bauern, Knechten und Mägden begrüßt und von den Mauern der Bertaburg winkten die Frauen mit farbigen Tüchern. Auch der König und die Königin waren zu sehen. Der Weg führte durch das gegenüber liegende Tor auf den alten römischen Handelsweg. Kurz nach Mittag erreichten sie das erste Königsgut. Sie nahmen dort Quartier und wurden gut versorgt. Es wäre möglich gewesen, noch am gleichen Tag das nächste Gut zu erreichen, doch dem Hauptmann war daran gelegen, dass sich die Krieger und die Pferde nach den Strapazen der letzten Tage etwas erholen konnten.
Nach drei Tagen erreichten sie die Werra und damit die Grenze zum Frankenreich. Sie zogen am Ostufer des Flusses in nördlicher Richtung weiter.
Im Grenzgebiet konnten sie überall die Verwüstungen durch fränkische Einfälle sehen. Die Siedlungen waren völlig niedergebrannt und die Äcker blieben brach, da die Bauern weiter ins Land gezogen waren.
Nur in den befestigten Königsgütern war noch Leben. Die marodierenden fränkischen Haufen versuchten diese Güter zu umgehen, da dort mit einer Gegenwehr der Wachmannschaft zu rechnen war. Wenn die Knechte und Mägde auf den Feldern arbeiteten, so mussten immer berittene Knechte als Schutz beigestellt werden. Das war auf die Dauer kein Zustand und die Gutsverwalter hatten immer wieder beim König um Beistand und Hilfe angesucht. Das dritte Gut lag ganz in der Nähe einer Furt, einer seichten Stelle des Flusses, an der man zu Fuß oder mit den Wagen von einem Ufer zum anderen gelangen konnte. Die Thüringer hatten hier an der Werra eine große Wachmannschaft stehen. Der Wachposten hatte eine

besondere strategische Bedeutung, da es nur wenige solcher Stellen am Unterlauf der Werra gab. Die fränkischen Haufen mussten mit Flößen über den Fluss setzen, wenn sie ins Thüringer Königreich vordringen wollten, ohne sich nasse Füße zu holen.

Der Hauptmann ließ das Heer außerhalb des Guts im Wald lagern, um nicht vom Feind gesehen zu werden. Er wusste nicht, ob die Franken bereits durch Späher von dem Feldzug wussten und wenn ja, was sie dann vorhatten. Seine Strategie war, schnell auf die fränkische Grenzseite vorzudringen und dort die Wachstationen zu verwüsten. Der Gegner sollte keine Möglichkeit finden, auf diesen Angriff angemessen zu reagieren.

Am nächsten Morgen setzte er mit seinen Kriegern über die Werra und zog südwärts in der Nähe des Flusses entlang. Nach ein paar Stunden erreichten sie die erste Wachstation der Franken. Die Leute schienen offensichtlich sehr überrascht zu sein. Er forderte den Wachposten auf, das Tor zu öffnen. Nach einigem Wortwechsel und der Zusicherung, ihr Leben zu schonen, öffnete man das Tor. Die Franken legten ihre Waffen nieder und ergaben sich.

Einige wurden verhört, um zu erfahren, wie die fränkischen Posten an der Grenze verteilt und wie stark sie besetzt waren. Zwei junge Burschen wurden gefesselt und mitgeführt. Sie sollten den Weg zeigen.

Die übrigen Gefangenen ließ der Hauptmann von einem Trupp in das Königsgut auf die andere Seite der Furt abführen. Das Heer zog weiter in Richtung des nächsten Wachpostens. Die Bauern, die sie unterwegs auf ihren Feldern sahen, ließen sie in Ruhe. Sie waren von den Kriegern so überrascht, dass sie eilig in den Wald rannten oder sich in irgendeinem Loch verkrochen.

Am frühen Nachmittag erreichte die Vorhut des Heers den zweiten Wachposten und die Franken wurden aufgefordert, sich zu ergeben. Diesmal reagierten sie aber nicht darauf. Der Hunno sandte einen Krieger zurück zum Hauptheer und informierte den Hauptmann. Der beschloss, das Heer im nahe gelegenen Wald lagern zu lassen. Nur die Vorhut sollte rund um die Wachstation ihre Zelte aufstellen und

den nächsten Morgen abwarten. Es wurden bei Dunkelheit viele Lagerfeuer angezündet. Mehr, als notwendig waren, um eine große Truppenstärke vorzutäuschen. Die Franken sollten vermuten, dass noch viele Thüringer nachgerückt waren und deshalb keinen Angriff in der Nacht wagten.
So verlief alles bis zum Morgengrauen sehr ruhig.
Die meisten der jungen Krieger fanden jedoch keinen Schlaf, da sie zu aufgeregt waren. Die Wachen des im Wald lagernden Hauptheeres wurden verdoppelt und kein Feuer angezündet. Zeitig in der Früh ritt der Hunno erneut vor das Tor und wiederholte seine Forderung.
Die Franken lehnten ab. Sie dachten, dass es sich bei der Vorhut um einen Haufen marodierender thüringischer Krieger handeln würde und kräftemäßig glaubten sie diesen ebenbürtig zu sein. So versuchten sie einen Ausfall und griffen an. Der Hunno befal den Rückzug in Richtung Wald, dort wo das Hauptheer stand. Die fränkischen Krieger galoppierten ihnen nach. Das Missgeschick erkannten sie zu spät und waren bald von vielen Thüringern umringt. Sie dachten jedoch nicht daran, sich zu ergeben und starben lieber im Kampf.
Nach dem Sieg zog das gesamte Heer zur Wachstation und der Hauptmann forderte die Insassen auf das Tor zu öffnen und versprach ihnen, ihr Leben zu schonen.
Langsam öffnete sich das Tor und alle die sich in der geschützten Siedlung befanden, kamen heraus. Es waren meist Knechte und Mägde sowie ein paar Sklaven, die durch das Tor schritten. Sie mussten auf freiem Feld abwarten, was weiter geschehen würde. Der Hauptmann ließ die Wachstation durchsuchen, ob sich noch Leute darin befanden. Es war dem auch so. Drei ältere Krieger hatten sich in den Kellern versteckt. Als sie entdeckt wurden, leisteten sie erbitterten Widerstand, doch die Übermacht war zu groß. Sie wurden an den Händen gefesselt und vor den Hauptmann geführt.
„Warum seid ihr nicht wie die anderen herausgekommen. Da ihr Widerstand geleistet habt, müsst ihr sterben."
„Lieber in Ehren sterben, als sich zu ergeben", antwortete einer der Franken.

„Ich weiß nicht, ob das so ehrenvoll für euch sein wird, was wir mit euch vorhaben. Eines kann ich euch versichern, dass sich keine Walküre um euch bemühen wird und ihr Walhalla niemals sehen werdet. Ihr sollt nicht durch das Schwert sterben, sondern mit dem Strick erdrosselt werden und das ist wirklich kein ruhmreicher Tod."

„Warum tut ihr uns das an? Wir sind ehrenhafte Krieger und haben schon in vielen Schlachten heldenhaft gekämpft."

„Unter Helden verstehe ich etwas ganz anderes. Ihr habt auf unserer Grenzseite einfache Bauern umgebracht und ihre Siedlungen gebrandschatzt und das nennt ihr heldenhaft."

„Das ist uns so befohlen worden."

„Wer hat euch das befohlen?", wollte der Hauptmann wissen.

„König Theuderich, Sohn des großen Chlodwig."

„So, so, euer König hat euch auf Raubzug geschickt und wo ist denn euer König jetzt? War er bei den Überfällen dabei?"

„Nein, das nicht, aber wir haben ganz in seinem Sinne gehandelt und wenn er erfährt, was ihr hier in unserem Lande tut, so wird er entsetzliche Rache nehmen."

„So lange ist das doch noch gar nicht euer Land. Hat denn euer König auch die Absicht das Thüringer Reich zu besiegen?"

„Ihr seid schon so gut wie besiegt und wisst es noch nicht. Wir haben das stärkste Heer und keiner kann uns widerstehen, auch ihr nicht."

„Ich kann es mir nicht vorstellen. Wann wollt ihr uns besiegen? In diesem Jahr oder in fünf Jahren oder erst in hundert Jahren?"

„Es wird schon bald sein und keine fünf Jahre mehr dauern. Ich habe mit gegen die Alamannen gekämpft und die hatten auch geglaubt, dass sie nicht zu besiegen wären und nun herrschen wir Franken über dieses Gebiet, so wie wir bald auch über euer Land herrschen werden."

„Dafür, dass ihr von eurem König einen Auftrag hattet, auf unserer Seite der Grenze Unruhe zu stiften, so ersparen wir euch den Strick und ihr dürft durch den Speer sterben."

„Wir danken euch und Odin wird damit zufrieden sein."

Die drei fränkischen Krieger wurden in den nahen Buchenwald geführt und an je einen Baumstamm gebunden. Dann warfen einige Jungkrieger ihre Speere auf sie ab. Sie trafen zunächst nur an Stellen des Körpers, die nicht gleich zum Tod führten. Erst als die Franken ihre Köpfe auf die Brust fallen ließen, kam der erlösende Speerwurf ins Herz."

Die Gefangenen mussten die Prozedur mit ansehen, bevor sie in verschließbare Keller der Wachstation gebracht wurden. Drei Krieger bewachten sie. Sie sollten bis zur Rückkehr des Heeres die Wachstation besetzt halten. Es waren genügend Vorräte in den Lagerräumen aufbewahrt, so dass man viele Tage überleben konnte. Die ehemaligen Sklaven verrichteten die tägliche Arbeit, wie sie es gewohnt waren, durften aber nicht ohne Aufsicht in die Nähe der Gefangenen gehen. Zu groß wäre die Gefahr, dass einer der Sklaven versuchen könnte, seinen ehemaligen Herrn zu befreien.

Der Hauptmann zog mit seinem Heer weiter. Er wiederholte die erprobte Täuschung bei den nächsten Wachstationen. Nur selten ergaben sich die Wachleute. Wenn das der Fall war, dann wurde ihr Leben verschont. Meist jedoch glaubten sie einen in der Anzahl schwachen Gegner vorzufinden und wagten einen Angriff. Es lief meistens nach dem gleichen Schema ab. Die Vorhut täuschte den Rückzug vor und die Franken in wilder Hatz hinterher. Sie merkten meist zu spät, dass sie von Bogenschützen erwartet wurden.

Das Hauptheer hatte sich zu beiden Seiten des Fluchtweges aufgestellt. Wenn die Franken in Schussweite kamen, gaben die Schützen ihre Deckung auf und die Pfeilsalven verdunkelten den Himmel. Die meisten der fränkischen Verfolger fielen getroffen von ihren Pferden. Der Rest sammelte sich und wurde von den Thüringern eingekreist. Das übrig gebliebene kleine Häuflein der Franken wurde im Zweikampf getötet. Zu groß war die Übermacht der Thüringer, um mit dem Leben davonzukommen und ergeben wollte sich auch keiner.

Obwohl das Christentum bei den Franken schon stark verbreitet war, so glaubten doch die meisten fränkischen Krieger noch an ihre germanischen Götter und hofften nach einem mutigen Kampf einen Platz bei ihnen in Walhalla zu erlangen. Dieser Gedanke nahm die Angst vor dem Tod bei den Franken und auch bei den Thüringern.

Das Thüringer Heer kam gut voran, bis sie einen Berg erreichten, auf dem sich eine steinerne Befestigungsanlage befand. Das Umland der Burg war gerodet, so dass die Wachmannschaft schon von weitem das anrückende Heer in seiner ganzen Größe wahrnehmen konnte.

Die Strategie mit dem Herauslocken der Wachmannschaft aus der steinernen Burg durch die Vorhut der Thüringer funktionierte hier nicht. Der Hauptmann musste sich etwas anderes einfallen lassen.

Der Aufforderung, die Burg kampflos zu übergeben und dafür ihr Leben zu verschonen, folgten nur Spottreden von der Mauer herunter.

Der Hauptmann befahl daraufhin die Belagerung. Ihm war jedoch klar, dass er ohne schwere Geräte wenig Erfolg haben würde, aber irgendetwas musste er tun und vielleicht fand sich eine Schwachstelle in der Wehranlage. Die Burg hatte nur eine begehbare Seite nach Norden zu. Die anderen Seiten fielen steil und felsig ab, so dass hier keine Möglichkeit für einen Angriff bestand. Er ließ daher die Hauptmacht des Heers im Norden lagern. Nur die Vorhut stellte ihre Zelte, in bewährter Weise, in einem geschlossenen Ring um die Wachstation auf und sie zündeten große Lagerfeuer an. Die Schmährufe, die von der Burg zu hören waren, nahmen kein Ende. Man schien sich dort sehr sicher.

Harald war mit seinem Trupp der Vorhut zugeteilt worden. Noch bevor es dunkel wurde, besichtigte er die Burganlage, hielt jedoch genügend Abstand, um nicht von einem Pfeil getroffen zu werden. Die Felsen waren zu hoch, als dass man sie hätte erklimmen können und da war noch die Steinmauer mit der Bewachung. Es schien nur die Möglichkeit an der Nordseite zu bestehen, wo sich die Zufahrt befand, doch diese Seite war sehr stark befestigt. Er lief mehrere Male um die Burg herum und versuchte sich jede Kleinigkeit der Gegebenheiten zu merken. Dabei entdeckte er einen kleinen Bach, der vom Berg her kam. Das Wasser sprudelte dort aus einem Spalt am Fuße eines Felsens. Es musste eine Quelle sein, die ihren Ursprung im Berg hatte, dachte sich Harald. Als er die Stelle näher ansehen wollte, kamen auch schon ein paar Pfeile angeflogen. Zum Glück trafen sie nicht.

Er ging zum Lager zurück. Seine Männer hatten in der Zwischenzeit ein zünftiges Essen vorbereitet. In den Wachstationen, die sie zuvor eingenommen hatten, konnten sie ihre Lebensmittelvorräte bestens auffüllen. Als sie um den Suppenkessel saßen und die kräftige Fleischbrühe schlürften, kam ihr Hunno und setzte sich zu ihnen. Hier im Feld war er ein ganz anderer, als im Trainingslager bei der Bertaburg. Jetzt konnten sich seine Jungkrieger mit ihm, wie mit Ihresgleichen, unterhalten. Er hatte Verständnis für viele Belange, die einem erfahrenen Krieger selbstverständlich waren und das machte ihn bei seinen Männern sympathisch.

Nach dem Essen erzählte Harald von seiner Beobachtung an der Felsenwand und der Hunno stimmte ihm zu, dass man sich die Stelle einmal näher ansehen sollte. So beschlossen sie, bei Dunkelheit dem Bach zu folgen. Zuvor wollte er jedoch noch den Hauptmann darüber informieren.

Auf der Burgmauer wurde es ruhig, die Schmährufe verebbten und die Franken zündeten Fackeln auf der Mauer an. Im Schutz der Nacht schlichen Harald und der Hunno dem Bach folgend hin zur Felsenwand. Sie hatten sich als Tarnung Büsche abgeschnitten und trugen diese vor sich her. Ganz langsam bewegten sie sich nach vorn, damit die Wächter auf der Burgmauer sie nicht entdecken konnten. Im Lager dagegen machten die eigenen Leute so viel Lärm, dass sie alle Aufmerksamkeit auf sich zogen. Nach einer geraumen Zeit erreichten sie den Fuß des Felsens. Ein kleiner Tümpel war ihm vorgelagert. Von ihm aus floss das Wasser in den Bach. Harald konnte nur einen kleinen Spalt im Felsen erkennen. Er war zu eng, als dass man sich hätte hindurch zwängen können.

„Ich glaube, es hat keinen Zweck, weiter zu suchen. Der Spalt ist zu schmal und woanders sehe ich auch keine Öffnung in dem Felsen", flüsterte der Hunno.

„Irgendetwas stimmt hier nicht", meinte Harald. „Es sieht so aus, als ob das Wasser nicht aus dem Spalt kommt, sondern an einer tieferen Stelle in den Tümpel fließt. Wir sollten das noch überprüfen, bevor wir gehen."

Der Hunno schwieg zu Haralds Äußerungen. Er fand auch, dass dies möglich wäre, aber zu dieser Stunde wollte er freiwillig kein Bad nehmen. So sagte er lieber nichts.

Harald stieg ohne eine Antwort zu erwarten, langsam in den Tümpel und tauchte unter Wasser. Er tastete sich bis zum Felsen vor und bemerkte, dass sich der Spalt nach unten hin vergrößerte und genügend breit war, hinein zu schwimmen. Zurück am Ufer, berichtete er dies dem Hunno und sie berieten, was man weiter tun könnte.

„Ich werde es noch einmal versuchen. Wenn ich mir das Seil um die Hüfte binde, so kann ich weiter vordringen und finde auch den Weg wieder zurück. Du musst nur das Seil straff halten."

„Was ist aber, wenn dir die Luft ausgeht."

„Dann musst du mich als Wasserleiche herausziehen", meinte Harald scherzhaft. „Doch eines noch. Wenn ich einen Hohlraum mit Luft finde und weiter vordringen kann, dann gebe ich dir ein Zeichen und ziehe dreimal kurz am Seil. Du bindest dann einen Stein an dein Ende und wirfst ihn ins Wasser. Wenn ich nicht mehr weiter komme, so finde ich dann mit dem Seil selber wieder zurück. Sollte es mir gelingen bis in die Burg zu kommen, dann werde ich versuchen, das Tor zu öffnen. Beobachtet also immer das Haupttor und die Mauern."

„Gut, so soll es geschehen. Die Götter sollen mit dir sein."

Harald tauchte mit dem umgebundenen Seil unter und

schwamm in den breiten Felsenspalt. Es war nichts zu sehen und er konnte sich nur langsam vortasten. Bevor das Seil zu Ende war, merkte er, dass der Spalt sich nach oben zu weitete. Er konnte wieder atmen. Vorsichtig tastete er die Wände ab, um so eine Vorstellung zu bekommen, wie groß der Raum war, in dem er sich befand. Es konnte eine Höhle sein oder nur ein Wasserstollen. Am weiteren Vordringen hinderte ihn jetzt das Seil. So löste er es und zog dreimal kurz daran. Sein Seilende band er um einen Stein. Vielleicht brauchte er das Seil noch und es wäre dann leichter zu finden. Jetzt war er allein und fühlte sich auch so. Doch nur für einen kurzen Moment. Für ihn gab es eine Sicherheit, die seine Kameraden nicht kannten und worüber er mit niemanden reden konnte. Er hatte in seinem Amulettbeutel, den er mit einem Lederriemen um den Hals trug, den Signalstein des Zwerges vom Thüringer Wald. Er nahm ihn vorsichtig heraus und hielt ihn zwischen Zeigefinger und Daumen. Sogleich begann er zu glimmen und wurde immer heller. Bald leuchtete der Bergkristall den ganzen Raum aus und Harald betrachtete voller Bewunderung die farbenprächtige Höhle. Sie hatte mehrere Ausgänge unterschiedlicher Größe. Die meisten waren zu eng und voller Geröll und Schutt. Dort, wo er hindurchpasste, erkundete er das Weiterkommen. Manche Gänge wurden zu eng, um weiter zu gelangen. Andere führten wieder nach unten und mündeten im Wasser. Es war ein Labyrinth aus Höhlenkammern, die miteinander verbunden waren. Nach vielen Versuchen glaubte er den richtigen Gang nach oben gefunden zu haben, doch er musste feststellen, dass er schon einmal hier gewesen war. Jetzt war ihm klar, dass er sich verirrt hatte.

Harald setzte sich auf einen Stein und betrachtete den leuchtenden Kristall in seiner Hand. Er wusste, dass der Stein noch mehr konnte, als nur zu leuchten, es war ja ein Signalstein der Zwerge. Doch was würde passieren, wenn er den Stein rieb und ein Zwerg dann erscheinen würde. Nicht alle Zwerge waren den Menschen gut gesonnen und wenn Harald an einen üblen Burschen geriet, dann könnte sich womöglich seine Situation noch verschlechtern.

Aus Vorsicht erkundete er noch eine Weile selbst die Gänge und Höhlen und je länger er das tat, umso verwirrender erschien ihm alles.

Verzweifelt rieb Harald den Bergkristall. Nichts passierte, kein Laut, kein Geräusch, absolut nichts. Möglicherweise funktioniert das Reiben nur, wenn es Zwerge taten. Er hatte es ja noch nie zuvor ausprobiert. Blieb ihm also nur, weiter nach einem Ausgang zu suchen.

Da, auf einmal, ein Geräusch von einem fallenden Stein. Harald schaut in die Richtung und sah, wie sich ein kleines Männchen mühselig zu ihm hin bewegt. Als es vor ihm stand, schaute es ihn ganz verwundert an.

„Einen Menschen hätte ich nicht hier erwartet. Wie kommst du hierher und woher hast du den Signalstein?"

„Den erhielt ich von einem Zwerg aus dem Thüringer Wald, dem ich geholfen hatte und hierher gekommen bin ich durch den Tümpel. Jetzt versuche ich in die Burg zu gelangen, doch ich kann nicht den richtigen Weg finden."

„Ihr seid halt primitive Wesen, ihr Menschen, ein unvollkommener Versuch der Götter. Aber dazu könnt ihr selber nichts. Ich werde dir jetzt den Weg in die Burg zeigen, wenn du es möchtest. Doch sag mir noch, warum du nicht den Weg durch das Burgtor gewählt hast?"

„Man hätte mich nicht freiwillig hereingelassen. Ich gehöre zu dem Thüringer Heer, das vor der Burg steht und wir wollen die Burg einnehmen."

„Ihr Menschen seid wirklich ein seltsames Volk und immer drauf aus, euch die Köpfe einzuschlagen. Was bringt es am Ende? - Doch gar nichts!"

Der Zwerg schaute sich in der Höhle um und meinte: „Mich soll es nichts angehen, was ihr tut. Da du einen Signalstein besitzt, so werde ich dir helfen. Für die Hilfe bekomme ich jedoch ein kleines Geschenk von dir, das ist bei uns so üblich."

„Was möchtest du denn von mir haben. Ich habe außer den beiden Messern und dem, was ich anhabe nichts bei mir. Gern gebe ich dir eines von den Messern."

„I wo, das kannst du behalten, da habe ich viel bessere. Aber eines könntest du mir schenken, was mir sehr gefällt."

„Sag schon was es ist? Ich werde es dir geben."

„Es sind deine blonden Haare, die im Licht wie Gold glänzen. Die hätte ich gern als Geschenk."

Harald ist sehr verwundert über das ungewöhnliche Ansinnen. Seine Haare würde er normalerweise keinem geben, doch in dieser schwierigen Situation müsste er wohl eine Ausnahme machen. Der Zwerg bemerkte das Zögern und meinte: „Mir würden schon die Haare der einer Kopfhälfte genügen. So wärst du nicht ganz ohne und sie wachsen ja auch schnell wieder nach."

„Na gut", meinte Harald, „aber dafür müsstest du mir noch helfen das Burgtor zu öffnen."

„Damit bin ich einverstanden", sagte der Zwerg erfreut. „Wenn du willst schneide ich dir die Haare ab. Ich verspreche dir, dass du nichts dabei merken wirst."

„So tu es", antwortete Harald und schloss die Augen.

Im selben Moment sagte der Zwerg: „Es ist schon passiert und du hast es gar nicht richtig mitbekommen. Das liegt nämlich an meinem scharfen Messer, das ich habe. Ich schenke es dir, weil mir deine Haare so viel Freude machen."

Harald nahm das Zwergenmesser und befühlte seine kahl geschorene Schädelhälfte. Entsetzt und erschrocken zog er die Hand zurück. Er hatte noch nie seinen kahlen Kopf gespürt.

Der Zwerg schritt voran und Harald folgte ihm. Es war ein langer verschlungener Weg, den er niemals selber gefunden hätte. Kurz vor dem Ausgang blieb der Zwerg stehen und sprach zu Harald: „Wir stehen jetzt genau unter dem Tor. Hier siehst du viele Säulen, auf der die Burg steht. Wenn wir diesen Stein hier wegnehmen, so würde in kurzer Zeit das Tor und die nördliche Mauer einstürzen."

„Das wäre gut so, aber wir würden dabei bestimmt verschüttet werden."

„Nein, wir laufen dann eilig diesen Gang entlang und kommen zu einem Seitenstollen des Burgbrunnens. Dort gelangst du von selber hinaus. Ich werde wieder im Inneren des Berges verschwinden. So komm her und hilf mir jetzt!"

Beide zogen an dem Stützstein, bis er sich bewegte und aus seiner Verankerung fiel. Der Zwerg rannte los und zog Harald hinter sich her. Hinter ihnen hörten sie ein Poltern und Krachen, wie bei einem Erdbeben. Als sie den Seitenstollen des Brunnens erreichten, trennten sich ihre Wege. Harald ging den Gang weiter und erblickte vor sich den senkrechten Brunnenschacht. An der Außenseite des Schachtes führten Steinstufen nach oben. Sie wurden einst von den Brunnenbauern in den Felsen geschlagen um nach der Arbeit wieder ans Tageslicht zu gelangen.

Als Harald aus dem Brunnen stieg, achtete niemand auf ihn. Es war ein großes Chaos ausgebrochen. Die Menschen rannten wie wild hin und her und keiner wusste, was er tun sollte. Das Burgtor und die nördliche Burgmauer waren eingestürzt und die Steine rollten den Abhang hinunter. Harald ging zu den Stallungen und band die Pferde los. Sie rannten in den Burghof und vergrößerten das Chaos. Jetzt musste er nur noch auf seine Männer warten. Im Stall fand er eine alte Filzkappe. Die setzte er sich auf, um seine kahl geschorene Kopfhälfte zu bedecken.

Es dauerte nicht lange und die ersten Thüringer drangen in den Burghof vor. Die immer noch geschockten Franken waren jetzt leicht zu überwältigen. Harald musste aufpassen nicht selbst gefangen zu werden. Mit der Kappe auf dem Kopf sah er wie ein fränkischer Stallknecht aus. Als ihn seine Männer sahen, jubelten sie und hoben ihn auf ihre Schultern. So recht hatte niemand glauben können, dass er noch am Leben war.

Mit den gefangenen Franken zogen die Thüringer zurück zum Lager. Hier wurde die ganze Nacht durch der Sieg mit reichlich Met begossen.

Am nächsten Morgen nahm der Hauptmann die Burg in Augenschein. Er befahl, die ganze Anlage zu schleifen, damit nicht so schnell ein solcher Adlerhorst wieder entstehen konnte. Die Gefangenen mussten diese Arbeiten verrichten.

Der Hauptmann wollte mit dem Heer weiterziehen und so befahl er, dass Haralds Trupp die Gefangenen beaufsichtigen sollte. Seine Männer waren sehr stolz auf ihren

Truppführer und hatten sich noch in der Siegesnacht die eine Hälfte ihrer Haarpracht abgeschnitten und die verbliebenen Haare zu einem Zopf geflochten. Das sah sehr gefährlich aus und hob sie von den anderen ab.

In nur zwei Wochen war das Heer den gesamten fränkischen Grenzstreifen zum Thüringer Mittelreich entlang gezogen und sie hatten alle Wachstationen in ihre Gewalt gebracht. Der Hauptmann ordnete den Rückzug an. Fast den gleichen Weg, den sie gekommen waren, ritten sie zurück. Dabei sammelten sie alle Gefangenen auf, die sie in den Wachstationen zurückgelassen hatten.

Als sie zu der Felsenburg kamen, machte das Heer zwei Tage Rast. Die Mauern waren fast alle abgetragen und die Holzbauten niedergebrannt. Die Thüringer schauten den Gefangenen bei der mühsamen Arbeit zu. Es gab kein Mitleid, denn jeder erinnerte sich noch an die argen Schmährufe während der Belagerung.

Als am zweiten Ruhetag die Zerstörung der Burgmauern erledigt war, mussten die gefangenen fränkischen Krieger zur Belustigung der Thüringer gegeneinander kämpfen. Die Regel besagte, bis zum Tode. Der Sieger gegen alle seine Kameraden sollte frei sein. Die fränkischen Krieger hatten ohnehin nicht mit einer Verschonung ihres Lebens gerechnet und fanden die Möglichkeit im Zweikampf zu sterben, ehrenvoller als über die Felsen in den Abgrund gestürzt zu werden. Das Spektakel fand die ganze Nacht hindurch bei Fackelschein statt. Im Morgengrauen stand der letzte fränkische Krieger blutbespritzt inmitten seiner erschlagenen Kameraden auf dem Kampfplatz. Er warf sein Schwert weg und schritt wortlos durch den Ring, der vor Begeisterung grölenden Krieger. Keiner wehrte sein Fortgehen. Er hatte tapfer bis zuletzt gekämpft und so mancher Jungkrieger erkannte, wie gefährlich ihre Gegner waren.

Danach ließ der Hauptmann das Heer sammeln und befahl den weiteren Rückmarsch. Auch die übrigen Wachstationen wurden niedergebrannt, damit von hier aus keine marodierenden fränkischen Krieger mehr ins Thüringerreich vordringen konnten. Die Siedlungen der fränkischen Bauern hatten sie verschont. Für die Versorgung des Heeres genügte der Vorrat, der sich in den Wachstationen befand.

Als die Jungkrieger wieder über die Furt der Werra setzten, führten sie mehr als 150 Gefangene mit sich, die von den königlichen Beamten als Sklaven an die Händler aus den östlichen Nachbarländern verkauft würden, wenn niemand für sie Lösegeld anbot. Das war eine beachtliche Kriegsbeute. Die Verluste an Kriegern auf der eigenen Seite waren dagegen gering. Es gab drei Dutzend Verwundete und acht Krieger, die mit den Walküren nach Walhalla geritten waren. Vor allem zählte jedoch der Sieg des Feldzuges. Man hatte gezeigt, dass man sich gegen die Überfälle zu wehren verstand. Auf heimischen Boden angelangt, wurde sofort ein Krieger mit der frohen Botschaft zum König gesandt.

Der Heimritt des Heers dauerte etwas länger, da die Gefangenen mitgeführt wurden. So kam man erst nach fünf Tagen am Königshof an und der König begrüßte auf der gleichen Tribüne die Krieger, wo er sie verabschiedet hatte. Der Hauptmann hatte ihm fünf Krieger gemeldet, die sich im Feldzug besonders hervorgetan hatten. Darunter war auch Harald. Diese Krieger erhielten ein Schwert mit einer Gravur auf der Klinge vom König persönlich überreicht.

Auch die übrigen Krieger wurden von Bertachar beschenkt. Alle erhielten ein Silberstück, auf dem das Konterfei des Königs zu sehen war, als Erinnerung für den erfolgreichen Feldzug.

Nach der Begrüßung zogen sie zum Lagerplatz, auf dem Zelte aufgestellt waren und Knechte und Mägde kümmerten sich um die Belange der Männer. Nichts war, wie am Anfang, als sie hierher kamen und ihren letzten Schliff erhielten. Heute wurden sie wie hohe Herren behandelt und es gab zu Trinken und zu Essen im Überfluss. Auch der König war am Lagerplatz erschienen und saß mit dem Hauptmann, den Hunnos und den ausgezeichneten Kriegern an einer Tafel und ließ sich die Einzelheiten des Feldzuges erzählen. Man merkte, dass er am liebsten

selbst dabei gewesen wäre, doch das war ihm nicht ver-
gönnt. Es wurde auch über die Zukunft gesprochen und
welche Reaktionen man von den Franken erwarten könne,
doch darüber liefen die Meinungen weit auseinander. So
mancher Humpen Met wurde geleert und auch der König
kehrte erst spät nach Mitternacht auf seine Burg zurück.

8. Besuch am Land

Herwald war mit seinem zweiten Sohn Hartwig und Prinz Baldur in Rodewin angekommen. Harald hatten sie nicht mehr zu Hause angetroffen, denn er war schon mit seinen Jungkriegern zum Königshof abgereist.

Prinz Baldur interessierte das bäuerliche Leben und er wollte es gern einmal selber kennen lernen. Hartwig war sein neuer Freund und die beiden Väter hatten nichts dagegen einzuwenden. Ein paar Wochen durfte er in Rodewin bleiben. Das Leben auf dem Land war so ganz anders, als Baldur es auf der Bertaburg gewohnt war. Auch Hartwig hatte auf einmal das Empfinden, dass alles zu Hause sehr einfach, um nicht zu sagen primitiv ausschaute. Nachdem Hartwig den Königshof von Herminafrid gesehen hatte, erkannte er den Unterschied in der Lebensweise. Doch die Herzlichkeit seiner Mutter ließ ihn schnell den Kulturschock überwinden und auch Baldur gewöhnte sich bald an das einfache ländliche Leben.

Die ersten Tage gingen sie auf die Jagd. Das war für jeden immer wieder etwas Besonderes, so allein mit den Pferden und dem Hund an der Seite, durch die Wälder zu ziehen. Ein wenig Jagdglück hatten sie auch. Einmal fingen sie einen Hasen mit den Händen und ein anderes Mal erlegten sie ein Reh mit Pfeil und Bogen. Sie waren darauf sehr stolz und erhielten daheim viel Lob von der Hausfrau und auch von Rosa.

Hartwig war bemüht, seinem Freund immer etwas Neues zu zeigen, damit ihm der Aufenthalt nicht langweilig wurde. Er beschloss daher, für ein paar Tage zu verreisen und die Nachbarn zu besuchen. Sein Vater gab ihm auch gleich einige Aufträge mit. Da viel Arbeit während der Abwesenheit des Hausherrn liegen geblieben war, hatte er keine Zeit, selbst zu den Nachbarn zu reiten und sich mit ihnen abzustimmen und über die Vorgänge an den Königshöfen zu informieren. Es ging auch darum, das nächste Thing vorzubereiten und einiges mehr. Hartwig war ganz stolz, dass ihn sein Vater damit beauftragte, denn das erhöhte sein Ansehen in den anderen Sippen und nicht nur bei den Ältesten, sondern auch bei ihren hübschen Töchtern.

So ritt er mit Baldur zuerst nach Alfenheim und sprach mit dem Sippenältesten Ulrich. Sein Sohn Udo war nicht daheim, da er als Jungkrieger mit Harald an die Westgrenze gezogen war. Doch die beiden Töchter, Ursula und Gislinde, waren da und das genügte den Burschen.

Die Ältere von den beiden und etwas Keckere, hieß Ursula. Sie hatte, als sie Baldur sah, gleich Feuer gefangen. Die Röte stieg ihr ins Gesicht, so dass es auch Hartwig bemerkte. Baldur schien sie auch nicht hässlich zu finden, denn er sagte ihr gleich ein paar nette Worte, die die Röte noch verstärkte.

Der Hausherr bat die beiden, an dem großen Tisch in der Küche Platz zu nehmen und seine Frau brachte sogleich Brot und geräuchertes Fleisch. Die Töchter schafften Met in Krügen herbei. Diesmal trank Hartwig nicht so hastig, denn er konnte sich noch an den letzten Besuch erinnern und wie schlecht es ihm danach erging. Nun erzählte er Ulrich erst einmal alles, was ihm sein Vater aufgetragen hatte. Die Mädchen saßen am anderen Ende des Tisches und hörten aufmerksam zu. Er berichtete auch von der Reise zum Königshof des Herminafrid, vermied aber aus Rücksicht zu Baldur, von den vielen schönen Dingen, die er da gesehen hatte, zu schwärmen. Es war auch so imposant genug, was er berichtete.

Durch das Erzählen hatten sie gar nicht mitbekommen, dass es draußen schon langsam dunkel wurde. „Wollt ihr nicht bei uns übernachten, bevor ihr zu den anderen Siedlungen reitet? Es wäre für uns eine große Ehre", meinte Ulrich.

Hartwig schaute fragend zu Baldur und sagte dann: „Wenn es euch keine Umstände macht, so bleiben wir gern über Nacht."

„Das würde uns sehr freuen und ihr könnt euch morgen früh noch den Elfenteich ansehen. Du kennst ihn ja Hartwig und Baldur würde er bestimmt auch sehr interessieren."

„Das ist eine gute Idee Ulrich. Vielleicht können deine Töchter uns begleiten. Sie kennen sich besser aus als ich und dort soll es nicht ganz geheuer zugehen."

„Das stimmt", meinte Ulrich „wenn ihr wollt, erzähle ich euch die Geschichte."

„Sehr gern, wir sind ganz Ohr", sagte Hartwig und alle lauschten Ulrichs Erzählung.

„Vor vielen, vielen Sommern lebte in diesem Teich eine Nixe mit ihrer schönen Tochter Gisela. Ihr Vater war der gewalttätige Flußgott von der oberen Wip. Er war bösartig und grausam in seinem Handeln. Jedes Jahr nach der Schneeschmelze zog er mit gewaltigem Brausen die Wip hinunter, von den Quellen bis zur unteren Wip am Fuß des Wilberges. Dabei setzte er alle tief liegenden Felder unter Wasser und zerstörte die Bauten, die darauf standen. Auch viele Tiere mussten in den ungezügelten Wassermengen ertrinken und manchmal traf es auch einen Menschen. Dann hörte man das hämische Lachen des Flußgottes, der seinen Dreizack aus dem Wasser hielt und wild damit um sich stieß. Er hatte auch einen Freund, der die untere Wip vom Wilberg bis zur Mündung in den Fluss Ge beherrschte. Der war in seinem Wesen nicht viel besser, aber etwas ruhiger, da er viel älter war. Diesem Freund hatte er seine Tochter, die schöne Nixe Gisela, als Frau versprochen, wenn sie alt genug sein würde. Die Tochter jedoch wollte den alten Zausel nicht heiraten, auch wenn es der Vater von ihr verlangte. Ihre Liebe galt einem Elfenmann, der an dem Teich gleich unterhalb der Quelle lebte. Seine Familie war seit langer Zeit in diesem Waldgebiet an der Quelle der Wip ansässig. Er kannte Gisela schon als kleine Nixe und sie hatten sich ineinander verliebt. Davon durfte jedoch Giselas Vater nichts wissen. Da er meist bei seinem Freund an der unteren Wip weilte, so konnten sich die beiden Liebenden oft heimlich treffen.

Ein Problem, das beide hatten, bestand darin, dass die Nixe das Wasser nicht verlassen konnte und der Elfenmann außerhalb des Wassers lebte. Aber hierfür fanden sie eine Lösung. Die Großmutter des Elfenmannes war eine große Zauberin und so schenkte sie ihrem Enkel Kiemen, mit denen er auch unter Wasser atmen konnte. So war es möglich, dass sie sich in den unterirdischen Grotten des Teiches aufhielten. Als die Mutter davon erfuhr, bat sie ihre Tochter ganz vorsichtig zu sein, denn sie wusste, wie unbeherrscht ihr Ehemann reagieren würde, wenn er davon erführe. Aber die Tochter war da unbekümmerter und so manches Mal wagten sich die beiden heraus aus den Höhlen.

Eines Tages ergab es sich, dass der Flußgott mit seinem Freund einen alten Hecht fing und vorhatte, ihn zu verspeisen.

‚Haltet ein, haltet ein und verschont mich', jammerte der Hecht. ‚Wenn ihr mich freilasst, so verrate ich euch ein großes Geheimnis.'

Die beiden Flußgötter schauten sich an. Sie waren nicht so hungrig und wollten gern das Geheimnis erfahren.

‚Ihr müsst mich aber zuerst loslassen, damit ich sicher sein kann, dass ich am Leben bleibe', meinte der Hecht.

Die Flußgötter berieten eine Weile und ließen dann den Hecht frei. Er schaute zu ihnen und sagte ganz leise: ‚Gut, dann werde ich euch verraten, dass zu dieser Zeit ein Elfenmann eure Tochter in den Grotten verführt.'

Die beiden Flußgötter sahen sich betroffen an, schrien und schlugen mit dem Dreizack wild um sich, so dass das Wasser schäumte. Der Vater der Tochter raste vor Wut und setzte sich gleich in Bewegung in die Richtung der Quelle. Als er die Grotten erreichte, schaute er hinein und sah seine Tochter mit dem Elfenmann. Dieser stellte sich sofort schützend vor seine Geliebte. Der Flußgott in seiner Unbeherrschtheit schleuderte den Dreizack auf ihn und traf ihn in die Brust. Der Elfenmann war sofort tot, aber auch seine Tochter, die hinter ihrem Geliebten stand, wurde von dem Dreizack mit aufgespießt. Das Wasser färbte sich blutrot und alle Fische kamen und klagten. Als das die Mutter der Nixe sah, tötete sie sich vor Kummer. Der Flußgott schien immer noch nicht begriffen zu haben, was er angestellt hatte. Er löste seinen Dreizack von den beiden leblosen Körpern und schleuderte den Elfensohn in weitem Bogen aus dem Wasser. Dies sah die Großmutter des Elfenjünglings und ihr Kummer war riesengroß. Daraufhin schleuderte sie ihren Zauberstab dem Flußgott entgegen. Als der ihn berührte, verwandelte er sich in einen Stein und sank auf den Boden des Teiches. Die Elfen trugen die beiden Liebenden und Giselas tote Mutter in eine große

Grotte und schmückten den Raum schön aus. Nixen aus anderen Seen und Teichen kamen und brachten schöne Perlen als Totengeschenke. Danach wurde der versteinerte Flußgott vor den Eingang geschoben, so dass niemand mehr in die Grotte gelangen konnte. Seit dieser Zeit heißt der Elfenteich auch Giselateich und es hat sich kein anderer Flußgott mehr in unsere Gegend gewagt.

Wenn nach der Schneeschmelze das Wasser über die Uferzone tritt, so treibt es ruhig dahin und ist keine Gefahr mehr für Mensch und Tier.

Das war meine Geschichte über den Giselateich. Hat sie euch ein wenig gefallen?"

„Sehr sogar, Ulrich. Ich hatte schon einmal in dem Teich gebadet. Jetzt, wo ich die Geschichte kenne, weiß ich nicht, ob ich dort noch mal ins Wasser steigen würde", meinte Hartwig.

„Das, was ich erzählt habe liegt schon weit zurück und den gefährlichen Flußgott gibt es nicht mehr. Man sagt sogar, dass junge Paare gern in diesem Teich schwimmen gehen und von dem Wasser eine starke Zauberkraft ausgeht."

„Das verstehe ich nicht", fragte Baldur.

Ulrich schien zu überlegen und meinte: „Es liegt womöglich an dem Zauberstab, der damals verloren gegangen ist. Alle suchten ihn, aber er konnte nicht gefunden werden. Nun wird er seine Kraft an das Wasser abgeben und wenn Verliebte darinnen baden, so sollen ihre Wünsche in Erfüllung gehen. Das sagt man so."

„Was ist aus der Großmutter geworden, konnte die ohne Zauberstab noch zaubern?" fragte Gislinde.

„Nein, ohne Stab war es ihr nicht mehr möglich. Doch die Elfen leben immer noch dort."

Die Hausfrau hatte während der Erzählung eine Gemüsesuppe im Kessel gekocht und ein großes Stück gepökeltes Fleisch dazu gegeben. Sie schöpfte die Suppe in Holzschalen und stellte diese auf den Tisch. Dann legte sie noch ein paar Brote dazu. Ulrich brach die Brote in kleine Stücke und Gislinde holte die Holzlöffel. „So nun langt gut zu. Es ist genügend Suppe und Fleisch im Kessel, so dass jeder satt wird."

Die Suppe schmeckte sichtlich und hörbar gut.

Nach dem Essen musste Baldur noch vom Leben am Königshof und in der Burg erzählen und Ulrich schenkte fleißig Met in die Holzhumpen. Das Leben am Hof schien die Frauen besonders stark zu interessieren, denn hier auf dem Lande hatte man nicht so viele Möglichkeiten und auch Zeit für Zerstreuungen. Am späten Abend gingen sie schlafen. Hartwig und Baldur legten sich auf die breiten Bänke, die an den Wänden standen und deckten sich mit Wolldecken, die die Mädchen selbst gefertigt hatten, zu.

Noch vor Sonnenaufgang weckten die Töchter Hartwig und Baldur. Sie wollten mit den beiden zum Giselateich gehen und hofften ein paar Elfen beim Musizieren beobachten zu können. Die Burschen waren noch sehr müde und der kleine Rausch von dem Met noch nicht ganz verflogen. Nach langem Drängen willigten sie dennoch ein und trotteten gähnend den Mädchen hinterher. Es war sehr frisch draußen und das Gras durch den Morgentau nass, kalt und glitschig. Als sie am Ufer des Teichs ankamen, konnten sie gar nichts sehen. Dichter Nebel lag über dem Wasser und dem Schilfrand.

„Was sollen wir hier machen?" fragte Hartwig, „man kann doch gar nichts erkennen."

Ursula flüsterte: „Wartet nur ab, es dauert nicht lang und dann werden wir die Elfen bestimmt erblicken. Ihr müsst nur ganz still hier am Ufer sitzen und euch nicht rühren. Die Elfen sind sehr scheu und wenn sie sich gestört fühlen, verschwinden sie gleich wieder. Wir werden sie auch nur die kurze Zeit bei Sonnenaufgang sehen. Danach sind sie für uns wieder unsichtbar und wir können sie dann nur noch hören."

„Wieso können wir sie dann nicht mehr sehen", fragte Hartwig.

„Das soll mit dem Licht zusammenhängen. Aber so richtig kann ich das auch nicht erklären", meinte Ursula.

So saßen sie da und warteten schweigend. Lange Zeit tat sich nichts. Der Nebel blieb undurchsichtig und es war auch keine Musik zu hören. Doch auf einmal drangen die ersten Sonnenstrahlen durch den Nebel und erhellten verschiedene Stellen auf dem Teich und dem Ufer mit einem goldgelben Licht. Das war der Augenblick, wo sie die Elfen sehen konnten. Es waren kleine Wesen, so groß wie Libellen. Sie sahen den Menschen sehr ähnlich und konnten fliegen. In ihren Händen hielten sie Blasmusikinstrumente und musizierten in einem fort. Hartwig und Baldur hatten zuvor noch keine Elfen gesehen und schauten, wie verzaubert, dem bunten Treiben zu. Als das Licht der Sonne stärker schien und ihre wärmenden Strahlen fast den ganzen Nebel vertrieben hatte, waren auch die Elfen nicht mehr zu erkennen. Doch hören konnte man sie noch. Alle vier saßen eine ganze Weile am Ufer und lauschten der Musik.

„Ich hab mir die Elfen immer größer vorgestellt", meinte Baldur. Ursula drückte ihren Zeigefinger auf seine Lippen, damit er nicht sprach. Doch es war zu spät. Jetzt war auch die Musik verstummt.

Ursula flüsterte zu Baldur: „Wenn sie unsere Menschenstimmen hören, werden sie still. Daher hören wir jetzt auch die Musik nicht mehr."

„Das tut mir aber leid, dass ich daran schuld bin", meinte Baldur und schaute Ursula etwas betreten an.

„Ist nicht so schlimm", sagte sie „die Sonne scheint schon sehr stark und da sind sie für uns ohnehin nicht mehr wahrnehmbar."

„Wo sind sie denn jetzt hin?"

„Sie sind noch da, wo sie soeben waren, nur wir Menschen können sie nicht mehr erkennen."

„Das heißt, dass sie auch da sind, wenn wir jetzt im Wasser schwimmen würden."

„Ja, ganz gewiss, und manchmal necken sie uns auch, wenn wir im Wasser sind. Wir können es einmal ausprobieren." Ursula zog ihr langes Leinenhemd aus und stieg ganz vorsichtig vom Ufer aus ins Wasser. Auch Gislinde zog sich aus und folgte ihr.

Hartwig schaute Baldur an und meinte: „Was die beiden können, das können wir auch." Sie entledigten sich ihrer Kleidung, nahmen Anlauf und sprangen, die Hände weit nach vorn gestreckt in den Teich. Kurz vor den Mädchen tauchten sie auf und bespritzten sie leicht. Das Wasser war sehr kalt und so hüpften sie alle wie wild herum, um die

Kälte nicht so sehr zu spüren. Bei dem spaßigen Rangeln passierte es, dass man sich unter Wasser an Stellen berührte, die das Blut durch den Körper schießen ließ. Hier im Wasser hatte es sich dann bald gezeigt, dass Ursula dem Baldur große Zuneigung entgegenbrachte. Hartwig war darüber ein wenig betrübt, da sie ihm besser gefiel, als ihre Schwester. Doch das war nun einmal nicht zu ändern. Sie schien sich eindeutig für Baldur entschieden zu haben. Gislinde war froh darüber, denn ihr gefiel Hartwig besser.

Die Mädchen hatten wohlweislich etwas Proviant von zu Hause mitgebracht und so konnten sie gemütlich, in der Sonne liegend, frühstücken. Es war für alle unbeschreiblich schön. Sie lagen ausgestreckt, nackt im Gras, ließen sich von der Sonne aufwärmen und erzählten aus ihrem Leben. So bemerkten sie nicht, dass es schon fast Mittag geworden war. Die Töchter hätten der Mutter bei der Gartenarbeit helfen sollen. Schnell zogen sie sich ihre Kleider über und rannten in Richtung Hof. Hartwig und Baldur blieben noch liegen und wollten den Tag hier am Teich verbringen und erst am Nachmittag nachkommen.

Baldur schien von Ursula sehr angetan zu sein, denn er schwärmte ununterbrochen von ihren Vorzügen. Er meinte, dass er sich sehr gut mit ihr unterhalten konnte. Hartwig neidete Baldur ein wenig sein Glück, aber da er sein Freund war, musste er Großzügigkeit walten lassen und beigeben. Auch gemeinsame Freundinnen verstärken eine Männerfreundschaft, das hatte Hartwig einmal irgendwo gehört.

Ulrich saß vor seinem Haus und sah die beiden Burschen am Nachmittag aus der Richtung des Teiches auf sich zukommen.

„Hallo, ihr beiden", begrüßte er sie schon von weitem. „Habt ihr denn die Elfen gesehen."

„Ja", antwortete Hartwig, „es war ein unbeschreibliches Erlebnis."

„Da hattet ihr viel Glück, denn sie zeigen sich nicht jedem. Wenn ihr Hunger habt, so könnt ihr in die Küche gehen und euch einen Teller Grütze holen. Ich hoffe doch, dass ihr noch heute bei uns bleibt und so können wir abends ein schönes Stück Fleisch auf den Spieß stecken."

„Damit wären wir sehr einverstanden und danken euch für die Gastfreundschaft."

Sie gingen in die Küche und die Hausfrau setzte ihnen einen Teller mit Grütze vor. Ursula und Gislinde strahlten vor Freude, als sie Hartwig und Baldur sahen und von ihnen hörten, dass sie erst am nächsten Morgen weiterreisen wollten. Ulrich ging zum Schweinekoben und fing ein kleines Ferkel ein. Das schlachtete er und spießte es auf einen eisernen Dorn. Den legte er in ein Gestell, das über einer Feuerstelle auf dem Hof stand. Aus der Küche holte er ein paar brennende Holzscheite und entfachte den Holzhaufen unter dem Spieß. Schon nach kurzer Zeit stieg allen der Duft des gegrillten Ferkelfleischs in die Nase.

Es war ein schöner warmer Tag und sie würden im Freien sitzen und essen können. Ulrich holte einen Tisch und zwei Bänke herbei und stellte sie neben der Feuerstelle auf.

Als Hartwig und Baldur ihre Grütze gegessen hatten, kamen sie zu ihm heraus. Ulrich war sehr froh, dass die beiden geblieben waren und er ein paar Trinkgesellen hatte.

„Es wird noch eine Weile dauern, bis das Fleisch gar ist, aber einen Schluck Met können wir uns getrost vor dem Essen gönnen."

Er schaute in Richtung Küche und rief laut: „Ursula bring uns Met, damit wir nicht verdursten müssen."

Beide Töchter kamen mit drei Humpen Met aus der Küche geeilt, so als hätten sie auf diese Anweisung schon gewartet. Sie setzten sich zu den Männern und sahen ihnen beim Trinken zu. Ulrich wollte noch mehr von der besonderen politischen Lage und dem Streit mit den Franken wissen und Baldur erzählte ihm die Zusammenhänge, wie er es verstand.

Es dauerte noch eine ganze Weile, bis das Ferkel fertig gegrillt war. Dann schnitt Ulrich ein kleines Stück davon ab und kostete es. Er war ganz zufrieden mit dem Ergebnis und gab jedem ein Stück von der äußeren Schwarte. Das darunter liegende Fleisch ließ er noch über dem Feuer ein wenig garen.

Nun erzählte er den Jungen, wie er vor vielen Jahren mit König Bertachar und Herwald in Italien bei Theoderich war. „Bertachar hatte die Nichte von König Theoderich dem Großen als Braut für seinen Bruder Herminafrid von Ravenna zur Heminaburg begleitet. Das war damals ein gewaltiges Unternehmen. Noch niemals waren sie zuvor soweit von zu Hause fort. Im Frühjahr hatte man erst den König Bisin begraben und die drei Söhne Herminafrid, Bertachar und Baderich erhielten ein Teil des Reiches. Der alte Bisin hatte immer weit blickend gehandelt. Die familiäre Bindung mit dem Ostgotenkönig Theoderich sollte die Franken vor größeren Übergriffen nach Thüringen abhalten. Herminafrid kam ganz nach seinem Vater. Er war schlau wie ein Fuchs und erkannte diese Bindung als einen großen Segen für das Reich. So hatte er vor vielen Jahren Amalaberga, die Nichte Theoderichs, geheiratet. Als wir nach Italien kamen, um sie abzuholen, da haben die Goten nicht schlecht geschaut. Als Brautgeschenk gaben wir dem König Theoderich eine große Anzahl unserer schönsten weißen Pferde. Er beschenkte auch uns sehr großzügig. Bertachar bekam einen Goldhelm und ein wunderbares Schwert. Wir anderen erhielten ein Jagdmesser mit schönen Einlegearbeiten in Silber und andere kostbare Dinge. Wenn es euch interessiert, zeige ich euch das Messer."

Hartwig und Baldur nickten zustimmend und Ulrichs Frau musste es aus der großen Wäschetruhe holen.

„Ich verwende es nicht, denn es ist viel zu kostbar." Zu Hartwig gewandt meinte er: „Ein ähnliches hat auch dein Vater bekommen. Es sind da nur andere Tiere auf dem Griff zu sehen und die Scheide sieht etwas anders aus." Hartwig nickte.

Baldur kannte die Geschenke, die sein Vater bekam und oft hatte er sich als Kind die Geschichte von der Italienreise von ihm erzählen lassen. Zu gern würde er auch einmal dorthin reisen, aber das war nach dem Tod des Theoderich im letzten Jahr und den großen Unruhen, die jetzt dort herrschten, kaum mehr möglich.

Verträumt schaute Ulrich vor sich hin und schien in

Gedanken weit weg zu sein. „Ja, die Amalaberga, war eine sehr hübsche Frau. Sie hatte ganz schwarzes, langes Haar. Auf unserer Rückreise begleiteten uns mehrere Hundert Handwerker und Sklaven von der Prinzessin und der zukünftigen Königin."

„Wieso hatte sie soviel Gefolge?" wollte Hartwig wissen.

„In Italien schaut alles ein bisschen anders aus, als bei uns. Dort gibt es große Steinhäuser, gepflasterte Straßen, riesige Siedlungen, die man Städte nennt und vieles andere mehr, was gar nicht zu beschreiben ist. Das wollte die junge Königin auch in ihrem neuen Königreich schaffen. Doch die Thüringer sind nicht so erfreut über diese Neuerungen und so konnte sie nur den Königssitz nach ihren Wünschen gestalten. Ihr kennt ihn ja, ihr ward doch kürzlich erst dort, wie ihr sagtet."

Baldur und Hartwig nickten bestätigend. Ulrich schnitt erneut ein paar Stücke Fleisch von dem Ferkel am Grill und gab allen davon. Die Töchter schenkten Met nach und holten für sich Milch zum Trinken.

Nun fuhr Ulrich mit seiner Erzählung fort. „Wir mussten mit den Karren über die Passstraßen der Alpen und das war ein großes Abenteuer, das ihr euch gar nicht vorstellen könnt. Oben in den Bergen lag noch Schnee und die Sonne brannte unbarmherzig auf unsere Schädel, so dass sie uns die Kopfhaut verbrannte. Es war nicht leicht für uns alle und auch für die Pferde und die Ochsen. Als wir die Berge überwunden hatten, war das Reisen kein so großes Problem mehr bis zu unserer Grenze an der Donau. Bertachar hatte den kurzen Weg gewählt, um bald seine teure Last an seinen Bruder abliefern zu können, doch der Übergang über die Donau war eine ganz gefährliche Sache. Es hatte die Tage davor heftig geregnet und der Fluss führte Hochwasser. So mussten wir Flöße und Boote beschaffen, um an das andere Ufer zu gelangen. Bei diesem Unternehmen haben wir einige Tiere verloren, die ertrunken sind. Nach vielen Wochen kamen wir dann auf der Herminaburg glücklich und zufrieden an. Das war ein Erlebnis, wie es keines mehr danach gegeben hat."

„Da habt ihr ziemlich viel mit durchgemacht", meinte

Hartwig anerkennend und Ulrich nickte dazu. Er stieß mit den beiden Burschen an und sie tranken ihre Humpen leer.

Da Ulrich mehr als Hartwig und Baldur dem Met zugesprochen hatte, schien ihn jetzt so langsam die Müdigkeit eingeholt zu haben. Es war inzwischen dunkel geworden und so wollte er schlafen gehen. Seine Frau brachte ihn in seine Schlafkoje und legte sich zu ihm. Die Töchter und die Burschen blieben noch am Tisch sitzen und erzählten weiter, nicht von weit zurückliegenden Ereignissen, sondern von Dingen, die junge Leute interessanter fanden, die Liebe.

An diesem Abend war es sehr warm und so beschlossen Hartwig und Baldur im Freien, gleich unter der Hoflinde zu schlafen. Die Mädel holten ein paar Felle, die sie auf den Boden ausbreiteten, sowie Wolldecken und bereiteten ihnen das Nachtlager. Da Ursula und Gislinde nicht müde waren, legten sie sich noch ein Weilchen zu den Burschen unter den Baum und sie kuschelten ein wenig miteinander.

Gegen Mitternacht wachte Hartwig plötzlich auf. Er hatte ein ungewöhnliches Geräusch vernommen und weckte Baldur, der es dann auch hörte. Es war ein gewaltiges Grollen unter der Erde. Was konnte dies nur sein? Aus Vorsicht und auch ein wenig aus Angst, weckten sie Ulrich. Der winkte aber ab und wollte weiter seinen Rausch ausschlafen. Seine Frau war auch wach geworden und ging mit den Burschen zu ihrem Schlafplatz, wo sie das Geräusch vernommen hatten. Es war jedoch ganz still.

„Es wird der Berggeist gewesen sein, der manchmal unter der Erde mit seinem Weibe streitet. Das habe ich auch schon einmal gehört. Ihr könnt also ruhig weiterschlafen. Oder wollt ihr lieber ins Haus kommen?"

„Nein, es geht schon", meinte Hartwig und hoffte, dass die Mutter ihn nicht für einen Angsthasen hielt. An Schlaf war bei den beiden nicht mehr zu denken. Das Geräusch, das aus der Tiefe kam, war noch ein paar Mal zu hören. Also hatten sie es sich nicht eingebildet.

Zum Frühstück sprach die Hausfrau die Sache mit der

nächtlichen Ruhestörung nochmals an. Ulrich schaute etwas sorgenvoll drein. „Das ist kein gutes Zeichen, wenn der Berggeist grollt. Wir sollten deswegen unseren Priester befragen."

„Das kannst du nicht", meinte seine Frau, „du weißt doch, dass der Priester für ein paar Tage verreist ist."

„Ach ja, das habe ich vergessen. Was können wir da machen?" Fragend schaute er in die Runde, doch niemand wusste Rat.

„Nun gut, so werden wir ins Tal gehen und mit den Bergleuten reden. Die kennen sich da aus und wissen bestimmt Rat."

„Wonach suchen die Bergleute?" wollte Baldur wissen.

„Sie suchen nach Kupfererz und Silber. Aber manchmal finden sie auch schöne glitzernde durchsichtige Steine, die sie für viel Geld verkaufen können. Lasst uns nach dem Frühstück gleich losgehen."

Hartwig und Baldur waren einverstanden und so gingen die drei über den Berg in das tiefe Tal des Baches Rei. Nach zwei Stunden war der Bach zu sehen. Er schlängelte sich durch eine enge Talsohle und war von Bäumen beidseitig eingefasst. Vor ihnen lag eine steile Felswand und Ulrich riet, einen kleinen Umweg zu machen und diese zu umgehen. Sie zweigten vom Saumpfad ab und gingen einen weniger steilen Pfad hinab ins Tal. Unten angekommen, liefen sie ein ganzes Stück bachaufwärts bis zur Siedlung der Bergleute. Als sie die Häuser sehen konnten, hörten sie von weitem lautes Klagen. In der Nacht war ein großer Teil der Stollen eingestürzt und in die unterirdischen Gänge war Wasser eingedrungen. Dass bedeutete für die Menschen in der Siedlung große Not für die nächsten Jahre. Es würde sie viel Zeit und Mühe kosten, neue Kupfererzadern zu finden. Zum Glück war der Stolleneinbruch in der Nacht passiert, wo gerade niemand von den Leuten sich in dem Berg aufhielt, denn sonst wären möglicherweise noch viele Tote zu beklagen gewesen.

Ulrich ging zur Hütte eines Bergmanns, den er schon viele Jahre kannte und von dem er so manchen glitzernden Stein gegen Lebensmittel eingetauscht hatte. Die Männer unterhielten sich über die entstandene Notlage und überlegten, was am besten zu tun wäre. Ulrich schlug ihm vor, dass er mit seiner Familie bei ihm als Schmied arbeiten könne. So würde er und seine fünfköpfige Familie keine Not leiden müssen. Der Bergmann war sehr froh über das Angebot und sagte ihm dankend zu.

Hartwig und Baldur waren noch nie bei Bergleuten gewesen. Diese lebten in sehr ärmlichen Hütten. Die Kinder mussten ihren Eltern bei der schweren Arbeit helfen. Da sie klein waren und sich somit leichter in den niedrigen Stollen bewegen konnten, transportierten sie allein das Erz und den Abraum an die Erdoberfläche. Sie sahen sehr schmutzig und verbraucht aus. Es war überhaupt hier in der Siedlung alles dunkel und grau. Das Erz wurde vor Ort zerkleinert und in Schmelzöfen das Kupfer gewonnen. Für die Befeuerung der Öfen brauchte man große Mengen an Holzkohle, die von den ansässigen Köhlern im nahen Wald hergestellt wurde.

Überall auf dem Weg lag Holzkohlenstaub, so dass man denken konnte, die Erde wäre hier schwarz. Bevor Ulrich mit Hartwig und Baldur wieder zum Hof zurückgingen, zeigte er den beiden noch die Löcher, wo die Stollen in den Berg gingen.

Unterhalb der Löcher lag der Abraum, das unbrauchbare Gestein, was man einfach aus den Stollenlöchern geworfen hatte. Diese Abraumaufschüttungen reichten weit hinab ins Tal.

Ulrich ging einen schmalen Steg entlang, der direkt vom Tal zur Höhe führte. Der Fußpfad war nicht ungefährlich. An vielen Stellen waren Ausschwemmungen durch starke Regenfälle. Als sie oben ankamen, hatten sie einen wunderbaren Blick über das gesamte Tal der Rei. Sie setzten sich auf einen umgestürzten Baumstamm und genossen eine Weile die schöne Aussicht.

Die Hütten in der Bergleutesiedlung wirkten winzig klein und die Menschen waren kaum zu erkennen.

„Ich bin nur froh, dass ich kein Bergmann bin. Es ist ein harter Broterwerb und reich wird man dabei auch nicht. Die Leute selbst können nicht mehr anders, sie sind geradezu süchtig und hoffen jeden Tag die große Silberader zu finden. Dabei müssen sie sich mit Kupfererz und anderen Mineralien abmühen, die nicht viel einbringen."

„Kupfer ist doch aber ein wertvolles Metall, das man gut gegen etwas andres tauschen kann", meinte Hartwig.

Ulrich schüttelte den Kopf und sagte: „Bevor man das Eisen kannte, war es sehr wertvoll, aber jetzt braucht man nicht mehr soviel davon, denn die Waffen werden aus dem härteren Eisen geschmiedet."

„Was werden die Leute jetzt tun, nachdem der Berggeist ihre Stollen zugeschüttet hat?" fragte Baldur.

„Das wird nicht so einfach sein. Manche werden, wenn sie Glück haben, bei Bauern als Knechte unterkommen. Die meisten müssen wegziehen, um dann woanders nach Erz zu graben."

„Der Bergmann, mit dem du gesprochen hast, wird also als Knecht bei dir sein. Aber er hat doch bestimmt noch niemals auf dem Feld gearbeitet und weiß nicht, wie man Ochsen vor den Wagen spannt oder mit der Sense Gras mäht."

„Das kann schon sein", meinte Ulrich, „aber ich denke, dass er mir in der Schmiede gut zur Hand gehen kann. Als Bergmann ist er kräftig und geschickt im Umgang mit dem Hammer."

„Das stimmt", sagte Hartwig „der Mann schien sehr stark zu sein und wird dir bestimmt gut helfen können"

„Ja, das denke ich auch", sagte Ulrich. „Zuerst muss ich ihm jedoch eine Wohnhütte bauen, damit er bei uns mit seiner Familie leben kann."

„Wenn wir dir bei dieser Arbeit helfen können, so brauchst du es nur zu sagen. Wir würden es gern tun." Hartwig schaute Baldur an und der nickte mit dem Kopf.

„Na gut, wenn ihr das tun wollt, so nehme ich eure Hilfe gern an. Es wird aber einige Tage dauern, bis wir fertig werden. Habt ihr denn soviel Zeit?"

„Drei Tage können wir bestimmt noch bleiben. So werden wir unsere Besuche bei den anderen Nachbarn etwas verkürzen. Spätestens, wenn die Jungkrieger von ihrem Heerzug gegen die Franken zurückgekehrt sind, müssen wir daheim sein."

„Nun gut", meinte Ulrich, „dann können wir ja noch heute anfangen und die Bäume für die Wohnhütte fällen."

Als Ulrich mit den beiden Burschen zu Hause angekommen war, musste er erst einmal berichten. Seine Frau war sehr froh darüber, dass Hartwig und Baldur ihrem Mann beim Bau der Hütte helfen wollten. Allein konnte er diese Arbeit nicht verrichten. Sonst hätte man bei den Nachbarn fragen müssen. Mit der Zusage der beiden, hatte sich die Sache vereinfacht. Ganz besonders den Mädchen gefiel diese Lösung. Sie gingen mit in den Wald und halfen beim Fällen und Abtransport der Baumstämme und Holzstangen. Noch bevor es dunkel wurde, hatte Ulrich den Platz für die Wohnhütte abgesteckt und den Rasen mit einer Hacke entfernt. Dann schichteten sie gemeinsam schwere Steine für das Fundament auf.

Spätabends waren sie mit der Arbeit fertig und erschöpft. Es war keine Zeit und Lust für Unterhaltung und jeder zog sich schnell zu seinem Schlafplatz zurück. Hartwig und Baldur schliefen wieder unter dem Lindenbaum. Die Mädchen hatten alles, so wie gestern hergerichtet, doch blieben sie nicht zum kuscheln. Vielleicht waren sie heute zu müde oder die Mutter hatte gestern Nacht etwas bemerkt und ihnen verboten zu kommen. Hartwig störte es nicht und Baldur musste sich damit abfinden. Er wäre gern noch ein wenig mit Ursula zusammen, aber es sollte halt nicht sein. Sie schliefen beide schnell ein. Gegen Mitternacht kamen Ursula und Gislinde auf leisen Sohlen angeschlichen und krochen unter Hartwigs und Baldurs Decke. Sie blieben aber ganz still und bewegten sich kaum. Die Jungen hatten sie lange Zeit nicht bemerkt. Bevor die Sonne aufstieg verschwanden die Mädchen so leise, wie sie gekommen waren, wieder im Haus.

Nach dem Frühstück erklärte Ulrich, wie die Arbeit weitergehen würde. Es mussten die Holzbalken nach alten Regeln so zusammengesetzt und miteinander verankert werden, dass ein stabiler Holzrahmen der Hütte daraus entstand, der auch großen Stürmen standhalten konnte. Gegen Mittag waren alle Balken und Latten an der richtigen Stelle auf dem Steinfundament fest verankert.

Jetzt musste das Dach mit Schilf gedeckt werden. Schilf hatte Ulrich genügend gelagert, denn für seine vielen Schweinehütten, die überall auf seinem Land verteilt waren, musste er jedes Jahr die Schilfdächer selber ausbessern. Seine Knechte und Mägde, die fast das ganze Jahr draußen bei den Tieren blieben, konnten das nicht selber tun, denn hierfür brauchte man gute Kenntnisse und viel Geschick. Durch die große Hilfe von Baldur und Hartwig schaffte er es bis zum Abend, das ganze Dach mit Schilf zu decken. Jetzt brauchten nur noch die Wände mit Flechtwerk versehen und mit Lehm ausgestrichen zu werden, dann würde die Wohnhütte fertig sein. Damit wollten sie am nächsten Tag beginnen.

Am Abend waren alle sehr zufrieden, was sie vollbracht hatten und gingen bald zur Ruh. Auch diesmal erschienen die Mädchen um Mitternacht bei der Linde. Sie krochen vorsichtig unter die Decken der beiden scheinbar schlafenden Burschen und blieben ganz ruhig.

Hartwig und Baldur hatten sich vorher abgesprochen, dass sie so tun würden, als schliefen sie. So glaubten Ursula und Gislinde, dass die beiden von lebhaften Träumen geplagt wurden, als sie sich ständig bewegten. Ihre Hände waren mal hier und mal da und manchmal an Stellen, wo sie nicht hätten sein dürfen.

Die Mädchen trauten sich jedoch nicht, sich zu wehren, damit die Burschen nicht wach würden. Eine ganze Weile trieben Hartwig und Baldur dieses Spiel und hatten viel Vergnügen dabei. Irgendwann erkannte Ursula jedoch Baldurs Verstellung und schalt ihn dafür. Baldur hielt ihr aber den Mund zu, damit die beiden anderen nicht gestört und womöglich geweckt würden. So vertrieben sie sich die Zeit mit endlosen Küssen und verloren völlig das Zeitgefühl.

Gislinde musste ihre Schwester öfter auffordern, endlich zu gehen, denn es zeigte sich schon die Sonne am Horizont. Sie schlichen wie Katzen ins Haus und legten sich auf ihre Schlafbänke.

Nur die Mutter hatte es bemerkt, sagte aber nichts. Sie war es zufrieden und würde gern sehen, wenn sich die jungen Männer einmal für ihre Töchter entschieden. Für Baldur wäre das jedoch nicht vorstellbar, denn er musste als Prinz einmal nach Stand und politischen Überlegungen heiraten, aber für Hartwig könnte sie es sich gut vorstellen.

Die Arbeit an der Hütte war gut vorangeschritten. Es fehlten nur noch der Lehmfußboden, das Flechtwerk für die Wände und die Feuerstelle. Dies wollte Ulrich allein erledigen. Hartwig und Baldur konnten nun zu den anderen Nachbarn weiterreisen.

Die Töchter waren darüber sehr betrübt und zeigten das auch durch deutliche Gebärden. Die Mutter erkannte den Grund und bot an, dass sie Hartwig und Baldur ein Stück des Wegs begleiten durften. Das gefiel den Mädchen und den Burschen natürlich auch sehr gut.

Hartwig holte seine drei Pferde von der Weide und rieb sie mit Stroh ab. Dann packte er Baldurs und seine Sachen auf das Packtier und zurrte die Dinge mit einem Lederriemen gut fest. Die Mädchen mussten sich hinter die Reiter aufs Pferd setzen und so ritten sie im ruhigen Schritt von Alfenheim weg. Als sie an den Bach Rei kamen durchquerten sie ihn an einer seichten Stelle.

Mitten im Wasser scheute Hartwigs Pferd und stieß dabei Baldurs Ross um. Alle fielen sie in das Wasser. Zuerst war das ein großer Schreck für alle und Hartwig war besorgt, dass jemand zu Schaden gekommen war. Als er jedoch sah dass die anderen wohlbehalten aufstanden und sich nichts getan hatten, musste er lauthals lachen. Zu spaßig sah es aus, wie sie alle vier triefnass dastanden. So legten sie auf einer sonnigen Wiese am Waldesrand ihre Kleidung zum Trocknen aus und packten das von der Hausfrau mitgegebene Essen aus.

Sie genossen die letzten gemeinsamen Augenblicke und trennten sich erst nach mehreren Stunden. Nun mussten sich Hartwig und Baldur aber sputen, um noch vor Dunkelheit bei dem nächsten Nachbarn einzutreffen.

Winkend standen die Mädchen am Waldrand und schauten noch lange in die Richtung der Reiter, als diese schon gar nicht mehr zu sehen waren.

9. Der Pferdeflüsterer

Jaros war allein mit Siegbert und den Pferden auf der Sommerweide am Kamm des Thüringer Waldes. Dem jüngsten Sohn von Herwald gefiel es viel besser mit Jaros zusammen zu sein, als mit seinen Brüdern. Er musste dann nicht so viel tun und wenn er etwas nicht wusste, so erklärte Jaros es ihm geduldig. Sie waren beide schon öfter allein unterwegs und Siegbert hatte viel von ihm gelernt. Jaros war nicht nur ein großer Pferdekenner, sondern auch ein ausgezeichneter Jäger. Wenn sie sich abends an das Lagerfeuer setzten, hatten sie immer frisches Fleisch im Kessel. Meist waren es Hasen, aber auch Vögel und verschiedene andere Tiere, die sie mit dem Pfeil und Bogen oder auch Speer erlegten.

Heute zogen sie durch ein Tal, das vom Rynnestig nach dem Süden führte. Ein kleiner Bach plätscherte munter in das tiefe Tal hinab. Er hatte seinen Ursprung in einem Hochmoor mit vielen Quellen, gleich unterhalb des Rynnestiges. Nicht weit von dem Bach verlief eine alte Handelsstraße von Nord nach Süd. Die Straße war wenig befahren und sehr beschwerlich für die Ochsen und die Wagenlenker. In größeren Abständen gab es Rastplätze mit einer Holzhütte, die von Geleitleuten bewohnt war. Sie hatten zusätzliche Ochsengespanne, um die schweren Lasten der Händler auf den Leiterwagen bis hoch zum Rynnestig zu bringen. In diesen Hütten der Geleitleute konnten die Handelsleute auch übernachten. Jaros und Siegbert wollten weiter unten im Tal in einer davon einkehren. Als sie ihre Pferdeherde die Straße entlang trieben, erregten sie großes Aufsehen. Es kam nicht so oft im Jahr vor, dass so prächtige Tiere hier zu sehen waren.

Bei einer kleinen Hütte hielten sie an. Kinder kamen ihnen entgegen gerannt. Sie halfen mit, die Pferde auf die eingezäunte Wiese zu bringen, die für die Ochsen bestimmt war. Jaros kannte die Leute sehr gut und kehrte hier jedes Mal ein, wenn er in der Nähe war. Der Geleitmann stammte aus der gleichen Gegend, wie er und die beiden sprachen gern über ihre alte Heimat. Sie lag weit im

Nordosten und es gab dort keine Berge, dafür aber das Meer mit seinem Wellenrauschen. Rado, sein Freund, war einst auch ein Sklave und wurde von der Familie seiner Frau freigekauft. Nun war er sein eigener Herr. Das hatte sowohl Vorteile, als auch Nachteile. Die täglichen Sorgen um das Fuhrgeschäft kannte er früher nicht. Nun würde seine Familie hungern müssen, wenn er keine Einnahmen hätte. Früher hatte sein Herr dafür gesorgt, dass es ihm gut ging. Aber tauschen wollte er nicht mehr. Die Freiheit war ihm mehr wert, als alles andere. Jaros teilte seine Meinung nicht ganz, denn er hatte als Sklave bei Herwald in Rodewin gewisse Sonderrechte und war wegen seines großen Wissens um die Pferdezucht bei allen sehr geachtet.

Die Einbettung in die Sippe von Herwald bot ihm und seiner Familie eine große Sicherheit und die war ihm wichtiger, als die persönliche Freiheit. Bis in die Nacht diskutierten und philosophierten die beiden über dieses Thema, bis sie durch das Bier angeheitert, in einer für Siegbert fremden Sprache, Lieder aus ihrer Heimat sangen.

Siegbert hatte von dem vielen Gerede der beiden ohnehin nicht viel verstanden. Die Lieder gefielen ihm jedoch sehr. Sie waren schwermütig und von einer großen Sehnsucht getragen. Jaros schlug dabei den Rhythmus auf einer kleinen Trommel und forderte Siegbert auf, mitzutun. Zuerst war er zu schüchtern. Als aber die drei größeren Kinder und die Hausfrau mit Schellen und Rasseln die Sänger begleiteten, versuchte er sich vorsichtig mit der Trommel. Es ging besser, als er dachte und machte ihm viel Spaß. Jaros erklärte ihm, wovon die Lieder handelten und Siegbert wünschte sich, selber einmal so gut singen zu können. So war es ein schöner Abend und der Gesang ging bis kurz vor Mitternacht.

Am nächsten Morgen zogen Jaros und Siegbert mit den Pferden weiter in das tiefe Tal. Zu beiden Seiten erhoben sich die Berge gewaltig. Von hier unten wirkten sie bedrohlich. Der Bach wurde am unteren Lauf breiter und Weidenbäume säumten sein Ufer. Die Wiesen in der Talsohle waren lange nicht abgeweidet worden und so beschloss Jaros, die Pferde bis zum Nachmittag hier grasen zu lassen. Auch ihre Reittiere gaben sie frei. Das Pferd von Jaros war der Leithengst der Gruppe und gehorchte ihm auf Zuruf. Somit brauchten sie nicht zu fürchten, dass die Pferdeherde davon galoppierte oder sich zerstreute.

Jaros ging zum Bach und kletterte an einem Weidenstamm hinauf und rief: „Siegbert, komm einmal zu mir, ich will dir etwas zeigen."

Mit seinem Jagdmesser schnitt er einen fingerdicken Ast ab und setzte sich am Bachufer in den Schatten. Siegbert war zu ihm geeilt.

„Schau genau zu, was ich jetzt mit dem Ast mache. Zunächst muss er auf zwei Handbreit gekürzt werden. Dann klopfe ich mit dem Messer vorsichtig auf die Schale, bis sie sich von dem Holz darunter löst. Das dauert etwas, aber du musst dabei geduldig sein, sonst machst du die Rinde kaputt."

Nach einer Weile konnte Jaros vorsichtig den inneren Holzkern aus dem Rindenrohr herausziehen. „Siehst du wie leicht das geht."

Siegbert fragte: „Was soll das werden Jaros?"

„Du wirst es gleich sehen. Schau ich schneide an dem einen Ende ein Mundstück und hier oben eine Kerbe. Den Holzkern teile ich jetzt und schon ist alles fertig."

„Ich kann immer noch nicht erkennen, was das sein soll. Erkläre es mir bitte."

Ohne eine Antwort zu geben setzte Jaros das bearbeitete Aststück an seine Lippen und blies hinein. Ein pfeifender Ton war zu hören. Siegbert staunte nicht schlecht. Dann zog Jaros das hintere Holzstück ein wenig aus der Rindenhülle und der Pfeifton veränderte sich.

„Siehst du, mit so einer Pfeife kannst du schöne Musik machen. Du musst nur lange genug damit üben."

Er gab Siegbert die Holzpfeife und sagte: „So, nun blas selber und schiebe das untere Ende heraus und wieder hinein." Die Töne waren noch nicht so schön, wie bei Jaros, aber es waren zumindest Töne.

Siegbert war nun damit beschäftigt, saubere Pfeiftöne zu erzeugen und er versuchte sich auch mit melodischen Tonfolgen.

Jaros ließ ihn den ganzen Tag in Ruhe und kümmerte sich allein um die Pferde. Diese hatten hier saftiges Futter gefunden und schon am Nachmittag kugelrunde Bäuche. Er überlegte, ob er noch länger hier bleiben sollte, denn den Tieren schien das Gras gut zu schmecken. So ging er daran, am Waldrand eine kleine Koppel aus armstarken Ästen zu fertigen, damit er in der Nacht die Tiere besser unter Kontrolle hatte. Die Pferde waren sehr schreckhaft und immer bereit zu fliehen. Durch das Lagerfeuer, das er die ganze Nacht brennen ließ, konnte er die Raubtiere von der Koppel fernhalten.

Ein Restrisiko bestand natürlich immer noch, das hatte er im letzten Jahr leidvoll erlebt. Damals war ein Luchs, zu nah an die Einzäunung gekommen und die Pferde waren ausgebrochen. Sie hatten die Holzstangen der Koppel niedergetreten und galoppierten in die Dunkelheit. Er brauchte den ganzen nächsten Morgen, um sie wieder einzufangen und ein Tier hatte sich bei dem Ausbruch leicht verletzt.

Am Abend trieb Jaros die Pferde in seine Einzäunung und zündete das Feuer unter dem Kessel an. Schon nach kurzer Zeit duftete es nach Fleischsuppe, die im Kessel kochte. Siegbert jedoch interessierte das alles nicht. Er war ganz versessen auf das Üben mit seiner neuen Pfeife. Es ging schon ganz gut damit, das hatte ihm auch Jaros bestätigt und er versuchte, das eine oder andere Lied, das Jaros sang, zu begleiten.

Noch zwei Tage wollten sie hier im unteren Tal bleiben. Jaros versuchte sich die Zeit zu vertreiben. Mit Siegbert konnte er noch immer nichts anfangen, da dieser zu sehr mit seiner Pfeife beschäftigt war. So ging er auf die Suche nach einem Holunderstrauch. Am Wegesrand der Handelsstraße fand er schließlich einen. Er schnitt ein paar Äste ab und teilte sie in unterschiedlich lange Stücke. Dann entfernte er das Mark und glättete die äußere Rinde. Durch blasen an der oberen Kante des offenen Holzstückes erzeugte Jaros einen Flötenton, der etwas gedämpfter klang, als bei Siegberts Pfeife. Nachdem Jaros mehrere unterschiedlich lange Flöten zusammengebunden hatte, konnte er damit verschiedene Töne erzeugen und feine Melodien spielen.

Er zeigte Siegbert das neue Instrument und sie versuchten sich gemeinsam im Spielen. „Das ist eine Hirtenflöte", meinte Jaros. „Eine ähnliche hatte ich einmal als Kind von einem römischen Händler geschenkt bekommen. Er sagte mir, dass die Hirten auf den südlichen Inseln seiner Heimat mit solchen Flöten musizieren. Sie nennen die Flöte dort Panflöte, nach ihrem Hirtengott Pan. Der hatte sich die Flöte aus einem Schilfrohr geschnitten."

„Woraus hast du die Flöte gemacht", wollte Siegbert wissen.

„Ich habe Äste vom Holunderbusch genommen und innen das Mark herausgeholt. Dann habe ich sie außen geglättet und auf unterschiedliche Längen geschnitten. Am unteren Ende sind die kurzen Holzrohre mit einem Holzzylinder verschlossen und zuletzt habe ich die Rohre nur noch zusammengebunden."

Jaros reichte Siegbert die Flöte und sagte: „Du kannst es einmal versuchen, an der oberen Kante der Rohre zu blasen."

So einfach, wie das vorher Jaros gezeigt hatte, war es für Siegbert nicht. Es wollten keine Töne herauskommen. Jaros nahm die Hirtenflöte und hielt sie Siegbert an die Lippen. „So, jetzt kannst du blasen, aber nicht zu heftig."

Ein schöner klarer Ton war zu hören. Nun wusste Siegbert, was er falsch gemacht hatte und nahm die Flöte selber in die Hände. Es gelang ihm auf jedem Rohr einen richtigen Ton zu erzeugen.

Die Freude war hierüber bei Siegbert sehr groß. „Die Hirtenflöte tönt viel schöner, als die Weidenpfeife und lässt sich bestimmt leichter spielen, wenn man erst einmal weiß, wie man die Rohre an die Lippen halten muss."

„Du hast recht", sagte Jaros „das ist ja auch eine Zauberflöte."

„Wieso eine Zauberflöte?", wollte Siegbert wissen.

„Das Schilfrohr, das einst der Hirtengott Pan für die Flöte verwendet hatte, war eine verzauberte Nymphe. Sie wollte durch die Verwandlung in ein Schilfrohr einer Heirat mit Pan entgehen. Aus Gram darüber schnitt der Hirtengott aus dem Schilfrohr solch eine Flöte und wenn er spielte, dachte er an seine geliebte Nymphe."

„Das ist ja eine schöne und zugleich traurige Geschichte. Ich hoffe, dass in diesem Holunderholz nicht auch eine verzauberte Nymphe steckt."

Jaros lachte und winkte ab. „Keine Angst, da war vorher keine Nymphe zu sehen. Wenn dir die Flöte gefällt, so schenke ich sie dir."

Nun war die Weidenpfeife vergessen und nur noch die Flöte wichtig. Die Töne, die Siegbert damit beim Üben erzeugte, waren nicht so nervend, wie die der Pfeife. Jaros hatte sich mit dem Geschenk selber einen Gefallen getan.

Am nächsten Tag bewölkte sich der Himmel und es fing langsam zu regnen an. Das war für die Pferde und die Hirten nicht so angenehm. Die Wolken verdichteten sich immer mehr und es schien nach einem Dauerregen auszusehen. Jaros entschied daher zur Hütte seines Heimatfreundes Rado zurückzukehren und das schlechte Wetter dort abzuwarten. So trieben sie die Tiere auf der Handelsstraße entlang bis zur Hütte des Geleitmannes. Sie durften die Pferde auf seine Koppel stellen. Dort waren offene Hütten als Unterstände für die Ochsen, unter denen jetzt die Pferde stehen konnten. Es war nicht abzusehen, wie lange der Regen anhalten würde. Das konnte Stunden, aber auch manchmal Tage dauern. Die Lösung, die sie fanden, schien allen zu gefallen. Die beiden Freunde konnten sich wieder über ihre alte Heimat unterhalten und Siegbert führte seine Musikkünste den Kindern vor.

Als es Abend wurde, nahm der Regen noch stärker zu und das Wasser im Bach trat an einigen Stellen über den Uferrand. Sorgenvoll schaute Jaros zum Bach und dann wieder zu den Pferden. Sein Freund beruhigte ihn.

„Du brauchst dich nicht um die Tiere ängstigen. Wir haben schon ärgere Regenfälle überlebt."

Jaros konnten diese Worte nicht sehr beruhigen. „Wir sind in einem engen Tal und das Wasser läuft von den Berghängen hier zusammen. Was ist, wenn es zu einem Wassersturz kommt. Wir können hier nicht entfliehen."

„Beruhige dich mein Freund, der Wald kann viel Wasser aufnehmen und der Bach hat bis jetzt noch niemand ertrinken lassen."

Jaros blieb die ganze Nacht unter dem Vordach und ließ die Pferde und den Bach nicht aus den Augen.

Der Morgen graute und der Regen hatte nicht nachgelassen. Das Wasser war inzwischen über beide Ufer getreten. Noch lagen das Haus und die Ochsenkoppel im geschützten Bereich. Die Hausfrau rief zum Frühstück. Alle kamen missmutig zum Tisch geschlendert. Eine Unterhaltung wollte nicht aufkommen. Auch der Freund von Jaros schaute nun bedrückt drein. Einen so starken und lang anhaltenden Regenguss hatte er noch nicht erlebt. Er teilte nun die Sorgen von Jaros und sie berieten, was sie tun könnten, wenn der Regen nicht nachließe und die Wassermassen die Koppel erreichen würden.

„Es gibt hier in der Nähe eine große Höhle mit einem Felsvorsprung, die geschützt liegt. Wenn das Wasser bis zur Koppel kommt, können wir die Tiere dort in Sicherheit bringen", meinte Rado.

„Das sollten wir gleich tun", drängte Jaros. „Selbst wenn der Regen nachlässt, wird der Bach noch weiter ansteigen."

Jaros hatte nicht Unrecht, das wusste auch sein Freund und so beschlossen sie, die Tiere einzeln in die Höhle zu führen und dort anzubinden.

Die Männer unterbrachen ihr Frühstück und eilten zu den Pferden. Es war kein leichtes Unterfangen, die verängstigten Tiere zu halftern. Alle halfen mit, sie zu der Höhle zu führen. Auch die Ochsen wurden dorthin gebracht und ihnen Grünfutter vorgeworfen, damit sie ruhig blieben.

Jetzt war Jaros beruhigt.

Die Höhle war sehr groß und an der Vorderseite weit offen. Im hinteren Teil war ein Gang, in den man nicht weit hineinsehen konnte, da es einfach zu dunkel war.

„Was ist das für eine Höhle", wollte Jaros wissen. „Das kann ich dir auch nicht so genau sagen", meinte Rado. „Die Leute meiden diesen Ort, weil sie glauben, dass es ein Haupteingang zum Zwergenreich ist. Manche wollen die Zwerge gesehen haben. Ich bin nun über zehn Jahre hier und habe noch keinen entdeckt."

„Das bedeutet jedoch gar nichts", gab Jaros zu bedenken. „Zwerge haben ein anderes Zeitmaß, da sie unter der Erde leben und keine Sonnenstrahlen dorthin gelangen. Sie kennen nicht Tag und Nacht und daher leben sie in einer anderen Zeit, als wir. Wenn der Regen nachlässt, sollten wir bald wieder von hier verschwinden."

Es war sehr kühl in der Höhle. Jaros und Siegbert rieben die Pferde trocken. Die Kinder sammelten dürres Holz und ihr Vater machte ein Feuer. An dem konnten sie sich erwärmen. Der Regen hatte sie auf dem kurzen Weg hierher völlig durchnässt und die Kinder zitterten vor Kälte. Die Mutter war nochmals zur Hütte geeilt und brachte von dort einen Kessel und einige Lebensmittel mit. Sie stellte den Kessel auf drei Steine über der Feuerstelle und gab Wasser hinein.

Nachdem die Tiere versorgt waren, setzten sich alle um das wärmende Feuer. Die Männer schienen zufrieden mit dieser Lösung. Jaros war auch wieder gesprächig geworden. Siegbert fragte ihn, ob er ihnen eine Geschichte über die Zwerge erzählen würde. Als auch die Kinder danach bettelten, begann er damit.

„Im Thüringer Wald gibt es viele Höhlen, in denen Zwerge sind. Sie müssen unter der Erde leben, weil sie das Sonnenlicht nicht vertragen. Die Sonnenstrahlen verwandeln manche von ihnen flugs in Steine. Solche Steine findet man vor jeder Zwergenhöhle.

Eines Tages wollte ein Bauer eine Mauer bauen, um seinen Hof vor wilden Tieren und Räubern zu schützen. Er fand vor einer Höhle viele Steine, die ihm dafür geeignet erschienen, packte sie auf seinen Ochsenkarren und schaffte sie zu sich nach Hause. Dort errichtete er eine Mauer um seinen Hof herum.

Eines Nachts klopfte es an sein Tor. Er schaute nach draußen und sah drei kleine Gestalten in Mäntel gehüllt.

‚Was wollt ihr von mir‘, fragte er die nächtlichen Ruhestörer.

‚Du hast unsere toten Brüder weggetragen und damit deine Mauer gebaut. Du musst sie wieder zurückbringen, denn sie beschützen unseren Höhleneingang‘. Jetzt erkannte der Bauer, dass die drei Wesen Zwerge waren.

‚Das konnte ich nicht wissen, dass die Steine eure toten Brüder waren und niemand von euch hat es mir verwehrt. Jetzt kommt ihr, wo ich mit der Arbeit fertig bin'.

‚Wir waren auf einer großen Wanderung und sind erst jetzt wieder zurückgekommen, deshalb konnten wir euch nicht daran hindern'.

‚Das tut mir sehr leid, aber ich kann euch einen Vorschlag machen. In meinem Hof steht noch ein alter Brunnen, der schon seit vielen Jahren ausgetrocknet ist. Ihr könnt ihn als neuen Eingang für eure Höhle verwenden und so bleiben eure Brüder in der Nähe eures Eingangs'.

Der Vorschlag des Bauern erschien den Zwergen annehmbar. Sie gruben vom Brunnen einen neuen Stollen zu ihrer Höhle und beschützen den Hof des Bauern bis auf den heutigen Tag."

„Kennst du denn den Bauern?", wollte eines der Kinder wissen.

„Ja, ich kenne ihn. Er wohnt nicht weit von uns weg und ich habe ihn schon oft besucht."

„Hast du dort schon einmal einen Zwerg gesehen?"

„Leider nicht, sie sind sehr scheu und tragen manchmal auch Tarnkappen."

„Aber wie willst du wissen, ob sie noch da sind."

„Das kann man ganz leicht feststellen. Man braucht nur etwas Mehl auf den Boden streuen und am nächsten Tag kann man die Fußspuren sehen."

„Wenn wir hier vor unseren Höhleneingang Mehl streuen, würden wir dann auch welche sehen?", fragte ein Kind.

„Das kann schon sein", meinte Jaros, „aber seid sehr vorsichtig, denn wenn ihr sie verärgert, so können sie euch auch großen Schaden zufügen."

Es regnete den ganzen Tag weiter und die Wolken zogen unablässig bedrohlich vom Süden kommend zum Rynnestig hin. Wenn sie von der Höhle aus auf die nahe gelegene Handelsstraße schauten, so sahen sie, dass diese sich zu einem Bach verwandelt hatte. Unmengen von Wasser flossen in den ausgefahrenen Wagenrinnen entlang und spülten die lockere Erde mit sich fort. Am späten Nachmittag gingen die Eltern der Kinder zu ihrer Hütte, um noch ein paar Wolldecken zu holen, damit sie in der Nacht nicht frieren müssten. Als sie zur Hütte kamen, sahen sie, wie das Wasser einen Teil der Koppel überschwemmt hatte und der Zaun an einigen Stellen fehlte. Auch war eine Hütte, in der Futter für die Ochsen lagerte, weggeschwemmt worden. Das Wasser floss ungehindert über die Fundamentsteine hinweg. Zum Glück stand die Wohnhütte auf einem kleinen Hügel und konnte noch nicht vom Wasser erfasst werden. Die Eltern holten schnell die Decken und die Mutter packte noch ein paar Lebensmittel ein. Sie liefen eilig zur Höhle zurück.

Jaros fragte die Ankommenden, wie es bei der Hütte aussah. Sein Freund schüttelte mit dem Kopf, als wollte er sich wie ein Hund von dem triefenden Regenwasser im Gesicht und den Haaren befreien.

„Es sieht dort sehr schlecht aus. Die Koppel ist schon zur Hälfte überschwemmt und eine Futterhütte wurde weggespült. Nichts ist davon mehr zu sehen. Es war sehr gut, dass wir die Tiere hierher in Sicherheit gebracht haben."

„Ich habe das gleich gefühlt, als es zu regnen anfing", meinte Jaros, „manchmal spürt man die Gefahr schon im Voraus."

„Wir sollten uns darauf einstellen, dass wir die kommende Nacht in der Höhle übernachten müssen. So wie es aussieht, hört der Regen nicht so bald wieder auf."

„Das denke ich auch", meinte Jaros. „Ich werde sehen, dass ich noch etwas trockenes Holz finde, damit uns das Feuer nicht ausgeht."

Siegbert inspizierte mit den Kindern den hinteren Teil der Höhle. Aus der Feuerstelle nahmen sie brennende Holzscheite als Fackeln mit und besahen sich alles. Sie leuchteten in das schwarze Loch, das zu einem Gang hin führte.

Niemand traute sich hinein. Die Angst stand im Widerstreit mit der Neugierde. Zuletzt siegte die Neugierde und Siegbert als Ältester der Gruppe, ging vorsichtig voran. Es kamen ihm dabei die grausigsten Gedanken von Höhlenbären, die hier wohnen könnten, bis hin zu bösar-

147

tigen Zwergen, die ihn fangen und nicht mehr weglassen würden.

Langsam ging er weiter. Der Gang hatte eine kleine Krümmung nach links und fiel dann etwas nach unten ab. Die Wände waren sehr glitschig und Siegbert konnte sehen, wie das Wasser daran herunter rann.

Nach über 300 Schritten wurde der Gang immer enger und verzweigte sich mehrmals. Siegbert wählte den linken Abzweig und ging vorsichtig weiter. Doch schon nach zehn Schritten wurde der Gang so flach, dass er hätte kriechen müssen. So lief er zurück und ging in den zweiten Abzweig. Dieser war gut begehbar, doch fiel er noch schräger nach unten ab.

Siegbert überlegte, ob er nicht doch lieber wieder zurückgehen und es später noch einmal probieren sollte, wenn er neuen Mut gefaßt hatte. Doch die Holzfackel brannte noch gut und so wollte er sehen, wie der Gang weiter verlief. Siegbert hielt sich mit der einen Hand an der Felswand an und die andere Hand streckte er mit der Fackel weit nach vorn, um den Weg gut auszuleuchten.

Dieser Gang führte in den großen Höhlenraum, einer so genannten Grotte, mit von der Decke herunterhängenden Stalaktiten und sich vom Boden auftürmenden Stalagmiten. So etwas hatte er schon einmal in einer anderen Höhle gesehen. Siegbert war fasziniert von dem Anblick und beschloss wieder zurückzugehen und den anderen von seinem großen Fund zu berichten.

Überall war Geröll. Vorsichtig bewegte Siegbert sich vorwärts. Er suchte nach dem Gang, durch den er hierher kam, doch alle Ausgänge sahen irgendwie gleich aus. Nun entschied er sich für den ersten besten und lief vorsichtig hinein. Der Boden war sehr glitschig und so passierte es, dass er ausglitt und stürzte.

Das brennende Holzscheit fiel in eine Pfütze. Es zischte und die Flamme erlosch. Jetzt war es absolut dunkel.

Siegbert war in dem Berg gefangen und ohne eine Fackel würde er nicht mehr nach draußen finden. Es beschlich ihn die Angst und der Schweiß trat ihm auf die Stirn. Sein Körper schien wie gelähmt. Er wollte schreien, aber kein

Laut kam aus seiner Kehle. Sein Verstand sagte ihm:
„Bleib ruhig".

Der Verstand war das eine und das Gefühl der Angst das
andere. Als er sich ein wenig beruhigt hatte, kam auch
wieder die Stimme zurück. Siegbert rief um Hilfe, doch
außer dem Echo seiner Rufe und den auf den Boden auf-
schlagenden Wassertropfen, war nichts zu hören. Er fühlte sich wie ein Blinder, den man an einem einsamen Ort
vergessen hatte.

Die Dunkelheit war für ihn unerträglich. Seine Phantasie
spielte ihm Geisterbilder vor. Zwerge und andere sonderbare Wesen würden um ihn herum sitzen und ihn anstar-
ren. Irgendwann würden sie es wagen, ihn zu berühren
und das wäre ein wirklich kritischer Moment. Um die Angst
zu verscheuchen und mögliche Geistergestalten abzulenken, nahm er seine Hirtenflöte, die er mit einer Schnur um
den Hals trug und blies darauf. Das Echo der Töne beruhigte ihn. Es war so, als würde jemand anderes noch hier
sein und mit ihm musizieren.

Doch dann erinnerte Siegbert sich an den Signalstein, den
er in seinem Amulettbeutel aufbewahrt hatte. Er nahm ihn
vorsichtig heraus und hielt ihn zwischen Zeigefinger und
Daumen. Der Stein begann zu leuchten und wurde immer
heller, wie eine Fackel. Jetzt glaubte er gerettet zu sein.
Nun musste er nur noch den richtigen Ausgang finden
und aufpassen, dass er nicht stürzen und den Stein dabei
verlieren würde. Viele Gänge verengten sich, so dass er
umkehren musste, oder er kam in neue Grotten mit neuen
Gängen. Verzweifelt setzte er sich hin. Ihm war klar, dass
er nicht selbst wieder herausfinden würde.

Doch es gab ja noch die Möglichkeit, mit dem Stein um
Hilfe zu rufen. Siegbert rieb mit dem linken Zeigefinger an
einer glatten Fläche des Kristalls, konnte aber nichts hören. Nach mehreren Versuchen gab er es auf. Der Stein
funktionierte zumindest als Lampe, aber das half ihm jetzt
auch nicht, wieder nach draußen zu kommen. Traurig setzte er sich nieder und dachte daran, wie wohl das Sterben
sein würde. Er müsste verhungern und wie das wäre, versuchte er sich nun vorzustellen.

Da, auf einmal weit weg, war ein Geräusch zu hören. Mit offenem Mund versuchte er sich darauf zu konzentrieren. Es war so, als würde eine Ratte über Geröllsteine laufen und ab und zu rutschte ein Stein in die Tiefe. Das Geräusch verstärkte sich immer mehr und auf einmal sah Siegbert einen kleinen Zwerg in einer der Gangeinmündungen.

„Hast du mich gerufen?" fragte der Zwerg.

„Ja, das habe ich", antwortete Siegbert mit ängstlicher Stimme.

„Du brauchst keine Angst vor mir zu haben. Doch finde ich es sonderbar, dass du einen Signalstein besitzt. Hast du den gefunden?"

„Nein, ich bekam ihn, weil ich einem Zwerg sehr geholfen hatte."

„Na gut, dann kannst du den Signalstein auch behalten. Was kann ich denn für dich tun?"

„Ich finde von allein nicht wieder heraus und bitte dich, mir den richtigen Weg zu zeigen."

„Wenn das alles ist, so wollen wir es angehen. Doch eines noch zuvor. Es ist üblich die Hilfe mit einem Geschenk zu vergüten. Was wirst du mir geben?"

Siegbert war ganz verwundert darüber. Was sollte er dem Zwerg von seinen Sachen als Geschenk anbieten? Da fiel ihm ein, dass dem Zwerg die Flöte vielleicht gefallen könnte.

„Ich würde dir meine Hirtenflöte schenken, wenn du möchtest."

Siegbert hielt ihm die Flöte hin.

„Was ist das für ein Ding und was kann man damit machen?"

„Ich kann es dir zeigen, du musst nur selber jetzt Licht machen, damit ich beide Hände frei habe."

Der Zwerg, der auch im Dunkeln sehen konnte, nahm eine kleine Öllampe aus seinem Lederbeutel und zündete sie an.

Siegbert begann eine frei erfundene Melodie auf der Hirtenflöte zu spielen. Der Zwerg war begeistert davon und wollte selber damit spielen. Er setzte die Flöte an die Lippen, doch kein Ton kam heraus. Siegbert zeigte ihm, wie

150

er damit musizieren konnte und nach geraumer Zeit kam er damit zurecht. Die Freude über das neue Instrument war bei dem Zwerg sehr groß und er schenkte Siegbert seine Öllampe.

„Das ist aber keine gewöhnliche Öllampe", erklärte er Siegbert. „Diese Lampe kannst du mit diesem kleinen Rädchen entzünden. Du musst nur kurz daran drehen und schon brennt sie."

Sie gingen durch viele kleine und größere Gänge und mehrere Grotten, bevor sie in die Nähe des Ausganges kamen.

„So, jetzt musst du allein weiter gehen. Am Ende des Ganges kommst du wieder ans Tageslicht. Du kannst es schon sehen."

„Ich danke dir lieber Zwerg. Allein hätte ich nicht herausgefunden."

„Das denke ich auch. Doch lösche jetzt die Lampe und verrate niemand, woher du sie hast und wie sie funktioniert. Wir Zwerge kennen gar viele Geheimnisse, doch achten wir darauf, dass die Menschen nicht alle erfahren."

Der Zwerg drehte sich um und verschwand musizierend im Gang. Siegbert löschte die Lampe und steckte sie in seinen Lederbeutel am Gürtel. Er ging weiter und kam an einer Stelle oberhalb der Höhle ins Freie.

Die Kinder am Ausgang der Höhle wurden sehr unruhig, als eine längere Zeit vergangen war und Siegbert nicht wieder zurückkam. Seine Fackel konnte so lange nicht brennen. Sie gingen zu ihrer Mutter und erzählten ihr davon. Sie schlug vor Schreck gleich beide Hände über dem Kopf zusammen und rief nach den Männern.

Die Aufregung war riesengroß. Mit brennenden Holzscheiten in der Hand begannen die Männer die Suche. Immer wieder riefen sie nach Siegbert, doch sie erhielten keine Antwort. Sie gingen in die Gänge, soweit sie kamen. Doch es waren soviel Verzweigungen und nicht zu erkennen, welchen Weg er genommen hatte. Es vergingen ein paar Stunden und alle waren in großer Sorge.

Siegbert kletterte die nassen Felsen hinunter zu dem Höhleneingang. Dort angekommen war die Freude bei allen sehr groß, als sie ihn sahen. Jaros umarmte den Jungen und drückte ihn fest an seine Brust. Es wäre nicht auszudenken gewesen, wenn ihm etwas passiert wäre, denn er hatte die Verantwortung für den Jungen gehabt. Es gab kein Wort des Vorwurfs. Alle waren sehr froh, dass er wieder da war. Jetzt konnten sie in Ruhe die von der Mutter vorbereitete Suppe essen und Siegbert musste von seinem Abenteuer im Berg berichten.

Er erzählte ihnen, wie er sich verirrt und oberhalb der Höhle wieder herausgefunden hatte, jedoch kein Wort von der Begegnung mit dem Zwerg.

Es hatte die ganze Nacht geregnet. Erst gegen Mittag des folgenden Tages hörte es auf und sie konnten wieder zurück zur Hütte gehen. Noch immer strömten gewaltige Wassermassen durch die Bachniederung und rissen Sträucher und Bäume mit sich. Der Handelsweg war teilweise total zerstört. Das Wasser hatte ihn an vielen Stellen ausgeschwemmt und die Erde mit sich gerissen. Jetzt lagen die großen Steine der Wegbefestigung offen da.

Es würde viel Zeit und Mühe kosten, den Weg wieder aufzuschütten und zu befestigen. Trotzdem waren alle froh, dass keines von den Tieren umgekommen war und das Wohnhaus noch stand. Nur eine Futterhütte war verschwunden, als hätte es sie nie gegeben.

Viel konnte man im Moment nicht tun. Man musste erst einmal abwarten bis der Bach in sein Bett zurückging. Plötzlich rissen am Himmel die Wolken auf und die Sonne kam hervor. Alle freuten sich über die wärmenden Strahlen.

Jaros beschloss noch am gleichen Tag die Pferde zu den Weiden auf dem Rynnestig zu treiben. Dort dürfte es nicht so feucht, wie hier unten im Tal sein. Siegbert half ihm, die Pferde loszubinden. Sie verabschiedeten sich von der Gastfamilie und versprachen, bald einmal wieder vorbei zu kommen. Dann trieben sie die Tiere am Waldesrand entlang, das Tal hinauf, zum Rynnestig. Unterwegs sahen sie noch große Wasserschäden, die weniger wurden, je höher sie kamen.

Auf dem Bergkamm suchten sie einen bekannten Weideplatz auf, bei dem sie schon seit Jahren einen kleinen Unterstand und eine Koppel errichtet hatten. Hier wollten sie ein paar Tage bleiben, damit sich die Tiere erholen konnten.

Siegbert half, die alte Hütte instandzusetzen. Es mussten einige Stellen im Dach ausgebessert werden und auch das Holzgeflecht an den Wänden war teilweise ausgebrochen. Langes trockenes Gras für das Dach fanden sie nicht weit von hier bei einem Hochmoor. Jaros schnitt die Grasbüschel und Siegbert band sie zusammen. Dann trugen sie sie zur Hütte und reparierten die schadhaften Stellen. Noch vor Dunkelheit waren sie damit fertig. Die Pferde blieben den ganzen Tag über in ihrer Nähe, denn Jaros hatte seinen Hengst in die Koppel gestellt.

Am Abend genossen die beiden am Lagerfeuer wieder ihr vertrautes Hirtenleben. Sie sprachen über das Erlebte der letzten Tage und die Gefahr durch Wasser. Jaros, der seine Kindheit in der Nähe des Meeres verbracht hatte, erzählte Siegbert von dem Leben der Seefahrer und Fischer in seiner Heimat.

„Die Menschen in meiner Heimat sind sehr arm. Sie leben in flachen Erdhütten und der Boden ist so mager, dass kaum etwas darauf wächst. Viele Familien können ihre Kinder nicht ernähren und verkaufen sie dann an vorbeiziehende Händler. So bin auch ich von zu Hause weggekommen. Ein Händler hatte mich gegen Lebensmittel getauscht. Er zog jedes Jahr auf der Bernsteinstraße vom Norden nach Rom, weil man dort die gelben Steine so mochte. Ich hatte somit als Junge schon viel von der Welt gesehen und es ging mir als Sklave bei dem Händler auch ganz gut.

Eines Tages zogen wir durch das Gebiet der Pruzzen und wurden von einer Horde wilder Reiter überfallen. Meinen Herrn hatten sie dabei erschlagen und ich musste die Pferde der Krieger versorgen. Dabei habe ich von einem alten Pferdeknecht sehr viel über die Tiere gelernt.

Viele Jahre bin ich mit ihnen umhergezogen. Sie waren ein wildes Volk, ohne Heimat und nur darauf aus, Beute zu machen. Niemand wurde von ihnen verschont und wer sich wehrte, den brachten sie um. Als sie eines Tages in das Grenzgebiet der Thüringer kamen und dort viel Ärger bereiteten, wurden sie von den Wachposten an der Grenze besiegt und mussten fliehen.

Mich und ein paar Andere ließen sie zurück. Die Thüringer, die uns gefangen nahmen, teilten uns unter sich auf und seit dieser Zeit bin ich bei deinem Vater."

„Das ist ja eine tolle Geschichte, die du erzählst", meinte Siegbert, „du hast in deinem Leben schon sehr viel erlebt."

„So ist es", bestätigt ihm Jaros und seine Gedanken gingen weit zurück in die Vergangenheit.

Hier auf den Höhen des Thüringer Waldes gab es zu dieser Jahreszeit das beste Gras. Es war sehr wichtig, dass die Pferdehalter mit ihren Herden immer wieder hier herkamen, denn durch das Beweiden konnten sich viele Vögel niederlassen und es gab auch nur hier viele seltene Pflanzen. Von besonderem Reiz waren die vielen Hochmoore. Sie waren nicht ungefährlich für Mensch und Tier. In der Nähe des Hochmoores, wo Jaros und Siegbert das Gras zur Ausbesserung des Daches geschnitten hatten, lag die alte Hütte einer Waldfrau, die Jaros besuchen wollte. Von dieser Frau bekam Jaros immer seine heilenden Kräuter.

Am frühen Morgen trieben sie die Pferde zu der großen Waldlichtung, die in der Nähe der Hütte der Waldfrau lag. Sie hatte schon am Abend zuvor von weitem die Pferde gesehen und dachte sich, dass es Jaros mit seinen Tieren sein könnte. Daher erwartete sie ihn schon ungeduldig. Es gab hier in der Einsamkeit des Waldes nur wenige Gelegenheiten sich mit so klugen Menschen, wie Jaros, zu unterhalten.

Die Frau kam vor die Hütte und schaute zu den beiden Reitern. Jaros stieg von seinem Pferd und ging der Frau entgegen. Siegbert schien nicht recht zu wissen, was er jetzt tun sollte. So wartete er auf dem Pferd sitzend in größerem Abstand.

„Will denn dein junger Begleiter nicht mit zu mir kommen?", fragte sie Jaros.

„Doch sehr gern, wenn du es erlaubst."

Jaros winkte Siegbert zum Haus zu kommen. Siegbert begrüßte die Waldfrau und schaute etwas ängstlich drein. Er hatte so manche Geschichten über böse Waldfrauen gehört, die allerlei Zauberkunststücke vollbringen konnten und Knaben und Mädchen in Tiere verwandelt hatten. Ohne Jaros wäre er bestimmt nicht in die Nähe dieses Hauses geritten. Er hätte einen weiten Bogen darum gemacht, so wie es auch die meisten Leute tun, die hier in der Nähe des Rynnestigs entlang ziehen.

Die Frau bat die beiden ins Haus zu kommen. Drinnen stand ein großer Tisch mit Schemeln, auf die sie sich setzten. Honiggebäck und verschiedene eingelegte Früchte standen auf dem Tisch und sie wurden gebeten, zuzugreifen. Siegbert beobachtete Jaros und nahm nur von den Dingen, die auch er aß. Zu groß schien ihm die Gefahr, verzaubert zu werden.

Die Frau bemerkte das zögernde Verhalten von Siegbert und sprach ihn an: „Junge, du brauchst vor mir keine Angst zu haben. Ich bin eine gute Waldfrau, die keinem Menschen ein Leid zufügt. Du kannst also von allem beruhigt essen, was ich dir vorsetze."

Die sanfte Stimme der Frau beruhigte ihn ein wenig und er kostete auch von dem Kräutertee. Alles schmeckte vorzüglich und Bauchweh bekam er auch nicht. So wurde er zunehmend ruhiger und schaute sich im Raum um.

Es sah so ähnlich wie zu Hause aus. In der Mitte des Raumes war eine große Feuerstelle und darüber ein Loch im Dach als Rauchabzug. Das Haus hatte noch einen Dachboden, auf dem die Frau alle möglichen Kräuter trocknete. An den Wänden standen viele Regale mit Zwischenböden, auf denen unzählige Tontöpfe und Tonkrüge standen. Hier musste die Waldfrau ihre Zaubermittel und Medizin gelagert haben, dachte Siegbert.

Tiere gab es keine im Haus. Die Frau hatte keine Ziege, kein Schwein und keine Kuh. Das wunderte Siegbert sehr und er konnte sich nicht vorstellen, wovon die Frau lebte. Die Waldfrau schien die Gedanken von ihm erraten zu haben.

Sie sprach ihn darauf an: „Du wunderst dich, dass ich keine Tiere hier habe."

„Ja, aber wovon lebst du denn hier in der Wildnis. Gehst du jagen?"

„Aber nein, mein Junge, ich gehe nicht jagen. Ich muss auch nicht jagen gehen, denn ich esse kein Fleisch. Meine Nahrung besteht nur aus Pflanzen, die ich in meinem Garten anbaue oder im Walde finde."

Siegbert konnte es kaum glauben. „Kann man denn davon satt werden?"

„Aber ja doch", entgegnet sie überzeugt. „Ich habe schon seit vielen Jahren kein Fleisch mehr gegessen und fühle mich so wohl, wie ein Fisch im frischen Wasser. Ich bin seither auch nie wieder krank gewesen und alles was ich brauche, wächst vor meiner Haustür."

„Hast du denn schon immer hier allein gelebt?", wollte Siegbert wissen.

„Nein, das nicht. Ich bin vor etwa zwanzig Jahren von meinem Mann verstoßen worden, weil ich ihm keine Kinder schenken konnte. Ich hätte danach zu meiner eigenen Sippe zurückgehen können, aber dort müßte ich wie eine Magd leben. Das wollte ich nicht. So bin ich hierher gezogen und ein paar Freunde haben mir diese Hütte errichtet, in der ich lebe."

„Hast du denn keine Angst so allein zu sein?"

„Am Anfang schon, doch gewöhnt man sich mit den Jahren daran. Wenn man die Wölfe, den Bär und den Luchs als Nachbarn hat, lernt man diese mit der Zeit besser kennen. Auch sie hatten vorher Angst vor mir, aber nun ist alles gut."

„Verstehst du denn die Sprache der Tiere?"

„Vieles von dem, was sie sagen, verstehe ich und sie verstehen auch mich. Das ist so, wie bei Jaros mit den Pferden. Er versteht auch die Sprache der Pferde und sie machen das, was er ihnen sagt. Wenn man sich mit ihnen beschäftigt, dann lernt man viel dazu. Nur von einem habe ich die Wildtiere noch nicht überzeugen können, das ist, so wie ich, kein Fleisch zu essen." Jetzt mussten alle drei lachen.

Die Waldfrau wurde von Jaros „Eva" genannt. Dies war ein sonderbarer Name, den Siegbert noch niemals gehört hatte. Sie schien schon wieder seine Gedanken erraten zu haben und sprach ihn darauf an.

„Du wunderst dich wohl über meinen Namen. Diesen Namen habe ich angenommen, als ich hierher kam. Es ist ein Name, der in den südlichen Ländern üblich ist, denn die Leute dort glauben, dass die erste Erdenfrau Eva geheißen hat."

„Aber die ersten Menschen wurden doch von Odin geschaffen und die Frau hieß Embla."

„So sagt man es hier im Land, doch woanders glaubt man an andere Götter und da hat man auch andere Geschichten von ihnen."

Jaros fragte die Waldfrau, ob er für sie etwas tun könnte. Sie zeigte ihm ein paar schadhafte Stellen am Haus und er machte sich gleich an die Arbeit. Dann ging sie wieder zu Siegbert, um sich mit ihm weiter zu unterhalten.

Siegbert fragte sie: „Woher weißt du denn das alles?"

„Ich stamme aus einer sehr wohlhabenden Sippe und wir hatten immer Handelsleute als Gäste im Haus. Sie kamen meist aus den südlichen Ländern, dort wo ein großes Meer ist. Die Menschen haben da eine hohe Kultur und auch eine andere Religion. Sie glauben nicht an die germanischen Götter, sondern nur an einen Gott."

„Das ist doch unmöglich. Ein Gott allein kann doch nicht die ganze Welt erschaffen und auf alles aufpassen."

„Doch das ist schon möglich. Wenn der Gott ein ganz Mächtiger ist, so kann er alles selber entscheiden, so wie ein großer König."

„Aber stärker als Odin kann keiner sein, der hat sogar den Urriesen Ymir getötet und die Menschen erschaffen."

„Das ist richtig, dass Odin der mächtigste Gott der Germanen ist, aber andere Völker haben auch mächtige Götter. Du stellst die Frage, welcher Gott der Mächtigere ist. Das kann aber kein sterblicher Mensch beantworten. Am stärksten ist wohl der Gott, an den die meisten Menschen glauben. Ohne den Glauben, gäbe es keine Götter und ohne Götter hätten wir keinen Halt im Leben."

„Was ist denn das für ein Gott, der die Eva erschaffen hat?", wollte Siegbert weiter wissen. Eva, die Waldfrau, erzählte nun mit einfachen Worten von dem Gott der Juden und Christen und seinem Sohn Jesus. Die Geschichte gefiel Siegbert ganz gut. Am besten fand er, dass dieser Jesus nicht mit dem Schwert in der Hand gegen jeden gekämpft hat, sondern versuchte, mit Güte und Liebe das Leben der Menschen zu verändern.

Von dem Jesus hatte er schon einmal seine Eltern sprechen hören. Die Frau des Hauptkönigs Herminafrid soll an diesen Gott glauben, aber sie war ja auch keine Germanin.

10. Der Gesandte

Die siegreichen Jungkrieger kehrten in ihre Siedlungen zurück. Ihre Ankunft war angekündigt und die Gaugrafen hatten ihnen zu Ehren ein großes Volksfest angeordnet. Alle Freien, wie der Adel, die Handwerker und Bauern, aber auch viele Halb- und Unfreie, wie die Knechte, Mägde und Sklaven, kamen zum Thingplatz ihres Gaues und warteten auf die kleine Heerschar ihrer Krieger. Die Zeit bis zur Ankunft wurde für allerlei Spiele und Gespräche genutzt.

Die meisten Thingplätze waren in der Nähe eines heiligen Haines gelegen, der nur von den Priestern und Sippenältesten betreten werden durfte. Es war ein urwüchsiger Wald, in dem manchmal die Götter spazieren gehen sollen. Die Priester fanden in diesen Wäldern auch die Pflanzen für ihre Zaubertränke.

Zwischen dem Thingplatz und dem Hain des Oberwipgaus lagerten viele Menschen der einzelnen Sippen in kleinen Gruppen im Gras. Sie hatten am Boden Decken und Felle ausgebreitet, auf die sie mitgebrachte Speisen legten.

Die Männer gingen mal von der einen und dann zur anderen befreundeten Gruppe und verkosteten deren Met und unterhielten sich. Die Sippen, die man nicht so sehr mochte und mit denen man irgendwann einmal Streit hatte, mied man. Für die Kinder und Jugendlichen waren solche Volksfeste eine gute Gelegenheit sich kennen zu lernen. Insbesondere die heiratsfähige Generation nutzte das gern aus und sie verschwanden schon manchmal im verbotenen dichten Hainwald.

Wenn es von den Erwachsenen bemerkt wurde, gab es danach mächtigen Ärger und sie durften ihren Platz bei der Sippe für den restlichen Tag nicht mehr verlassen.

Kurz nach Mittag kam ein Junge auf einem Schimmel angaloppiert und kündigte laut rufend die heranziehenden Jungkrieger an. Als sie über den Hügel hinweg zum Thingplatz ritten, konnten alle sie sehen. Sie erschienen in voller Kriegsausrüstung mit Helm, Schild, Schwert und Speer. Gefährlich sahen sie aus und manches Kind fing vor Angst an zu weinen.

Die Menschen hatten sich in einem Kreis auf dem Thingplatz aufgestellt und eine Gasse für die Reiterschar gebildet. Der Jubel war sehr groß. Insbesondere die jungen Frauen und Mädchen schienen in einen wahren Rausch geraten zu sein. Sie schrien und jubelten in einem fort und rannten mit Blumensträußen zu ihnen hin.

Die Krieger wurden von Herwald, als Gaugraf, und dem Oberpriester begrüßt. Sie stiegen von ihren Pferden und verneigten sich. Der Gaugraf ging zu jedem Einzelnen und drückte ihn an seine Brust.

Danach stieg er auf einen großen Stein und sprach: „Leute vom Oberwipgau. Wir freuen uns, dass unsere siegreichen Krieger daheim sind. Sie haben die Grenze zum Frankenreich wieder sicher gemacht und durch ihren Mut und ihre Kampfesstärke bewiesen, dass mit den Thüringern nicht zu spaßen ist. Wer uns provoziert, bekommt eins auf den Kopf. So war es schon früher und so soll es auch bleiben. Ihr, die ruhmreichen Jungkrieger, habt euch nunmehr zu den Kriegern gesellt, die erfolgreich in die Schlacht gezogen sind, so wie es Odin von uns erwartet. Wir wollen heute mit euch trinken, so wie wir es eines Tages in Walhalla gemeinsam tun werden. Doch zuvor wollen wir den Göttern für den großen Sieg danken."

Herwald ging zu dem Priester und sie opferten einen Widder den Göttern Odin und Thor. Nach der Opferhandlung strömten die Angehörigen zu den Kriegern. Väter und Mütter begrüßten ihre Söhne. Für die Männer wurden in der Nähe des Opferplatzes Tische und Bänke aufgestellt und die Frauen versorgten sie mit Met und Essen. Als sich die Abendsonne zeigte, brach man die Willkommensfeier ab. Für die meisten hatten die wenigen Stunden des Zechens auch gereicht. Manchem fiel es schwer, selber zu gehen und sie fanden nur dank ihrer Frauen den Weg nach Hause.

Die kommenden Tage wurde in vielen Sippen weiter gefeiert. Auch Herwald hatte festgelegt, dass zwei Tage nicht gearbeitet werden muss, damit alle Harald bei seinen Erzählungen über den Heereszug zuhören konnten. Er war der Held und jeder von den Jungen wünschte sich, an seiner Stelle zu sein. Auch Hartwig und Baldur, die seit kurzem wieder in Rodewin angekommen waren, bewunderten ihn.

Das viele Erzählen hatte Harald sehr anstrengt und er sehnte sich nach Ruhe. Doch damit musste er noch einige Tage warten. Ihm war auch daran gelegen, seine Braut Heidrun zu besuchen.

Einer ihrer Brüder, Olaf, war am Heereszug beteiligt gewesen. Der andere Bruder, Gunter, hatte die Vorbereitungen zu dem Heereszug am Königshof nicht verkraftet und war damals auf dem Übungsplatz vor der Bertaburg vor Erschöpfung zusammengebrochen.

Gunter wurde zu seiner Sippe zurückgeschickt. Das war für ihn und die Familie eine große Schande. Harald, der Gunter auch gut kannte, wollte wissen, ob es ihm wieder besser ging.

Am dritten Tag nach seiner Ankunft in Rodewin ritt Harald allein nach Anstedt.

Viele Verwandte und Freunde waren hier und feierten mit der Familie des Osmund den heimgekehrten Sohn Olaf. Als Harald dort ankam, wurde er herzlich empfangen und zum Trinken aufgefordert.

Er wollte sich jedoch lieber mit Heidrun unterhalten, als mit den Männern zu zechen. Die Mutter von Heidrun merkte es und rief Harald zu sich. Er ging zu ihr in die Küche, wo auch Heidrun ungeduldig auf ihn wartete.

„So, jetzt könnt ihr in den Nebenraum gehen. Dort seid ihr ungestört", sagte sie zu Harald.

Endlich waren die beiden Verliebten allein. Sie hatten sich soviel zu sagen. Nachdem die Väter ihre Heirat durch Handschlag besiegelten, galten sie als verlobt. Es war für sie aber immer noch schwierig allein miteinander reden zu können. Heidrun erzählte Harald, dass sie mit ihrer Mutter schon an dem Brautkleid arbeitet und manche Vorbereitungen für die Hochzeitsfeier getroffen wurden.

Auch Harald konnte es kaum noch erwarten, bis sie zusammenleben würden. Doch zuvor musste er noch ein Haus für sich und seine Frau in Rodewin bauen. Wie es aussehen soll, das wollte er mit Heidrun besprechen.

In der nächsten Woche sollte mit dem Bau begonnen werden und es wäre jetzt noch möglich, besondere Wünsche seiner Braut bei der Gestaltung zu berücksichtigen. Doch vom Hausbau verstand Heidrun nichts und das sagte sie ihm auch. Nur eine schöne Küche wollte sie haben, mit einer großen Feuerstelle.

Er stand auf und zog sie in die Ecke des Raumes, die etwas abgedunkelt war und schaute ihr tief in die Augen.

Sie wurde ganz unsicher und fragte ihn: „Warum schaust du mich so an?"

„Einfach so", sagte er.

„Lass das sein!", forderte sie ihn auf. Er zog sie zu sich und gab ihr einen Kuss. Dann blickte er sie wieder an.

„Woran denkst du?", fragte sie sichtlich nervös.

„Was wäre, wenn ich jetzt in Walhalla wäre, wer würde dich dann küssen?"

Heidrun stieß ihn erbost von sich. „An so etwas darf man gar nicht denken. So etwas sagt man nicht."

„Warum nicht, es hätte doch sein können."

Jetzt drehte sie sich von ihm weg und schmollte. Er versuchte sie wieder umzudrehen doch nichts half. Er nahm etwas aus seiner Tasche und legte es ihr um den Hals.

„Was ist das?", fragte sie etwas barsch.

„Schau es dir doch einfach an", flüsterte er ihr ins Ohr.

Sie griff danach und merkte, dass es ein Halsriemen mit einem Anhänger war. Ein Geschenk hatte sie in dem Moment nicht von ihm erwartet, doch es bot ihr die Möglichkeit, wieder gut mit ihm zu sein. Heidrun betrachtete den Anhänger und fand ihn sehr schön. Es war eine ovale Metallscheibe mit der Darstellung der Göttin Frigga.

„Wo hast du den schönen Anhänger her?", wollte sie nun wissen.

„Den habe ich auf dem Marktplatz vom Königshort des Bertachar für dich bekommen."

Sie war froh, dass es kein Beutestück von seinem Feldzug war, denn von Krieg wollte sie nichts mehr hören. Zu viel wurde die letzten Tage nach der Rückkehr der Söhne vom Töten und Heldentum gesprochen. Sie hatte große Angst um ihren Bruder und ihren Verlobten, dass ihnen etwas

Schlimmes zustoßen könnte. Nun waren sie wieder da, doch das Gefühl der Sorge um die beiden war noch immer da.

Für den Anhänger bedankte sie sich mit einem Kuss und fragte lächelnd. „Wie lange kannst du denn zu Besuch bei uns bleiben?"

„Ich habe Zeit, aber ich weiß nicht, ob das deinen Eltern recht ist, wenn ich über Nacht bleibe."

„Ich kann sie ja einmal fragen."

Ohne eine Antwort abzuwarten, rannte sie aus dem Raum in die Küche zu ihrer Mutter. Die war natürlich damit einverstanden. Auch der Vater war sehr erfreut, dass Harald über Nacht bleiben wollte. Als zukünftiger Schwiegersohn gehörte er nun quasi schon zur Familie.

Harald ging nach draußen zu den Männern.

„Endlich lässt du dich bei uns sehen", rief Osmund, „aber ich weiß schon, dass du mit meiner Tochter noch viel zu besprechen hast und das entschuldigt dein Fernbleiben. Komm, setz dich jetzt zu mir und nimm einen großen Schluck Met."

Er reichte Harald einen vollen Humpen mit dem selbst gemachten Honigwein.

An der großen Tafel saßen auch die übrigen Männer, die jetzt von Harald eine Schilderung seiner Heerfahrt erwarteten. Bescheiden wie er war, verwies Harald darauf, dass er nicht mehr berichten könne, als es Olaf bestimmt schon getan hatte. Doch es half nichts. Die Männer wollten alles noch einmal aus seinem Mund hören.

Bei seiner Erzählung schmückte er den Teil, wo Olaf vorkam besonders aus. Das schmeichelte ihm und gefiel den anderen Sippenangehörigen. Die Frauen trugen inzwischen Essen auf und so wurde nicht nur gezecht, sondern auch herzhaft gespeist.

Nach Haralds Ausführungen musste Olaf nochmals das ganze aus seiner Sicht berichten. Das war Harald sehr recht, denn ständig das gleiche zu sagen, ermüdete ihn ungemein. Er rückte an das Ende der Tafel, wo Gerold, der Bruder von Osmund, saß.

„Setz dich zu mir", sagte Gerold.

Er nahm neben ihm Platz und sie stießen mit ihren Humpen an.

„Ihr seid schon tolle Jungs, so wie wir es vor vielen Jahren waren. Heute gibt es für unsereins kaum noch Gelegenheit in den Kampf zu ziehen und das ist mir gar nicht recht."

„Warst du gern im Heer?" fragte Harald.

„Und ob, jederzeit würde ich wieder mitziehen, doch es gibt keine Kriege mehr bei den Thüringern. Das bedaure ich sehr. Die fränkischen Krieger haben es da besser. Ihre Könige rufen jedes Jahr zu den Waffen und sie machen reiche Beute. Das wäre was für mich."

„Für dich ist es leicht von der Sippe wegzugehen, denn du hast keine Frau und keine Kinder, um die du dir Sorgen machen musst", meinte Harald.

Gerold ließ das nicht gelten.

„Schau dich um an diesem Tisch. Osmund und ich sind die Ältesten hier. Uns bleibt nicht mehr viel Zeit und Gelegenheit, einen heldenmütigen Tod zu finden, um nach Walhalla zu kommen. Wenn wir im Bett sterben, gelangen wir niemals dorthin. Du musst nämlich wissen, dass die Walküren nur die besten Krieger, die im Kampf gefallen sind, mitnehmen. Diese Männer braucht Odin für die letzte Schlacht der Götter gegen die Riesen."

„Du wirst schon noch Gelegenheit bekommen, in einer Schlacht wie ein Held zu sterben", beruhigte ihn Harald.

„Wann ist diese Schlacht?", brüllte Gerold auf einmal los. „Es wird für mich keine mehr geben, denn alle reden nur von Frieden, auch unser Großkönig Herminafrid. Er wird schon sehen, was er damit erreicht. Seine Feinde werden keinen Respekt mehr vor ihm haben und auch wir nicht."

Die Gespräche der anderen waren durch den Zornesausbruch von Gerold verstummt.

Osmund beruhigte ihn. „Bruder, so darfst du nicht reden. Der Großkönig hat vieles zu bedenken. Er muss seiner Zeit weit voraus schauen. Du mit deinem Spatzenhirn denkst nur bis zum nächsten Tag und an dich selbst."

„Trotzdem ist er nicht mehr, wie ein richtiger Thüringer, seitdem er mit dieser Frau verheiratet ist und unseren Glauben verraten hat. Das werden ihm die Götter niemals verzeihen und uns auch nicht, da wir nichts dagegen sagen."

„Du sprichst wie ein alter Narr", entgegnete Osmund. „Die Heirat war ein Zweckbündnis, das schon sein Vater, der große Bisin, eingeleitet hatte. Und dass seine Frau eine so genannte Christin ist, wird Odin nicht sehr stören. Dieser Christengott ist bestimmt einer von unseren germanischen Göttern, den wir nur noch nicht kannten."

„Wenn es nach diesem Gott ginge, dann soll es keine Kriege mehr geben. Das wäre schrecklich."

„Ich kenne keinen Christenherrscher, der nicht auch Kriege führt, also ist ihr Gott bestimmt auch einer von unseren. Schon der verstorbene Frankenkönig Chlodwig hatte den christlichen Glauben angenommen und danach noch viele Kriege geführt. Nichts hat sich dadurch verändert"

„Ich verstehe das alles nicht. Mit den Göttern der besiegten Kelten konnte ich mich noch anfreunden. Gewissermaßen sind sie unseren sehr ähnlich. Doch der christliche Gott ist schon sonderbar. Er hat seinen Sohn, wie einen Menschen unter Menschen leben lassen und dann musste er noch am Kreuz durch die Römer sterben. Das kann doch kein Gott zulassen, dass Menschen einen Göttersohn töten."

„Er war ja auch nicht richtig tot, denn nach ein paar Tagen ist er zur Götterburg Asgard, oder wie die Christen sagen, in den Himmel aufgestiegen."

„Dann hätte er sich auch nicht ans Kreuz nageln lassen müssen."

„Diese Tortur hat er deshalb auf sich genommen, um allen Menschen seine Stärke zu zeigen."

„Das verstehe ich nun wieder. Auch Odin hatte manchmal sehr sonderbare Ideen, die wir Menschen nicht durchschauen können und so wird es vielleicht auch mit diesem Göttersohn gewesen sein."

Osmund und sein Bruder Gerold waren so richtig in Fahrt gekommen und die Diskussion über den richtigen Glauben und die besten Götter nahm kein Ende. Inzwischen war es dunkel geworden. Die Frauen hatten eiserne Feuerkörbe neben die Tische gestellt und brennende Holzscheite hineingelegt. Die Kinder setzten sich um die Körbe und schauten dem Spiel der Flammen zu. Es war ein schöner und milder Abend und wen die Müdigkeit hinraffte, der blieb gleich liegen, wo er war. Um Mitternacht waren dann auch die letzten stumm.

Harald und Heidrun hatten es sich unter der Linde im Hof gemütlich gemacht. Sie lagen im hohen Gras und blieben dadurch den Blicken der anderen verborgen. Die Gelegenheit nutzten sie, um ganz nah aneinanderzurücken. Von ihrem Liegeplatz aus konnte Harald jedoch den ganzen Hof gut überblicken, so dass ihn niemand überraschen konnte. Heidrun hatte sich mit süß duftendem Blumenwasser eingerieben, so dass er bald ganz berauscht davon war. Harald schnupperte an ihr, wie ein Hund.

„Lass das sein", sagte sie.

„Ich kann nichts dafür", sagte er. „Das ist, weil du so gut riechst."

„Ich habe mich auch mit Blumenwasser eingerieben, das ich selbst hergestellt habe."

„Du bist ja eine richtige Zauberfee. Willst du mich damit verführen?"

„Vielleicht ja, vielleicht nein. Du kannst es selbst herausfinden."

„Na gut, dann fangen wir gleich damit an. Erst einmal muss ich wissen, wo du überall so gut riechst und dann kann ich dir sagen, was du mit mir vorhast."

Harald beugte sich über ihren Kopf und roch an den Haaren. Dann glitt seine Nase über ihre Stirn und die beiden Nasenspitzen berührten sich. Jetzt hätte er sie küssen können, doch er tat es nicht. Heidrun hatte fest damit gerechnet.

Am Horizont erschien das Rot der Morgensonne. Sie ordnete schnell ihre Kleider und eilte überglücklich in die Küche des Hauses.

Harald war auch von seinem Graslager aufgestanden und ging in Richtung Brunnen. Dabei musste er über die schlafenden Männer und Kinder steigen. Er ließ einen Holzeimer an einem Seil hinab. Als er ihn wieder herausziehen wollte, ging es nicht. Zu sehr wollte er an dem Hanfseil nicht ziehen, damit es nicht riß und so musste er warten, bis Olaf oder Osmund aufwachten und mit nachsahen.

Er setzte sich wieder unter seine Linde und dachte an die schöne Nacht mit seiner Braut. Es würde nicht mehr lange dauern und sie sind dann Mann und Frau.

Harald musste jetzt noch einmal an das Gespräch mit Gerold denken, der gern im Kampf sterben würde. Er fühlte sich für den Tod noch zu jung und wollte erst einmal so richtig das Leben auskosten. Zum Sterben und nach Walhalla reisen, bliebe noch genügend Zeit.

Als Olaf munter war, erzählte ihm Harald sein Missgeschick mit dem Brunneneimer. Sie gingen beide hin, um nachzusehen. Irgendetwas hielt den Eimer fest. Olaf holte eine Leiter und bat Harald, diese festzuhalten. Er wollte in den Brunnen hinabsteigen und nachsehen. Nach einer Weile kam er mit dem Eimer nach oben und brachte auch einen Eichenspeer mit, den jemand in den Brunnen geworfen haben musste und der den Eimer verklemmte.

„Wem gehört dieser Speer?" fragte Harald.

„Er sieht aus, wie der von Gunter", meinte Olaf.

„Was ist mit Gunter, ich habe ihn schon vermisst?"

„Gunter ist nicht mehr hier. Er ist nach dem Süden verreist."

„Wieso das? Hat es ihm hier nicht mehr gefallen?"

„Als er vom Königshof zurückkam, hatte er einen Streit mit seinem Onkel Gerold und mein Vater hatte ihm nicht geholfen."

„Und worum ging es?"

„Onkel Gerold hatte Gunter arg beschimpft. Ihn einen Feigling und Schandmal für die ganze Sippe genannt. Daraufhin hat Gunter seine Waffen in den Brunnen geschmissen und ist gegangen."

„Hat man etwas gehört, wohin er gezogen ist?"

„Er soll sich einem Händler angeschlossen haben und ist mit diesem nach Süden gezogen. Niemand hat danach noch etwas von ihm gehört und es spricht in der Sippe keiner über ihn. So, als hätte er niemals existiert."

„Das tut mir sehr leid für ihn und auch für euch."

Olaf nahm den Speer und schleuderte ihn gegen einen hohen Ast der Linde und sagte: „Dort oben soll der Speer so lange stecken bleiben, bis dieser Streit beigelegt ist."

Die Hausfrau rief zum Frühstück, doch die Männer waren noch nicht alle wach. Missgelaunt und vom Kopfweh gepeinigt, kamen die, ach so wackeren alten Krieger an den Tisch geschlichen und pressten den Kopf zwischen ihre Hände. Zum sprechen hatte niemand Lust. Am gestrigen Abend hatte man genug geredet. Jetzt wollte nur jeder seine Ruhe haben. Wenn ein Kind einen Laut von sich gab, wurde es barsch angeknurrt, so dass es geschwind wieder verschwand.

Olaf hatte Harald angeboten, ihm etwas ganz besonderes zu zeigen. So konnten sich die beiden der missmutigen Gesellschaft entziehen. Sie gingen in Richtung eines abgeflachten Berges, der an seiner Westseite steil abfiel. Hier befanden sich viele Höhleneingänge und einige davon waren begehbar.

„Hierher können wir fliehen, wenn es einmal gefährlich sein sollte", meinte Olaf. Seit vielen Generationen lagern wir hier unseren Überschuss an Getreide und auch andere Dinge. Die Höhlen sind wie eine riesige Schatztruhe."

„Wem gehören die Höhlen?", wollte Harald wissen.

„Sie gehören unserer Sippe. Vor sehr langer Zeit sollen Zwerge darin gelebt haben. Man sagt, dass sie aus unbestimmten Gründen weggezogen sind und unsere Leute haben dann die verlassenen Höhlen übernommen."

„Was ist, wenn die Zwerge wieder zurückkommen? Sie würden sie euch wegnehmen."

„Das kann schon sein, aber ich habe noch nie einen Zwerg gesehen und hier schon gar nicht. Zwerge existieren bestimmt nur in unserer Phantasie. Was ich nicht sehe und anfassen kann, das existiert für mich nicht."

„Ich habe schon einmal einen gesehen, also gibt es sie", meinte Harald.

„Vielleicht war das nur eine Sinnesstörung oder etwas Ähnliches."

„Nein, ich bin mir ganz sicher, dass es ein Zwerg war."

„Na gut. Wenn sie wiederkommen und ihre Höhlen zurück

haben wollen, so werde ich mit ihnen darüber verhandeln."

Harald schaute konzentriert auf den Boden vor den Höhlen.

„Hier, schau her Olaf, das ist der Beweis, dass noch Zwerge hier sind."

Harald zeigte auf seltsame Fußspuren im Sand, die Olaf noch niemals da bemerkt hatte.

„Ihr werdet die Zwerge deshalb nicht gesehen haben, da sie nur im Dunkeln ihre Höhlen verlassen und auch Tarnkappen besitzen, mit denen sie für uns Menschen unsichtbar werden."

Olaf schaute sich die Spuren im Sand genau an.

„Das können aber auch Vögel oder andere Tiere gewesen sein. Ich habe solche Fußabtritte noch nie gesehen."

„Du kannst mir schon glauben, dass es Zwerge sind. Ich kenne mich da aus", meinte Harald.

Olaf war nicht von der Existenz von Zwergen zu überzeugen und sagte: „Dann kannst du sie einmal herbeirufen. Wenn ich sie sehe, glaube ich dir."

„Nun gut, wenn es Abend ist, können wir hierher kommen und wenn wir Glück haben, sehen wir welche."

„So soll es sein", meinte Olaf und sie gingen zurück zum Haus.

Kaum waren sie zu Hause angekommen, da eilte ihnen Gerold ganz aufgeregt entgegen.

„Wo seid ihr denn geblieben? Ein Königsbote war hier. Die Gaugrafen und du, Harald, sollt baldmöglichst beim König eintreffen."

„Was ist denn passiert?"

„Ich weiß es nicht genau. Es hieß nur, dass du mit dem König gemeinsam zur Tretenburg aufbrechen sollst, denn Herminafrid hat das große Thing anbefohlen."

„Da muss irgendetwas Ungewöhnliches passiert sein, wenn der Großkönig dies tut."

Osmund war sehr aufgeregt. Er ordnete seine Sachen für die Abreise.

Harald musste gleich nach Hause reiten, denn sein Vater würde bestimmt schon ungeduldig auf ihn warten. Er verabschiedete sich nur kurz von seiner Braut Heidrun und galoppierte in Richtung Rodewin.

Auf der Bertaburg war eine emsige Betriebsamkeit. Der König wartete noch auf die etwas weiter entfernten Gaugrafen. Ein Teil seiner Männer würde noch unterwegs zu ihm stoßen. Für ihn war wichtig, dass er in geschlossener und disziplinierter Form bei seinem Bruder auftrat.
Die Tretenburg war seit undenklicher Zeit die zentrale Versammlungsstätte der Thüringer und einst auch der Wohnsitz vieler Thüringer Könige. Sie lag auf einem großen Hügel und ein Wall aus Steinen und Eichenbalken umschloss sie.
Der Großkönig Herminafrid ließ nach dem Tode seines Vaters einen neuen Königshort mit einer Burg darinnen, erbauen. Seine Burg nannte er Herminaburg und sie lag nördlich der Tretenburg.
Nur an den Tagen des Reichsthings war auf der Tretenburg ein emsiges Treiben.
Die Abordnungen nahmen in den umliegenden Siedlungen Quartier und ritten nur zu den Versammlungen zur Tretenburg hinauf. Bertachar traf mit seinen Gaugrafen und Beratern am Vortag des Treffens in einem Königsgut nahe der Burg ein. Sein Versorgungstross war schon einen Tag vorher hier angekommen. Die Knechte und Mägde hatten für alles vorgesorgt.
Am nächsten Tag ritt er mit seinen Männern zum Versammlungsplatz. Es gab eine sehr große freie Fläche für derartige Versammlungen inmitten der Burg. Im Zentrum der Freifläche lag eine gewaltige Felsplatte, die als Altar oder Rednerpodest diente. Es waren schon die meisten Gaugrafen aus dem ganzen Reich anwesend. Nur Herminafrid mit seinen Beratern fehlten noch. Die Priesterschaft stand, in weiße Gewänder gehüllt, in der Nähe des Altars. Als der Großkönig durch das Burgtor ritt, ertönten Hörner. Die Blicke waren alle auf die herannahende Schar gerichtet.
Herminafrid ritt im Gefolge seiner Berater und einiger Gäste ein. Er nahm Platz auf einem erhöhten Stuhl, der in

der Mitte der Felsplatte stand. Sein Bruder Bertachar stand als Schwertführer des Reiches zu seiner linken Seite und der Reichskanzler zu seiner rechten. Die anderen hatten sich in weitem Bogen um den Felsen versammelt. Von seinem Stuhl konnte Herminafrid jeden Einzelnen gut sehen, so wie Odin in seiner Götterburg von seinem Sessel aus alles in der Welt überblicken konnte.

Herminafrid schaute in die Menge und hob seine rechte Hand. Die Reden verstummten.

Dann sprach er: „Männer, ich habe euch zu diesem Thing her beordert, da es einen dringlichen Anlass gibt und wir eine gemeinsame Entscheidung treffen müssen. Mit mir ist eine Abordnung der Frankenkönige Chlothar und Theuderich gekommen, die Beschwerde ihrer Herrscher gegen uns vorgebracht haben und eine Entscheidung von uns erwarten. Der Sprecher der Abordnung wird nun die Botschaft der Frankenkönige vortragen."

Aus dem Gefolge des Herminafrid trat ein hochgewachsener Mann in die Mitte des Kreises und sprach: „Hochedle Könige, edle Thüringer. Die Herrscher des großen Frankenreiches haben mich zu euch gesandt, um Beschwerde zu führen. Ihr habt den seit Jahren anhaltenden Frieden zwischen unseren beiden Reichen gröblich verletzt und das Gebiet auf unserer Grenzseite verwüstet. Meine Könige fordern daher von euch Schadensersatz in dreifacher Höhe des entstandenen Schadens und die Bereitstellung von Geiseln, damit so etwas nie wieder passieren wird."

Ein großes Murren begann. Herminafrid hob die Hand und forderte zur Ruhe auf.

Der Gesandte des Frankenreiches fuhr fort. „Als Geiseln sollen mir die Söhne der beiden Könige Amalafred und Baldur mitgegeben werden. Wir werden ihnen eine gute Ausbildung als zukünftige Könige angedeihen lassen. Ich soll euch noch sagen, dass im Falle einer Ablehnung auch nur einer dieser Forderungen, dies Krieg zwischen unseren Reichen bedeuten würde. Das ist alles. Ich erwarte eure Entscheidung."

Das Murren begann von neuem. Herminafrid forderte erneut zur Ruhe auf.

Dann, an den Gesandten der Frankenkönige gewandt,

sprach er: „Wir haben eure Botschaft vernommen und werden jetzt darüber beraten. Euch ersuchen wir, in eurem Quartier auf unsere Entscheidung zu warten."

Der Gesandte verließ mit seinen Begleitern die Thingstätte.

Die Thüringer begannen nun mit ihrer Beratung.

Als Erster meldete sich der Reichskanzler, der auch Herminafrids Berater war, zu Wort.

„Es kommt so, wie ich es vorausgesagt habe. Der Grenzkrieg, den wir gegen die Franken geführt haben, hat uns neue Probleme gebracht. Nun drohen die Franken mit Krieg, wenn wir ihre Forderungen nicht annehmen."

„Sollen sie uns nur den Krieg erklären, wir werden ihr Heer besiegen und sie bis an die Fulda zurücktreiben", empörte sich lautstark einer der Gaugrafen.

Der Kanzler bat ums Wort: „Ein Krieg gegen die Franken ist nicht so leicht zu gewinnen. Ihr Heer ist durch die Eroberungen der letzten Jahre gewaltig angewachsen und sehr siegreich gewesen. Was wäre, wenn sie uns besiegten, dann würde es uns genauso ergehen wie den Chatten, Alamannen und Burgunder. Unser Reich wäre für immer verloren."

„Ihr seid ein Feigling, der dem Kampf ausweicht", meinte einer aus der Runde:

Die Diskussionen spalteten die Versammlungsteilnehmer in zwei Gruppen. Die einen wollten Krieg und die anderen lieber, des Friedens willen, den Forderungen der Franken nachkommen. Am späten Nachmittag beendete Herminafrid den ersten Thingtag und ersuchte alle am nächsten Morgen wieder zu erscheinen. Seinen Bruder Bertachar bat er zum Abendessen in seine Burg zu kommen. Er wollte mit ihm familiär über die Angelegenheit sprechen.

Auch nach dem Weggang der Könige wurde es auf der Tretenburg nicht still. Bedienstete des Königs versorgten die Gäste mit reichlich Met und Fleisch vom Spieß bis weit in die Nacht hinein.

In der Königsburg saßen Herminafrid mit seiner Frau

Amalaberga und Bertachar zum Abendessen allein an einem Tisch. Amalaberga war eine kluge Frau und die beiden Könige schätzten ihren Rat. Herminafrid berichtete ihr von den Forderungen der Franken und dass er in drei Tagen eine Entscheidung zum Thing treffen musste.

Bertachars Meinung war klar. „Ich werde niemals die Forderungen der Franken akzeptieren. Sie haben uns jahrelang an der Westgrenze provoziert und jetzt haben wir es ihnen heimgezahlt. Wenn die Franken ein Heer schikken, so werden wir es vernichten und die Franken bis an die Fulda zurücktreiben."

Herminafrid winkte beschwichtigend ab: „Beruhige dich, mein lieber Bruder. Ich habe dir wegen deines Vorgehens an deiner Grenze keinen Vorwurf gemacht, obwohl ich diese Entwicklung irgendwie habe kommen sehen. Die Forderungen der Franken sind sehr hoch, aber der Schadenersatz ist nur wenig von dem, was uns ein Krieg kosten würde. Die zweite Forderung, unsere Söhne betreffend, ist schon kritischer. Wenn nur wir Geiseln stellen, dann erklären wir uns damit freiwillig zu Vasallen der Franken. Mich stört hier nur die Einseitigkeit der Forderung."

„Würdest du so einfach deinen Sohn weggeben?" fragte Bertachar verwundert.

„Wenn es ein gegenseitiger Austausch von Geiseln wäre, hätte ich keine Bedenken."

„Du weißt doch gar nicht, was sie mit ihm im Frankenland machen. Das sind doch keine Menschen, das sind doch Trolle in Menschengestalt."

„Bleib bitte in der Realität, Bertachar. Königskinder als Geiseln sind in vielen Reichen üblich und es ist für ihre Entwicklung sogar manchmal von Vorteil."

„Ich kann keinen Vorteil darin sehen, meinen Sohn Baldur zu diesen Wilden zu schicken. Was er eines Tages als König wissen muss, das bekommt er daheim beigebracht. Wie denkst du darüber Amalaberga?"

„Dem was Herminafrid sagt, stimme ich zu. Jedoch den Franken meinen Sohn Amalafred zu überlassen, dem kann ich nichts abgewinnen. Obwohl die Frankenkönige Christen sind, leben sie immer noch wie wilde Germanen."

„Hast du etwas gegen Germanen?", fragte Bertachar überrascht.

„Nein, das nicht. Ich meinte nur, dass sie sich als Christen dem Frieden verschreiben müssten, aber sie sind nur darauf aus, ihr Reich zu vergrößern und Macht anzusammeln. Im Namen des Christengottes führen sie seit vielen Jahren Krieg gegen ihre Nachbarn. Das ist aber nicht in dem Sinne des Christengottes. Der will, dass die Menschen friedlich miteinander zusammenleben."

„Bist du jetzt für oder gegen eine Annahme der fränkischen Forderungen", wollte Bertachar wissen.

„Wenn die Forderungen so im Ganzen akzeptiert werden müssen, bin ich dagegen."

„Das ist eine klare Aussage", frohlockte Bertachar.

Herminafrid wollte das so nicht gelten lassen. „Bedenkt aber auch, was passieren kann, wenn die Franken mit einem großen Heer ankommen und uns besiegen."

„Wir werden uns in unserem Reich niemals von ihnen besiegen lassen", entgegnete Bertachar.

„Was wäre aber, wenn es so wäre?"

„Das kann es nicht geben."

„In einem Krieg ist nie etwas sicher."

„Gegen die Franken schon. In diesem Jahr werden sie ihr Heer nicht mehr zu uns senden können, denn es beginnt bald die Nebelzeit und der Winter. Im nächsten Frühjahr müssen ihre Bauernkrieger erst einmal ihre Felder bestellen. Dann ist schon Sommer. Wir hätten also ein dreiviertel Jahr Zeit, um uns auf einen Kampf vorzubereiten. Wenn die Schlacht auf unserem Gebiet stattfindet, hätten wir den Vorteil, das Gelände zu kennen und dies kann für einen Sieg entscheidend sein."

Amalaberga, die ihren Sohn nicht an die Franken ausliefern wollte, schloss sich der Meinung Bertachars an. Herminafrid wollte noch einmal mit dem fränkischen Gesandten verhandeln. Vielleicht gäbe es eine Möglichkeit, die Forderungen abzuwandeln. Er machte den Vorschlag, seinen Reichskanzler am nächsten Tag zum fränkischen Gesandten zu senden. Er sollte nur einen Begleiter aus Bertachars Gefolge mitnehmen, den er sich selbst auswählen dürfte. Mit diesem Vorschlag war Bertachar einverstanden und er ritt in Begleitung des Reichskanzlers in sein Quartier.

In den Unterkünften der Mittelthüringer wurde noch heftig über einen möglichen Krieg gegen die Franken diskutiert. Der König und der Reichskanzler gesellten sich dazu. Einer wollte den anderen mit Worten übertrumpfen, da sie die Meinung ihres Königs kannten. Sie wollten ihm zeigen, dass sie voll hinter ihm standen. Nur Harald war zurückhaltend in seinen Äußerungen, da er auch der Jüngste war. Nach einer Weile hatte sich Herminafrids Kanzler für Harald als Begleitung entschieden. Ihm erschienen die anderen zu festgefahren in ihrer Meinung. Er sagte das dem König leise.

Bertachar hob die Hand und alle verstummten. „Ich komme soeben von meinem Bruder und wir haben beschlossen, dass wir versuchen, mit dem Gesandten zu verhandeln. Vielleicht gibt es eine Möglichkeit einer Einigung zwischen den Thüringern und Franken. Der Reichskanzler wird die Gespräche führen und Harald wird ihn begleiten. Wir anderen werden das Thing morgen fortführen und am dritten Tag eine Entscheidung fällen. Ich denke doch, dass ihr damit einverstanden seid."

Alle nickten dazu.

Der König verließ die Versammlung und ging in einen anderen Raum.

Zu Harald blickend sagte er: „Du wirst noch heute mit dem Reichskanzler zur Herminaburg reiten und ihr werdet eure Verhandlungsstrategie miteinander abstimmen. Morgen Nachmittag erstattest du mir dann über alles Bericht."

Die beiden ritten zur Herminaburg. Harald wurde vom Kanzler in sein Haus eingeladen. Er stellte ihm seine Familie vor und bat seine Frau, nicht gestört zu werden. Dann ging er mit Harald in seinen Arbeitsraum. Die Frau brachte für die beiden Männern ein paar kalte Speisen und Getränke und stellte sie auf einen Tisch.

„Nimm bitte hier Platz", sprach der Reichskanzler zu Harald und deutete auf einen Stuhl, der neben einem großen Tisch stand. Harald wunderte sich über die vielen beschriebenen Schriftrollen auf dem Tisch und in dem großen Regal an der Wand. Soviel hatte er noch niemals zusammen gesehen. Der Reichskanzler rollte eine Pergamentrolle auf dem Tisch aus und beschwerte die Ränder mit Steinen. „Hier siehst du die Karte von unserem Reich mit seinen Nachbarländern. Da im Westen sind die Franken. Ihr Gebiet ist viel größer, als unseres. Sie kamen vor vielen Jahren aus dem Norden und haben in Gallien, wo einst die Römer waren, ein Reich nach dem anderen erobert. Man muss seinen Gegner gut kennen, bevor man mit ihm verhandelt. Die Franken sind machthungrig und aggressiv, aber auch sehr schlau in ihrem Vorgehen. Die klugen Römer in den eroberten Gebieten arbeiten jetzt für sie und vermischen sich mit den Franken. Das macht dieses Volk doppelt gefährlich. Alles was sie tun, ist wohl bedacht und dient dem Ziel, ihr Reich und ihre Macht zu vergrößern."

„Wenn die Franken schon jetzt so mächtig sind, wozu brauchen sie dann noch unser Gebiet. Sie haben doch genug."

„Sie sehen uns nur als Bollwerk und Aufmarschgebiet für den Osten gegen die Slawen an. Im Norden, Süden und Westen ist ihr Reich nur wenig oder gar nicht erweiterbar, aber im Osten ist noch viel Raum."

„Was können wir jetzt tun?"

„Vielleicht gelingt es uns, dass der Gesandte die einseitige Geiselforderung zurücknimmt. Über die Zahlungen für den Schaden durch den Vergeltungszug können wir uns dann bestimmt einigen. Ich werde sofort einen Boten zum Gesandten senden und ihn zu einer Unterredung morgen früh bitten."

Er rief nach seinem Sekretär und wies ihn an, selbst zu dem Gesandten zu gehen und ihm die Bitte vorzutragen.

Harald saß noch bis spät in die Nacht mit dem Kanzler zusammen. Sie überlegten sich verschiedene Möglichkeiten, wie das morgige Gespräch ausgehen könnte.

Der Kanzler hatte den Gesandten mit seiner Begleitung zum gemeinsamen Frühstück gebeten. Am nächsten Morgen waren die Gäste pünktlich zur Stelle. Nach der gegenseitigen Vorstellung nahmen sie im großen Wohnzimmer Platz. Die Hausfrau und ihre Tochter trugen Speisen und Getränke auf. Während des gesamten Frühstücks wurde nur über allgemeine Dinge, wie das Wetter, die Unterkunft, Sehenswürdigkeiten und anderes mehr, gesprochen. Der junge Begleiter des Gesandten und auch Harald sagten nur etwas, wenn sie direkt befragt wurden.

Es ergab sich, dass sie auf die Thüringer Pferdezucht zu sprechen kamen und hierüber konnte Harald sehr gut Auskunft geben.

Der Gesandte war ein großer Pferdeliebhaber und erzählte von seiner eigenen Pferdezucht. Er war ein Graf aus dem Süden des Frankenreiches und hatte dort riesige Ländereien mit großen Pferde- und Rinderherden. Die Männer sprachen auch über ihre Herkunft und Familientraditionen. Wovon der Franke erzählte, war für Harald in vielem unbegreiflich. Es war eine andere Welt, aus der die beiden Fremden kamen.

Nach dem Essen begann der Reichskanzler ganz vorsichtig über die eigentliche Sache der Zusammenkunft zu sprechen. Das Gesprächsklima war durch die vorangegangene allgemeine Unterhaltung sehr aufgelockert und entspannt. Als die Sprache auf die Forderungen der Franken zu sprechen kam, schienen keine Emotionen mitzuschwingen. Sachlich trug der Gesandte die Forderungen vor und erläuterte sie im Detail.

Am Ende wiederholte der Reichskanzler die Forderungen, so wie er sie selbst verstanden hatte. Dann sprach er über die Beweggründe für den Feldzug im östlichen Grenzland der Franken und auch über die mögliche Entschädigung der entstandenen Schäden. Es sollten dabei jedoch auch die Schäden auf der Thüringer Grenzseite mit berücksichtigt werden, die über viele Jahre zuvor durch fränkische Einfälle entstanden waren.

Der Gesandte schien da einsichtig zu sein. Bezüglich der Geiselforderungen gab er zu, keinen Spielraum zu haben. Sein König hatte diese Forderung als nicht verhandelbar gestellt. Während der Gespräche erfuhren die Thüringer, dass es den Frankenherrschern nicht so sehr um einen Schadensausgleich, sondern vielmehr um die Möglichkeit eines Anlasses für einen Kriegszug ging. Sie wussten, dass die Thüringer Könige niemals mit der einseitigen Geiselforderung der Thronprinzen Amalafred und Baldur einverstanden sein würden und somit der Kriegsanlass vorgegeben war.

Der Reichskanzler sah die Ausweglosigkeit in dieser Sache und befragte den Gesandten, wie er die weitere Entwicklung zwischen beiden Reichen sah.

„Das Frankenreich ist in den letzten Jahrzehnten sehr stark geworden. Es gibt keine Macht, die sich mit ihm messen kann. Die beste Lösung ist, sich dem Frankenreich anzuschließen und ihm untertan zu werden. Dabei würden sich die bestehenden Strukturen im Thüringer Land am wenigsten verändern."

„Wir wären dann aber nur eine fränkische Provinz", meinte der Kanzler kritisch.

„Ein freiwilliger Anschluss würde erhebliche Vorteile und Sonderrechte mit sich bringen. Euer König könnte als Vasallenkönig weiter regieren. Ihr solltet mit ihm diese Möglichkeit besprechen."

„Und was wäre dann mit der Geiselforderung?"

„Diese Forderung würde bestehen bleiben. Die Geiseln bieten eine gewisse Sicherheit, dass die geschlossenen Vereinbarungen eingehalten werden. Sie würden an unseren Herrscherhäusern eine gute Ausbildung bekommen und entsprechend ihren Fähigkeiten in der Verwaltung oder dem Heer eingesetzt werden. Wenn sie loyal dem Frankenreich dienen, so können sie auch eines Tages die Nachfolge des Thüringer Vasallenkönigs übernehmen."

„Euren Vorschlag werden wir unserem König unterbreiten und ihn auch im Thing besprechen. Die große Ratsversammlung wird darüber eine Mehrheitsentscheidung treffen."

Der Gesandte machte ein bedächtiges Gesicht. „Wenn euer Thing entscheidet, so glaube ich nicht, dass unser Vorschlag angenommen wird, denn die meisten Adligen fürchten um ihre alten Rechte. Natürlich wird es Veränderungen geben. Die Verwaltung eures Vasallenreiches muss in seiner

Struktur dem unseren angepasst werden. Das bedeutet, dass größere Gaus geschaffen werden müssen und die Mitsprache im Reichsthing auf der Tretenburg wegfällt. Die Entscheidungen in Reichsangelegenheiten obliegen nur dem fränkischen König."

„Welche Rolle spielt dann noch unser Vasallenkönig, wenn der Frankenherrscher alles in unserem Reich bestimmen wird?", wollte der Reichskanzler wissen.

„Der Vasallenkönig hat die Entscheidungen des fränkischen Herrschers umzusetzen. Ihm wird sein Reich als Lehen übergeben und er muss dem fränkischen Herrscherhaus Treue schwören."

„Würde ihn das auch zu Kriegsdiensten verpflichten?"

„Ja, so ist es. Hierbei kann er zu großen Ehren gelangen."

Alles Wichtige war besprochen. Der Gesandte und sein Begleiter verabschiedeten sich und gingen zurück in ihre Herberge.

Harald und der Reichskanzler ritten zur Tretenburg und informierten zuerst die Könige über die Unterredung mit den Franken. Die Vorstellungen von einem Vasallenreich ging auch Herminafrid zu weit. So ließ er das Thing über das Ergebnis der Unterredung durch den Reichskanzler informieren. Alle waren über die Franken und deren Vorstellung einer Eingliederung des Thüringerreiches in das Frankenreich ungehalten. Am liebsten würden sie sofort in den Krieg ziehen.

„Wir werden die gesamte Frankenbrut vernichten und sie uns selber untertan machen." Dies und Ähnliches schrien die Adligen aus allen Gauen. Sie konnten sich nicht mehr beruhigen.

Die Entscheidung für einen Krieg war getroffen. In dieser aufgeheizten Stimmung fand niemand Gehör für Mäßigung und Besinnung. Bertachar gefiel der Eifer der Gaugrafen und es waren nicht nur die aus seinem Mittelreich. Herminafrid dagegen blieb ruhig. Für ihn war der Krieg keine Lösung, aber er sah ein, dass es keinen anderen Ausweg gab.

Der dritte Thingtag brach an. Die Stimmung war die gleiche wie an den Tagen zuvor. Viele meldeten sich zu Wort und be-

179

kräftigten ihre Kampfbereitschaft. Es kam zur Abstimmung und keiner war unter ihnen, der nicht für den Krieg gestimmt hatte. Selbst die noch etwas Unentschlossenen wurden von der allgemeinen Begeisterung mitgerissen.

Daraufhin sprach Herminafrid: „Thüringer, ihr habt euch dafür entschieden, die Forderungen der Franken abzulehnen. Dies führt unweigerlich zu einem Krieg mit ihnen, der auf unserem Gebiet stattfinden wird. Selbst wenn wir siegen, wird es viele Krieger in unseren Reihen geben, die dabei ihr Leben verlieren werden. Nichts wird mehr so sein, wie es zuvor war, das muss euch klar sein. Wenn es nun euer Wille ist, gegen die Franken zu kämpfen, so soll es geschehen. Ich werde den fränkischen Gesandten sogleich darüber unterrichten lassen."

„Wir sollten dem Gesandten den Kopf abschlagen und seinem König schicken. Das wäre die beste Antwort an die Franken", meinte einer der aufgebrachten Gaugrafen.

„Das werdet ihr sein lassen. Der Gesandte ist mein Gast und die Gastfreundschaft gilt als heilig für jedermann."

Den Reichskanzler und Harald wies er an, den Gesandten über die Entscheidung des Things zu informieren. Sie ritten sofort los.

Die beiden Franken waren schon abreisebereit. Als sie Harald und den Kanzler kommen sahen, gingen sie ihnen entgegen.

„Welche Nachricht habt ihr uns zu überbringen?", fragte der Gesandte.

„Mein König lässt euch wissen, dass er die Forderungen nicht annehmen kann", antwortete der Kanzler.

„Das bedeutet aber Krieg zwischen unseren Reichen."

„Ja, so wird es sein, wenn euer Herrscher bei seinen Forderungen bleibt."

„Ich werde es meinem König vermelden. So wollen wir uns gleich auf den Weg machen. Ich bedaure sehr, dass Herminafrid den Vorschlag nicht angenommen hat, denn ich glaube, dass euer Reich schon im nächsten Jahr eine fränkische Provinz sein wird."

„Die Zukunft wird es zeigen, doch kann es auch anders ausgehen, als ihr es wünscht."

„Meint ihr, dass ihr eine Chance gegen das fränkische Heer habt? Selbst wenn ihr eine Schlacht gewinnt, würde euch das nicht retten. Auch ein Sieg schwächt ein Heer und da kommt es alleinig darauf an, wie schnell neue Krieger bereitstehen können für die nächste Schlacht."

„Wir können nichts mehr an der Entscheidung ändern. Drum gehabt euch wohl und eine gute Rückreise."

„Wir danken euch für die guten Wünsche und auch nochmals für die gestrige ausgezeichnete Bewirtung in eurem Haus. Vielleicht sehen wir uns einmal wieder. Ich habe noch ein Geschenk für euch."

Der Gesandte gab dem Reichskanzler und Harald ein silbernes Medaillon an einer Metallkette und sprach. „Wenn ihr einmal meine Hilfe benötigt, so zeigt dieses Medaillon. Man wird euch dann zu mir führen."

Die Franken stiegen auf ihre Pferde und ritten eilig davon.

11. Kriegsvorbereitung

Als der Reichskanzler und Harald am Thingplatz der Tretenburg ankamen, waren alle Versammelten noch in großer Aufregung wegen des bevorstehenden Krieges.
Bertachar war als Schwertführer für die Organisation und Durchführung der Verteidigung der gesamten thüringischen Reichsgebiete zuständig und die Gaugrafen bestätigten ihn in dieser Funktion und als Heerführer. Somit hatte er die Macht über alles und jeden, bis der Krieg gegen die Franken vorbei sein würde. Da Bertachar diese Entwicklung vorausgesehen hatte, war er nicht unvorbereitet. Er beauftragte namentlich Gaugrafen mit den Vorbereitungen der Ausbildung der Krieger, der Errichtung der Verteidigungsanlagen und vielem anderen mehr.
Ein jeder wurde in die Vorbereitungen mit einbezogen. Einige der erfahrenen und meist älteren Krieger wurden in den Kriegerrat berufen, dessen Aufgabe die Kontrolle aller Maßnahmen war. Diesem Rat gehörte auch Harald an. Er sollte dort die Belange der Jungkrieger vertreten. Im Kriegerrat wurden auch die verschiedenen Strategien zur Verteidigung diskutiert und beschlossen.
Nachdem die Aufgaben verteilt waren, hielt Bertachar noch eine Rede. Voller Begeisterung vertrieb er die letzten Zweifel. Jeder glaubte fest an einen großen Sieg gegen die Franken. Er gab verschiedene Maßnahmen bekannt, die von den Gaugrafen streng kontrolliert werden sollten. So zum Beispiel wurde ab sofort jeglicher Handel mit den Franken untersagt. Es durfte auch niemand mehr die Grenze ohne besondere Genehmigung überschreiten. Zu groß wäre die Gefahr, dass kriegswichtige Geheimnisse an die Franken verraten werden könnten.
Es wurde auch beschlossen, die Grenzanlagen zum Frankenreich hin zu erweitern und zu befestigen. Dort, wo zu große Lücken bestanden, sollten neue Wachtürme errichtet werden.
Bertachar's Vorstellung war, dass die Ausbildung der Krieger mit der Durchführung erforderlicher Baumaßnahmen einhergehen sollte. Das bedeutete, dass viele Männer

für längere Zeit von zu Hause weg sein würden und die Feldarbeit in vielen Sippen von den anderen mit übernommen werden musste.

Auch die Versorgung des Heeres würde großteils durch die Sippen erfolgen. Sie lieferten Lebensmittel und Baumaterial, so wie sie vermochten. Für die Organisation all dessen waren die jeweiligen Gaugrafen zuständig.

Über ein dichtes Netz an Meldereitern sollte Bertachar ständig über alles informiert werden. Die zentrale Anlaufstelle für alle Nachrichten war jetzt die Bertaburg und nicht wie zuvor, die Herminaburg. Nachdem diese wichtigen ersten Maßnahmen beschlossen wurden, ritten alle wieder nach Hause.

Bertachar hatte Harald gefragt, ob er ihm für die kommende Zeit ständig zur Verfügung stehen könnte. Er brauchte zuverlässige Männer, auf die er sich unbedingt verlassen konnte. Harald war bewusst, was das für ihn persönlich bedeuten würde. Er wäre lange weg von daheim, doch das Angebot war eine große Ehre für ihn selbst und für die eigene Sippe. So sagte er zu.

Bertachar gab ihm drei Tage Zeit, die persönlichen Dinge zu Hause zu regeln und erwartete ihn zum festgesetzten Zeitpunkt auf der Bertaburg. Sein Vater riet ihm, allein nach Hause zu reiten, denn er wollte erst noch seinem Schwager einen Besuch abstatten. Harald lieh sich vom Reichskanzler ein zweites Pferd aus, so dass er im Wechsel der Pferde, weite Strecken im Galopp zurücklegen konnte.

Daheim blieb wenig Zeit für Gespräche. Harald vertröstete alle auf die Rückkehr seines Vaters. Der würde ihnen dann ausführlich berichten, was auf dem Thing beschlossen wurde. Wichtig war für ihn, noch mit seiner Braut zu sprechen. Eventuell müssten sie die Hochzeit verschieben. Alle privaten Termine würden sich der großen Sache des Verteidigungskrieges unterordnen müssen.

Als Harald in Anstedt am späten Nachmittag ankam, waren nur Heidrun und ihre Mutter im Haus. Osmund, sein zukünftiger Schwiegervater war auch zum Thing und noch unterwegs und Olaf war mit seinem Onkel bei einem

Viehhändler, um ein paar Kühe gegen Ochsen zu tauschen. Da es schon dunkel wurde, bot Heidruns Mutter Harald an, bei ihnen zu übernachten.

Während des Abendessens berichtete Harald vom Thing und dass es Krieg geben würde. Zunächst waren beide Frauen sehr erschrocken. Krieg verhieß ihnen nichts Gutes. Krieg war eine Sache der Männer und die Frauen hatten oft unter den Folgen schwer zu leiden.

Selbst bei einem Sieg blieben viele Ehemänner und Söhne auf dem Schlachtfeld oder wurden verwundet. Das bedeutete daheim große Umstellungen. Heidrun, die sich schon während des Vergeltungsfeldzugs der Jungkrieger große Sorgen um Harald gemacht hatte, konnte auch diesmal Haralds Begeisterung nicht teilen. Er jedoch würde lieber heute, als morgen in den Kampf ziehen. Es war ihm dennoch klar, dass die kommende Schlacht auf Thüringer Boden eine andere Größenordnung haben würde.

Nach dem Abendessen machte Harald zusammen mit Heidrun noch einen Spaziergang. Sie stiegen auf den Berghang und schauten nach Westen, wo die Sonne langsam unterging.

„Wenn doch dieser rote Sonnenball das Frankenland verbrennen würde, dann brauchte ich nicht um dich bangen", meinte Heidrun.

Sie setzten sich auf einen umgestürzten Baumstamm. Heidrun schmiegte sich schutzsuchend eng an Haralds Schulter.

„Ich könnte nicht mehr weiterleben, wenn dir etwas passieren würde", sprach sie ganz versonnen.

„So etwas darfst du nicht sagen und auch nicht denken. Das Leben geht immer weiter. Wir können unser Schicksal nicht beeinflussen. Das, was uns vorbestimmt ist, wird sich erfüllen, ganz gleich, wie wir uns selber entscheiden."

„Wenn es so wäre, so brauchten wir uns um gar nichts mehr Gedanken machen und könnten immer das tun, was wir am liebsten tun möchten, ohne irgendwelche Rücksicht nehmen zu müssen."

„Ich habe noch nie darüber nachgedacht, aber ich finde, dass du Recht hast."

„Das ist schön, dass du mir Recht gibst und so werde ich gleich damit beginnen, das zu tun, was ich am liebsten tun würde."

„Was möchtest du denn am liebsten tun?" fragte Harald verwundert.

„Am liebsten würde ich dich umarmen."

„Das ist eine gute Idee."

Harald umfasste Heidrun mit beiden Armen und drückte sie nach hinten. Sie glitten langsam vom Baumstamm in das weiche Gras.

Es blieb nicht nur beim Umarmen. Beiden war jetzt alles völlig gleich. Das, was sie taten, war doch nur ein Teil ihres unabänderbaren Schicksals. Sie gaben sich den Freuden der Liebe hin.

Es war das erste Mal für Heidrun und sie genoss es in vollen Zügen. Niemand hätte sie in diesem Moment zurückhalten können. Es war ihre Liebe und ihr Schicksal.

Am nächsten Morgen reiste Harald gleich von Anstedt zum Königshof, wo er von dem Hauptmann erwartet wurde. Der König hatte ihn über Haralds neue Aufgaben bereits informiert.

Harald bekam eine Kemenate in der Bertaburg zugewiesen, so dass er jederzeit für den König verfügbar war. Der Hauptmann gab Harald noch einige wichtige Instruktionen über die hiesigen Gepflogenheiten. Allerdings konnte er sich nicht alles merken, was ihm der Hauptmann sagte. Harald war deshalb froh, sich bald zurückziehen zu dürfen.

Seine Kemenate war sehr klein. Sie hatte zwei schlitzartige offene Fenster, von denen man in den Burghof hinab sehen konnte. Zwischen den Fenstern standen ein Tisch und ein Schemel. Links davon eine Truhe für die persönlichen Sachen und rechts eine Holzpritsche mit Schaffellen für das Nachtlager. Harald legte sich auf die Holzpritsche und versuchte seine Gedanken zu ordnen. Die vielen Vorschreibungen und Regeln auf der Königsburg hatten ihn etwas verwirrt. So sagte er sich, das ganze ruhig angehen zu lassen. Dort, wo es viele Regeln gab, waren auch viele Leute damit beschäftigt, darauf aufzupassen, dass sie eingehalten wurden. Vielleicht wimmelte es daher hier von Menschen.

Es dauerte nicht lange und jemand klopfte an seine Tür. Harald sprang vom Bett auf und öffnete. Draußen stand ein etwas untersetzter kräftiger Mann, mittleren Alters, der sich als sein neuer Knappe Roland vorstellte. Er erklärte ihm, dass er vorher beim Hauptmann gedient hatte und von diesem an ihn überstellt wurde. Harald war froh darüber und bat den Knappen einzutreten.

„Wie lange bist du schon auf der Burg?", fragte ihn Harald.

„Etwa zehn Jahre, Herr."

„Dann wirst du dich bestimmt hier gut auskennen?"

„Ja doch, Herr, ich kenne hier alles und jeden. Wenn ihr etwas wissen wollt, so fragt mich einfach."

„Na gut, dann sag mir, wie das Leben hier abläuft."

Der Knappe erklärte ihm den normalen Tagesablauf auf der Burg.

Alles richtete sich nach den Gewohnheiten und Bedürfnissen der Königsfamilie. Sie standen früh auf, also standen die anderen noch früher auf. Die Mahlzeiten konnten in einem Gemeinschaftsraum oder in den eigenen Kemenaten eingenommen werden. Zwischen den Mahlzeiten beschäftigte sich jeder mit dem, wofür er zuständig war. In der freien Zeit vertrieben sich die Krieger die Zeit mit Kampfübungen im Burggraben oder sprachen miteinander auf dem Burghof. An all das musste sich Harald erst noch gewöhnen, auch daran, dass sich jetzt jemand den ganzen Tag lang um sein leibliches Wohl kümmerte. So ließ er sich vom Knappen erst einmal etwas zu Essen bringen. Das funktionierte sehr gut und es schmeckte auch.

Nach dem Essen inspizierte Harald mit ihm die Burg. Sie stiegen den Turm hinauf, von welchem man weit über das Land sehen konnte. Ein warmer Wind blies vom Süden her und führte Regenwolken mit sich. Der Knappe Roland schien die Gedanken seines neuen Herrn zu erraten. „Es wird ein Gewitter geben", meinte er.

„Das ist ganz nach meinem Geschmack. Ich mag es, wenn Thor mit seinem Streitwagen über den Himmel saust und Blitze zur Erde schleudert. Er zeigt uns dabei seine göttliche Macht und auch wie klein und gering wir Menschen sind."

„Mir macht das Gewitter jedes Mal Angst, seitdem ein Freund von mir durch einen Blitz getötet wurde."

„Wie ist denn das passiert?", wollte Harald wissen.

„Genau kann ich es dir auch nicht sagen. Wir gingen über ein Feld, als plötzlich das Gewitter einsetzte und der Regen auf uns nieder prasselte. Schnell liefen wir zu einem großen Baum, der in der Nähe stand, um uns darunter zu stellen. Es dauerte nicht lange, da schlug ein Blitz in den Baum. Er spaltete den Stamm und mein Freund, der sich an ihn gelehnt hatte, fiel tot um. Das war ein Schreck, den ich bis zum heutigen Tag noch nicht verwunden habe."

„Hat denn dein Freund etwas Böses angestellt, weil ihn der Blitz getroffen hat."

„Das ist mir nicht bekannt. Nur einmal hat er sich sinnlos betrunken, obwohl sein Herr ihm das strikt verboten hatte."

„Das kann es bestimmt nicht gewesen sein, denn wenn alle Betrunkenen vom Blitz getroffen würden, gäbe es bald keine Männer mehr. Also überlege genau. Was hat er noch angestellt?"

„Ja, einmal ist er auch einer Magd nachgestiegen und hat sie geschwängert."

„Hat er sie dann geheiratet?"

„Nein, das ging nicht. Sein Herr hatte ihm keine Erlaubnis dazu erteilt und die Magd musste das Gut verlassen."

„Dafür hätte sein Herr vom Blitz erschlagen gehört. Das kann also auch kein Grund sein."

„Weiter gibt es nichts Schlechtes über ihn zu sagen?"

„Wie stand es denn mit seinem Glauben an unsere germanischen Götter?"

„Davon hat er nicht viel gehalten. Er hatte sich zu einem christlichen Gott bekannt und nur ihn angebetet. Als ich ihn einmal fragte, warum er das tut, sagte er mir, dass sein Gott viel stärker ist als alle germanischen Götter zusammen."

„Na, siehst du, sein Tod war die Strafe für den Verrat an unserem Glauben. Ihn hat ein Blitz des Thor getroffen und das war gut und gerecht so."

Harald sagte das so bestimmt, dass Knappe Roland nichts mehr zu erwidern wagte.

Beide gingen zurück und besahen sich noch die Küche und die Unterkünfte der Knechte und Mägde sowie die der Sklaven. Harald war froh, als ein freier Mann geboren zu sein und dem Adel anzugehören. Dies verschaffte ihm Privilegien, die er hier nicht hätte missen wollen. Zu bescheiden waren die Unterkünfte für das Gesinde, was die Knechte, Mägde und Sklaven betraf.

Harald fragte seinen Knappen, wo er auf der Burg wohnt.

„Immer dort, wo ihr seid, bin auch ich."

Verwundert schaute Harald den Knappen an. „Schläfst du auch in meinem Bett."

„Aber nein, Herr, mein Platz ist vor der Tür zu eurer Kemenate. Wenn ihr mich braucht, so müsst ihr nur nach mir rufen."

„Das ist gut so. Ich sollte jetzt noch einmal zum Hauptmann gehen und mit ihm über die Angriffspläne unseres Königs sprechen."

„Das geht jetzt nicht Herr, denn der Hauptmann ist zu dieser Zeit an den Toren des Königshofes und inspiziert die Wachmannschaften."

„Du bist aber sehr gut über ihn informiert. Wo er ist und was er tut."

„Wir Knappen wissen alles über unsere eigenen Herren und die der anderen. Ihr braucht nur zu fragen."

„Wenn du alles über die anderen Ritter weißt, so wirst du wohl auch den anderen Knappen alles über mich erzählen."

„Nein, nicht alles, nur das notwendige und was ihr mir erlaubt zu sagen. Sonst bin ich schweigsam wie ein Toter, das könnt ihr mir glauben."

Harald sah sich immer als gutgläubigen Menschen an, aber dass sein Knappe auch Geheimnisse für sich bewahren konnte, glaubte er ihm nicht. Harald wusste jedoch, woran er bei ihm war und manchmal konnte eine Plaudertasche auch sehr nützlich sein.

Bis auf die Räumlichkeiten der königlichen Familie hatte er das meiste von der Burg gesehen. Harald glaubte, sich nun schon allein hier auszukennen. Es war schon spät am Tag und er überlegte, ob er in den Speisesaal gehen sollte, um die Abendmahlzeit dort einzunehmen. Dies wäre auch eine gute Gelegenheit, die anderen Bewohner der Burg kennen zu lernen. Doch so allein dahin zu gehen, dazu hatte er heute keine Lust. So ließ Harald sich das Abendessen von seinem Knappen in seine Kemenate bringen. Während des Essens konnte Roland weiter über allerlei Neuigkeiten berichten. Die Redseligkeit des Knappen war grenzenlos. Er plapperte wie ein Wasserfall. So erfuhr Harald vieles über die königliche Familie, auch dass die Königin in guter Hoffnung war und Ende des Jahres ein Kind erwartete.

Am Gang waren Tritte zu hören. Knappe Roland vernahm sie als Erster. Gleich darauf klopfte jemand an die Tür. Draußen stand ein Bote des Königs.

„Der König ersucht euch zu ihm zu kommen", sagte er zu Harald. Sofort folgte Harald dem Boten. Sie gingen durch ein paar enge Gänge und gelangten so schnell in die königlichen Gemächer. In einem Vorraum bat er Harald zu warten.

Harald sah sich ein wenig im Raum um. Die Wände waren mit schönen Bilderteppichen verkleidet. Es waren Jagdszenen in wunderbaren Farben dargestellt. So etwas Schönes hatte er noch nie gesehen. Harald war noch ganz im Betrachten versunken, als ihn der Bote in ein anderes Zimmer bat. Inmitten dieses Raumes stand ein großer Tisch, der mit vielen Pergamentrollen belegt war. Drei Männer standen davor und unterhielten sich angeregt. Es waren der König, sein Kanzler und der Hauptmann. Der König ging auf Harald zu und begrüßte ihn freundlich.

„Es ist gut, dass du schon heute gekommen bist. Wir haben wichtige Dinge zu bereden, die keinen Aufschub erlauben. Die beiden anderen Herren brauche ich dir nicht vorzustellen, du kennst sie ja. Wir überlegen, die Möglichkeiten für den Einmarsch der Franken. Sie werden bestimmt auf den Handelswegen entlang kommen. Nur auf welchen, das ist die große Frage."

König Bertachar zeigte auf eine große Karte, die auf dem Tisch lag. Darauf waren alle Handelswege eingezeichnet. Etwa zehn Wege gab es, die gut ausgebaut vom Westen nach Mittelthüringen führten. Des Königs Spione könnten möglicherweise herausfinden, auf welchen Straßen die Franken kommen könnten.

„Sie werden bestimmt nur auf der am besten ausgebauten Straße, der Via Regia, der Königstrasse, entlang ziehen, da ihr Heer sehr groß ist und einen Versorgungstross benötigt", meinte der Hauptmann.

Der Kanzler war anderer Meinung und sagte: „Ich glaube, dass sie mit drei Heeren angreifen werden, um uns im Thüringer Becken in die Zange nehmen zu können. Das Hauptheer wird entlang der Via Regia vorrücken und die beiden anderen in der Nord- und Südflanke vorstoßen. Gegen das Hauptheer können wir anfangs nur wenig unternehmen, da die Via Regia wenig Hinterhalte bietet. Anders würde es jedoch bei den übrigen beiden Wegen sein. Die Heerteile, die da entlang kommen, sind bestimmt viel kleiner und wir könnten sie angreifen."

Bertachar überlegte eine Weile. „Wenn ich an Stelle der Franken wäre, so würde ich so vorgehen, wie es der Kanzler sagt. Eine Hauptmacht und zwei Verbände zur Seite. Das Thüringer Heer könnte gegen die große Anzahl der Krieger in der Entscheidungsschlacht nur wenig ausrichten. Also müssen wir versuchen, von dem Augenblick an, wo die fränkischen Krieger die Grenze überschreiten, sie zu bekämpfen. Wir müssen ihnen Hinterhalte legen und sie auf unserem Gebiet ständig angreifen und zermürben. Wenn sie geschwächt sind, dann wird auch ihre große Streitmacht nicht mehr so viel gegen uns ausrichten können."

„Sie können mit den kleineren Heeren nur an den Furten die Werra überqueren und da gibt es nicht so viele Stellen. Auch sind einige Wege von dort zum Thüringer Becken sehr beschwerlich. Berge und Sümpfe bilden da natürliche Hindernisse. Wir könnten sie nur bekämpfen, wenn wir genau wüssten, woher sie kämen. Bestimmt werden ihre Späher herausfinden, wo wir unsere Verteidigungslinien aufbauen. Die könnten sie dann umgehen und weitgehend unbeschadet zum Hauptheer aufschließen."

„Genau, das ist das Problem, wir wissen nicht, wo sie lang ziehen und wo wir sie angreifen können. Was sagt denn unser junger Krieger dazu, vielleicht hat er eine brauchbare Idee?" fragte der König. Er schaute Harald an, der im ersten Moment ganz verwundert war. Harald hatte schon seine eigenen Gedanken dazu, aber diese zu äußern, hätte er von sich aus nicht gewagt.

„Wir könnten alle Wege absichern", sagte er zögernd.

Der König fragte ihn verwundert: „Es sind sehr viele. Wie stellst du dir das vor?"

„In allen Gauen wurden die Krieger zur Abhaltung von Wehrübungen aufgerufen, damit sie, wenn es zur Schlacht kommt, gut gerüstet sind. Diese Wehrübungen könnten dazu verwendet werden, um auch Gräben auszuheben und andere Hindernisse zu bauen. Dabei würden sogar die Greise, Frauen und Kinder mithelfen können."

„Das ist eine gute Idee. Wir wären dadurch in unserer Verteidigung viel flexibler. Doch was machen wir mit den Wegen, wo eine Fallgrube schon von weitem zu sehen wäre?"

„Dort bauen wir große Wachstationen auf, so wie sie die Franken haben. Dann werden ihre Krieger diese Wege meiden, denn sie müssen schnell bis zum vorgesehenen Schlachtfeld vorankommen."

Haralds Vorschlag gefiel dem König und auch den anderen. Wenn viele Menschen in die Vorbereitungen zur Verteidigung eingebunden wären, so würde es die Stimmung der kämpfenden Männer heben. Der Kampfesmut jedes Einzelnen gegen einen so starken Gegner, wie die Franken, musste über die gesamte Zeit bis zur Schlacht wach gehalten werden und dabei konnten auch die viel beitragen, die keine Waffen trugen.

Am nächsten Morgen beriet sich der König noch mit dem Kriegerrat. Alle stimmten dem Vorschlag zu. Somit wurde Harald beauftragt, zu allen Gauen zu reisen und diese Idee der umfassenden Wehrübung unter Einbeziehung der gesamten Bevölkerung vorzubringen und zu koordinieren. Auch dort, wo keine Wege vom Westen in das Thüringer Becken führten, sollten gleichartige Übungen durchgeführt werden.

Dieser Krieg gegen die Franken wäre kein Krieg, um Beute zu machen. Hier ging es um das eigene Leben und das der Sippe. Jedem sollte bewusst gemacht werden, dass bei einer Niederlage Tod oder Sklaverei die Folgen wären, ganz gleich in welchem Gau des Thüringer Reiches man sich befände.

Als Ausdruck seiner besonderen Befugnis wurde Harald eine silberne Halskette mit dem Bildnis des Königs auf einem Medaillon überreicht. Sein Knappe, ein Schreiber und zwei Meldereiter sollten ihn begleiten.

Der Schreiber war ein Sklave des Königs und stammte aus Italien. Händler hatten ihn vor vielen Jahren an den König verkauft. Als Lehrer der königlichen Kinder hatte er eine besondere Vertrauensstellung am königlichen Hof. Er beherrschte mehrere Sprachen und wenn Besucher aus anderen Ländern auf der Burg weilten, musste er bei den Gesprächen übersetzen. Sein Name war Armin, eine Kurzform seines richtigen Namens, Arminius. Armin musste in dem Alter von Haralds Vater sein. Und man konnte auf den ersten Blick erkennen, dass er kein Mann der Waffen, sondern ein Mann der Feder war.

Bevor die Gruppe abreiste, wurden sie nochmals vom Hauptmann in allen Einzelheiten instruiert. Besonders die regelmäßigen Berichterstattungen waren dem Hauptmann wichtig. Seine Meldereiter würden dafür sorgen, dass alle Nachrichten auf dem schnellsten Weg zur Königsburg gelangten. Die Gruppe verabschiedete sich und zog in Richtung Westtor des Königshortes weiter.

Im Westen wollten sie mit ihrer Arbeit beginnen, denn da würden die Franken einmarschieren. Armin ritt nicht wie die anderen auf einem Schimmel, sondern saß auf einem Händlerwagen und trieb von dort zwei starke Ochsen an. Auf dem Wagen hatte er mehrere Kisten mit notwendigen Utensilien sowie Proviant für die Reise, Zelte und Kleidung verstaut.

Mit dem Ochsenwagen kamen sie nur langsam voran. Da

die Gaue flächenmäßig jedoch nicht sehr groß waren, benötigte man kaum einen Tag, um von einem Adelssitz zu dem nächsten zu gelangen. Die Gaugrafen hatten ihren Wohnsitz auch meist inmitten des Gaus, an bekannten und gut ausgebauten Handelswegen. Nachdem sie den Königshort verließen, schickte Harald einen Meldereiter zu dem ersten Zielpunkt ihrer Reise, damit er ihn mit seiner Begleitung anmeldete.

Das Reisen mit einem Ochsenwagen in Begleitung war für Harald sehr beschwerlich, da er sich dem Tempo der Ochsen anpassen musste. So entfernte er sich des Öfteren von dem Wagen und erkundete mit seinem Knappen das umliegende Gelände.

Am späten Nachmittag kamen sie in der Siedlung des ersten Gaugrafen an und wurden herzlich empfangen. Dank der Vorankündigung durch den Meldereiter waren der Hausherr und die Vorsteher benachbarter Siedlungen anwesend.

Der Gaugraf und einige der jüngeren Krieger, die an dem letzten Feldzug mit teilgenommen hatten, kannten Harald bereits und freuten sich, ihn wieder zu sehen. Inzwischen baute der Knappe mit den beiden Meldereitern drei Zelte auf, in denen sie übernachten wollten.

Das Zelt von Harald war am größten und besonders schön geschmückt. Es war geräumig genug, um hier auch Besprechungen abhalten zu können. Der Schreiber hatte ein kleineres Zelt und in diesem die Reisetruhen gelagert. Das dritte Zelt war für die Meldereiter und den Knappen, der jedoch meist vor dem Eingang zum Zelt seines Herrn schlief.

Harald und der Schreiber mussten am Tisch des Gaugrafen Platz nehmen und wurden auf das beste von seiner Frau und den Töchtern bewirtet. Er musste von seiner Reise und den Neuigkeiten am Königshof berichten und alle hörten interessiert zu. Im Anschluss informierte Harald über den Sinn seiner Reise durch das ganze Königreich und die notwendigen Maßnahmen zur Vorbereitung und Koordinierung der Verteidigung. Es gab von Seiten des Gaugrafen verschiedene Vorschläge, was man tun könnte und wie die einzelnen Maßnahmen am besten zu organisieren wären. Alle Vorschläge wurden vom Schreiber auf dem Pergament notiert, von dem er dann eine Kopie machte und diese an den Königshof durch einen Meldereiter sandte.

Am nächsten Morgen hatte der Gaugraf eine Waffenschau organisiert und alle wehrhaften Männer erschienen in ihrer Kriegsausrüstung mit Speeren und Schwertern. Sie zeigten einige Kampfesübungen und gebärdeten sich sehr wild, so als ob die Franken schon vor dem Haustor stehen würden.

Harald spendete viel Lob für die hohe Einsatzbereitschaft und alle freuten sich über seine Worte.

Danach ritten die Krieger mit ihm zu den wichtigen Verteidigungspunkten im Gaubezirk. Für den Schreiber, der auch dabei sein musste, war das eine große Tortur. Er musste in den mitgeführten Karten alle wichtigen Dinge eintragen und mit Anmerkungen versehen. Am Nachmittag lud Harald den Gaugraf in sein Zelt und sie berieten sich im engeren Kreis über Verbesserungen und die weitere Vorgehensweise bei den Verteidigungsvorbereitungen.

Von den jüngeren Kriegern wurde einer vom Gaugrafen ausgewählt, der regelmäßig dem Kriegerrat am Königshort über die Fortschritte der Vorbereitungen berichten sollte. So wie in diesem Gau wünschte sich Harald überall empfangen und in seiner Aufgabe als Koordinator unterstützt zu werden. Am nächsten Morgen schon musste er weiterreisen, denn er wollte bis zur Wintersonnenwende noch alle Gaue des Mittelreiches besucht haben.

Durch einige dieser Gaue mussten die Franken ziehen, um in das Thüringer Becken zu kommen. Daher war es besonders wichtig hier die Verteidigungsvorbereitungen frühzeitig zu beginnen.

Nach dem Besuch des fünften Gaues hatten sich mehrere erfahrene jüngere Krieger Harald angeschlossen. Sie waren bereit, auch in anderen Gauen bei der Ausbildung der Krieger mitzuhelfen, wenn dies von den jeweiligen Gaugrafen gewünscht wurde.

Harald begrüßte diese Bereitschaft, da sie sehr zur Verständigung beitrug. Diejenigen, die sich ihm jetzt anschlossen, sollten im Kampf gegen die Franken einmal besondere zentrale Aufgaben übernehmen und unterstanden ab sofort ihm, dem Koordinator. Armin schrieb ihre Namen in eine Liste, die auch dem Kriegerrat bekannt gegeben wurde. Es gereichte vielen zur Ehre, nicht nur im eigenen Gau, sondern auch in den anderen mitwirken zu können. Harald bemerkte bei einigen von ihnen einen besonderen Eifer und die Fähigkeit in seiner Sache vorzugehen. Daher beschloss er, diese Männer in kleinen Gruppen oder allein zu den Gauen im Süden und Norden zu entsenden. Über zusätzliche Meldereiter hielt er den Kontakt zu diesen Gruppen und den von ihm ernannten Subkoordinatoren. Auf diese Weise wollte Harald erreichen, frühzeitig alle Gaue des Reiches in das Verteidigungsnetzwerk einzubinden. So reiste er bald nur noch kreuz und quer durchs Land, um zu inspizieren.

König Bertachar und der Hauptmann ließen ihm in allem freie Entscheidung und mischten sich in nichts ein. Sie waren über alle Dinge regelmäßig und ausreichend durch Armin informiert worden. Wie Harald das Ganze anging und seine Aufgabe als Koordinator wahrnahm, gefiel ihnen. So konnten sie sich gezielt den strategischen Überlegungen für die bevorstehende Schlacht zuwenden.

Es war schon kurz vor der Wintersonnenwende und Harald beabsichtigte, noch die letzten Gaue im Mittelreich zu inspizieren. Da erreichte ihn eine traurige Nachricht. Die Königin, Bertachars Weib, war bei der Geburt ihres dritten Kindes verstorben.

Die Trauer war im ganzen Reich sehr groß. Harald brach sofort zum Königshort auf, um an den Trauerfeierlichkeiten teilnehmen zu können. Als er dort ankam, war die Betroffenheit bei allen Leuten zu spüren. Die Königin war sehr beliebt und gütig zu jedermann.

Die Vorbereitungen für die Bestattung waren bereits im vollen Gange. Es war eine Erdbestattung für sie vorgesehen, mit allem Prunk, wie es einer großen Königin zukam. Die hohe Priesterschaft leitete die gesamten Vorbereitungen.

In einer Woche sollte die Zeremonie stattfinden. Harald suchte den Hauptmann auf und sprach mit ihm über das Befinden des Königs und die Gesamtsituation.

Der König hatte sich in den heiligen Hain zu den Priestern zurückgezogen und trauerte dort um sein Weib. Er war für niemanden zu sprechen und die Reichsgeschäfte wurden von dem Kanzler geführt. Harald überlegte, wie er die Zeit bis zu der Beisetzung der Königin nutzen könnte. Andere Gaue konnte er in den nächsten Tagen nicht inspizieren, da die Gaugrafen zum Königshort unterwegs waren. So beschloss er, nach Hause zu reiten und seine Sippe und seine Braut kurz zu besuchen.

Die Freude war sehr groß, als Harald daheim ankam. Niemand hatte damit gerechnet, dass er zu Besuch kommen würde. Seine Mutter sah ihn zuerst und eilte auf den Hof, ihm entgegen.

„Mein Junge, ist das schön, dich wieder zu sehen. Du wirst bestimmt sehr hungrig sein. Komm mit mir in die Küche. Ich habe eine kräftige Suppe im Kessel."

Sie zog ihn am Arm und über ihre Wangen rollten ein paar Freudentränen. Die anderen, die sich gerade im Haus und auf dem Hof befanden, kamen auch herbeigeeilt. Alle versuchten ihn zu berühren, so als wollte man sicher gehen, dass seine Erscheinung kein Hirngespinst war. Die meisten der Sippe waren noch auf dem Felde. Harald folgte der Mutter ins Haus und setzte sich auf seinen gewohnten Platz am Tisch. In seiner Abwesenheit durfte sich niemand anderes auf diesen Platz setzen und seine Holzschale und der Holzbecher blieben immer hier stehen, als warteten sie nur, von ihm benutzt zu werden.

„Wie ist es dir ergangen, mein Junge", wollte die Mutter ungeduldig wissen.

„Wie du sehen kannst, geht es mir ganz gut. Ich bin weit herumgereist und habe sehr viel zu tun."

„Hast du immer genug zu essen?", fragte sie gleich weiter.

„Ja, ja, Mutter, hab' keine Sorgen. Ich habe einen Knappen, der sich um mich wie eine Amme kümmert. Mir fehlt es an nichts."

Die Mutter hatte ihm inzwischen von der Fleischbrühe im Kessel aufgetragen und einen Leib Brot und Speck dazu gestellt. Rosa kam mit Met aus dem Vorratskeller und stellte ihm den Krug auf den Tisch.

Harald blickte sie an und sprach zu ihr: „Könntest du mir frisches Quellwasser bringen, das wäre mir jetzt lieber als Met."

Rosa rannte sofort zum Brunnen um Wasser zu holen. Sie war so aufgeregt und erfreut Harald zu sehen, dass sie mit dem vollen Krug auf dem Hof über ihre Füße stolperte und hinfiel. Mit aufgeschürften Knien und zerrissenem Kleid kam sie in die Küche.

„Was ist dir denn passiert?", fragte Harald.

„Ich bin draußen gestolpert und hingefallen, aber es ist nicht so schlimm."

„Komm her und lass einmal sehen", forderte Harald sie auf.

„Jetzt bin ich auch noch daran schuld, dass du dein Kleid zerrissen hast. Doch ich werde dir dafür ein neues schenken."

„Das ist nicht nötig", antwortete sie ganz verdattert.

„Nun geh erst einmal deine Wunden mit Wasser auswaschen, damit sie sich nicht entzünden", sprach die Mutter und setzte sich zu Harald an den Tisch. Sie strich ihm immer wieder über die Arme und erzählte in einem fort von allerlei Dingen, die sich zu Hause ereignet hatten. Harald war das auch lieber, als selbst erzählen zu müssen, denn die Mutter sprach nur über die allgemeinen Dinge des Lebens und die interessierten ihn nicht so sehr. Dafür hatte er seinen Knappen.

Inzwischen kamen auch sein Vater, die Brüder und alle anderen vom Feld zurück und waren über den Besuch hocherfreut.

Jetzt war Harald mit reden dran. Er musste über seine Reisen in die vielen fremden Gaue und seine Arbeit als Koordinator berichten. Keiner störte ihn bei seiner Erzählung und alle blickten gebannt auf seine Lippen, um nicht auch nur ein Wort zu überhören.

Selbst das Essen hätten sie fast vergessen, wenn nicht

die Mutter gedrängt hätte. Als Harald alles Wichtige gesagt hatte, ging er nach dem gemeinsamen Abendessen mit seinem Vater nach draußen zu den Pferdeställen. Die Tiere waren jetzt in der Herbstzeit auf den Koppeln, nahe der Siedlung untergebracht. Harald war begeistert von ihrem guten Zustand.

Vater und Sohn fachsimpelten lange darüber. Als sie von den Ställen zum Hof kamen, sah Harald ein neues großes Wohngebäude. Es stand auf dem von ihm vorbestimmten Platz für sein Wohnhaus.

„Hier siehst du unser Hochzeitsgeschenk", sprach der Vater. „Alle haben mitgeholfen und es ist so gebaut, wie du es uns gesagt hast. Man kann schon darin wohnen. Der Lehm ist trocken und Regen und Wind können nicht eindringen."

„Das ist eine sehr schöne Überraschung. Ich danke dir und den anderen vielmals dafür."

Sie gingen in das Haus und besahen sich alle Einzelheiten. Die Küche war fertig eingerichtet.

„Ihr habt wirklich an alles gedacht", meinte Harald und umarmte seinen Vater vor Dankbarkeit.

„Du kannst auch heute schon hier schlafen, denn die Herbstnächte sind sehr kalt. Rosa soll das Herdfeuer schüren und dann hast du es schön gemütlich in der Nacht."

Sie gingen zurück ins Haupthaus und Harald bedankte sich bei allen für die Hilfe beim Hausbau.

Nun musste er weiter berichten von seinen Reisen und dem Leben am Königshort. Herwald erzählte ihm auch über die eigenen Verteidigungsvorbereitungen und der Bereitschaft von einigen Kriegern, ihn bei seinen Aufgaben in anderen Gauen zu unterstützen. Darüber freute sich Harald sehr und nahm das Angebot dankend an.

Über Einzelheiten wollten sie am nächsten Tag reden. Herwald schlug Harald vor, am übernächsten Tag eine Waffenschau abzuhalten, damit er sich ein Bild über die Vorbereitungen im Oberwipgau machen konnte. Damit war Harald einverstanden. So zechten sie an diesem Abend nicht zu lange, damit am nächsten Morgen das Aufstehen nicht schwer fallen würde.

Harald ging zu seinem neuen Haus. Er betrat die Küche, die von einem starken Herdfeuer erhellt war. Davor kauerte Rosa und legte Holzscheite nach. Sie hatte Harald nicht bemerkt, als er eintrat und sang ein Lied vor sich hin. Über dem Feuer hatte sie einen kleinen Kessel an einem Eisengestell hängen, in dem Wasser kochte. Von diesem Kessel ging ein angenehmer Geruch nach Waldfrüchten aus. Rosa gab getrocknete Beeren in das Wasser, weil sie wusste, dass Harald gern Früchtetee trank.

„Du kannst ja schön singen", sagte er zu ihr.

Rosa schrak zusammen.

„Hast du Angst vor mir, dass du dich so sehr erschrocken hast?"

„Aber nein, ich habe doch keine Angst vor dir. Ich war nur erschrocken, weil ich dich nicht rechtzeitig bemerkt habe."

„Du hast ja schon Feuer gemacht, da werde ich in der Nacht bestimmt nicht frieren."

„Ganz bestimmt nicht. Ich darf auch das Feuer nicht ausgehen lassen, hat mir dein Vater gesagt."

„Dann musst du die Nacht über wach bleiben und ständig Holz nachlegen."

„Ich bin gern wach für dich. Die Hauptsache ist, dass du nicht frierst."

„Hab keine Sorge, ich friere nicht so schnell. Ich bin es gewohnt, auch im Winter im Zelt zu schlafen. Das einzige, was ich dazu brauche, sind warme Decken. Deshalb werde ich auch nicht in der Küche schlafen, denn hier ist es mir viel zu warm."

„Wo willst du dich denn sonst hinlegen? Ein Zelt haben wir hier nicht."

„Das macht nichts. Ich schlafe im Nebenraum, dort ist es kühl."

„Gut, dann werde ich dir ein Strohlager herrichten und ein paar Felle zum Zudecken geben. Möchtest du vor dem Schlafen noch einen Früchtetee?"

„Das kann ich dir nicht abschlagen."

Rosa schöpfte aus dem Kessel eine Schale voll und reichte sie Harald. Dann ging sie in den Nebenraum und bereitete das Nachtlager.

199

Harald genoss den Tee. Er schaute in die Flammen und seine Gedanken schweiften ab zu den Erlebnissen auf seinen Reisen. Er hatte in kurzer Zeit sehr viel gesehen.

Das Leben hier zu Hause erschien ihm zu beschaulich und zu ruhig, dass er sich ein ständiges Hiersein nicht mehr vorstellen konnte. Doch eines Tages müßte er dann seinen Vater ablösen und als Gaugraf die Geschicke der Menschen hier mitbestimmen müssen.

Alles hatte seine Zeit und seine Bestimmung und da für jeden das Schicksal unabwendbar war, würde auch er sich in seines fügen müssen.

Der Tee schmeckte ihm sehr gut und Rosa musste immer wieder nachschenken. Sie hatte bemerkt, dass er in seinen Gedanken wo anders weilte und blieb ruhig zu seinen Füßen hocken.

„So, nun werde ich schlafen gehen. Du kannst dich auch ausruhen und das Feuer ausgehen lassen. Mir wäre es recht. Morgen früh kannst du es wieder anzünden und dann merkt niemand, dass es ausgegangen war."

Harald ging in den Nebenraum, zog sich aus und legte sich auf das mit einem Pferdefell bedeckte Stroh. Dann deckte er sich mit einer Wolldecke zu.

Er schlief gleich ein.

Irgendwann um Mitternacht kam Rosa zu ihm geschlichen und kroch unter seine Decke. Sie war in der Küche neben dem Herd eingeschlafen. Als das Feuer ausgegangen war, wurde es kalt im Raum und nun war sie vollkommen durchgefroren.

Mit klappernden Zähnen sprach sie: „Darf ich unter deine Decke? Mir ist so kalt."

Ohne eine Antwort abzuwarten kroch sie darunter und schmiegte sich an seinen warmen Körper. Harald bemerkte, dass sie durchkühlt war und drückte sie fest an sich heran. Seine Körperwärme tat ihr sehr gut und sie schlief gleich bei ihm ein.

Bevor es hell wurde, hatte Rosa bereits das Feuer auf dem Herd entfacht und heißen Früchtetee zubereitet. Keiner von beiden sprach die mitternächtliche Begebenheit an. Nachdem Harald den Tee aus einer Holzschale geschlürft hatte, fühlte er sich gleich richtig munter und gestärkt.

Dann ging er hinaus in den Nebel. Er lief zu den Koppeln und rief nach den Pferden. Einige kamen zum Gatter und ließen sich von ihm streicheln. Nach einer Weile kam Jaros und erzählte ihm von dem großen Unwetter während seines letzten Rynnestigaufenthalts. Sie gingen dann zusammen ins Haupthaus und frühstückten.

Herwald, der ganz schlaftrunken hinzukam, wollte die morgige Waffenschau vorbereiten und Harald hatte vor, seine Braut zu besuchen. So ging jeder seiner Sache nach.

12. Am Königinnengrab

Der Morgennebel war sehr dicht. Nur wenige Schritte weit konnte man sehen. Gespenstisch traten die Bäume aus ihrem Versteck. Harald ritt von Rodewin nach Anstedt. Er dachte sich, dass er bei diesem Nebel länger brauchen würde, als sonst, doch sein Pferd kannte den Weg gut. Auch in Anstedt hatte sich der Nebel noch nicht gehoben. Er schien hier noch viel dichter zu sein. Harald führte sein Pferd zum Haus des Osmund, seines zukünftigen Schwiegervaters.

Auf dem Hof stand ein großer Ochsenkarren von einem Händler. Harald dachte, dass möglicherweise Gunter, der erste Sohn Osmunds, aus der Fremde zurückgekehrt wäre. Aus dem Nebenraum des Hauses hörte er die schöne Stimme seiner Braut Heidrun, die mit jemanden zu scherzen schien. Harald trat in die Küche, konnte jedoch niemand sehen. Dann ging er zum Eingang des Nebenraums und blickte vorsichtig hinein.

Drinnen saß Heidrun vor dem großen Tisch und ein junger Mann stand neben ihr, mit einer glänzenden Metallscheibe in der Hand, in der man sich sehen konnte. Sie hielt sich eine Schmuckkette vor die Brust und kokettierte damit vor dem Spiegel. Der junge Mann bewegte nun den Handspiegel hin und her und sie konnte nicht so schnell folgen, um sich zu sehen. Das Spiel dauerte eine ganze Weile und schien beiden sehr zu gefallen. Ihr gelang es, ihm den Spiegel zu entreißen und sie rannten beide um den Tisch, wie kleine Kinder die „Haschen" spielten. Als er sie einholte und sie am Kleid festhielt, rutschte ihr dieses von der Schulter. Sie zog es gleich wieder über ihre entblößten Brüste und warf den Schmuck und den Spiegel auf den Tisch.

Harald schoss das Blut vor Eifersucht in den Kopf. Wie ein wütender Bär stürzte er in den Raum und schlug den jungen Mann mit einem Hieb nieder. Der Schlag war so gewaltig, dass der andere besinnungslos zu Boden fiel. Heidrun schrie vor Schreck auf und Harald, der noch immer sehr wütend war, fasste sie hart am Arm und herrschte sie an.

„Wer ist dieser Kerl, da?"

Sie antwortete völlig eingeschüchtert und verängstigt.

„Es ist mein Vetter aus dem Nachbarort, der ein Handelsmann ist und mir Hochzeitsschmuck angeboten hat."

„Das sah eher wie ein Lustspiel zwischen euch aus."

„Du irrst dich. Wir sind als Kinder zusammen aufgewachsen, wie Geschwister. Du brauchst deswegen nicht eifersüchtig sein."

„Das, was ich gesehen habe, sah aber nicht so aus, wie eine Kinderspielerei."

„Du kannst es mir glauben und auch die anderen fragen."

Heidrun löste sich aus seinem starken Handgriff und sah nach dem Vetter, der noch immer bewusstlos am Boden lag.

„Du wirst ihn bestimmt erschlagen haben. Was sollen wir jetzt nur tun?"

Harald ging in die Küche und kam mit einem Eimer Wasser zurück. Diesen goss er über den Kopf des Bewusstlosen. Der kalte Wasserguss erweckte ihn wieder zum Leben.

„Was ist passiert?", fragte der Vetter noch ganz benommen.

„Ein Glück, dass du noch lebst", entgegnete ihm Heidrun.

„Mir ist, als hätte mich ein Pferd getreten. Warst du das?", fragend blickte er Harald an.

„Ja, ich war's und wenn du noch einmal mit meiner Braut scherzt, dann wird dich eine ganze Pferdeherde auf einmal treffen und du wirst nicht wieder aufstehen."

„Du bist ganz schön stark, mein Freund, du gefällst mir. Komm helfe mir wieder auf die Beine."

Harald ging zu ihm, um ihn aufzurichten. Doch als er ihn wieder auf beide Beine gestellt hatte, umklammerte der Vetter seinen Hals und wollte ihn nicht mehr loslassen. Harald war dies sonderbar. Er löste sich mit Gewalt von ihm. Dann fasste er Heidrun am Arm und zog sie eilig in die Küche.

„Was ist denn das für ein sonderbarer Knabe, der ist wohl nicht ganz normal."

„Wenn ein Mann, der sich nur für Männer interessiert unnormal ist, dann ist er es."

„Das fehlt mir gerade noch, dass er sich für mich interessiert."

Sie schauten sich beide an und mussten laut lachen.

„Hast du noch mehrere solcher Vetter in deiner Sippe, so solltest du es mir jetzt sagen, damit ich nicht einen versehentlich totschlage."

Harald und Heidrun gingen wieder zurück in den Nebenraum, während der Vetter damit beschäftigt war, sich im Spiegel zu betrachten. Als er Harald sah, meinte er: „Du hast mich ganz schön zugerichtet. Dafür bist du mir einiges schuldig."

„Das könnte dir so passen", meinte Harald und streckte ihm drohend die Faust hin. Beschwichtigend winkte der Vetter mit den Händen ab.

„Schon gut, schon gut, mein Freund. Du solltest wissen, warum ich hier bin. Ich bin ein Händler und habe ein paar sehr schöne Schmuckstücke für deine Braut bei mir. Vielleicht möchtest du ihr eines davon schenken. Du hast doch bestimmt ein paar römische Münzen bei dir, gegen die ich die schöne Kette hier abgeben würde."

Der Vetter zeigte Harald die Kette mit dem Anhänger, die der Grund für die Auseinandersetzung war. Harald besah sie sich und fand sie ganz hübsch. Er schaute zu Heidrun und fragte sie, ob sie ihr auch gefiele.

„Oh ja, sie gefällt mir sehr gut, doch ich habe nichts, was ich dagegen eintauschen könnte."

„Na, da wollen wir mal sehen, ob ich etwas habe, was deinem Vetter gefallen könnte."

Harald zog aus seinem Gürtel ein kurzes Messer mit einem wunderbaren Griff aus Silber, mit Ornamenten und eingelegten Edelsteinen.

„Das ist ein besonders schönes Stück, was du da hast. Dafür würde ich dir viel mehr geben, als die Kette. Zeige mir die dazugehörende Scheide."

Harald löste die Messerscheide von seinem Gürtel und zeigte sie ihm. Sie war ebenso mit Ornamenten und Edelsteinen versehen.

„Was könntest du mir für das Messer und die Scheide von deinen Sachen bieten", fragte er den Vetter.

„Schau nach, was dir von allen meinen Sachen gefällt und dann sprechen wir darüber."

Der Vetter zeigte Harald die Schmuckschatulle, in der sich noch verschiedene andere Dinge befanden, wie Ringe, Armreifen, Fibeln und Münzen.

„Hast du auch feine Stoffe und Gewänder auf deinem Wagen."

„Ja doch, komm und sieh es dir an." Er eilte hinaus zu seinem Wagen und kramte in einigen Truhen herum. Dann holte er ein paar schöne Frauenkleider, die mit Perlen bestickt waren und auch ein paar einfachere Gewänder hervor.

„Such dir ein schönes Kleid aus", sprach Harald zu Heidrun. Unsicher griff sie zu dem perlenbestickten Kleid aus feinstem Stoff. Sie hielt es an sich und es schien ihr zu passen.

„Geh und probiere es an. Wenn es dir gefällt, so sollst du es haben. Heidrun rannte mit dem Kleid ins Haus zurück, um es anzuprobieren. Harald fand ein einfaches und schönes Kleid für Rosa, das er ihr versprochen hatte und auch eines aus einem kostbaren Stoff für seine Mutter.

„Was hast du für Stoffe in deinen Truhen."

Der Vetter öffnete zwei Truhen und zeigte Harald die Ballen. Harald suchte mehrere Ballen aus, die er als Geschenk für die Frauen in seiner Sippe machen wollte und auch einen besonders leichten und feinen Stoff für seine zukünftige Schwiegermutter.

„Jetzt habe ich gar keine Stoffe mehr", klagte der Vetter.

„Möchtest du das Messer oder nicht?", fragte Harald zurück.

„Ja doch, sehr gern, doch ein bisschen Jammern muss doch noch erlaubt sein."

„Ich denke, du kennst den Wert des Messers", entgegnete ihm Harald, „oder möchtest du, dass ich es wieder an den Gürtel binde."

„Nicht doch, lieber Freund, es soll dir nichts verwehrt sein. Ich werde dir alles in einen Sack geben, damit du es mit nach Hause nehmen kannst."

Der Vetter legte die Stoffballen und die beiden Kleider fein säuberlich in einen Leinensack und band ihn zu.

„Du hast jetzt ein gutes Geschäft mit mir gemacht. So wollen wir wieder ins Haus gehen."

Harald nahm den Sack und der Vetter den Stoffballen für Heidruns Mutter. Sie gingen in die Küche. Aus dem Nebenraum hörten sie Heidrun rufen. „Ihr dürft noch nicht hereinkommen. Wartet, bis ich euch rufe."

Die Männer setzten sich in der Küche auf eine Bank und der Vetter erzählte von seiner letzten Handelsreise und den Gefahren, die damit verbunden waren.

Harald war schon ganz ungeduldig, wie Heidrun in dem Kleid aussehen würde und er konnte es kaum erwarten, sie darin zu sehen. Die Wartezeit kam ihm wie eine halbe Ewigkeit vor und er hörte dem Vetter gar nicht mehr zu. Dann endlich rief Heidrun nach ihnen. Er ging als Erster in den Nebenraum. Heidrun stand neben der kleinen Fensteröffnung.

Die Sonne hatte den Nebel gehoben und schien auf ihr Kleid. Wunderbar schaute sie aus und Harald konnte sich kaum satt sehen. Das Kleid passte, als wäre es für sie geschneidert worden. Das bestätigte auch ihr Vetter, der sich an den Tisch gesetzt hatte und das Messer mit der schönen Scheide genau betrachtete.

„Wo hast du das schöne Messer her?", fragte er Harald.

„Das ist ein Beutestück von einem fränkischen Adeligen aus dem letzten Heerzug."

„Ich habe davon gehört, dass ihr siegreich ward und reiche Beute gemacht habt."

„So groß war die Beute nicht, denn wir haben uns nur im fränkischen Grenzgebiet aufgehalten."

„Na ja, das wird das nächste Mal bestimmt besser sein. Ich hörte, dass du der wichtigste Krieger im königlichen Heerlager bist."

Harald freute sich über die schmeichelnden Worte und antwortete bescheiden. „Ich bin nur ein unbedeutender Diener meines Königs und wenn er mit mir zufrieden ist, dann freut es mich."

„Du brauchst nicht so bescheiden sein, mein lieber Freund. Überall, wo ich hinkomme, da höre ich die Leute von dir reden."

„Was reden sie denn?", wollte Harald wissen.

„Nur gutes. Alle sind von dir begeistert, so wie ich." Dabei schaute der Vetter Harald wieder mit verzückten Augen an, wie eine Kuh den Bauern, der ihr etwas besonders Leckeres zum Fressen vorsetzt.

Harald war das unangenehm. „Sprechen wir wieder über das Geschäftliche. Du siehst, dass das Messer noch viel mehr wert ist, als was ich bis jetzt dafür bekommen habe. Deshalb gib mir noch alle deine Fibeln und Armreife, die du in der Schmuckschatulle hast, als Geschenk für meine Brüder und Freunde."

„Das geht nicht. Das ist viel zu viel. Soviel ist das Messer wirklich nicht wert", sprach der Vetter ganz aufgeregt.

„Na gut, wenn das nicht geht, machen wir alles wieder rückgängig und ich behalte mein Messer."

Jetzt war der Vetter in einer verzwickten Situation. Alle würden erfahren, dass es seine Schuld wäre, wenn sie auf ein Geschenk von Harald verzichten müssten und zum anderen gefiel ihm das Messer besonders gut. Er erkannte, dass allein die Steine mehr wert waren, als alle seine Waren auf dem Wagen. So stimmte er dem Handel zu und reichte Harald die Schatztruhe mit allem seinen Inhalt.

Der Tausch gefiel Harald und Heidrun holte aus der Vorratskammer einen Krug Met, um den Handel zu begießen. So saßen sie zu dritt am Tisch und unterhielten sich noch eine ganze Weile über die bevorstehende Hochzeit. Der Vetter wollte es einrichten, dass er zu dieser Zeit in dieser Gegend verweilt und bei der Hochzeit dabei sein kann. Er verabschiedete sich von den beiden und sein Knecht spannte die Ochsen vor den Wagen und so zog er weiter.

Heidrun winkte ihm noch lange nach und Harald verspürte keine Eifersucht dabei.

Heidruns Eltern waren schon sehr früh zu einem Verwandten ins Nachbardorf gefahren, um bei ihm verschiedene Dinge für den Haushalt einzutauschen. Sie wollten erst am späten Nachmittag wieder zurück sein. So lange konnte Harald nicht auf sie warten, denn es wurde jetzt schon früh dunkel. Doch ein paar Stunden blieben ihm noch, die er mit seiner Braut verbringen konnte.

Heidrun hatte immer noch das neue Kleid an und Harald musste den Spiegel so weit weg halten, dass sie sich ganz in ihm sehen konnte. Sie legte sich auch die Kette mit dem Anhänger um den Hals und kokettierte fortwähren vor dem Spiegel. Harald musste ihr immer wieder sagen, wie gut ihm das Kleid und der Schmuck an ihr gefielen. Irgendwann war ihm das genug und er fragte, ob sie ihm etwas zu Essen bringen könne. In der Küche wollte Heidrun das neue Kleid nicht anbehalten, denn es könnte beschmutzt werden. So zog sie es schnell aus und griff nach ihrem alten Kleid, das sie auf einen Schemel gelegt hatte. Doch darauf hatte sich Harald schnell gesetzt und wollte nicht aufstehen ohne etwas von ihr dafür zu bekommen.

„Was willst du von mir, was ich dir ohnehin gern und freiwillig geben würde."

Heidrun setzte sich auf seinen Schoß, umarmte und küsste ihn. Harald schloss die Augen und genoss die Liebkosungen. Der Duft ihres Unterkleides betörte ihn und seine Finger glitten über ihre zarte Haut.

Auf einmal hörten sie einen Wagen auf den Hof fahren. Heidrun zog sich schnell ihr altes Kleid über und ordnete die Haare. Dann eilte sie in die Küche und tat so, als wäre sie mit der Essenzubereitung beschäftigt. Ihre Eltern waren unerwartet früh nach Hause gekommen. Die Mutter kam als Erste in die Küche.

„Wir haben uns beeilt, um uns noch mit deinem Vetter etwas unterhalten zu können. Wo ist er denn?"

„Der ist schon weggefahren. Er hatte es sehr eilig, aber wir haben überraschend neuen Besuch bekommen."

„Wer ist es denn?", wollte die Mutter ungeduldig wissen.

„Du würdest es nicht erraten. Es ist Harald."

„Das ist aber eine große Überraschung. Kann er denn länger hier bleiben?"

„Leider nein. Harald muss heute wieder nach Rodewin."

„Das ist aber schade. Wie ich sehe machst du ihm schon etwas zu essen. Ich werde ihn gleich begrüßen und dann kann ich mit der Essenzubereitung weitermachen und du kannst noch mit ihm reden."

Die Mutter ging in den Nebenraum und begrüßte Harald herzlich. Sie stellte ihm auch keine Fragen und sagte nur, dass sie das Essen vorbereiten werde. Dann kam Heidrun und streichelte Harald über das Gesicht.

„Wir haben richtig Glück gehabt, dass wir die Eltern noch rechtzeitig gehört haben", sagte sie, noch ganz aufgeregt.

„Glück hätten wir gehabt, wenn sie jetzt noch nicht gekommen wären", sagte Harald etwas verärgert.

„So etwas darfst du nicht sagen. Es sind doch meine Eltern."

„Und an meine Gefühle denkst du nicht?"

„Ich weiß schon, welche Gefühle du meinst, doch damit musst du noch ein paar Monde warten."

„Das fällt mir aber immer schwerer, je näher der vereinbarte Hochzeitstag kommt."

„Mir geht es auch so. Ich kann es kaum erwarten, dass wir für immer zusammen sind."

„Unser neues Haus ist auch schon fertig. Es ist so, wie wir es besprochen haben."

„Gern würde ich es mir ansehen, aber das geht leider nicht. Erst wenn wir verheiratet sind, ziehe ich dort ein", meinte Heidrun.

„Vielleicht können wir den Hochzeitstag vorverlegen, denn es soll schon bald Krieg geben und da ist es besser, bald zu heiraten."

„Wir können ja mit den Eltern sprechen. Die haben bestimmt nichts dagegen."

Osmund trat in den Raum. Er hatte zuvor noch die Ochsen ausgespannt und auf die Koppel geführt.

„Wie geht es dir, mein lieber Schwiegersohn. Ich freue mich, dass du uns so überraschend besuchst. Du hast jetzt viel zu tun und bist mal da und mal dort, immer unterwegs."

„Ja, ich habe nur wenig Zeit heute und kann leider nicht über Nacht bei euch bleiben. Morgen muss ich die Waffenschau im Oberwipgau inspizieren und am Tag darauf wieder am Königshof sein."

„Das ist ein trauriges Ereignis. Die Königin war eine so

liebevolle Frau und wir trauern alle um sie. Auch ich werde bei den Trauerfeierlichkeiten dabei sein, das ist mir ein großes Bedürfnis. Vielleicht können wir uns da wieder sehen."

„Das wäre sehr schön, aber ich denke, dass ich kaum Zeit haben werde. Wenn alle Gaugrafen des Reiches am Königshof sind, werden wir viel über die neuen Verteidigungsmaßnahmen sprechen müssen. Nicht überall sieht es damit so vorbildlich aus, wie bei euch."

„Das höre ich gern, dass unsere Kampfbereitschaft vorbildlich ist und wir strengen uns auch gehörig an."

„Eine ganz andere Sache, die wir besprechen sollten, ist eine eventuelle Vorverlegung des Hochzeitstermins. Ich denke, dass Heidrun und ich, noch bevor die Franken kommen, heiraten sollten. Was meinst du dazu?"

„Mir wäre das auch recht. Was sagt dein Vater dazu?"

„Ich habe mit ihm noch nicht darüber sprechen können. Es ist auch Sache der Väter den Termin festzulegen. Doch bin ich jetzt stärker an den König gebunden und da muss man sehen, wann es überhaupt zeitlich möglich ist."

„Ich werde so bald wie möglich mit deinem Vater darüber reden. Doch jetzt wollen wir erst einmal essen. Ich habe großen Hunger, so wie ein Wolf."

Sie gingen hinaus in die Küche und setzten sich an den Esstisch.

Heidrun brachte Met in Krügen und die Hausfrau die Gemüsesuppe mit reichlich Fleischeinlage.

Harald war erst am späten Nachmittag in Rodewin angelangt. Der Nebel hatte sich wieder über das Land ausgebreitet und die ersten Anzeichen der nahenden Winterkälte waren zu spüren. Die Dunkelheit brach früh herein und jeder versuchte, seine Arbeit rechtzeitig zu beenden und die Wärme in der Nähe des Herdfeuers zu genießen.

In den Tagen der langen Nächte saß man länger zusammen und vertrieb sich die Zeit mit dem Erzählen von Geschichten über Götter und Helden und auch Begebenheiten aus dem Leben der Sippen.

In den letzten Tagen gab es ein Dauerthema. Das war der bevorstehende Krieg gegen die Franken. Niemand besseres konnte darüber mehr sagen, als Harald. So musste er auch heute wieder, bis spätabends, von den großen Vorbereitungen im ganzen Reich berichten. Hartwig, sein Bruder, hoffte sehr, dass er die Tauglichkeitsprüfungen noch vor dem Ausbruch des Krieges ablegen konnte, um an der Schlacht gegen die Franken teilnehmen zu können.

Als Harald in sein neues Haus ging, hatte Rosa ihm wieder einen wohlduftenden Früchtetee zubereitet. Nach dem reichlichen Metgenuss war er noch immer sehr durstig und schlürfte mit Vergnügen den heißen Tee,

„Ich habe dir heute ein Geschenk mitgebracht. Möchtest du es haben?", fragte Harald.

Ihre Augen strahlten sogleich und ungeduldig fragte sie zurück: „Was ist es denn?"

„Was glaubst du denn, was ich für dich habe?"

„Ich kann es mir nicht vorstellen, was es ist. Verrate es mir doch."

„Du musst schon selber ein wenig raten."

„Es ist bestimmt etwas zu essen."

„Nein, das ist ganz falsch."

„Ach, verrate es mir doch", bettelte Rosa ihn an.

Das Spiel gefiel Harald sehr. Er beobachtete, wie die Spannung in ihr immer mehr anstieg und sie vor Neugier fast zerbarst.

Als sie schon ganz verzweifelt war und nach unzähligen Antworten immer noch nicht das richtige Geschenk erraten hatte, griff er in seinen Sack und holte das Kleid für sie heraus.

„Ist das für mich?", fragte sie ganz ungläubig.

„Aber ja doch, ich habe es dir doch versprochen."

Er reichte ihr das Kleid hin, doch sie traute sich nicht so recht, es anzunehmen.

„So nimm doch", forderte er sie auf, „es gehört dir."

Sie nahm das Kleid und hielt es mit beiden Händen vor sich hin, um es richtig im Ganzen betrachten zu können. Dann ging sie näher zum Herdfeuer und schaute es sich genau an.

„Ist das wirklich für mich?", fragte sie nochmals.

„Aber ja doch oder gefällt es dir nicht?"

„Doch es gefällt mir sehr. Ein so schönes Kleid hatte ich noch niemals gehabt."

„Das freut mich, dass es dir gefällt und jetzt wird deine Wunde am Knie bestimmt besser heilen."

„Die Schürfwunden sind schon so gut wie verheilt, sieh selbst."

Sie zog den Saum ihres alten Kleides über das Knie und zeigte Harald die verletzten Stellen.

„Das sieht aber schon ganz gut aus. Tut es noch weh?"

„Nein, ich spüre nichts mehr. Du kannst mal darüber fassen."

Harald strich vorsichtig mit seinen Fingern über ihr Knie und dachte an Heidrun, die er heute auch so zart berührt hatte. Rosa hielt still, schloss die Augen und schien das Streicheln sehr zu genießen. Nach einer Weile hörte er auf damit und nahm wieder die Teeschale in beide Hände.

„Darf ich das neue Kleid einmal anziehen?", fragte sie vorsichtig.

„Es gehört dir und du kannst damit tun, was dir beliebt."

Sie ging wieder zum Herdfeuer und ließ ganz langsam ihr altes Kleid über die Schultern zum Boden fallen. Mit dem neuen Kleid in der Hand stand sie nackt vor dem Herdfeuer und die flackernden Flammen spiegelten sich auf ihrer wie Gold schimmernden Haut.

Harald genoss diesen Anblick und sie wartete lange, bevor sie sich das neue Kleid überzog.

„Wie gefalle ich dir in dem neuen Kleid?", fragte sie ganz selbstbewusst.

„Es ist sehr schön und scheint dir gut zu passen."

„Ja, es passt, wie für mich gemacht und der Stoff ist so weich, wie ein zartes Fell. Fass ihn doch einmal an."

Sie ging zu ihm und er strich über das Kleid. Ganz schnell gab sie ihm einen Kuss auf die Wange und sagte: „Dankeschön."

Harald musste auf einmal an Heidrun denken. Gern hätte er sie jetzt bei sich. Der Hochzeitstag schien ihm noch endlos weit in der Ferne zu liegen. Rosa war bei weitem nicht so schön und intelligent wie sie, doch auf eine besondere Art verführerisch. Jetzt, so kurz vor der Hochzeit wollte er nicht schwach werden und Rosas Reizen erliegen.

Er stand auf und ging in den Nebenraum, um sich schlafen zu legen und ihrer Nähe zu entgehen. Rosa hatte bereits sein Nachtlager vorbereitet. Er zog sich aus und legte sich hin. Sie hatte in der Küche noch mit dem Herdfeuer zu tun.

Dann war es dunkel, das Feuer verloschen.

Rosa kam leise zu ihm und kroch unter seine Decke, ohne zu fragen. Diesmal fror sie nicht und Harald dachte kurz an das Unabwendbare und der Ohnmacht gegenüber dem Schicksal.

Am nächsten Morgen ritt Harald mit seinem Vater und seinen Brüdern zum Thingplatz ihres Gaues um die Waffenschau abzunehmen. Der Nebel hatte sich schon früh gehoben und es war blauer Himmel sowie eine wunderbare Fernsicht. Alle Krieger waren mit ihren Pferden und Waffen erschienen. Auch viele Zuschauer kamen, um das imposante Treiben mit anzusehen. Herwald hielt eine kurze Ansprache und ritt dann zusammen mit Harald die Reihen der Krieger ab.

Die Truppe war in einem guten Zustand, das sah Harald auf den ersten Blick. Danach gab es Kampfesvorführungen der älteren und jüngeren Krieger und zuletzt Vorführungen der Kriegeranwärter, zu denen auch Hartwig gehörte. Sie schlugen sich alle wacker und Harald spendete in seiner Ansprache am Ende der Vorführung viel Lob.

Am Rande des Hains waren Tische und Bänke aufgestellt und es gab reichlich Met für alle. So mancher hatte Schwierigkeiten nach dem Zechgelage den Weg nach Hause zu finden.

Am nächsten Morgen musste Harald wieder abreisen. Sein Vater begleitete ihn, da er, wie alle Gaugrafen, zu den Beisetzungsfeierlichkeiten am Königshort eingeladen war.

Bei schönstem Herbstwetter ritten sie los. Sie hatten keine Eile und genossen den Anblick der herrlichen Landschaft entlang des Weges. Die Bäume hatten ihr Herbstkleid angelegt und jede Art in einer anderen Farbe. Besonders schön waren die Buchenhaine, durch die sie ritten. Ihr

Laub erschien goldgelb in der gleißenden Sonne. Herwald machte seinen Sohn auf viele Dinge aufmerksam, die man in der Eile übersehen hätte. Harald genoss diesen Ritt mit seinem Vater, denn es erinnerte ihn an seine Kindheit, wo sie oft zusammen unterwegs waren. Tiere sahen sie nicht viele, nur ein paar Rehe und Hasen.

Je näher sie an den Königshort heran kamen, umso belebter waren die Wege. Viele Leute strömten dorthin und versuchten, noch vor der Dunkelheit anzukommen. Wer zu spät am Tor erschien, musste damit rechnen, nicht mehr hinein gelassen zu werden. Das betraf jedoch nur die Händler und Bauern, die ihre Waren zum Markt brachten.

Als Harald dort ankam, wurde er freundlich von den Wachen angesprochen. Zufällig war der Hauptmann im Wachraum neben dem Stadttor und kam gleich angeeilt, um Harald zu begrüßen. Er freute sich, auch seinen alten Freund Herwald wieder zu sehen und lud beide zum Abendessen zu sich nach Hause ein.

Herwald nahm wie immer, Quartier beim Zinsverwalter. Harald begleitete ihn dorthin. Nach der Begrüßung und einem Willkommenstrunk wollte Harald zur Burg aufbrechen. Er lud seinen Vater ein mitzukommen, damit er sehen konnte, wie er da lebt. Sein Vater nahm das Angebot gerne an und sie ritten gemeinsam den schmalen Weg zur Burg hinauf.

Im Burghof hatten sich viele Männer versammelt. Es waren meist Gaugrafen, die von allen Teilen des Königreiches angereist kamen. Sie standen in kleinen Gruppen und redeten angeregt miteinander. Viele kannten sich, durch gemeinsame Heerzüge oder von den Treffen zum Thing des Reiches auf der Tretenburg.

Die Beisetzung der Königin sollte erst in zwei Tagen erfolgen. Der Zeremonienmeister hatte jeden neuen Gast begrüßt und ein Schreiber dessen Namen auf ein Pergament geschrieben. Er saß am Burgtor und wer hier ankam, musste an ihm vorbei. „Dich brauche ich nicht aufschreiben lassen", sagte er freundlich zu Harald und begrüßte ihn mit Handschlag.

„Es ist schön, dass du deinen Vater gleich mitgebracht hast. Viele der Gaugrafen sind schon hier und sie beraten sich mit dem Kanzler über die Kriegsvorbereitungen. Der König selbst ist im Moment für niemanden zu sprechen. Allzu sehr betrübt ihn der Tod seiner geliebten Frau."

„Das können wir gut verstehen. Auch wir sind in großer Trauer über den Tod unserer lieben Königin. Sie war eine so weise und mildtätige Frau", sprach Herwald.

„Ja, das war sie", seufzte der Zeremonienmeister und wand sich dem nächsten Gast zu, der um Einlass bat.

Harald zeigte seinem Vater seine Kemenate und die Teile der Burg, die normalerweise nur für die Burgbewohner zugängig waren. Sie stiegen auch auf den Turm und schauten weit ins Land. Die Sicht war an diesem Nachmittag sehr gut und Harald erklärte seinem Vater die Berge, Handelswege und Siedlungen.

Auf einmal hörten sie jemanden in Eile die Treppe auf den Turm heraufkommen. Es war Haralds Knappe Roland, der spät von der Ankunft seines Herrn gehört hatte. Als er oben ankam, war er total erschöpft. Er setzte sich auf einen Stein und atmete zunächst kräftig durch. Danach konnte er wieder sprechen. Man sah ihm die Freude über die Ankunft seines Herrn an und er hatte ihm so viel zu berichten. Als er damit anfangen wollte, winkte Harald ab und vertröstete ihn, mit seinem Bericht bis zum nächsten Tag zu warten.

Jetzt wollten sie den Hauptmann in seinem Haus in der Stadt aufsuchen, denn er hatte sie zum Abendessen eingeladen. Roland war darüber gar nicht erfreut, denn es hatten sich inzwischen so viele wichtige Informationen angesammelt, die er gern losgeworden wäre. Doch was der Herr sagte, musste befolgt werden und so blieb er stumm. Sie ritten nun zum Hauptmann, der schon auf seine Gäste wartete. Roland versorgte die Pferde und durfte danach in der Küche mit den Dienstmägden speisen. Das war ihm sehr angenehm, da hatte er mehr Spaß, als bei seinem Herrn.

Der Hauptmann stellte den beiden seine Familie vor. Im Haus lebten seine Frau mit den großen Töchtern, die Eltern und ein Onkel sowie die fünfköpfige Dienerschaft. Es war ein sehr großes Haus mit einem steinernen Untergeschoß und zwei Etagen darüber als Fachwerk. Es hatte ein mit Holzschindeln gedecktes Dach und Fensteröffnungen, die mit Fellen zugehängt werden konnten. Auch das Mobiliar war vom Feinsten. Es zeigte jedem an, dass der Hauptmann einer der wichtigsten und reichsten Männer im Königreich war.

Die beiden Töchter waren schon heiratsfähig, doch noch nicht vergeben. Der Hauptmann könnte sich Harald gut als seinen Schwiegersohn vorstellen, doch wusste er, dass das nicht mehr ging und er hatte Herwald bereits sein Kommen zu Haralds Hochzeit im nächsten Jahr zugesagt.

Sie nahmen an einem Tisch in einem der großen Räume Platz und die Mägde brachten das Essen und Trinken. Harald musste von seinen Erlebnissen, von den letzten Reisen durchs Königreich erzählen. Obwohl das Reich flächenmäßig eher klein war, so gab es doch beachtliche Unterschiede und Besonderheiten in den Gebräuchen und dem Zusammenleben der Sippen in den einzelnen Gauen.

Auch manche Dialekte waren ihm anfangs sehr fremd. Doch nach einigen Tagen des Zuhörens, verstand er dann fast alles. Den Frauen gegenüber gab er einige Anekdoten zum Besten, die aus dem Unverständnis der Dialekte entstanden. Es waren meist peinliche Missverständnisse, die zu Irritationen auf beiden Seiten führten, jedoch im Nachhinein betrachtet, ganz lustig waren.

Alle mussten über diese Geschichten viel lachen und Harald kam kaum zum Essen. Die beiden hübschen Töchter des Hauptmanns forderten ihn immer wieder auf, weiter zu erzählen. Das bemerkte auch der Hauptmann und verschaffte ihm eine Pause, indem er selbst einige lustige Geschichten aus seiner Jugendzeit zum Besten gab. Es war ein sehr geselliger Abend. Nach dem Essen, verabschiedeten sich die Frauen und ließen die Männer in Ruhe ihre internen Angelegenheiten bereden.

Es hatte sich am Königshof in den letzten Tagen sehr

viel zugetragen. Nach dem Tod der Königin zog sich ihr Ehemann Bertachar in den großen Hain zu den Priestern zurück und alle Entscheidungen in Reichsangelegenheiten wurden von seinem Kanzler wahrgenommen.

Der Kanzler hatte sich im Kriegerrat sehr negativ über die eigenmächtigen Entscheidungen von Harald geäußert. Er hätte es lieber gesehen, wenn sein Sohn eine führende Rolle bei der Koordination der Kampfesverbände in den Gauen bekäme. Seit langem intrigierte er gegen Harald und versuchte ihn beim König in Misskredit zu bringen. Bisher ließ sich Bertachar jedoch nicht von den Einwendungen des Kanzlers beeinflussen. Er vertraute Harald und war mit seinem Tun sehr zufrieden.

Auch der Hauptmann teilte die Auffassung des Königs.

„Du weißt, junger Freund, dass ich deine Leistungen sehr schätze. Als du Subkoordinatoren ausgewählt und in viele der Gaue des gesamten Thüringenreichs entsendet hast, war ich anfangs auch ein wenig überrascht. Der König selbst erklärte mir, dass das die einzige und richtige Lösung war, um in kurzer Zeit die Verteidigungsaktivitäten überall im Reich zu beschleunigen. Er geht davon aus, dass die Franken in der Mitte des nächsten Jahres angreifen werden und bis dahin ist nicht mehr viel Zeit."

Harald entgegnete dem Hauptmann: „Es freut mich, dass ihr mich versteht und mich am Königshof unterstützt. Die Sache mit den Subkoordinatoren sollte keine Anmaßung meiner Entscheidungsbefugnis sein. Ich habe darin die einzige Möglichkeit gesehen, um schnell sehr viele Gaue frühzeitig in das Verteidigungskonzept mit einzubinden."

„Ich verstehe dich vollkommen. Doch es gibt so manche Neider am Königshof, die man nicht aus den Augen lassen darf."

„Ich habe doch niemand damit geschadet?"

„Darum geht es nicht. Doch der Kanzler sieht in dir einen Rivalen. Alle Gaugrafen fragen nach dir und möchten dich hier sprechen. Manche lehnen sogar ab, mit dem Kanzler zu reden, obwohl er jetzt alle Reichsgeschäfte erledigt."

„Ich habe mich nie schlecht gegen ihn verhalten und wenn wir uns begegneten, sprach er immer wohlwollend zu mir."

„Das ist seine Falschheit in eigener Sache. Bisher war es ihm nicht gelungen, seinen Sohn in ein höheres Reichsamt zu bringen und nun hast du als einer der Jüngsten in so kurzer Zeit einen festen Platz neben dem König und auch dessen Gunst."

„Der Kanzler ist ein mächtiger Mann im Reich und man sollte ihn lieber als Freund statt als Feind haben", bemerkte Herwald.

„Daran habe ich auch schon gedacht. Vielleicht könnte man eine geeignete Aufgabe für seinen Sohn finden, wo er niemand schaden kann. Auch er ist ebenso wenig aufrecht im Denken und Handeln, wie sein Vater", meinte der Hauptmann.

„Am besten wäre eine Aufgabe, weit weg von hier, wo auch der Einfluss seines Vaters gering ist", sagte Herwald.

„Er könnte als Subkoordinator im Unterreich eingesetzt werden. Dort kommt es darauf an, die Krieger gut auszubilden, damit sie in unserem Heer einen festen Platz einnehmen", schlug Harald vor.

„Das ist eine gute Idee, er wäre somit auch unter deiner Kontrolle und könnte nicht mit seinem Vater ein extra Süppchen kochen."

Auch Herwald fand den Vorschlag gut und schlug vor, dem Kanzler später eines seiner schönen Pferde zum Geschenk zu machen.

„Morgen werde ich den Vorschlag im Kriegerrat unterbreiten. Es werden bestimmt viele der Gaugrafen dabei sein. Der Kriegerrat soll nur darüber informiert werden, denn die Subkoordinatoren kannst du allein bestimmen und dabei wollen wir es auch belassen."

„Zuvor sollten wir jedoch mit Hagen, dem Sohn des Kanzlers reden, ob er auch damit einverstanden ist."

„Das kann ich gern übernehmen, wenn du es willst", bot sich der Hauptmann an.

„Aber ja", entgegnete Harald, „das ist mir sogar sehr recht, denn ich kenne Hagen kaum. Er war wohl auch mit im Jungkriegerheer, doch hatte ich mit ihm keine näheren Kontakte."

„So lasst uns nun den schönen Abend beschließen. Ich

denke, wir haben alles Wichtige besprochen und ich werde noch heute versuchen mit Hagen zu reden."

„Wir danken dir für deine Gastfreundschaft und grüß noch einmal deine Frau und die Töchter ganz herzlich von uns. Wir hoffen, dass ihr uns bald einmal in Rodewin besuchen werdet."

„Ich denke, es wird bestimmt erst zu Haralds Hochzeit sein, denn wir haben mit den Verteidigungsvorbereitungen sehr viel zu tun und da müssen manche Wünsche zurückstehen."

Der Hauptmann drückte seinen alten Freund Herwald zum Abschied an seine breite Brust und auch Harald, den er wie einen Sohn liebte.

Harald begleitete seinen Vater noch zu seinem Quartier beim Zinsmeister und ritt dann zur Burg. Sein Knappe Roland wartete schon lange auf ihn, schließlich hatte er viele Neuigkeiten zu berichten. Harald ließ ihn erst einen Krug Met aus der Küche holen und dann hörte er sich noch die vielen wichtigen und unwichtigen Geschichten von ihm an.

Am nächsten Morgen versammelten sich der Kriegerrat und viele Gaugrafen, die zu der Totenfeier angereist waren, im Königssaal. Die Gaugrafen, die ständig im Kriegerrat vertreten waren, hatten an einer U-förmigen Tafel, die vor dem Königsstuhl aufgestellt war, Platz genommen und die anderen standen in einem Halbkreis im Raum, so dass jeder, der sich zu Wort meldete, von allen gesehen und gehört werden konnte.

Der Kanzler eröffnete für den König, der abwesend war, die Ratsversammlung. Der Vorsitzende des Kriegerrats nannte die Punkte, die besprochen werden sollten.

Einer der Punkte war auch die Bekanntmachung der neuen Subkoordinatoren. Harald wurde das Wort erteilt und er gab die von ihm ernannten neuen Subkoordinatoren für das Ober- und Unterreich bekannt. Beim Verlesen der Namen gab es großteils laute Zustimmung aus den Reihen der zuhörenden Gaugrafen. Als der Name Hagen genannt wurde, schwiegen alle. Der Kanzler ergriff plötzlich das Wort.

„Hoher Kriegerrat, ich möchte zu der Ernennung meines Sohnes Hagen als Subkoordinator noch ein paar Worte sagen. Mein Sohn ist aus dem letzten Heerzug gegen die Franken ruhmvoll zurückgekehrt. Ich denke, dass er eine seinem Stand entsprechende, bedeutendere Aufgabe bekommen sollte."

„Woran dachtest du?", fragte der Vorsitzende des Kriegerrates überrascht.

„Wie wir gesehen haben, ist die Koordinierung der Verteidigung des Landes für einen Mann zu viel. Bisher wurden nur die Gaue in unserem Mittelreich erfasst. Im Sommer nächsten Jahres erwarten wir das Frankenheer auf unserem Territorium und die Zeit bis dahin ist sehr knapp. Wir sollten daher die Koordinierung teilen und meinem Sohn die Koordination im gesamten Unterreich überlassen. Harald hätte mit dem Ober-, Mittel- und Unterreich ohnehin ein kaum zu bewältigendes Gebiet zu bereisen und ihn würde diese Entlastung bestimmt entgegenkommen."

Ein Raunen ging durch die Menge. Jeder kannte die unzureichenden Qualitäten von Hagen für diese Aufgabe, doch keiner wagte, dagegen zu sprechen. Niemand wollte es mit dem Kanzler verderben.

Alleinig die anwesenden Gaugrafen aus dem Unterreich meldeten ihre Bedenken an. Ihr Sprecher im Kriegerrat sagte: „Dein Vorschlag, ehrenwerter Kanzler ist sehr bemerkenswert, doch sollten wir auch bedenken, dass bei einer Teilung dieser Aufgabe die Gesamtkoordinierung nicht mehr gegeben ist und das war das Anliegen des Königs, alles in einer Hand zu belassen."

„Ich denke, dass alle Fäden nur beim König zusammenlaufen sollten, denn sonst gehen wichtige Informationen für ihn verloren und für den König entscheide ich heute diese Angelegenheit so, wie ich sie euch vorgeschlagen habe", entgegnete der Kanzler in bestimmenden Ton, der keinen Widerspruch duldete.

Somit wurde Hagen als Koordinator für das Unterreich zwischen Donau und Werra ernannt und ihm vom Kanzler und Kriegerrat die entsprechende Vollmacht erteilt.

Harald war mit dieser Entscheidung nicht einverstanden, aber es schien ihm ratsam, hier nichts dagegen zu sagen. Somit hatte sich auch für ihn entschieden, welche Gaue des Thüringer Königreichs er als nächstes besuchen musste. Er konnte sich nun auf das Oberreich konzentrieren, das von der Unstrut bis zum Norden des Harzes an die Elbe reichte und sich im Osten bis weit hinter die Saale erstreckte. Bis zum Frühjahr würde er dies mit Sicherheit schaffen. Es waren in einige dieser Gaue bereits Subkoordinatoren gereist, die dort ihre Aufgaben wahrgenommen hatten. Auch in einige Gaue des Unterreichs hatte er bereits welche entsendet. So schien ihm die Ernennung von Hagen kein wesentlicher Eingriff zu sein.

Als die Ratssitzung beendet war, kamen viele Gaugrafen auf Harald zu, um ihn zu begrüßen und ihr Bedauern wegen der soeben beschlossenen Teilung der Koordinationsaufgabe auszudrücken. Harald versuchte die Sache herunterzuspielen. Auf der einen Seite ärgerte er sich darüber, aber zum anderen war er auch froh, da er nun mehr Zeit hatte.

Die Vorbereitungen der Trauerfeierlichkeiten waren im vollen Gange. Es lief alles nach einem bestimmten Zeremoniell ab, das die hohe Priesterschaft vorgab.

Am Tag der Beisetzung kam auch König Herminafrid mit seiner Familie und hohe Vertreter aus den befreundeten Königreichen.

Die tote Königin war in feines Tuch gehüllt und auf einem großen Wagen zur Beerdigungsstätte gefahren worden. Alle Trauergäste folgten dem Wagen. Das Grab war auf einem Hügel, nicht weit von dem Königshort entfernt. Es war einst ein Lieblingsplatz der Königin, an dem sie oft und gern mit ihren Kindern verweilte. Auf diesem Hügel hatte man eine Art Behausung aus Stein und Baumstämmen gebaut und allerlei Kostbarkeiten hinein gegeben, die man auf der Reise in das Totenreich benötigte. Der Weg zu der Hüterin des Totenreichs Hel war sehr weit. So fehlten auch keine Lebensmittel und andere Dinge des täglichen Bedarfs.

Die Prozession war sehr feierlich. Am Wegesrand standen viele Menschen und neigten ihr Haupt oder fielen weinend auf die Knie. Die meisten Trauernden folgten dem Trauerzug bis zum Beerdigungshügel. Die Tote wurde in die eigens dafür errichtete Behausung gelegt und die Türöffnung mit Eichenbohlen verschlossen. Unentwegt sangen Priester Verse über das Leben der Königin und ihrem neuen Leben im Totenreich. Auch dort sollte es ihr an nichts mangeln, daher die vielen Beigaben und Geschenke.

Die Priester opferten Pferde und andere Tiere, um die Götter gnädig zu stimmen und der König entfachte ein symbolisches Totenfeuer, denn es war unter den Germanen auch üblich ihre Toten zu verbrennen.

Danach gingen alle Trauergäste an dem Grabmal vorbei und legten einen mitgebrachten Stein zum Andenken an die Tote nieder.

Am Ende des Bestattungszeremoniells ging der Trauerzug wieder zurück zum Königshort. Dort hatte man auf dem Marktplatz Tafeln und Bänke aufgestellt, um alle Gäste zu beköstigen.

Inzwischen fuhren die Bauern der Umgebung mehrere Tage lang zahllose Karren mit Erde und Steinen zum Grabhügel, um diesen zu bedecken. Die Priester achteten sehr streng darauf, dass alles seine Richtigkeit hatte. Das Grab sollte so stark überdeckt werden, dass niemand je die Grabesruhe stören könnte.

13. Reise durchs Oberreich

Nach der Beerdigung der Königin reiste Harald mit seinem Schreiber, Knappen und den beiden Meldereitern in Richtung Oberreich. Dies war das Herrschaftsgebiet des Großkönigs der Thüringer, Herminafrid, dem Bruder von König Bertachar. Ihm unterstand auch das Unterreich, das dem verstorbenen Bruder Baderich einst gehörte und nach dessen Tod ihm zugefallen war.

Das Oberreich war das Ursprungsland, aus dem der germanische Stamm der Hermunduren vor vielen Jahren nach Südwesten vorgedrungen waren und die Kelten in ihren Gebieten vom Nordrand des Thüringer Waldes bis zur Donau vertrieben oder in ihrem Stammesverband aufgenommen hatten.

Harald kannte nur den Königshort von Herminafrid, der an der Südseite des Oberreiches lag. Vom übrigen Gebiet wusste er nur vom Hörensagen, doch eine richtige Vorstellung konnte er sich darüber nicht machen. Auch sein Schreiber war noch nicht überall gewesen. Er hatte jedoch Landkarten bei sich, in denen alle wichtigen Wege eingezeichnet waren.

Zunächst wollten sie die zum Mittelreich angrenzenden Gaue bereisen, da diese ebenso, wie die Gaue im Mittelreich selbst, durch den Krieg mit den Franken direkt bedroht waren. Auch im Norden, könnte es durch Stämme der Sachsen gefährlich werden. Die Sachsen waren nicht so zentral organisiert, wie die Franken, doch das machte sie gerade deshalb so unberechenbar. Wenn es möglich war, irgendwo Beute zu machen, da waren sie immer dabei.

Die Aufnahme von Harald, als Koordinator und seinen Leuten in den Gauen des Oberreichs, verlief ähnlich freundlich, wie Harald das in den letzten Wochen im Mittelreichs erlebt hatte. In einigen der Gaue waren schon Subkoordinatoren tätig und das brachte Harald viele Vorteile und einen großen zeitlichen Gewinn.

Die Tage nach der Wintersonnenwende wurden immer stürmischer und kälter. Harald zog es jetzt vor, bei seinen

Gastgebern im Haus untergebracht zu werden. Hier gab es allzeit ein warmes Herdfeuer und der engere Kontakt zu seinen Gastgebern half auch bei der Überwindung mancher Probleme.

Oftmals bestanden diese nur aus Missverständnissen und konnten leicht behoben werden. Die offene und mitreißende Art von Harald gewann besonders schnell die Herzen der jungen Krieger, die vielerorts die Sache vorantrieben. Jeder versuchte eine wichtige Rolle zur Verteidigung des Reiches, seines Gaues und seiner Sippe zu übernehmen und von diesem Gedanken ließen sich dann alle mitreißen.

Als Harald weit im Norden in einen grenznahen Gau zu den Sachsen kam, erfuhr er, dass sich diese Leute mehr vor den Sachsen, als vor den Franken fürchteten. Die Franken waren für sie viel zu weit entfernt. Sie konnten sich von denen keine rechten Vorstellungen machen.

Unter den Sachseneinfällen hatten sie jedoch immer zu leiden, solange sie denken konnten. Hilfe von ihrem König erhielten sie nicht. Sie fühlten sich von ihm verlassen und wussten schon gar nicht mehr, wer wirklich ihr Herr war und zu welchem Reich sie gehörten.

Marodierende Sachsenkrieger kamen oft in ihre Siedlungen und richteten viel Unheil an. Sie vergewaltigten die Frauen und raubten die Tiere und das Getreide. Niemand war da, der ihnen half und selbst waren sie nicht stark genug, um Widerstand zu leisten.

Harald sah die Probleme und beriet sich mit seinem Schreiber. Sie mussten hier den Leuten helfen und eine kampfstarke Wehr aufbauen. Dazu brauchten sie Unterstützung von den Nachbargauen, denn die Siedlungen lagen weit auseinander und von den wehrhaften Männern waren nicht mehr viele am Leben.

Über seine Subkoordinatoren konnte er einige Jungkrieger finden, die bereit waren, hierher zu kommen und sich den Sachsenkriegern entgegen zu stellen.

Die Frauen waren über den Zustrom von jungen Männern besonders froh. Sie bekochten sie gut und es sollte ihnen auch sonst an nichts fehlen.

Die Stimmung bei der Kampftruppe war sehr gut und schon nach wenigen Wochen sollten sie sich bewähren.

Es war ein eisiger Tag. Der Wintersturm blies den Schnee über das flache Land und verwehte alle Wege. Normalerweise war es kein Wetter, um nach draußen zu gehen, doch ein Trupp herumziehender Sachsenkrieger war auf der Suche nach einer bequemen Herdbank.

Da waren ihnen die Siedlungen der Thüringer gerade recht. Sie fielen in eine ein und trieben gleich alle Leute zusammen. Dann sortierten sie die Männer aus und sperrten sie gefesselt in die Schweineställe.

Die Frauen mussten eine kräftige Fleischbrühe kochen und reichlich alkoholartige Getränke einschenken. Halb angetrunken fielen einige der Sachsenkrieger über die jungen Frauen her und vergewaltigten sie. Niemand konnte sich wehren.

In dem Durcheinander gelang es einem Jungen aus der Siedlung zu entfliehen. Er rannte durch die Winterkälte bis zur nächsten Siedlung und berichtete, was zu Hause passiert war. Der Sippenälteste schickte sogleich einen Boten zum Gaugrafen, um ihm den Vorgang zu melden.

Hier war Harald mit seiner Schar von Freiwilligen. Sie brachen sofort auf und kamen noch vor Einbruch der Nacht zu der von den Sachsenkriegern eingenommenen Siedlung.

Dort hatten sich die Sachsen auf längere Zeit eingerichtet. Die Vorräte würden hier für einige Tage reichen und so brauchten sie nicht so früh wieder fort. Wachen hatten sie nicht aufgestellt, da es in den letzten Jahren niemals vorkam, dass ihnen jemand ihr Tun wehrte.

Harald erkannte, dass die Sachsenkrieger in der Mehrzahl waren. Auf einen Mann von ihnen kamen drei der Sachsen. Das war eine, nicht zu unterschätzende Übermacht. Er überlegte sich daher eine List, um sie in eine Falle zu locken.

Der entflohene Junge sollte wieder zurück in sein Haus laufen und alle Frauen auffordern heimlich ihre Hütten zu verlassen.

Die Frauen waren sehr überrascht, dass am Waldesrand eine Gruppe Thüringer Krieger auf sie wartete. Ihnen hatte Harald aufgetragen, Reisig zu suchen und ein großes Feuer zu entzünden, damit man es über der schneebedeckten weiten Flur gut sehen konnte.

Nach einer ganzen Weile fiel es dem Anführer der Sachsen auf, dass viele Frauen nicht mehr in ihren Hütten waren. Er blies in sein Horn und weckte alle noch angetrunkenen Krieger auf.

Am Horizont sahen sie ein Feuer brennen und glaubten, dass dort die Frauen sein müssten. Der Anführer schickte einen kleinen Trupp von drei Kriegern hinaus, um sie zurückzubringen. Kaum hatten die Sachsen das Feuer erreicht, schossen die Thüringer Jungkrieger mit Pfeilen und Speeren auf die Sachsenkrieger. Sie hatten keine Chance zum Überleben.

Der Anführer wunderte sich, warum seine Männer nicht wieder zurückkamen. Er dachte, dass sie sich mit den Frauen am Feuer vergnügten. Daher schickte er einen größeren Trupp von sechs Kriegern los, um nach ihnen zu suchen.

Inzwischen hatten die Frauen zwei Feuer in einem größeren Abstand entzündet. Die Sachsen sahen auf halben Weg beide Feuer und teilten sich auf. So konnten die Thüringer die beiden Gruppen, wie zuvor, leicht überwältigen.

Jetzt hatten die Sachsen schon neun Krieger verloren und kräftemäßig waren sie jetzt fast ebenbürtig. Harald wollte jedoch keinen seiner Krieger einbüßen und versuchte die Sachsen weiter durch listiges Vorgehen zu dezimieren. Er ließ nun noch mehr Feuer anzünden und schlich sich an die Siedlungshütten heran. Der Anführer der Sachsen hatte die vielen Feuer gesehen und es schien ihm nicht ganz geheuer. So blies er abermals ins Horn und zog mit fast allen seinen Kriegern los, um dem Spuk ein Ende zu machen.

Es war schon Mitternacht und knorrige Kälte. Harald überwand die zurückgebliebene Wache und befreite die gefesselten Männer in den Schweineställen. Dann legte er sich mit seinen Männern in den Hinterhalt. Nachdem die Sachsen zu den verlassenen Feuern kamen und dort keine Menschenseele antrafen, beschlossen sie, wieder zurückzukehren.

Halberfroren langten die Sachsen in der Siedlung an und wurden von einem Schwarm von Speeren und Pfeilen empfangen. Sie waren so überrascht, dass der Rest der Überlebenden Hals über Kopf floh. Harald setzte mit einigen Reitern den Fliehenden nach und nahm sie gefangen. Von den 26 Sachsenkriegern hatten nur 5 überlebt. Gefesselt und auf die Pferde gebunden brachten die Jungkrieger die Sachsen zur Siedlung zurück.

Die Freude war sehr groß. Den verwundeten Anführer hatten die Frauen inzwischen getötet und auch von den anderen Verwundeten blieb keiner von ihnen verschont. Sie mussten für ihre Gewalttaten büßen. Die fünf Gefangenen wurden zunächst gefesselt in den Schweinestall gesperrt, so wie sie es den Männern angetan hatten. Es wurde beratschlagt, was man mit ihnen tun sollte. Harald schlug vor, sie dem Gaugrafen zu überlassen. Einige der Frauen waren damit nicht einverstanden, da sie in dem einen und anderen ihren Peiniger wieder erkannt hatten. Harald überließ ihnen diese Männer und sie sorgten dafür, dass sie zu diesem Tun nie wieder Lust verspüren würden.

Am nächsten Tag zog Harald mit seinen erfolgreichen Jungkriegern und den Gefangenen sowie einigen Zeugen aus der Siedlung zum Gaugrafen. Die Zeugen erzählten ausführlich von dem schändlichen Tun der Sachsen in ihrer Siedlung und der großartigen Rettung durch die Jungkrieger. So etwas hatte es schon seit langem nicht mehr gegeben, dass sich Thüringer gewehrt hatten und siegreich blieben. Das war ein Grund zum Feiern. Der Gaugraf lud alle Nachbarn dazu ein und opferte mehrere Schweine, die im Nachhinein von allen genüsslich verspeist wurden.

Harald war der Held des Tages.

„Ich freue mich, dass du und deine Männer unsere Gäste seid. Diesem Sieg wollen wir in Zukunft in jedem Jahr gedenken und dann auf euer Wohl anstoßen, auch wenn ihr fern von uns weilt."

„Ich danke dir, lieber Gaugraf, für diese Freundlichkeit. Es ist nicht allein unser Sieg, sondern ein Sieg der Thüringer, ganz gleich, wo sie leben."

Diese Worte von Harald gefielen allen und sie priesen seine Bescheidenheit.

„Ich habe aber eine große Sorge", sagte der Gaugraf.

„Wieso das? Wir sind doch hier und beschützen euch." Harald wies mit der Hand auf alle Jungkrieger, die an seiner Tafel saßen.

„Ja, jetzt seid ihr hier, aber was wird morgen sein oder in einem Monat oder in einem Jahr?"

„Das allein weiß nur Odin. Ihr müsst euch selber helfen."

„Wie sollen wir uns helfen, wenn wir nicht genügend Männer haben?"

„Dort, wo es schöne Frauen gibt, werden auch gern Männer hinziehen. Drum sei unbesorgt. Es wird sich in der Zukunft bestimmt bessern."

„Ich habe zum Beispiel vier Töchter, eine schöner, als die andere. Ich würde dir gern eine davon abgeben. Wähle, welche du willst."

„Das geht leider nicht, denn ich werde in einigen Monaten heiraten."

„Das ist wirklich schade. Ich hätte sie dir gleich alle vier zusammen gegeben. Soviel läge mir daran, dass du hier bleibst."

„Das höre ich gern, aber es geht wirklich nicht."

Das Bier, das sie tranken, hatte wohl nicht soviel Alkohol wie Met, doch spürte es Harald und die anderen ebenso nach reichlichem Genuss.

Der Gaugraf wurde immer redseliger und legte Harald seinen schweren Arm auf die Schulter. Er schaute ihn tiefsinnig an und meinte: „Weißt du, was ich glaube?"

„Nein, aber du wirst es mir bestimmt gleich sagen."

„Ich glaube, dass du einer von den Asen bist und kein Mensch."

„Nicht doch, wenn ich ein Ase wäre, dann hätte ich die Sachsenkrieger allein vertreiben können. Als Mensch jedoch braucht man die Hilfe von Bundesgenossen."

„Das ist aber vielleicht nur eine Tarnung von dir, damit es nicht gleich jeder merkt."

Harald nahm sein Messer und ritzte sich in den linken Zeigefinger. Blut trat aus und floss langsam den Finger herab. Alle schauten ihn verwundert an.

„Siehst du, Gaugraf, dass ich ein Mensch bin und dass ich blute, wie ein Schwein, wenn ich angestochen werde. Einem Gott würde das Blut nicht heraus rinnen."

Erstaunt und doch noch skeptisch schaute der Gaugraf Harald an und schwieg. Er hatte das Gefühl, dass das Gespräch Harald nicht so sehr behagte und wollte ihn nicht verärgern.

Die Feier war voll im Gange und erst gegen Mitternacht gingen die letzten schlafen. Harald hatte im Haus des Gaugrafen den Wohnraum überlassen bekommen. Der Gaugraf war mit seiner Familie in die Stallhälfte des Hauses gezogen. In der Küche brannte die ganze Nacht über das Herdfeuer, damit es im Haus nicht zu kalt wurde. Haralds Knappe schlief gern neben dem Herd und hatte sich erboten, die Nächte über als Feuermeister zu fungieren. Der Hausfrau und auch der Magd war das ganz recht, so konnten sie die Nächte ruhig durchschlafen. Die übrigen Männer waren in einem anderen Haus untergebracht. Auch ihnen fehlte es an nichts. Die Mägde kümmerten sich sehr um ihr leibliches Wohl.

Spät nach Mitternacht wurde Harald aus seinem Schlaf geweckt. Er schaute auf und sah die älteste Tochter Almut des Gaugrafen vor seinem Bett stehen. „Darf ich zu dir kommen", fragte sie ganz schüchtern.

„Wieso schläfst du nicht in deinem Bett? Was würde dein Vater dazu sagen?"

„Vater wäre froh. Er hat zu mir gesagt, dass ich zu dir kommen soll."

„Ach so, du kommst nicht freiwillig, sondern nur, weil es dir dein Vater befohlen hat."

„Nein, so ist es nicht. Ich möchte gern bei dir sein, wenn du es erlaubst."

„Na gut, wenn dein Vater es wünscht, so kannst du kommen."

Flugs hob sie die wollene Bettdecke und kroch unter seine Decke. Schüchtern schmiegte sie sich an Harald, gepaart mit etwas Angst, was wohl folgen würde. Harald legte seinen Arm unter ihren Hals und zog sie an seinen Körper. Er spürte, wie schnell ihr Herz schlug. Da er sich nicht weiter bewegte, beruhigte sie sich nach einer Weile. Sie glaubte, dass er eingeschlafen war. Das passte ihr auch nicht. Jetzt wurde sie aktiv und tastete ihn ab. Sie hatte noch nie einen Mann nackt gesehen oder seinen ganzen Körper berührt.

Es gefiel ihr, über die warme und weiche Haut zu streichen und seine starken Muskeln zu fühlen. Die Stärke war es, was ihr so an ihm gefiel. Ihr Vater hatte zu ihr am Abend gesagt, er sei ein Ase und kein Mensch und sie soll mit ihm schlafen und einen Sohn gebären. Wie sollte das geschehen? Sie kannte sich in diesen Dingen nicht aus. Was sollte sie nur tun?

Sie erinnerte sich daran, wie Harald sich mit dem Messer in den Finger geschnitten hatte und das Blut heraus floss. Als sie dies am Tisch sah, hätte sie am liebsten seinen Finger in ihren Mund gesteckt und das Blut gestillt. Sie fasste nach seiner wie leblos daliegender Hand und hob sie hoch zu ihrem Gesicht. Dann suchte sie nach dem Finger mit der Schnittwunde. Sie fand ihn und steckte ihn in ihren Mund. Ihre Zunge fühlte den Schorf, der die Wunde verschloss. Mit ihren Zähnen knabberte sie den Schorf auf und spürte das warme Blut über ihre Zunge fließen. Es schmeckte süßlich und verschaffte ihr eine ungeheure Lust. Harald hatte alles ruhig mit sich machen lassen. Jetzt tat er, als würde er wieder wach werden. Er zog seinen Finger aus ihrem Mund und küsste sie. Anfangs stellte sie sich sehr unbeholfen an, doch schon nach kurzer Zeit wurde sie locker und gab sich ihm vollkommen hin.

Sie blieb noch eine Weile bei ihm liegen und verschwand dann lautlos aus dem Raum.

Über das nächtliche Vorkommnis sprach keiner. Harald tat so, als wäre nichts gewesen und auch der Gaugraf und Almut ließen sich nichts anmerken.

Die Feierlichkeiten hielten noch weiter an. Vorgesehen waren drei Tage, um den Sieg entsprechend zu feiern.

Als alle zu Bett gegangen waren stand die zweite Tochter Berta vor Haralds Bett.

„Was willst du denn hier?", fragte er etwas verwundert.

„Das, was meine Schwester gestern wollte."

„Ach so, es hat sich wohl schon herumgesprochen?"

„Nein, nicht was du denkst. Mein Vater hat dir doch gestern alle seine Töchter versprochen und nun will ich das Versprechen für mich einlösen. Aber ich tu es, weil ich es gern tun möchte. Meiner Schwester hat es gestern sehr gut gefallen und deshalb habe ich jetzt gar keine Angst."

„Vielleicht habe ich aber Angst, dass es Folgen haben könnte."

„Sei unbesorgt. Mein Vater hat uns gesagt, dass du so gut wie verheiratet bist und nicht bei uns bleiben kannst. Er wünscht sich von uns ein Kind von dir und was sich ein Vater wünscht, das soll man doch als brave Tochter tun, oder nicht?"

„Da hast du Recht, so wollen wir deinen Vater nicht länger warten lassen."

So, wie mit der zweiten Tochter Berta ging es mit der dritten Diethilde und vierten Elfrun die Tage darauf. Alle waren zufrieden und am meisten der Gaugraf, der so gern einen göttlichen Nachkommen hätte.

Die Kunde von dem Sieg gegen die Sachsenkrieger verbreitete sich sehr schnell. Harald musste in den nächsten Gau weiterreisen, doch von den Jungkriegern blieben einige zur Freude aller, zurück.

Er kam nun in einen Gau, in dem ein großer Fluss, die Elbe, die Grenze des Reiches bildete. Der Fluss selbst ähnelte einem großen Delta, wobei der Hauptstrom von unzähligen Seitenarmen umsäumt war. Bis auf den Hauptstrom waren im Winter alle Gewässer zugefroren und ein eisiger Wind blies über die Eisdecke. Dieses Gebiet war sehr gering besiedelt, da es sehr sumpfig und nur im Winter befahrbar war.

Wenn der Boden nicht mehr gefroren und die Eisdecke geschmolzen war, konnte man sich nur noch mit Booten fortbewegen. Das erschwerte die Landwirtschaft erheblich. Die Leute lebten dann wie auf kleinen Inseln.

Weiter im Süden befand sich die Siedlung des Gaugrafen, bei dem Harald mit seinem Gefolge Quartier nahm. Die

Nachricht von seinem erfolgreichen Vorgehen gegen die plündernden Sachsenkrieger war schon längst bis hierher gedrungen und Harald wurde wie ein großer Held mit allen Ehren empfangen. Das gefiel ihm sehr. Am Grenzfluss gab es keine Probleme mit den nördlichen und östlichen Nachbarn. Der Fluss bildete eine zu große Barriere. Es gab auch nur sehr wenige Stellen, an denen er mit Fährbooten überquert werden konnte. Die Fährleute mussten die Stellen für die Überfahrt sehr gut kennen, um nicht in eine gefährliche Stromschnelle zu gelangen. Sie hatten eine gehobene Stellung und wurden gut für ihre Dienste bezahlt. Es waren meist Handelsleute, die ihre Dienste beanspruchten.

Harald hatte am Tag nach seiner Ankunft, die Kampfstärke der Krieger während einer Waffenschau begutachtet. Die meisten wehrhaften Männer waren dem Ruf ihres Gaugrafen gefolgt und erschienen. Ein Hauptgrund für die Folgsamkeit mag auch die Neugierde gewesen sein, den Helden gegen die Sachsen zu sehen und zu sprechen. Die Fertigkeiten in den Kampfkünsten waren jedoch eher gering. Das Leben auf den Inseln isolierte die Sippen sehr voneinander und es gab auch kaum Anlass, mit dem Schwert in der Hand, sein Hab und Gut zu verteidigen. Harald musste die Ausbildung der Krieger hier ganz von vorn beginnen. Es fehlte ihm jedoch an geeigneten Ausbildern. So sandte er einen seiner Meldereiter zum Hauptmann mit der Bitte, ihm einige gute Krieger hierher zu entsenden.

Nach wenigen Tagen trafen auch die Ersten bei Harald ein. Unter ihnen befand sich auch ein Subkoordinator, den er vor mehreren Wochen in das Unterreich entsandt hatte. Dort hatte dieser seinen Dienst quittiert, da es zwischen ihm und Hagen, dem neuen Koordinator für das Unterreich, große Meinungsverschiedenheiten gab.

Hagen hatte in einer Anwandlung von Größenwahn, infolge eines Streites, alle von Harald ernannten Subkoordinatoren ihres Amtes enthoben und sie durch eigene Subkoordinatoren ersetzt. Diese waren jedoch eher Raufbolde, so wie er und keine edlen Krieger.

Viele Gaugrafen waren über dieses Vorgehen empört und verweigerten die Gefolgschaft. Sie meldeten dies dem König, doch der wurde immer noch vom Kanzler vertreten. Der Kanzler gab die Beschwerden nicht an den König weiter.

Im Laufe der nächsten Tage kamen noch viele ehemalige Subkoordinatoren zu Harald. Er bestätigte sie von neuem in ihrem vormaligen Amt und entsandte sie bald darauf in die von ihm noch nicht bereisten Gaue des Oberreiches. Mit dem Einsatz dieser Leute konnte Harald viel Zeit gewinnen, die er auch wegen des schlechten Ausbildungsstandes der Krieger, benötigte. Schon Ende März hatte er die gesamte Kampfesstärke im Oberreich erfasst und fast alle Gaue selbst zur Kontrolle bereist.

Im Unterreich brodelte es schon. Hagen hatte in einigen Gauen auf der Nordseite der Donau stark in die Belange und Rechte der Gaugrafen eingegriffen. Diese beschwerten sich daraufhin auch bei ihrem König Herminafrid. Der suchte seinen Bruder auf. Bertachar hielt sich seit dem Begräbnis seiner Gattin, immer noch bei den Priestern im Königshain auf und trauerte um sie. Als Herminafrid ihm von den Geschehnissen im Unterreich berichtete, war er sehr überrascht, wie das in seiner Abwesenheit passieren konnte. Er reiste daher sofort zu seiner Königsburg ab.

Alle waren am Königshort erfreut, ihren Herrn wieder zu sehen. Der König ordnete noch am Tag seiner Ankunft eine außerordentliche Kriegerratssitzung an, um sich zu informieren.

Die Gaugrafen des Kriegerrates sowie die hohe Beamtenschaft kamen am Abend im Königssaal zusammen. Der Herrscher ließ sich zuerst vom Kanzler über den Stand der Verteidigungsvorbereitungen berichten. Nach seinen Worten verlief alles bestens. Er betonte, dass insbesondere nach der Teilung der Koordinierung, im Unterreich große Erfolge zu verzeichnen wären.

Der König ließ sich nicht anmerken, dass er über die wahre Situation schon von seinem Bruder informiert wurde.

„Wie ich dem Bericht des Kanzlers entnehmen kann, läuft

alles bestens. Doch warum wurde die Koordinierung geteilt, das verstehe ich nicht?", fragte er den Kanzler.

„Es zeigten sich große Probleme für den Koordinator, alles zeitgerecht zu erledigen. Daher habe ich beschlossen, die Gaue im Unterreich einem anderen geeigneten Koordinator zu übertragen."

„Kenne ich den Mann?", fragte der König neugierig zurück.

„Es ist Hagen, mein Sohn, der sich für diese Aufgabe angeboten hat und dessen Fähigkeiten unbestritten denen von Harald gleichkommen. Nur so können wir die bevorstehenden Aufgaben zeitgerecht lösen."

„Ich denke, dass das eine gute Entscheidung war. Was meint ihr dazu, meine Herren?" Der König schaute in die Reihen seiner Männer, die fast alle zum Boden sahen.

„Warum gibt mir keiner von euch auf meine Frage eine Antwort?", fragte er der König.

Niemand sagte ein Wort. Zu mächtig war der Kanzler und er hatte schon viele der hohen Beamten auf seine Seite gebracht.

Der König stand von seinem Sessel auf und ging zu den Gaugrafen des Kriegerrates. Er schaute jedem Einzelnen ins Gesicht und blieb beim Ratssprecher stehen. „Ehrwürdiger Gaugraf! Von dir darf ich doch eine Antwort erwarten oder muss ich annehmen, dass etwas nicht stimmt?"

Der Ratssprecher nahm allen Mut zusammen und sprach: „Mein König, es ist nicht ganz so, wie es dir vom Kanzler berichtet wurde. Die Teilung der Koordinierung wurde allein von ihm veranlasst. Nachdem sein Sohn dieses Amt im Unterreich antrat, gab es jeden Tag beunruhigende Nachrichten von dort."

„Wie soll ich das verstehen? Soeben sagte der Kanzler, dass alles gut vorangeht."

Der Ratssprecher war sichtlich verstört. Dann raffte er seinen ganzen Mut zusammen und sprach: „Der Kanzler hat dich belogen."

Der König wich zurück.

„Das ist eine schlimme Beschuldigung, die du da von dir

gibst. Was meinen denn die anderen dazu?" Ein jeder der Ratsherren bestätigte die Anschuldigung.

Der Kanzler schrie sie an: „Ihr lügt doch alle zusammen. Das ist eine infame Verschwörung gegen mich und somit auch gegen dich, mein König. Ihr solltet den ganzen Kriegerrat entlassen und bestrafen."

„So leicht geht das nicht, mein lieber Kanzler", antwortete der König in ganz ruhigem Ton, „zunächst müssen wir den Sachverhalt gründlich klären. Den König zu belügen ist Hochverrat. Daher schlage ich vor, dass diejenigen Herren, die dem Kanzler Recht geben, sich zu meiner linken Seite aufstellen und die dem Ratssprecher Recht geben, sich auf die gegenüber liegende Seite stellen."

Dies war für alle eine sehr prekäre Situation. Langsam kam Bewegung in die wie erstarrt dastehenden Männer. Viele gingen zu dem Ratssprecher. Wenige standen noch an ihren früheren Plätzen und schienen sich nicht entscheiden zu können.

„Ist es so schwer, sich für die Wahrheit zu entscheiden?", fragte der König, gelassen zu ihnen blickend. Dann gingen sie alle auf die Seite des Ratssprechers.

„Die Antwort scheint eindeutig zu sein. Was meinst du Kanzler?"

„Das ist eine groß angelegte Verschwörung, mein König. Alle neiden meinem Sohn die Ehren, die ihm zukommen."

„Nun gut, wenn das so ist, so soll morgen früh darüber Gericht gehalten werden. Jede Partei kann ihre Zeugen aufbringen und dann werden wir sehen, wer gelogen hat."

Der König stand auf und verließ den Saal.

Am nächsten Tag, zum Gerichtstermin, waren alle gekommen, nur der Kanzler fehlte. Der König ließ nach ihm suchen, doch er war auf der Burg nicht zu finden. Boten wurden in sein Haus geschickt. Als sie zurückkamen, meldeten sie, dass sich der Kanzler vor ihren Augen in sein eigenes Schwert gestürzt hatte. Damit war alles entschieden und geklärt.

Die Beamten, die den Kanzler in seinem unrühmlichen Tun unterstützt hatten, wurden in Unehren entlassen und ihre gesamte Habe eingezogen. Sie wurden zur Strafarbeit in den königlichen Erzgruben verurteilt und gefesselt dorthin gebracht. Ebenso wurden Boten nach dem Sohn des Kanzlers ausgesandt, dass er umgehend vor dem König erscheinen soll.

Harald erfuhr durch den Hauptmann von allen Vorgängen am Königshort und auf der Burg. Der König hatte auch ihn zu sich beordert. Er ritt nur mit seinem Knappen zum Königshort der Mittelthüringer zurück.

Dort herrschte noch immer große Aufregung, wegen der Vorkommnisse der letzten Tage und dem Freitod des Kanzlers. Viele waren froh, dass der Kanzler selbst aus dem Leben schied und manche forderten auch den Tod seines Sohnes. Als Hagen vor den König kam, bezeugten gerade die ihn des Verrats, die vorher von den Machenschaften des Kanzlers profitierten. Sie versuchten damit von ihrer Teilschuld und dass sich alles so entwickelt hatte, abzulenken.

Der König jedoch blieb ganz gelassen und ließ Hagen und die anderen sprechen. Von den Zeugen wurde Hagen des Amtsmissbrauchs und anderer Übergriffe bezichtigt. Hagen dagegen rechtfertigte sich, dass die Uneinsichtigkeit der Gaugrafen im Unterreich zu den von ihm veranlassten Maßnahmen, geführt hatte. Der König ordnete an, in den nächsten Tagen noch weitere Zeugen zu hören.

Durch die Zeugen kamen Missstände auf beiden Seiten ans Tageslicht. Die lockere Führung des Unterreichs, das einst König Baderich gehörte und nach dessen Tod an den Großkönig Herminafrid ging, führte dazu, dass sich die Gaugrafen zwischen Werra und Donau viele Sonderrechte herausnahmen.

Ein Draufgänger, wie es Hagen war, hatte mit seiner aufbrausenden und primitiven Art direkt in ein Wespennest gestochen. Die Anhörungen wurden unter der Leitung des Sprechers des Kriegerrates vorgenommen. Der König hörte nur stumm zu. Er schien auch manchmal in Gedanken abwesend zu sein. Vielleicht trauerte er noch zu sehr um seine Königin.

Als Harald aus den nordöstlichen Gauen des Reiches eintraf, beorderte ihn der König sogleich zusammen mit dem Hauptmann zu sich.

„Ich bin sehr erfreut, dich wieder zu sehen", sprach er zu Harald und reichte ihm die Hand zur Begrüßung. „Mir wurde sehr viel Gutes von dir und deinem Wirken in den nördlichen Gauen berichtet. Ganz besonders gefällt mir das mit den Sachsenkriegern. Ich würde die Geschichte gern noch einmal aus deinem Mund hören."

Der König bot Harald und dem Hauptmann Schemel an, auf die sie sich setzen konnten. Harald begann zu erzählen.

Vor Begeisterung schlug sich der König öfter auf die Oberschenkel und Harald, der vor ihm saß, auch auf die Schulter. „Das gefällt mir, wie du handelst. Das hätte ich an deiner Stelle auch so gemacht", sprach er sichtlich zufrieden.

„Nun zu einer anderen, wenig erfreulichen Angelegenheit. Du hast vom Hauptmann bestimmt alle Einzelheiten von den Vorgängen am Königshort erfahren. Von des Kanzlers Tod und den Unruhen im Unterreich. Ich möchte dir, so wie es anfangs war, wieder die alleinige Koordinierung übertragen, wenn es für dich nicht zuviel ist."

„Das ist es nicht", sprach Harald, „es war nicht mein Wille, dass eine Teilung erfolgte. Gern würde ich alles wieder allein übernehmen."

„Es freut mich, dies von dir zu hören. So soll es denn sein und ich werde es morgen im Kriegerrat bekannt geben. Mit deinem diplomatischen Geschick und den Heldenliedern, die dir vorauseilen, wirst du unsere südlichen Gaugrafen bestimmt wieder beruhigen können." Er lächelte Harald an und entließ ihn. Den Hauptmann bat er, in seinen Arbeitsraum mitzukommen.

Hier fragte er ihn: „Was meinst du, wird er es schaffen? Das Reich ist groß und die Zeit sehr kurz."

„Ich glaube schon, dass er es schaffen wird. Die Gaugrafen im Unterreich werden nach den Frechheiten, die sich Hagen erlaubt hatte, von Harald mehr, denn je, begeistert sein und ihn in allem unterstützen."

„Werden die Gaugrafen wirklich noch hinter unserer Sache stehen, nachdem dies vorgefallen ist?", fragte der König.

„Ich denke schon. Immerhin sind einige von ihnen nicht ganz unschuldig. Doch was soll mit Hagen geschehen? Er ist gewissermaßen der Verursacher der Probleme."

Der König überlegte eine Weile und sagte: „Wenn man den Bock zum Gärtner macht, ist nicht der Bock schuld, wenn nichts mehr wächst. Daher habe ich vor, Hagen nicht zu bestrafen. Ich werde ihn jedoch an einen Platz versetzen, wo er sich in seiner Art am besten bewähren kann."

Verwundert fragte der Hauptmann: „Und an welches Amt hättet ihr gedacht?"

„Ich werde ihn als Hauptaufseher in die königlichen Erzgruben schicken. Dort kann er zur Freude derer wirken, die an dem ganzen Schlamassel mit schuldig sind und jetzt Erz fördern dürfen." Der Hauptmann und auch der König mussten lachen.

Harald schickte eine Botschaft an alle seine Sub-koordinatoren, dass der, welcher abkömmlich wäre, sich sobald als möglich auf der Bertaburg einfinden soll. Diese Subkoordinatoren sollten eine neue Aufgabe in einem der Gaue des Unterreiches übernehmen. Sein Schreiber und die beiden Meldereiter waren inzwischen auch auf der Königsburg angekommen. Sie waren froh, dem eisigkalten Norden entflohen zu sein. Hier im Thüringer Tiefland lag auch viel Schnee, doch es stürmte kein so garstiger Eiswind über das Land.

Mit dem Schreiber stimmte Harald die Einsatzorte für die Subkoordinatoren ab und auch die eigene Reiseroute durch die Gaue des Unterreichs. Zu Beginn seiner Reise machte er noch einen kurzen Abstecher in seinen Heimatort. Der Ort lag nicht weit von dem Handelsweg entfernt, auf dem er in die Gaue des Unterreiches reiste. Es blieben ihm dort noch ein paar Stunden, zum Besuch seiner Braut. Der Schreiber, sein Knappe und die beiden Meldereiter wurden inzwischen von seiner Mutter bestens versorgt. Am nächsten Tag zogen sie weiter.

Der Weg war sehr beschwerlich über die Berge des Thüringer Waldes. Als sie den Rynnestig erreicht hatten, waren sie froh, dass es wieder abwärts ins Tal ging. Harald kannte die Handelsstraße, auf der sie reisten und er erinnerte sich, wie schön alles hier in der Sommerzeit war.

Jetzt hatten sie Lenzing und der Winter hielt unvermindert an. Die Temperaturen fielen in der Nacht sehr stark und das Wasser gefror in den Bottichen, wenn das Feuer ausging. Der Winter war für Mensch und Tier keine angenehme Jahreszeit und jeder sehnte sich nach dem Frühling. Wenn die Ernte gut war und genügend Schlachtvieh im Stall stand, ließ sich die kalte Jahreszeit gut überbrücken. Das war aber nur sehr selten der Fall. Oft hatten Unwetter einen Teil der Ernte vernichtet, oder es waren durch Krankheiten viele Tiere verendet. Dann gab es große Not in den Sippen und alle mussten mit sehr wenig auskommen. Besonders im Thüringer Wald, in den Tälern und auf den Berghöhen waren die Böden für eine ertragreiche Landwirtschaft ohnehin nicht gegeben. Hier mussten sich die Leute durch Korbflechten, Besenbinden oder Holzarbeit am Leben erhalten. Sie tauschten ihre Waren auf den Märkten oder gingen damit von einer Siedlung zur anderen.

Harald kehrte auf seinem Weg ins Tal bei einem Wegewart ein. Dieser Mann kontrollierte den Handelsweg und besserte kleinere Schäden selbständig aus. Hierfür wurde er von dem Gaugrafen mit Lebensmitteln versorgt.

Wenn Handelsleute hier entlang kamen, so wurden sie an seiner dürftigen Tafel immer satt und sie gaben dann dem Mann etwas von ihren Waren. Einen Teil dieser Waren konnte der Wegewart auf den Märkten wieder gegen Lebensmittel eintauschen. So funktionierte das ganz gut und es war für ihn und seine vielköpfige Familie nicht allzu schwer, den Winter zu überstehen. Nach dem gemeinsamen Essen, es gab eine Art Hafersuppe, setzten sich alle um das inmitten des Raumes befindliche Feuer. Die Hütte hatte überhaupt nur einen Raum, in dem auch zwei Ziegen und ein paar Hühner mit untergebracht waren. Für die Männer brachte der Wegewart noch einen besonderen Trunk. Es war ein aus Getreide selbstgebrautes alkoholisches Getränk, eine Art Bier.

Die Kinder baten die Gäste, ihnen ein paar Geschichten zu erzählen. Alle winkten ab, und meinten, sie sollten Harald danach fragen. Harald ließ sich nicht lange nötigen
„Was für eine Geschichte möchtet ihr denn gerne hören?", fragte er die Kinder.
„Eine Göttergeschichte", schrien sie, fast wie aus einem Mund.
„Nun gut, dann werde ich euch erzählen, wie der Gott Odin die Götterburg Asgard erschaffen hat."
„Oh ja, das ist schön."
Die Kinder, ob klein, ob groß, schauten gespannt auf Haralds Mund.
Harald tat so, als müsste er sich voll konzentrieren und die Geschichte aus der letzten Schublade seines Gehirns hervorholen. Die Spannung stieg an. Dann begann er endlich.
„Mit den Riesen gab es immer wieder Ärger. Auch die Menschen hatten darunter zu leiden. So beschloss Odin, den Menschen eine riesige Burg zu errichten. Er nannte sie Mitgard. Hier fanden die Menschen Schutz in der Not. Oberhalb von Mitgard errichteten die Götter eine zweite Burg für sich selbst und sie nannten sie Asgard. Zu eng wollten sie nicht mit den Menschen zusammen leben. Asgard war auch nicht vergleichbar mit Mitgard. Die Gebäude und Schlösser waren viel prächtiger und in der Mitte der Burg hatte Odin das schönste Schloss und seinen Hochsitz, von dem er alles in der Welt überblicken konnte.
Odin sieht die Erde, wie eine große Scheibe, vor sich. Ganz außen schäumt das Weltmeer, dann am Rand ist Jotunheim und Einöd, wo die Trolle und Riesen wohnen. Im Süden bei Muspilheim sieht er ein Volk leben, deren Lebewesen wie lebende Fackeln brennen. Weiter im Westen kann er das Volk der Wanen sehen, die auch Götter sind und den Menschen manchmal bei ihrer Arbeit helfen. Woher diese Völker kamen, kann niemand sagen, sogar Odin wusste es nicht. Irgendwann waren sie einfach da.
Im inneren Ring der Scheibe liegt Mitgard, die Menschenburg und darüber im Himmel Asgard die Götterburg."

„Wie kommen aber dann die Götter zu den Menschen, wenn sie über ihnen im Himmel leben?", wollte eines der Kinder wissen.

„Das ist eine gute Frage", antwortete Harald.

„Die Götter haben eine Brücke zur Erde aus einem Regenbogen gebaut. Nur sie sind in der Lage über diese zu gehen, ohne abzustürzen. Damit schützen die Götter sich besonders vor den Riesen, die nur Böses im Schilde führen."

„Gibt es denn keine andere Verbindung zwischen der Götterburg und der Erde?"

„Einen anderen Weg gibt es nicht. Die Götterburg ist jedoch mit der Erde durch die Weltenesche verbunden. Die Esche hat eine Krone, die weit in den Himmel reicht und deren immergrünen Äste umspannen die ganze Welt. Dass war die Welt, die Odin geschaffen hatte und die sich immer weiterentwickelt, ohne sein Zutun. Darüber ist er sehr besorgt und grübelt oft darüber nach, was einmal geschehen wird."

„Odin ist doch der Klügste und Mächtigste der Götter. Er muss doch alles wissen, was in seiner Welt passiert. Warum grübelt er dann noch darüber nach?", wollte ein Mädchen wissen.

„Das mit dem Wissen ist so eine Sache. Wenn ihr Samenkörner in die Erde gebt, so wisst ihr, dass daraus einmal Halme erwachsen, die große Ähren tragen, die wiederum viele Körner enthalten. Das alles glaubt ihr zu wissen und zu kennen. Doch was dann nach einer gewissen Zeit wirklich aus den Samen entsteht, ist ungewiss. Es kann auch sein, dass nichts wächst oder etwas anderes, was man gar nicht gesät hat. Dieses unsichere Gefühl, etwas nicht zu wissen, hatte Odin immer gehabt. Er versuchte sich daher viel Wissen anzueignen und verlor dabei sogar sein Auge."

„Wie kann so etwas sein?", fragte verwundert ein großer Junge.

„Odin war noch ein sehr junger Gott und immer bestrebt, alles, was in der Welt passiert, zu kennen. Daher zog er oft verkleidet durchs Land und sprach mit den Lebewesen, die er traf.

Einmal hörte Odin, dass es im Reich der Riesen einen Troll gibt, der ein Einsiedler ist und der klügste aller Geschöpfe sein sollte. Den suchte er als verkleideter Wanderer auf.

Als Odin endlich den Einsiedler fand, erfuhr er, dass dieser seine Weisheit aus einer Quelle schöpfte. Das Wasser, das er trank, machte ihn mit jedem Schluck etwas klüger, als zuvor. Nun bat Odin den Einsiedler mit Namen Mime, ob er auch von seiner Quelle trinken dürfe. Der Troll verweigerte es ihm.

Odin versuchte es mit jeder List, mit Versprechungen und Drohungen, doch nichts half.

Auf einmal machte Mime einen gar seltsamen Vorschlag: „Wenn du mir eines deiner Augen gibst, so darfst du trinken." Odin überlegte eine Weile und der Wunsch, weise zu sein, war übermäßig geworden. So riss er sich ein Auge aus, ging zur Quelle und trank.

Da erkannte Mime, dass der Wanderer ein Gott sein musste. Er freundete sich mit ihm an und verriet ihm das Geheimnis des Wassers.

‚Das Wasser fließt aus einer Wurzel der Weltesche Yggdrasil. Die Weltesche hat nämlich drei Wurzeln, eine in Niflheim, weit im nördlichen Nebel, eine in Asgard, wo ihr Götter wohnt und eine hier bei mir. Solange den Wurzeln nichts passiert, wird auch der Baum nicht verrotten und die Welt so erhalten bleiben, wie sie ist.'

Die beiden unterhielten sich noch lange und je mehr Fragen Odin beantwortet bekam, umso mehr neue Fragen stellten sich ihm. Seine Sorgen um den Fortbestand der Welt wurden nun nicht kleiner, sondern größer."

„Das kann ich nicht verstehen?", meinte ein Mädchen.

„Das ist nun einmal so, je mehr man weiß, umso mehr hat man dann das Gefühl, dass man immer weniger weiß. Ihr könnt hierzu meinen Schreiber fragen, der mehrere Sprachen spricht und schon so viel von der Welt gesehen hat. Er muss es wissen."

Alle blickten sogleich hin zum Schreiber. Der war überrascht, dass er jetzt auch etwas sagen musste. „Ja, Kinder, das ist so. Als ich ein großer Junge war und gerade lesen und schreiben konnte, da hatte ich das Gefühl, mehr zu wissen, als meine Lehrer. Mit jedem Buch, das ich danach aber gelesen hatte und sich damit mein Wissen erhöhte, kamen immer mehr neue Fragen in mir auf und ich hatte dann das Gefühl immer weniger zu wissen, als zuvor. So ist das bei mir. Trotzdem ist das, was ich weiß, mein größter Schatz, viel wertvoller, als Gold und Edelsteine. Ich habe mein Wissen immer dabei und keiner kann es mir rauben. Und ich kann vielen Menschen damit helfen und auch selber gut davon leben, da es immer große Herren geben wird, die es von mir benötigen und mich für mein Wissen bezahlen."

Einer der großen Jungen sagte: „Uns wird das nicht passieren, denn wir sind arm und können deshalb nichts lernen."

„Das muss nicht sein", entgegnete der Schreiber. „Wichtig ist, dass ihr mit offenen Augen durchs Leben geht und so wie Odin versucht, überall und jederzeit dazu zu lernen. Ihr könnt, wie er, die Leute befragen und euch immer wieder selber Gedanken machen. Es gibt unzählige Möglichkeiten etwas zu erlernen, ihr müsst nur danach suchen und Augen und Ohren offen halten."

Es war schon spät am Abend geworden und die Mutter schickte die Kinder ins Bett. Sie waren noch nicht müde und hätten noch gern eine weitere Geschichte gehört, aber der Mutter durfte nicht widersprochen werden, dass wussten sie alle.

14. Haralds Hochzeit

Der April war gekommen und Harald hatte fast alle Gaue im Westen des Unterreichs bereist. Überall hin sandte er Subkoordinatoren, die ihre Arbeit sehr gut machten. Somit brauchte er nur noch zur Inspektion dorthin reisen und war mit dem Ergebnis vollauf zufrieden.

Die Gaue oberhalb der Donau und diesseits des Limes, der Grenzlinie des ehemaligen Römischen Reiches, waren reicher, als die im Norden und Osten des Thüringer Landes. Begünstigt durch das wärmere Klima und die guten Böden war der Anbau von mehreren Getreidearten und verschiedenem Gemüse möglich.

Als Harald im Februar die ersten Gaue entlang der Westgrenze besuchte, bemerkte er den ehemaligen Einfluss der Römer. Die Menschen hatten vieles von deren Kultur übernommen und bewahrt.

Jetzt, fast dreihundert Jahre danach, waren die Unterschiede zu den nördlichen Thüringer Gauen noch immer deutlich erkennbar. Auch die Mentalität der Menschen war eine andere. Sie waren fröhlicher und lockerer im Umgang miteinander.

Die Handelsstraßen waren besser ausgebaut und es gab viele große Siedlungen mit Märkten. Der Handel schien hier eine besonders große Rolle zu spielen. Nach der Schließung der Grenze zu den Franken wurde der Warenaustausch nur zu den übrigen Nachbarn im Süden und Osten wahrgenommen. Die Alamannen, die jenseits des Limes lebten und von den Franken vor etwa dreißig Jahren besiegt wurden, begehrten immer wieder gegen diese auf. So gab es wiederholt Aufstände, die von den Franken blutig niedergeschlagen wurden. So mancher Alamannenkrieger hatte deshalb seine Heimat verlassen und war in das Unterreich Thüringens übersiedelt. Sie kannten aus eigener Erfahrung die Gefahr einer Frankenherrschaft am besten und standen Harald mit Rat und Tat zur Seite.

Harald wurde überall sehr freundlich aufgenommen und fühlte sich sehr wohl. So bedauerte er es sehr, die

Gastfreundschaft der Gaugrafen nicht länger als nur ein paar Tage genießen zu können. Doch das Unterreich war sehr groß.

Nach seiner Hochzeit musste er noch die östlichen Gaue des Unter- und Oberreichs inspizieren. Dann hätte Harald alle Gaue des großen Thüringer Königreiches besucht und kennen gelernt. Überall hatte der Schreiber seine Landkarten vervollständigt und die Krieger erfasst. Auch wurden viele Notizen über die wirtschaftliche Leistungskraft der Gaue und anderes mehr, gemacht. Harald hatte in den vielen Tagen des Zusammenseins, viel von ihm gelernt. Er sprach jetzt gut Latein und beherrschte diese Sprache auch in der Schrift. So konnte er verschiedene Mitteilungen an den Hauptmann selbst verfassen oder Botschaften vom Königshof selber lesen.

Der Frühling nahm Einzug und die Handelswege waren schwerer befahrbar, als im Winter. Bäche verwandelten sich in Flüsse und so musste Harald mit seinen Männern oft einen Umweg nehmen, um in Richtung Heimat weiterreisen zu können. Zur Hochzeit mussten sie unbedingt rechtzeitig in Rodewin eintreffen, das war das nächste Ziel für ihn und seine Gedanken schweiften immer wieder zu seiner Braut und die schöne Zeit, die er mit ihr haben würde.

Die Hochzeit sollte am Tag nach dem Vollmond im Wonnemond sein. Es hatten sich viele Gäste angesagt. Auch der König wollte kommen. Die Sippen der Braut und die von Harald waren intensiv mit den Vorbereitungen der Hochzeit beschäftigt.

Die Ausrichtung des Ganzen war Sache der beiden Sippenvorstände, die auch gleichzeitig Gaugrafen waren. Die Feierlichkeiten würden in Anstedt, der Siedlung der Braut beginnen und in Rodewin fortgesetzt werden. Der Ablauf wurde genau abgestimmt.

Gegen Ende April war das Wetter sehr angenehm. Die Sonne hatte auch den meisten Schnee in den Bergen des Thüringer Waldes schmelzen lassen und überall spross das neue Grün der Bäume und die Blumen blühten auf den Wiesen. Der König war mit dem Hauptmann und einigen Dienern auf dem Rynnestig zur Jagd unterwegs. Er wollte einige Stücke Großwild zur Bereicherung der Hochzeitstafel erlegen. Es gelang ihm, mehrere Hirsche und einen Braunbären zur Strecke zu bringen. Mit dieser beachtenswerten Beute zog er am Tag vor der Hochzeit nach Rodewin. Harald war auch schon zu Hause eingetroffen und so trafen sie sich sogleich und Harald konnte über seine letzte Reise berichten.

Diener des Königs hatten schon Tage zuvor auf dem Thingplatz des Oberwipgaus die prächtigen Zelte aufgestellt. Hierhin lud der König alle Gäste und Krieger des Oberge- und Oberwipgaus ein. Es wurde ein Teil des erlegten Wildes an Spießen zubereitet und alle genossen das gute Essen und den Met aus den Weinkellern des Königs.

Im Hintergrund spielten Musikanten altbekannte Weisen und mancher Krieger sang einige Verse der Götter- oder Heldenlieder dazu. Harald wurde vom König gebeten, einige seiner besonderen Erlebnisse auf seiner Reise durch die Thüringer Gaue zum Besten zu geben.

Daraufhin erzählte er mehrere lustige Episoden und Begebenheiten aus den Gauen. Wenn einer der Gaugrafen sich in so einer Geschichte wieder erkannte, so bedankte er sich mit einem Trinkspruch auf den König und das Brautpaar. Ein Becher nach dem anderen wurde geleert und Harald war froh, dass der König noch vor Mitternacht das Zechgelage beendet hatte. Er musste am nächsten Tag schon sehr früh aufstehen und sich für die Hochzeitszeremonie vorbereiten.

Am Horizont erschien das tiefe Rot der Morgensonne und kündigte einen schönen Frühlingstag an. Harald hatte nicht gut geschlafen, er war zu aufgeregt. Rosa hatte Harald das Hochzeitsgewand vorbereitet und ihm beim Einkleiden geholfen. Für alle war dieser Tag ein großer Festtag. Die Männer frühstückten zusammen und machten sich bald auf den Weg nach Anstedt. Sie führten die Brautgeschenke mit sich, so wie es Brauch war und zwischen den beiden Vätern verabredet wurde. Diesmal kam

Harald der Weg zu seiner Braut sehr lang vor. Vielleicht lag das auch daran, dass ein großer Zug von Reitern im Gefolge war.

Als sie in Anstedt ankamen, wurden sie schon weit vor dem Ort von vielen Jungen und Mädchen empfangen, die Zweige mit frischem Birkenlaub schwenkten und die herankommenden Reiter willkommen hießen. Osmunds Haus war sehr schön geschmückt. Am Eingang hingen Girlanden aus frischem Blattgrün und es war auch der Weg mit Birkenblättern bestreut. Am Haus angekommen, stiegen alle vom Pferd und Harald stellte sich vor die Eingangstür und rief: „Osmund, ich bin gekommen, um deine Tochter als Eheweib zu mir zu holen."

Alle von Osmunds Sippe waren noch im Haupthaus und zeigten sich nicht.

Osmund rief aus dem Haus: „Wer bist du, der um die Hand meiner Tochter anhält?"

„Ich bin Harald der älteste Sohn Herwalds aus Rodewin", antwortete Harald.

„Hast du auch Brautgeschenke mitgebracht?", fragte Osmund weiter.

„Ja, das habe ich, hier ist ein Pferd, so weiß wie der Schnee und ein Schwert, so wie es Brauch ist."

Jetzt ging die Tür auf und Osmund erschien mit den Männern seiner Sippe im Gefolge und sie gingen auf Harald zu. Alle hatten ihre Festtagskleidung angelegt.

Osmund begrüßte Harald als Ersten und betrachtete die Brautgeschenke. Dann drückte er Harald an seine Brust, als Zeichen, dass er mit den Geschenken einverstanden war. Er ging Harald voran in das Haus. Dort waren in der Küche alle Frauen versammelt. Sie bildeten ein Spalier hin zu der Tür des Wohnraums.

Da erschien Haralds Braut in einem wunderbaren Kleid mit Schleier und schritt langsam auf ihren Vater zu. Er gab ihr einen Kuss auf die Stirn und nahm sie bei der Hand. Dann übergab er seine Tochter an Harald und küsste auch ihn auf die Stirn. Das war der offizielle Teil der Eheschließung. Nun waren beide Mann und Frau. Als Paar traten sie aus dem Haus, gefolgt von Osmund und seiner Frau und den Mitgliedern seiner Sippe. Es gab viele Hochrufe und Glückwünsche für das Brautpaar.

Ein geschmückter Leiterwagen wurde vorgefahren, auf dem neben der Braut, alle Frauen von Osmunds Sippe Platz nahmen. Harald lenkte das Ochsengespann selbst. Sein Pferd band er an den Wagen an. Mit auf dem Wagen waren zwei hölzerne Truhen, die die Habe der Braut enthielten. Die Frauen hatten Körbe mit Kuchen und anderen Leckereien bei sich, als Wegzehrung. Mit Gesang zogen sie dahin, voran der Wagen mit den Frauen und zu Fuß folgten die Kinder, Knechte und Sklaven.

Die Männer ritten nach Rodewin voraus. Herwald empfing dort die Gäste und nahm deren Hochzeitsgeschenke entgegen. Er lud sie ein, an der großen Tafel, die auf dem Hofplatz aufgestellt war, Platz zu nehmen. Bei Met und gutem Essen warteten sie auf das Brautpaar.

Die hatten noch einen weiten Weg zurückzulegen. Wenn sie an einer Siedlung vorbeikamen, so wurden sie von Kindern an der Weiterfahrt gehindert. Mit dem Kuchen der Wegzehrung als Geschenk, wurde ihnen die Weiterfahrt erlaubt. So kamen sie erst kurz nach Mittag in Rodewin an. Herwald als Sippenoberhaupt empfing den Brautzug vor dem Tor zu seiner Siedlung.

„Ich begrüße euch alle in Rodewin. Dich, liebe Braut, heiße ich herzlich willkommen und nehme dich in unserer Sippe auf. Es soll dir allzeit gut ergehen und du wirst für mich, wie eine eigene Tochter sein."

Er umarmte sie und küsste sie auf die Stirn. Harald nahm seine Frau an der Hand und ging voran zu den Gästen an der Tafel.

„Ich möchte euch meine liebe Frau vorstellen, die ich heute Morgen geehelicht habe. Sie ist die Tochter von Osmund aus Anstedt. Ich freue mich, dass ihr alle gekommen seid und mit eurer Anwesenheit meinen Hochzeitstag ehrt. Jetzt bitte ich euch, nehmt wieder Platz und feiert mit uns die nächsten drei Tage."

„Gut hast du gesprochen", riefen viele und setzten ihr Essen und Trinken fort.

Harald führte seine Braut zu ihrem neuen Haus. Es war

mit Girlanden und Kränzen aus frischem Birkenlaub geschmückt. Er trug sie über die Schwelle und alle, die ihnen
bis zur Tür gefolgt waren, applaudierten laut.

Jetzt waren sie zum ersten Mal allein. Harald zeigte seiner
jungen Frau die Küche. Sie war begeistert, wie schön alles
hergerichtet war und dass er auch ihre Wünsche berücksichtigt hatte.

„Ich kann noch gar nicht glauben, dass wir jetzt verheiratet
sind, so richtig Mann und Frau", sprach Heidrun mehr zu
sich selbst.

„Mir geht es auch so", meinte Harald, „zu lange haben
wir auf diesen Tag warten müssen, so dass man gar nicht
glauben kann, dass er wirklich schon da ist."

Harald zeigte Heidrun den angrenzenden Stallraum und
zuletzt die Wohnstube. Das Haus war ähnlich ihrem
Elternhaus, so dass sie sich gleich heimisch fühlte.

„Es gefällt mir alles sehr gut und am liebsten würde ich
gleich in der Küche etwas kochen."

„Dazu hast du später noch genügend Zeit, doch solange
wir Hochzeit feiern bleibt die Herdstelle kalt, denn du bist
die Hauptperson und darfst noch nicht in der Küche arbeiten."

„Du bist ein großer Schmeichler."

Sie umschlang ihn und küsste ihn auf den Mund. „Auch
das darf ich jetzt immer tun, wenn ich will."

Harald ließ sie gewähren.

Die Gäste draußen wurden schon unruhig und riefen gemeinsam nach dem Hochzeitspaar. Es sollte sich in ihrer
Mitte niedersetzen. Ein jeder wollte sie sehen. Als sie aus
dem Haus traten, war der Jubel groß.

Am Nachmittag hatte sich der König angesagt. Das war
eine große Ehre für Herwald und seine Sippe. Der König
hatte nur den Hauptmann und Zinsmeister in seiner
Begleitung, zwei alte Freunde von Herwald.

Des Königs Sohn Baldur war schon einige Tage vorher zu
Hartwig zu Besuch gekommen. Doch die beiden schienen
sich mehr für andere Dinge, als die Hochzeit zu interessieren. Wenn sie es ermöglichen konnten, ritten sie nach
Alfenheim und besuchten dort Ulrichs Töchter Ursula und

Gislinde. Das sollte jedoch keiner wissen und so erzählten sie, dass sie auf Jagd gingen.

Der König beglückwünschte das Hochzeitpaar und übergab seine Geschenke an Herwald, für die Braut eine goldene Halskette und den Bräutigam ein kostbares Schwert. Alle bestaunten die Geschenke und auch die anderen kostbaren Dinge, die auf einem extra Tisch aufgestellt waren.

Der König blieb bis zum späten Abend. Am nächsten Tag wollte er zeitig in der Früh wieder zum Königshort abreisen. Als er sich von Harald verabschiedete, meinte er zu ihm: „Wie gedenkst du es zu tun, mit deiner Aufgabe und den vielen Reisen? Was meint deine Frau dazu?"

„Ich habe noch nicht mit ihr darüber gesprochen, doch weiß sie, was ich tue und dass ich lange Zeit von zu Hause weg bin."

„Ich rate dir, sie mitzunehmen auf deine Reisen. Sie ist eine kräftige Frau und wird die Strapazen bestimmt gut überstehen. Sprich doch einmal mit ihr darüber. Mein Einverständnis hast du dazu. Wir sehen uns also in einer Woche auf meiner Burg." Harald bedankte sich beim König und dieser ritt mit seinem Gefolge ab.

Jetzt, wo der König weg war, nahm die Gemütlichkeit des Feierns zu. Alle hatten sich sehr zurückhaltend gegeben, um nicht den König zu verärgern und damit Herwald in eine unangenehme Situation zu bringen.

Noch vor Mitternacht kündigte Harald an, sich schlafen zu legen. Einige machten zotige Bemerkungen zu dem, was er nun im Schlafzimmer erwarten würde. Auf manche Anmerkungen, die etwas feiner klangen, gab Harald eine spaßige Antwort, so dass alle lachen mussten. Heidrun war schon vorausgegangen, um alles im Haus herzurichten. Herwald hatte ihr als Hochzeitsgeschenk Rosa überlassen, die ihr bei allem behilflich sein sollte. Rosa war sehr froh darüber, da sie dadurch auch in der Nähe von Harald sein konnte.

„Wie alt bist du Rosa?" fragte sie Heidrun.

„So genau weiß ich das nicht, aber etwa so alt wie Hartwig."

„Na, dann dürftest du etwa Siebzehn sein", meinte Heidrun.

„Ich glaube ja, aber ein Kind bin ich nicht mehr."

„Das glaube ich dir, wenn ich dich so ansehe."

„Weißt du, dass ich jetzt deine neue Herrin bin, Rosa?"

„Ja, ich bin sehr froh und du wirst bestimmt sehr zufrieden mit mir sein."

„Das hoffe ich. Doch jetzt müssen wir erst einmal die Liegestatt herrichten, denn der Herr wird bald kommen."

„Ich habe schon alles vorbereitet. Wenn du willst, helfe ich dir beim Auskleiden."

„Daran muss ich mich erst gewöhnen. Ich habe zu Hause alles selber machen müssen. Du kannst mein Haar kämmen, wenn du möchtest."

„Ich möchte alles, was du willst. Du brauchst es nur zu sagen."

Rosa öffnete den Zopf von Heidrun und strich mit dem Kamm langsam durch das lange blonde Haar.

„Du hast sehr schönes Haar", meinte Rosa versonnen.

„Dein Haar ist doch auch sehr schön, wie ich sehen kann. Du brauchst dich doch deswegen nicht grämen."

„Grämen tu ich mich nicht, doch froh macht es mich auch nicht."

„Was gefällt dir denn daran nicht?", wollte Heidrun wissen.

„Es ist so hart und stumpf."

„Dann musst du es öfter kämmen. Ich kann dir morgen zeigen, wie man das richtig macht."

„Das wäre schön, darauf freue ich mich. Darf ich dir einen Bottich mit Wasser bringen, ich habe es schon angewärmt."

„Das ist gut, denn heute war es sehr warm und ich habe sehr geschwitzt. In das Wasser werde ich ein paar Blütenblätter geben, damit ich gut rieche. Das gefällt meinem Mann."

Heidrun war überrascht, dass sie zum ersten Mal ‚mein Mann' gesagt hatte. Das war sehr ungewohnt, aber schön.

Harald kam, als Heidrun schon in dem großen Bett

im Wohnzimmer lag. Er legte sich gleich zu ihr. Es war nicht das erste Mal, dass sie miteinander schliefen. Ihre Jungfräulichkeit hatte Heidrun bei dem letzten gemeinsam erlebten Sonnenuntergang verloren. Sie hatte daher keine Angst mehr und freute sich auf das, was noch folgen würde.

Harald war ein sehr zärtlicher Liebhaber und sie kamen die ganze Nacht kaum zum Schlafen.

Am nächsten Morgen hatte Rosa in der Küche das Frühstück vorbereitet. Alle versuchten, leise zu sein, damit das junge Paar nicht so früh aus dem Schlaf geweckt würde. Nachdem sie gegessen hatten, wollten sie zusammen noch spazieren gehen.

Einige der Männer setzten schon am Morgen das Zechen fort, obwohl sie kaum nüchtern geworden waren. Harald kümmerte es nicht. Er hatte als Hochzeiter einen gewissen Sonderstatus. Niemand würde die Zweisamkeit des jungen Paares stören.

Sie gingen zu den Fischteichen, die am Waldrand lagen. Hier waren sie ungestört.

„Ich möchte mit dir noch etwas Wichtiges besprechen."

„Was ist es denn lieber Mann, dass du mich hierher geführt hast, um es zu sagen?"

„Es betrifft meine Aufgabe als Koordinator. Ich bin da immer lange Zeit auf Reisen."

„Das weiß ich doch. Es stört mich nicht."

„Aber mich stört es schon, dass ich solange von dir getrennt bin. Jeder Tag kommt mir dann wie eine Ewigkeit vor."

„Das hast du aber schön gesagt. Dafür hast du einen Kuss verdient."

„Ich glaube, du nimmst das nicht ernst, was ich sage."

„Doch, das nehme ich. Was können wir aber dagegen tun?"

„Es gäbe schon eine Möglichkeit. Wir könnten gemeinsam auf Reisen gehen."

„Das würde mir sehr gefallen, doch das ist doch bestimmt nicht erlaubt?"

„Ich habe schon mit dem König darüber gesprochen und es war seine Idee, dass du mich begleiten könntest."

„Das ist aber ein schönes Hochzeitsgeschenk. Ich werde gleich heimgehen und packen. Wann reisen wir ab?"

„Nicht so schnell mein Herz, wir haben eine Woche Zeit, bis wir auf der Burg sein müssen. Ich werde dort noch wichtige Dinge mit dem Hauptmann besprechen und danach geht es in Richtung Osten."

„Das ist mir gleich, wohin wir reisen. Hauptsache ist, dass ich bei dir sein kann."

„Ich freue mich, dass du einverstanden bist. So brauche ich nicht gleich wieder mit dir ins Bett, um einen Stammhalter zu zeugen."

Heidrun gab ihm einen Klaps auf den Arm und sagte verärgert: „Jetzt bist du aber frech. Hätte ich das gewusst, wie frech du bist, hätte ich dich nicht geheiratet."

Sie scherzten noch lange miteinander und merkten nicht, dass es schon Nachmittag wurde.

Nach den Hochzeitsfeierlichkeiten machten sich Harald und seine Männer reisefertig. Knappe Roland hatte einen zweiten, mit Ochsen bespannten Wagen organisiert, der für die beiden Frauen, Heidrun und Rosa, sowie ihr größeres persönliches Gepäck, gedacht war.

Hartwig hatte seinen Bruder gebeten mitzukommen. Er wollte den zweiten Wagen lenken und die Frauen beschützen, wenn Harald nicht da war. Harald und sein Vater Herwald waren damit einverstanden und so hatte sich die Reisegruppe um drei Personen erhöht.

Zunächst fuhren sie zum Königshort und der Königsburg. Dort besprachen Harald, der Hauptmann und der Schreiber die Reiseroute. Sie hatten auch ein Gespräch mit dem König, der ihnen viel Erfolg wünschte.

Am Tag darauf zogen sie in Richtung Südosten, bis zu einer, schon während der Römerzeit bestehenden Siedlung oberhalb des Donauknies.

Für die Reise brauchten sie länger, als Harald es gewohnt war. Die Frauen baten öfters um eine kurze Rast und sie wollten sich auch alles unterwegs genau ansehen. Bei dem Tempo hatte Harald Bedenken, dass er seine Inspektionen nicht zeitgerecht abschließen konnte und so besprach er mit dem Schreiber, was sie tun könnten. Der Schreiber schlug vor, dass Harald mit seinem Knappen und den beiden Meldereitern vorausreiten sollte. Mit den Ochsenwagen kämen sie dann später nach. Das wäre auch kein Problem, da er ohnehin bei den Gaugrafen eingeladen und dort wohnen könnte. Harald gefiel dieser Vorschlag und so ritten sie zu viert zum Donaukniegau davon.

Heidrun setzte sich mit zu dem Schreiber auf seinen Wagen. Er lenkte das Ochsengespann selbst. Mit ihm konnte sie sich gut unterhalten, das merkte sie schon seit Beginn und auch von seiner Seite war eine größere Sympathie ihr gegenüber vorhanden.

Altersmäßig hätte er ihr Vater sein können, doch die beiden Männer waren in ihrem Wesen sehr verschieden. Ihr Vater kam ihr, neben dem Schreiber, sehr ungebildet vor. Er konnte nicht lesen und schreiben und wenn sie ihn einmal etwas fragte, so verwies er sie immer zu jemand anderem. Die Bildung hatte bei vielen keinen hohen Stellenwert. Wichtig war für einen Mann, gut zu kämpfen und damit der Sippe alle Ehren zu machen. Alles andere zählte nicht viel.

Hartwig war froh, dass Heidrun mit bei dem Schreiber auf dem Wagen war. So konnte er sich mit Rosa ungestört unterhalten. Die schien erst nicht sehr angetan davon zu sein, doch fand sie mit der Zeit gefallen daran. Hartwig erzählte ihr von der wunderschönen Burg des Herminafrids und übertrieb ein wenig, um Rosa zu beeindrucken. Rosa glaubte alles, was er ihr sagte und kam aus dem Staunen nicht mehr heraus. Die Situation versuchte Hartwig für sich zu nutzen. So machte das Reisen den beiden doppelt Spaß.

An der großen Handelsstraße kamen sie an mehreren Herbergen vorbei. Dies waren große Bauernhöfe, die separate Räume für die einkehrenden Handelsleute hatten. Man bekam dort auch zu essen und zu trinken. Der Schreiber suchte die Herberge aus. Er war schon einmal vor langer Zeit da gewesen. Ihm war es viel lieber hier zu übernachten, als erst die Zelte aufzubauen und das Essen selber zubereiten zu müssen.

„Hallo, Herr Wirt, können wir bei dir übernachten?", fragte er den am Tor stehenden Mann. Der Wirt erkannte den Schreiber und sein Gesicht hellte sich auf.

„Das hätte ich nicht gedacht, dass ich heute Abend so noble Gäste bekomme. Tretet ein in mein Haus und macht es euch gemütlich. Meine Frau wird euch gleich eine gute Suppe vorsetzen."

„Wenn du mir zuerst einmal einen Krug mit Wasser gibst, bin ich es schon zufrieden", antwortete der Schreiber.

„Daran soll es nicht fehlen. Ich habe hier das beste Quellwasser der ganzen Gegend und manche sagen, dass es sie sogar geheilt hat."

„Wovon denn", wollte der Schreiber wissen, „doch nicht etwa von der eigenen Dummheit."

„Du bist wie immer zu einem Scherz bereit, das gefällt mir an dir. Drum werden wir beide kein Quellwasser, sondern einen guten Tropfen Römerwasser trinken."

„Das habe ich noch nie gehört. Römerwasser, was soll das sein?"

„Die Römer nennen es ‚Vino' und die Beeren wachsen bei mir auf dem Feld. Ein Händler hatte mir vor ein paar Jahren ein paar Pflanzen gegeben."

„Weißt du denn, wie man das Römerwasser herstellt?"

„Ja, jetzt weiß ich es. Der Händler hatte es mir genau beschrieben. Doch als es soweit war, da schmeckte das erste Römerwasser so sauer, dass es mir gleich die Hosen runter gezogen hat."

„Das muss ja ein grausliches Gesöff gewesen sein. Ich hoffe, du hast nichts mehr davon in deinem Keller und verdirbst mir damit den Durst."

Sie mussten beide laut lachen.

„Nein, du bekommst den nicht zu trinken. Den kriegen nur Gäste, die lästig werden."

Hartwig hatte die beiden Ochsengespanne auf die Koppel geführt und ein paar Bündel Heu hingeworfen.

„Ist das dein Knecht?", fragte der Wirt den Schreiber.

„Nein, das ist ein hoher Herr, der mit uns reist."

„Er sieht noch sehr jung aus. Ob ich ihm auch unser Römerwasser anbieten kann?"

„Ich denke schon, du kannst ihn doch fragen, ob er es einmal probieren möchte."

Der Wirt reichte Hartwig einen Tonbecher mit dem so genannten Römerwasser. Hartwig nippte davon. Das Getränk schmeckte nicht ganz so süß, wie der Met, den er schon öfter probiert hatte. Er trank den Rest in einem Zug aus. Der Wirt und der Schreiber nickten sich verständnisvoll zu.

„Das Römerwasser scheint dem jungen Herrn gut zu munden", sprach der Wirt, „wenn ihr noch mehr wollt, so schenke ich euch gern ein. Hartwig nickte. Er war sehr durstig.

Die beiden Frauen hatten auch am Tisch Platz genommen und der Schreiber stellte sie dem Wirt kurz vor. Der Wirt fragte auch sie, ob sie gern von dem Römerwasser probieren möchten, doch sie lehnten ab und begnügten sich mit Wasser.

Inzwischen brachte die Hausfrau eine kräftige Fleischbrühe sowie frisch gebackenes Brot. Das duftete so gut, dass Hartwig nicht umhin konnte, lautstark den Duft zu würdigen. Das Brot schmeckte auch allen anderen so gut wie es roch und reichte nicht aus. Die Hausfrau brachte sogleich einen neuen Brotleib und schnitt Scheiben davon ab. Sie setzte sich mit an den Tisch und so aßen sie gemeinsam zu Abend.

„Hast du denn keine Kinder und Gesinde?", fragte der Schreiber den Wirt.

„Kinder haben wir leider keine, doch ein paar Knechte und Mägde helfen bei der Feldarbeit und im Stall. Sie leben im Gesindehaus und essen auch für sich, da wir oft Handelsleute als Gäste im Haus haben."

„Mir fiel es nur auf, deshalb fragte ich", sagte der Schreiber.

Der Wirt schenkte fleißig den Männern sein Römerwasser ein. Es schien ihm sehr zu gefallen, dass jemand mit ihm trank. Nach der Grenzschließung zu den Franken hatte auch der Handel in Nord-Süd-Richtung etwas abgenommen und nur selten kehrten Kaufleute bei ihm ein. Da sein Bauernhof allein in weiter Flur stand und der nächste

Bauer weit entfernt war, freute sich der Wirt über jeden Besucher, um ein wenig schwatzen zu können.

Das Römerwasser stieg den Männern fast gleichzeitig in den Kopf und die Zunge wurde ihnen schwer. Die Frauen amüsierten sich darüber, da sie nur Wasser tranken und nüchtern blieben. Sie waren von der Reise sehr müde und baten die Hausfrau, ob sie ihnen ein Nachtlager zuweisen könnte.

Die Frau ging mit Heidrun und Rosa zu einer Holzleiter in der Küche. Diese mussten sie hochsteigen, um in das Dachgeschoß zu kommen. Dort war Stroh ausgebreitet und mehrere Felle und Wolldecken lagen auf einem Haufen.

„Nehmt euch von den Decken so viel ihr braucht", sagte sie.

„Wo werden denn unser Schreiber und Hartwig schlafen?", wollte Heidrun wissen.

„Bei denen wird es noch eine ganze Weile dauern, bis sie sich hinlegen, denn mein Mann ist froh, dass er jemand zum zechen und tratschen hat. Sie werden den Rest der Nacht gleich dort zur Ruhe kommen, wo sie jetzt sind, denke ich. Wenn ihr noch irgendetwas braucht, so ruft nach mir. Ich werde mich jetzt auch in der Küche zur Ruhe legen."

Die Hausfrau stieg wieder von der Leiter und Heidrun ertastete mühsam ihr Nachtlager. Der Lichtschein des offenen Herdfeuers erhellte nur sehr dürftig das Obergeschoß. Hin und wieder drang ein kleiner Lichtstrahl durch die Ritzen der Dielenbretter.

Am nächsten Morgen schienen der Schreiber und Hartwig Kopfschmerzen zu haben. Sie hielten sich mit beiden Händen den Kopf und sahen gar mürrisch drein. Hartwig spannte die Ochsen vor die beiden Wagen und dann fuhren sie los. Heidrun saß wieder beim Schreiber, doch der hatte absolut keine Lust, sich mit ihr zu unterhalten.

„Ich mache dir einen Vorschlag", sprach er zu Heidrun, „du nimmst die Zügel und ich lege mich im Wagen ein wenig hin. Mir zerspringt fast der Schädel. Daran ist bestimmt das Römerwasser schuld. Wer weiß, was das für ein Gesöff war."

Ohne eine Antwort abzuwarten, überreichte er die Zügel und balancierte nach hinten in den Planwagen. Heidrun hatte keine Probleme mit dem Lenken des Ochsengespanns. Sie hatte zu Hause schon als kleines Mädchen den Ochsenkarren auf das Feld gefahren. Natürlich war ein so großer Reisewagen etwas anderes, aber der Weg war in gutem Zustand und es kam ihnen auch kein anderes Fahrzeug entgegen, vor dem sie ausweichen müsste.

Als sie etwa eine Stunde unterwegs waren, gab es einen lauten Kracher. Der Wagen neigte sich bedenklich zur linken Seite und Heidrun wäre fast vom Wagen gefallen. Das rechte Vorderrad war zerbrochen, ein wahres Malheur. Der Schreiber durch das Geräusch aufgeweckt, besah sich den Schaden.

„Ich habe mir gleich gedacht, dass das irgendwann passieren würde. Das Rad hätte schon längst ausgetauscht werden müssen. Doch das ist meine Schuld, ich habe es immer wieder hinausgezögert. Nun haben wir die Bescherung und kommen nicht weiter."

„Was können wir denn machen?", fragte Heidrun etwas ängstlich über die schwierige Situation.

„Wir brauchen ein neues Rad, aber wo bekommen wir es her?"

Inzwischen waren Hartwig und Rosa mit ihrem Wagen aufgeschlossen und besahen sich den Schaden.

Hartwig meinte: „Am besten wird sein, wenn ihr mit mir weiterfahrt und Hilfe holt."

„Es wird bestimmt nicht leicht werden, jemand zu finden, der uns hilft", sprach der Schreiber und schaute sich um. „Den Wagen kann ich nicht unbeaufsichtigt lassen, denn ich habe alle wichtigen Sachen darin. Ihr müsst sehen, dass ihr zu einem Bauernhof kommt und dort ein Ersatzrad bekommt."

Hartwig fuhr mit seinem Wagen und den beiden Frauen weiter. Der Weg ging durch einen sehr großen Wald und es war weit und breit kein Haus oder auch nur eine Hütte zu sehen.

Hinter einer Wegbiegung kamen ihnen zwei Wanderer

entgegen. Als sie in Höhe ihres Wagens waren, sprang der eine auf den Wagen und bedrohte Hartwig mit einem Messer. Der andere brachte die Ochsen zum stehen. Hartwig erkannte, dass die beiden Männer Räuber waren. Mit dem Messer an seinem Hals spielte er nicht den starken Mann. Die Frauen krochen verängstigt in den inneren Wagenteil. Der andere Räuber kam zu Hartwig und fesselte ihn. Dann schmiss er ihn vom Wagen und suchte nach den Frauen. Sie zerrten die Frauen an den Armen aus dem Wagen. Heidrun wehrte sich so gut es ging. Es half nichts. Die Räuber waren stärker und der eine versetzte ihr einen Hieb an den Kopf, dass sie zu Boden fiel.

Zu Rosa gewandt meinte er: „Wenn du nicht brav bist, wird es dir auch so ergehen."

Die beiden überlegten, was sie jetzt mit den dreien machen sollten. „Am besten wir töten sie gleich, dann gibt es keine Zeugen", meinte der eine.

Der andere schüttelte mit dem Kopf und stotterte: „Erst einmal haben wir unseren Spaß mit den Frauen, danach können wir sie immer noch abstechen." Er wedelte mit dem Messer vor Rosas Gesicht. „Na, mein Täubchen, was meinst du dazu?"

„Ihr werdet nicht weit kommen, denn wir sind nicht allein. Hinter uns kommen bewaffnete Knechte", antwortete sie ganz verängstigt.

„Gut, dass du mir das sagst. So müssen wir erst einmal von dem Weg hier herunter. Euch drei packen wir gefesselt in den Wagen und nehmen euch mit zu unserer Waldhütte. Wir haben dann immer noch Zeit uns zu überlegen, was mit euch geschieht."

„Ich möchte sie aber lieber umbringen, Bruder", antwortete der Jüngere, der immer noch das Messer in der Hand hielt und wie wild damit herumfuchtelte.

„Du bist still, ich habe hier das Sagen", schrie der ältere Räuber, der wahrscheinlich sein Bruder war, den Jüngeren an.

„Immer geht es nur nach dir. Das gefällt mir schon lange nicht mehr. Ich will selber machen können, was ich will."

„Jetzt setz dich erst einmal auf den Wagenbock und treibe die Ochsen an", herrschte der Ältere den Jüngeren an.

Das Gespann setzte den Weg in gleicher Richtung fort und nach der nächsten Weggabelung verließen sie den Handelsweg und fuhren einen wenig befahrenen Waldweg weiter.

Rosa riss vorsichtig von ihrem weißen Unterkleid kleine Stofffetzen ab und ließ diese in gewissen Abständen durch einen Ritz in dem Reisewagen auf den Weg fallen. Hin und wieder schaute der ältere Räuber ins Innere des Wagens, ob alles noch seine Richtigkeit hatte. Er konnte jedoch nichts Auffälliges bemerken.

Nach einigen Stunden erreichten sie einen Bach und durchfuhren ihn an einer seichten Stelle. Nicht weit von der Furt lag zwischen Felsen versteckt eine kleine Hütte. Die Räuber zerrten die drei Gefesselten in die Hütte und sperrten sie in einen Holzverschlag. Jetzt wurde erst einmal die Beute auf dem Wagen inspiziert. Enttäuscht über den Inhalt der Truhen, die hauptsächlich Frauenkleidung enthielten, gerieten die beiden in Streit.

Inzwischen hatte Rosa die Handfesseln von Hartwig lockern können. Es gelang ihm sich zu befreien, doch ließ er die Stricke noch locker um seine Hände und Füße, damit die Räuber nichts merkten. Es waren sehr kräftige Burschen und Hartwig hätte gegen sie allein nichts ausrichten können. Er musste also eine günstige Gelegenheit abpassen.

Die beiden miteinander streitenden Brüder kamen in die Hütte zurück und der Jüngere wollte unbedingt seinen Frust an den Gefangenen ablassen. Sein Bruder hinderte ihn jedoch daran. Wir müssen erst einmal in Ruhe überlegen und darüber schlafen. Morgen wissen wir vielleicht, was wir am besten mit ihnen anstellen.

„Ich will aber eine von den Frauen jetzt haben. Das steht mir zu."

„Ja, du kannst sie haben, aber du darfst sie nicht töten."

„Wenn sie artig ist, bleibt sie am Leben", lachte der Jüngere und schaute, wie ein wildes Tier in den Holzverschlag. Er schob das Gatter beiseite und fasste Rosa an den Beinen. Dann zog er sie aus dem Verschlag, hin zum Tisch.

Der ältere Bruder war damit beschäftigt, den Proviantkorb,

den er im Wagen gefunden hatte, zu durchstöbern. Er fand verschiedene Dinge, die für eine gute Suppe geeignet wären. Der Jüngere hatte inzwischen Rosa, wie ein erlegtes Wild auf den Tisch geschmissen und ihr mit seinem scharfen Messer in einem Zug die Kleidung aufgetrennt.

Den älteren Bruder, der am Tisch saß, schien das nicht zu interessieren. Er überlegte, wie er all das, was in dem Proviantkorb lag, am besten zubereiten könnte. Rosa hatte dies bemerkt.

„Darf ich dir eine gute Suppe kochen", sprach sie ihn an.

„Ja, mach das", antwortete der Ältere, sichtlich erfreut über diese Lösung. Der jüngere Bruder protestierte, aber der Ältere gab ihm einen Hieb ins Gesicht und schnitt Rosa die Hand- und Fußfesseln auf.

Rosa stieg vom Tisch und ging zu der Feuerstelle. Es war noch etwas Glut vorhanden und bald hatte sie ein starkes Herdfeuer und einen Kessel mit Wasser darüber gestellt. Als das Wasser kochte, gab sie das Fleisch und das Gemüse hinein. Erwartungsvoll schauten die beiden Räuber ihrem Tun zu. Der eine mehr aus Hunger und den anderen reizte die unbekleidet umherlaufende Rosa. Als die Suppe fertig war, sagte sie: „So ihr beiden, setzt euch brav an den Tisch. Gleich komme ich mit der besten Suppe, die ihr je gegessen habt."

Sie hatte zuvor zwei große Holzschalen und Löffel auf den Tisch gestellt. Die beiden Räuber setzten sich gegenüber an den Tisch. Rosa hatte ihre Hände mit ein paar Stofffetzen umwickelt, da der Kessel sehr heiß war. Sie hob ihn hoch und trug ihn zum Tisch. Dort tat sie so, als würde sie stolpern und schüttete den kochenden Inhalt in einem Bogen über beide Gesichter der Brüder. Die schrien vor Schmerzen auf.

„Ich kann nichts mehr sehen", rief der eine.

„Ich auch nicht", der andere.

Diese Situation nutzte Rosa. Sie öffnete den Holzverschlag und Hartwig kam heraus. Der nahm ihr Küchenmesser und lief zu den Räubern, die noch immer, wie wild um sich schlugen und nichts sehen konnten. Er ließ sich fallen und schnitt dem Älteren die Achillessehne des einen Beines durch. Der Räuber fiel zu Boden und schrie laut auf.

Der Jüngere hatte einen Stock ertastet und schlug wie wild mit diesem um sich. Als Hartwig arg in Bedrängnis kam, warf er das Messer gegen ihn und traf ihn am Hals. Das Blut spritzte aus seiner Schlagader und es half ihm auch nicht, dass er die Schnittwunde mit der Hand zudrückte. Er sank zu Boden und verblutete.

Hartwig ging zu dem älteren Räuber und fesselte ihn. Wegen seiner durchtrennten Fersensehne konnte der Räuber nicht mehr aufstehen oder gar laufen. Rosa hatte inzwischen Heidrun von ihren Fesseln befreit und sie kamen zu Hartwig, um ihm zu helfen. Zu dritt schleppten sie den gebundenen Räuber auf ihren Wagen. Hartwig spannte die Ochsen ein und ging, bevor sie abfuhren, noch einmal in die Hütte. Der jüngere Räuber lag am Boden und war verblutet.

Hartwig schaute sich in dem Raum um und fand in einer Nische eine kleine mit Eisen beschlagene Truhe. Als er sie hochheben wollte, merkte er, dass sie zu schwer war. Er rief nach Rosa und zu zweit trugen sie sie zum Wagen. Mit dem Messer öffnete er den Riegel. Die Truhe war bis zum Rand mit römischen Silbermünzen gefüllt.

„Das ist bestimmt das Raubgut der beiden. Wir nehmen es mit und übergeben es Harald", sagte Hartwig und trieb die Ochsen an.

Es war schon spät am Tag und Hartwig überlegte, wie er wohl den richtigen Weg finden könnte. Rosa erzählte ihm von den Stofffetzen, die sie vom Wagen fallen ließ und sie hielten konzentriert Ausschau danach. So konnten sie noch vor Einbruch der Dunkelheit den Handelsweg wieder finden und wenig später erreichten sie ein Bauernhaus.

Vorsichtig geworden, schlich Hartwig erst nah heran und inspizierte das Umfeld und das Haus. Er konnte durch die Tür in die Küche sehen und entdeckte da den Schreiber, wie er am Tisch saß und aß. Das war eine große Freude für ihn. Schnell eilte er zurück zum Wagen und sie fuhren auf den Bauernhof. Der Bauer hörte ein Geräusch und kam gleich, mit einem Stock in der Hand, aus dem Haus geeilt.

„Gemach, gemach", rief Hartwig, „wir sind Freunde des Mannes, der in eurer Küche sitzt."

„Na, wenn das so ist, so kommt herein."

Hartwig half den beiden Frauen vom Wagen. Dann spannte er die Ochsen aus. Der Bauer zeigte ihm einen Unterstand, wo er die Ochsen anbinden konnte und sie gingen zusammen ins Haus. Der Schreiber war sehr froh, dass er die drei wieder sah.

„Wo seid ihr denn geblieben? Hattet ihr euch verfahren?", fragte der Schreiber.

„So ähnlich war's", antwortete Hartwig.

„Aber wieso sieht Heidrun so zerschunden aus. Sie blutet doch im Gesicht."

„Es ist bereits wieder am abheilen", entgegnete Heidrun.

Der Schreiber drängte die drei: „So sagt doch endlich, was passiert ist".

Hartwig erzählte nun die ganze Geschichte, die sie erlebt hatten. Der Schreiber und die Bauersfamilie kamen nicht mehr aus dem Staunen heraus. Als er geendet hatte, wollten alle gleich den überlebenden Räuber sehen. Die Kinder rannten auf den Hof zum Wagen und hielten respektvoll Abstand. Hartwig und der Bauer trugen den Räuber in die Küche. An dem Fuß, wo Hartwig die Sehne zerschnitten hatte, sickerte das Blut durch den notdürftigen Verband. Da der Räuber gefesselt war, traute sich die Hausfrau an ihn heran und wechselte den blutverschmierten Lappen, den Rosa um seinen Fuß gewickelt hatte. Das Gesicht des Räubers war mit Brandblasen von Rosa's Suppe übersät. Er schien jetzt auch wieder etwas sehen zu können, denn er schaute nach dem Wassereimer, um daraus zu trinken.

„Wir werden ihn gefesselt an einen Pfosten im Stall binden, damit er uns nicht entwischt", meinte der Bauer.

„Was ist, wenn er sich von seinen Fesseln löst, dann kann er uns vielleicht entkommen", fragte die Hausfrau.

„Auf einem Bein käme er nicht weit", beruhigte sie ihr Mann.

Nach dem ereignisreichen Tag wollten sie sich zur Ruhe begeben, doch die meisten waren noch so aufgeregt, dass sie keinen Schlaf finden konnten.

Am nächsten Morgen lag der Räuber noch an der gleichen

Stelle, wo man ihn angebunden hatte. Der Schreiber und Hartwig packten ihn auf den reparierten Wagen und so fuhren sie in Richtung Donaukniegau weiter. Nach zwei Tagen erreichten sie ihr Ziel und Harald kam ihnen entgegen. Er war schon wegen der Verspätung sehr in Sorge. Als er dann Heidrun mit ihrer geschwollenen Wange sah, machte er sich große Vorwürfe, voraus geritten zu sein.

Der Räuber wurde dem Gaugrafen in Gewahrsam übergeben. Die Truhe mit dem Räuberschatz behielt Harald zunächst bei sich. Er wollte sie dem königlichen Zinsmeister übergeben.

Die beiden Brüder waren schon bekannt und gefürchtet als Wegelagerer, doch konnten sie nicht ergriffen werden. Zu groß und dicht war der Wald, in dem sie hausten. Der Gaugraf ordnete sofort die Hinrichtung des Übeltäters auf die dafür vorgesehene Art an. Er sollte lebend im Moor versenkt werden. Alle, die von der Hinrichtung hörten, folgten dem Wagen mit dem Räuber und schauten neugierig dem Treiben zu. Über dieses Ereignis wurde noch lange und oft gesprochen und auch über den Heldenmut des Jünglings und der beiden Frauen.

15. Der Spion

Harald bereiste als Koordinator die östlichen Gaue des Unter- und Oberreiches. Er hatte an der Donau begonnen und nun den nord-östlichsten Gau, den Elbkniegau, wo die Elbe nach Süden stromaufwärts verläuft, erreicht. Von hier musste Harald vor vielen Wochen plötzlich aufbrechen ohne seine Inspektion beendet zu haben. Er wurde damals zum König beordert, wo ihm wieder die Koordination für die Verteidigungsvorbereitungen des gesamten Reiches übertragen wurde.

Weibel, der Gaugraf, rühmte sich bei dem Gastmahl, das er zu Ehren von Harald und seiner liebreizenden Gattin gab, dass er mit dem Königshaus verwandt wäre.

„Wie ist das möglich", fragte Harald.

„Das ist eine lange Geschichte und ich weiß nicht, ob ich euch damit langweilen würde", erwiderte Weibel bescheiden.

„Das ist sehr interessant und ich will sie hören", drängte ihn Harald.

„Nun gut, so werde ich sie euch erzählen."

„Mein Vater hatte mir einmal gesagt, dass er mir den Namen ‚Weibel' von unserem ersten bekannten Vorfahr gegeben hat, der vor fast 500 Jahren als König der Hermunduren große Siege errungen hatte und große Teile unseres jetzigen Königreiches eroberte."

„Die Thüringer gab es doch damals noch nicht, oder kenne ich mich da nicht aus?" fragte Harald nach.

„Das stimmt. Es gab viele germanische Stämme, die umherzogen. Sie wollten weiter nach dem Westen, doch da waren die Römer und im Süden waren die Kelten. Anfangs kämpften die Hermunduren zusammen mit den Römern gegen die Kelten und später dann auch gegen die Römer, je nachdem, was Vorteile brachte. Vor etwa 150 Jahren haben sich die Thüringer aus den Hermunduren sowie Teilen der Angeln, Warnen und anderer Stämme zu einem neuen Stamm vereinigt. Es entstand das Thüringer Königreich. Der erste König der Thüringer wurde aus dem Königsgeschlecht der Hermunduren gewählt und ist einer meiner Vorfahren."

„Das ist sehr interessant. So müsstest du eigentlich jetzt König sein", warf Harald ein.

„Das ist nicht so, denn als König wurde im Thing nach dessen Tod, einer der Söhne ausgewählt. Meist war es der älteste Sohn, der diese Würde erhielt."

„Und was wurde mit den anderen", wollte Heidrun wissen.

„Die erhielten hohe Ämter oder wurden gute Feldherren."

„Wer waren denn die Hermunduren?", wollte Harald wissen.

„Die Hermunduren zählen wie die Langobarden, Semnonen, Juthungen, Markomannen und Quaden zu den elbgermanischen Stämmen. Der Name ,Hermunduren' bedeutet soviel wie ,die großen Dauerbewohner' und beschreibt das Streben dieses Volkes einen dauerhaften Lebensraum in den unruhigen Zeiten der Völkerwanderung zu finden. Es war ihnen auch gelungen und so blieben sie in dem Gebiet zwischen nördlichem Harz, Elbe, Donau, Werra und Weser. Die dort ansässigen Volksgruppen wurden vertrieben oder in dem neuen Stammesverband der Thüringer aufgenommen. So entstand unser Königreich."

„Wieso ist es aber jetzt geteilt?", wollte Heidrun wissen.

„Unser letzter großer König Bisin hatte vor seinem Tod bestimmt, dass seine drei Söhne je einen Teil des Königreichs erhalten sollten. Die Gaugrafen waren damit einverstanden, unter der Bedingung, dass einer von den Söhnen das Hauptsagen hat. So wurde schon zu Bisin's Lebzeit, der älteste Sohn Herminafrid als Hauptkönig gewählt."

„Das ist eine sehr interessante Geschichte, die du uns erzählt hast. Vielleicht fließt auch in unseren Adern Königsblut und wir wissen es nur nicht", warf Harald etwas scherzhaft ein.

„Möglich ist alles. Manches, was einmal war, wurde weitergesagt, doch es wurde noch viel mehr vergessen."

„Dein Urahn Weibel interessiert mich. Weißt du noch mehr über ihn?", fragte Harald.

„Er soll ein sehr großer Krieger gewesen sein und einst die Markomannen, Goten und Chatten besiegt haben und die Römer nannten ihn König Vibilius. Mehr weiß ich leider nicht über ihn."

„So will ich auf dein Wohl trinken und wünsche dir viele tapfere Söhne, so tapfer und erfolgreich wie es König Weibel war."

„Ich danke dir, mein Freund. Das ist ein sehr frommer Wunsch. Leider hat mir meine Frau keine Söhne geschenkt und mit mir wird wohl diese Königslinie aussterben."

„Das tut mir sehr leid", sprach Harald und alle schauten traurig auf den Gaugrafen.

„Ein Grund zur Trauer ist das nicht. Ich habe fünf hübsche Töchter und wenn ich die gut verheirate, so bekomme ich fünf Söhne dazu."

Alle lachten über den Einwand und die Töchter, die zuhörten, blickten verschämt zu Boden. Sie waren zwischen 14 und 18 Jahren und ohne Übertreibung alle bildschön.

„Ich kann dir nur bestätigen, dass sie sehr hübsch sind und es wird nicht schwer sein, sie zu verheiraten", meinte Harald.

„So leicht ist das auch nicht, wenn man so wie wir, am Ende des Reiches wohnt. Die tapferen Krieger verirren sich nur selten hierher und der eigene Gau ist nicht gerade mit vielen Jünglingen übersät."

„Wenn ich nicht schon verheiratet wäre, würde ich gerne eine von ihnen nehmen", scherzte Harald und Heidrun drohte ihm mit der Faust.

Weibel hatte seine Gäste in den Nebengebäuden untergebracht. Harald und Heidrun bewohnten ein eigenes Haus. Der Knappe Roland und Rosa kümmerten sich dort um sie. Hartwig, der Schreiber und die beiden Meldereiter schliefen in einem anderen. Die Häuser und ihre Einrichtungen waren nicht so komfortabel, wie sie es im Süden und Westen vorgefunden hatten, aber es war sehr gemütlich.

Am nächsten Tag sollte die Waffenschau stattfinden. Weibel hatte einige Tage zuvor die Order an alle seine waffenfähigen Männer geschickt. Es kam nicht einmal die Hälfte der Mannschaft. Weibel schien darüber nicht sonderlich überrascht.

Harald und der Schreiber waren hierüber enttäuscht.

„Warum sind deine Männer nicht alle erschienen?", fragte er den Gaugrafen.

„Das ist so in dieser Zeit. Es ist jetzt notwendig, das Gras zu mähen und zu trocknen, damit die Rinder den Winter überstehen und da fehlt jede Arbeitskraft auf den Wiesen."

Was wäre, wenn fremde Krieger in euer Gebiet eindringen würden und eure Frauen und Kinder verschleppten, würden sie dann auch noch daheim bleiben."

„Das hat es schon lange nicht mehr gegeben. An unseren Grenzen gibt es nur friedliebende Nachbarn und ich kann mich schon gar nicht mehr an einen Konflikt erinnern. Daher nehmen unsere Männer das mit der Pünktlichkeit nicht so wichtig. In ein paar Tagen werden sie hier sein. Wir müssen auf sie warten. So ist das nun einmal bei uns im Sommer. Im Winter hatten sie mehr Zeit, aber da musstest du schnell abreisen und sie standen da und wussten nicht, was sie tun sollten."

„Na gut, wenn das so ist, so werde ich mich um die wenigen, die gekommen sind, kümmern", meinte Harald, etwas missgelaunt. Es war auch ein wenig seine Schuld, dass er nicht einen Subkoordinator hierhin gesendet hatte. Damals, als er eilig abreisen musste, war keiner verfügbar und danach hatte er nicht mehr daran gedacht.

Harald ging zu dem bunt zusammen gewürfelten Haufen. Die Männer konnten sich noch gut an ihn erinnern und begrüßten den Helden gegen die Sachsen herzlich.

„Ich habe schon gehört, dass seit dem Winter nichts weiter gegangen ist und wir noch einmal von vorn beginnen müssen", sagte er zu ihnen

Harald ließ sie paarweise gegeneinander kämpfen, um zu sehen, wie sie mit den unterschiedlichen Waffen umgehen konnten. Es war für ihn niederschmetternd, wie schlecht sie ausgebildet und motiviert waren. Hartwig und der Knappe halfen ihm, so gut es ging, doch für eine bessere Motivation konnten sie auch nicht sorgen.

Die Männer waren durch die Feldarbeit sehr erschöpft und sahen nicht ein, wozu sie das Kriegshandwerk benötigten und sich körperlich anstrengen sollten. Feinde kannten sie nur von Erzählungen der Alten und Fremden. Eine Vorstellung von einem Kampf um Leben und Tod, hatten sie sich noch nie gemacht. Wenn Harald mit ihnen darüber sprach, dann schauten sie ihn nur verwundert an, so als käme er aus einer anderen Welt.

Harald erkannte, dass er zunächst die Motivation wecken musste. Dazu erbat er sich vom Gaugrafen, dass alle hübschen Töchter der Siedler bei den Kampfübungen zusehen sollten. Das zeigte Wirkung, zumindest bei den Jungkriegern. Die Älteren wurden durch die Jungen angestachelt und waren dann auch bei der Sache. Da jeder Bauer der Meinung war, dass nur er die schönsten Töchter hatte, so verzichteten die meisten auf deren Hilfe bei der Feldarbeit.

Auch Hartwig fühlte sich bei dem reizenden Publikum sehr wohl. Alle gaben ihr Bestes und strengten sich bei den Kampfesübungen mächtig an. Die fünf Töchter des Gaugrafen waren auch unter den Zuschauern. Auf die eine hatte Hartwig schon seit Anbeginn ihrer Begegnung ein Auge geworfen. Sie schien sich allerdings nicht sonderlich für ihn zu interessieren. Jetzt, wo sie sehen konnte, wie gewandt Hartwig mit den Waffen umging, da schien auch ihr Herz sich für ihn zu öffnen und sie erwiderte seine Blicke. Es waren ebenso andere Mädchen dabei, die ein Auge auf Hartwig warfen. Das nutzte er weidlich aus, um die Eifersucht von Elke, der dritten Tochter des Gaugrafen, zu schüren. Seitdem war sie bemüht immer in seiner Nähe zu bleiben.

Sie brachte ihm Getränke und Speisen und wenn eine andere sich freundlich zeigen wollte, dann drängte Elke sie weg. Dies schmeichelte Hartwig ungemein. So hatte sich noch nie ein Mädchen um ihn bemüht. Es ergaben sich viele Gelegenheiten miteinander zu reden. Ihm gefiel ihre Stimme und er ließ sie erzählen, von ihrem Leben in der weiten Ebene, den vielen Wasserläufen in der Flussniederung, den Inseln mit den fruchtbaren Böden, auf denen die verschiedensten Gemüse wuchsen und auch ihren Gefühlen und Sehnsüchten. Obwohl es ihr sehr gut zu Hause ging, hatte sie große Sehnsucht nach der Ferne und beneidete Hartwig, der schon so viel von der Welt gesehen hatte. Gern würde Elke mit ihm gehen, wenn er es möchte und die Eltern es erlaubten.

Wenn am Nachmittag Ruhe auf dem Kampfplatz einkehrte und Harald mit den Männern über die Wichtigkeit der Kampfbereitschaft und dem bevorstehenden Krieg gegen die Franken sprach, so konnte sich Hartwig mit Elke entfernen. Sie fuhren mit einem Boot durch die Wasserkanäle und beobachteten die Vögel. So viel auf einem Platz hatte er noch nie gesehen. Es waren sehr viele, für ihn unbekannte Arten dabei und Elke hatte für jede einen Namen. Ebenso bei den Pflanzen kannte sie sich bestens aus. Anfangs vermutete Hartwig, dass jemand, der in dieser einsamen Gegend aufwächst, in irgendeiner Weise dumm sein musste, um das Leben in der Abgeschiedenheit ertragen zu können. Die Ausflüge mit Elke in dem Boot lehrten ihn jedoch etwas anderes. Sie kamen sich immer näher, nicht nur gedanklich, sondern auch körperlich.

An einem Tag kamen beide an einer mit alten Eichen bewachsenen Insel vorbei.

„Wir wollen sie erkunden", meinte Hartwig. Elke war einverstanden. Sie vertäuten das Boot an einem Baumzweig, der bis ins Wasser reichte und stiegen das seichte Ufer hinauf.

Große, alte Bäume umsäumten die Insel wie ein Zaun. Sonst war sie nur mit Gras bewachsen und in ihrer Mitte lag ein kleiner Teich. Sie gingen hin und setzten sich an sein Ufer. Frösche tummelten sich im seichten Wasser und die Schilfzone war von Libellen übersät. Hartwig konnte nur eine Stelle an der Uferzone erkennen, die vom Schilf frei war. Er ging hin und griff in das Wasser, um die Temperatur festzustellen. Es war sehr warm an diesem Nachmittag und so wollte er ein kurzes Bad nehmen. Hartwig zog seine Kleider aus und sprang hinein. Das kühle Nass tat ihm sehr gut.

„Komm herein", rief er Elke zu.

„Ich kann nicht schwimmen, deshalb bleibe ich lieber draußen", antwortete sie ihm.

„Du brauchst doch keine Angst haben, ich pass schon auf dich auf."

Trotz gutem Zureden ließ sie sich nicht bewegen, ins Wasser zu steigen. Nach einer Weile ging Hartwig wieder heraus und legte sich neben sie ins Gras. Sie traute sich nicht ihn anzusehen, denn er war nackt.

„Stört es dich, dass ich so nackt neben dir liege", fragte Hartwig etwas spöttisch.

„Aber nein, das macht mir gar nichts aus, das bin ich doch gewohnt."

„Ach so, du gehst wohl öfter mit deinem Freund hier baden?", fragte Hartwig weiter.

„Ich habe keinen Freund, aber mit den anderen gehe ich manchmal hier her."

„Wer sind denn die anderen?"

„Du kannst aber blöd fragen", entgegnete sie etwas missgelaunt, „das werde ich dir nicht verraten."

„Na, wenn das so ist, dann will ich es gar nicht wissen." Hartwig tat so, als würde es ihn nicht weiter interessieren. Nach einer ganzen Weile sagte sie: „Ich gehe manchmal mit meinen Schwestern hierher und wir schauen den Libellen zu. Jungs waren noch nie hier, das ist eine richtige Mädcheninsel."

„Ach, so ist das, jetzt verstehe ich. So hätte ich gar nicht hier baden dürfen oder du denkst, ich wäre ein Mädchen."

„Wie soll ich das denken können, wenn du doch ganz anders aussiehst als ich."

„Wie soll ich das wissen? Ich weiß gar nicht, wie du wirklich aussiehst. Wir könnten das doch beide herausfinden, ob es Unterschiede zwischen uns gibt. Dazu musst du dich jedoch erst einmal ausziehen."

„Das könnte dir so passen, dann würdest du mich nackt sehen."

„Was wäre schon dabei? Hast du ein Leiden, das du mit deinem Kleid verbergen willst, vielleicht große Eitergeschwüre oder sonst etwas Unangenehmes?"

„Hör auf so zu reden, ich habe kein Leiden. Meine Haut ist zart und ohne Pickel, schöner als deine."

„Das musst du mir erst beweisen. Was ich nicht sehe, das glaube ich nicht."

Elke stand auf und zog sich das Oberkleid aus.

„Du musst dich schon ganz ausziehen, sonst sehe ich nichts."

Zögernd ließ sie auch das lange Unterkleid fallen.

„Na, siehst du, so schwer ist das doch nicht", sprach Hartwig ihr gut zu, so wie man ein Kind lobt, das etwas Neues fertig gebracht hat.

„Komm leg dich zu mir ins Gras, sonst sieht dich jeder, der mit dem Boot an der Insel vorbei fährt."

Geschwind ging Elke zu Boden und schaute ängstlich um sich. Hartwig gab ihr eine kurze Verschnaufpause.

„So, jetzt wollen wir nachsehen, was uns unterscheidet."

Er fing bei dem Kopf an und berührte ihre Stirn, dann seine. „Die Stirn ist bei uns beiden gleich."

Dann zupfte er an ihrem rechten Ohr und auch an seinem und meinte: „Auch das rechte Ohr ist das Gleiche."

So setzte er den Vergleich Stück für Stück fort und landete bei den ersten Unterschieden. Seine Berührungen ließen ihr anfangs einen unangenehmen Schauer über den Rücken laufen, doch das änderte sich schnell und es gefiel ihr allmählich. Elke lag noch immer auf dem Rücken, lang ausgestreckt und rührte sich nicht.

„Nun wollen wir auch den Geschmack kennen lernen", sagte er, wie zu sich selbst. Er beugte sich über ihren Kopf und senkte seine Lippen auf die ihren. Sie hielt die Lippen zusammengepresst.

„Du musst schon etwas lockerer sein, sonst kann ich deine Lippen gar nicht schmecken."

Hartwig versuchte es von neuem. Diesmal ließ sie ihre Lippen locker. Er küsste sie ganz zart, immer wieder, bis sie ihren Mund leicht öffnete und ihn gewähren ließ.

All das war neu für sie. Noch nie hatte sie ein Junge geküsst oder ihren Körper berührt. Es waren ungekannte Gefühle, voller Anmut und Poesie. Hartwig, der schon ein paar Erfahrungen mit Mädels hatte, tat so, als wäre ihm nichts neu, obwohl er innerlich vor Aufregung zitterte. Da Elke noch aufgeregter war als er, merkte sie es nicht. Er war der erfahrene Mann und wird schon wissen, was er tut, dachte sie sich. So konnte sie sich frei in den Strudel der eigenen Gefühle fallen lassen.

Harald war nun schon mehr als zwei Wochen im Elbkniegau. Inzwischen waren fast alle wehrhaften Männer zur Ausbildung erschienen und die Motivation hatte sich erheblich gebessert. Inmitten der Ausbildung kam ein Meldereiter des Königs angesprengt und forderte Harald auf, unversehens beim König zu erscheinen. Einen Grund wollte er nicht nennen. So nahm Harald an, dass die Franken mit dem Einmarsch ihres Heeres begonnen hatten. Er eilte zum Gaugrafen und informierte ihn über seinen Aufbruch.

„Es tut mir sehr leid, dass ich euch ein zweites Mal so plötzlich verlassen muss. Doch ich werde meinen Bruder bei euch lassen, der die Ausbildung eurer Krieger fortsetzt. Ich selbst breche mit meinem Knappen gleich auf und die Frauen sowie der Schreiber können morgen abreisen."

„Das ist ein guter Vorschlag und ich hoffe, dass ihr noch rechtzeitig zum Königshort kommt. Ich werde euch zwei meiner besten Pferde mitgeben, damit ihr unterwegs wechseln könnt."

„Ich danke dir vielmals für deine Unterstützung. Doch eine Bitte hätte ich noch. Vielleicht kannst du zum Schutz der Frauen zwei deiner Jungkrieger mitgeben. Ich glaube, dass es bald zum Krieg gegen die Franken kommt und so können deine Männer gleich bei uns in Rodewin bleiben."

„Das tue ich gern. Es wird nur schwer sein, die richtigen Krieger auszuwählen."

„Das überlasse ich dir, lieber Weibel. Ich denke, wir werden uns bald wieder sehen, zusammen mit deinen Männern."

Harald verabschiedete sich von allen und ganz besonders von seiner lieben Frau. Dann galoppierte er mit seinem Knappen in Richtung Westen davon.

Hartwig war froh, dass er noch ein paar Tage bleiben konnte. Weniger wegen der Kampfspiele, sondern wegen Elke, eine der schönen Töchter von Weibel, dem Gaugrafen vom Elbkniegau. Fast jeden Abend nach den Kampfesübungen verbrachte er seine Zeit mit ihr. Der Gaugraf und seine Frau tolerierten das Zusammensein.

Am liebsten war Hartwig mit Elke an dem Teich auf der kleinen Insel, die sie beide ‚Libelleninsel' nannten. Hier hatte sich Elke ihm zum ersten Mal hingegeben und seitdem genossen sie ihr Glück in vollen Zügen. Beide wussten, dass der Zeitpunkt der Trennung bald sein würde und als es dann soweit war, hätten sie die Zeit am liebsten angehalten. Hartwig versprach, so bald es ginge, wieder zukommen und er meinte es damit ernst.

Es gab nur wenige Wege, die vom Elbkniegau zum Königshort des Bertachar führten. Harald ritt im fliegenden Wechsel der Pferde ohne große Pausen zu machen. Sein Knappe hatte große Mühe nachzukommen.

Als sie auf der Königsburg ankamen, eilte Harald sofort zum Hauptmann. Der war überrascht, dass Harald schon so schnell hier war.

„Du bist wohl geflogen?", fragte er ihn.

„Das nicht, aber Weibel, der Gaugraf, hat mir noch zwei seiner schnellsten Pferde überlassen. So konnten wir ohne Unterbrechung durchreiten."

„Das ist gut, dass du schon da bist. Wir haben ein großes Problem. Du weißt sicher, dass wir Spione bei den Franken haben und daher ganz gut über deren Absichten Bescheid wissen. Andersherum dürften auch die Franken über unser Tun gut unterrichtet sein. Jetzt ist uns bekannt geworden, dass jemand, der über unsere geheimsten Verteidigungspläne bescheid weiß, diese an die Franken verraten hat. Das ist Hochverrat und darauf steht die Todesstrafe."

„Wer kann denn so etwas tun. Es kennen doch nur sehr wenige unsere Absichten."

„Das ist es gerade, was die ganze Sache sehr kompliziert macht. Wir kennen noch nicht den Namen des Verräters, aber die Informationen, die weitergegeben wurden, sind höchst brisant."

„Was sind es denn für Informationen, die weitergegeben wurden?", wollte Harald wissen.

„Es sind Angaben zu unseren Verteidigungslinien und auch die genaue Zahl unserer Krieger."

„Das wissen doch nur sehr wenige. Es sind der König, du, der Kriegerrat, der Schreiber und ich. Dann müsste einer von uns der Verräter sein."

„So ist es. Natürlich ist der König ausgenommen, aber alle anderen können es sein."

„Das ist eine ungute Geschichte. Ohne den Schuldigen zu kennen, sind wir wie gelähmt. Konnte unser Informant nicht auch etwas über den Verräter sagen?"

„Nein, er kennt ihn leider nicht. Er konnte uns nur berichten, welche Informationen die Franken erhielten."

„Was sollen wir da tun? Wir können doch nicht jeden der Verdächtigen solange foltern, bis einer gesteht."

„Das würde nichts bringen, denn auch wir müssten uns dem peinlichen Verhör dann unterziehen und ich weiß, dass ich nichts gesagt habe und von dir denke ich dasselbe."

„So ist es, bei meiner Ehre!", bestätigte Harald spontan.

„Gut, wenn wir uns beide schon ausschließen können, wer bleibt dann noch übrig?", fragte der Hauptmann.

„Das ist nur noch der Schreiber und der Kriegerrat."

„Ganz richtig. Aber wer von denen ist der Verräter? Wie können wir es herausfinden."

„Wie ist diese brisante Information zu uns gelangt?", wollte Harald wissen.

„Ich habe einen Brief von unserem Mann erhalten, in dem alles genau beschrieben ist."

„Kann ich den Brief sehen?", fragte Harald.

„Ja, hier ist er." Der Hauptmann holte aus einer verschlossenen Schatulle auf seinem Tisch eine Pergamentrolle heraus, auf der in Latein der Bericht verfasst war. Harald hatte auf seinen Reisen von dem Schreiber unter anderem auch Latein gelernt und konnte den Brief selber lesen.

Als er damit fertig war, wurde sein Gesicht ganz blass.

„Was ist mit dir?", fragte ihn der Hauptmann.

„Die Informationen, die hier weitergegeben wurden, sind das gesamte Verteidigungskonzept und als wesentlicher Punkt die Koordination der einzelnen Gaue. Einiges von dem, kann nur ich wissen, das ist sonderbar."

„Vielleicht weiß es auch der Schreiber?"

„Nein, der weiß wohl vieles, aber nicht alles. In dem Brief sind einige meiner Vorschläge genannt, wie die Verteidigungslinien aufgebaut werden sollen, die ich noch nicht weitergegeben habe."

„Du musst jedoch mit jemanden darüber gesprochen haben. Versuche dich zu erinnern!"

Harald saß auf seinem Stuhl, wie erschlagen und grübelte darüber nach, mit wem er darüber gesprochen haben könnte.

Nach einer langen Denkpause, in der ihn der Hauptmann auch nicht störte, konnte Harald sich daran erinnern, wem er diese Informationen gegeben hatte. Es war Hagen, der Sohn des Kanzlers und zweiter Koordinator im Reich. Ihn hatten sie bei ihren Überlegungen ganz vergessen.

„Ich werde gleich meine Knechte aussenden, um ihn gefangen zu nehmen und hierher zu bringen."

„Das würde ich nicht tun", meinte Harald.

„Und wieso nicht?", fragte verwundert der Hauptmann.

„Der Schaden ist groß, den er angestellt hat und die Franken haben ihn bestimmt gut dafür belohnt. Wir sollten ihn jetzt indirekt benutzen, um Falschmeldungen zu den Franken gelangen zu lassen", meinte Harald.

„Das ist eine sehr gute Idee. Den Kopf können wir ihm immer noch abschlagen. Doch welche Falschmeldungen sollen wir ihn weitergeben lassen?"

Harald überlegte lange, doch es fiel ihm nicht das Richtige ein.

„Das macht nichts, es ist schon gut zu wissen, wer der Verräter wahrscheinlich ist. Ich werde ihn heimlich überwachen lassen, damit wir noch Beweise finden."

„Das ist das Beste, was wir jetzt tun können und in der Zwischenzeit fällt uns noch etwas ein."

Der Hauptmann war sehr zufrieden mit dem Gespräch und dem Wissen, um den wahrscheinlichen Verräter. Harald durfte jetzt auf seine Kemenate und sich von der Reise ausruhen.

In den nächsten Tagen trafen sich der Hauptmann und Harald regelmäßig. Sie weihten niemand anderen in dieser Sache ein, auch nicht den König. Harald war der Meinung, dass es unter diesen Umständen besser wäre, wenn die Franken nicht in den nächsten Wochen einmarschieren würden. Sie kannten den gesamten Verteidigungsplan der Thüringer und das würde ihnen den Einmarsch sehr erleichtern. Bei einem der geheimen Besprechungen mit dem Hauptmann hatte er eine Idee.

Er sprach zum Hauptmann: „Wir sollten die Franken durch eine Falschmeldung so verwirren, dass sie den Feldzug aufschieben."

„Wie kann das aber geschehen?"

„Wir lassen sie wissen, dass wir mit den Sachsen an unserer Nordgrenze einen Pakt geschlossen haben und zwar, dass die Sachsen ins Frankenreich einfallen, wenn die Franken mit ihrem Heer in unser Land kommen."

„Ja, aber die Franken wissen doch, dass wir seit vielen Jahren mit den Sachsen immer wieder Scherereien haben. Stetig gibt es Grenzkonflikte und Raubzüge von sächsischen Kriegern in unseren nördlichen Gauen. Du hast das ja selber erlebt."

„Es ist richtig, dass die Sachsen nicht gerade unsere Freunde sind, aber wenn es ums Beutemachen im Frankenreich geht, würden die Franken ein solches Bündnis als wahrscheinlich ansehen."

„Ich glaube, so kann es gehen. Doch bevor wir die Falschmeldung durch unseren verräterischen Kurier weitergeben, sollten wir darüber mit dem König sprechen. Ich werde ihn heute Abend darüber informieren."

„Das wollte ich auch vorschlagen", meinte Harald zustimmend, „der König muss mit allem einverstanden sein."

Der Hauptmann informierte den König. Der war sehr verwundert über das Geschehene. Nach reiflicher Überlegung stimmte er dem Vorschlag zu.

Nun musste nur noch überlegt werden, wie man Hagen die Falschmeldung zukommen lassen könnte. Der Hauptmann schlug vor, ein fingiertes Schreiben an den Koordinator Harald zu richten, in dem er über den neuen Sachverhalt mit den Sachsen informiert wird. Dieses Schreiben sollte Hagen oder seine Vertrauten leicht abfangen können.

Was mit dem Schreiben weiter passiert, würde man dann sehen. Harald gefiel dieser Vorschlag sehr gut und er reiste zu diesem Zweck in einen westlichen Gau in der Nähe der königlichen Minen, in denen Hagen die Gesamtaufsicht hatte.

Hagen hatte in seinem neuen Amt als Oberaufseher für die königlichen Minen keine besondere Freude. Das

Leben war ihm zu trist und langweilig und die tägliche Auseinandersetzung mit den Gefangenen und Sklaven, die in den Minen arbeiten mussten, waren ihm zuwider. Es kam noch dazu, dass viele der Gefangenen ehemalige Freunde seines Vaters waren und ihm in der Vergangenheit manche Gunst erwiesen hatten. Jetzt erwarteten sie von ihm, dass er sich daran erinnere.

Das größere Problem für Hagen war jedoch das geringe Einkommen, mit dem er sein aufwändiges Leben nicht bestreiten konnte. So machte er Schulden und versuchte durch Unterschlagung größerer Mengen des geförderten Erzes diese Schulden zu begleichen.

Es kam Hagen deshalb sehr gelegen, als eines Tages ein Kaufmann, bei dem er einen hohen Schuldenberg angesammelt hatte, einen Vorschlag zur Tilgung machte und darüber hinaus noch einen hohen Kredit einräumte. Der Kaufmann wollte nur ein paar Informationen von ihm, als ehemaliger Koordinator. Da Hagen sich in dieser Angelegenheit ungerecht behandelt fühlte und den König, wie auch den Kriegerrat für den Selbstmord seines Vaters verantwortlich machte, so hatte er keine Skrupel die gewünschten Informationen weiterzugeben.

Das war vor vielen Wochen geschehen und inzwischen hatten sich seine Schulden bei dem Kaufmann erneut angesammelt. Da Hagen keine wichtigen Informationen mehr hatte und auch nicht an diese herankommen konnte, verlegte er sich auf die Räuberei.

Einige seiner Saufkumpane führten das aus, was er ihnen anschaffte. Selbst nahm er an den Raubzügen nicht teil. Mit dem Raubgut beglich er bei dem Kaufmann die Schulden und dieser fragte nicht, woher die Sachen kamen.

Bei einem dieser Überfälle im dichten Wald, wurde der Meldereiter des Königs seiner Habe beraubt. Er hatte Glück, im letzten Moment entfliehen zu können. Doch seine Tasche mit den Pergamentrollen, verlor er. Bei diesen Rollen fand sich auch der Brief des Hauptmanns an Harald. Die Räuber selbst konnten nicht lesen, doch als Hagen das Schreiben sah, wusste er welchen Wert es hatte. Er zeigte es dem Kaufmann, der ihm dafür wiederum seine Schulden erließ und auch seinen Kredit erheblich anhob.

Über geheime Grenzgänger, denn der Handel mit dem Frankenreich war verboten, gelangte das Pergament zum fränkischen König Theuderich, einem der vier Söhne Chlodwigs.

Die Königssöhne hatten wie bei den Thüringern das große Frankenreich unter sich aufgeteilt. Ihre Kriegszüge stimmten sie jedoch untereinander ab und bestritten sie meist gemeinsam.

Als Theuderich das Pergament sah, bestätigte sich sein Verdacht gegen die Sachsen und sein Groll gegen dieses verräterische und abtrünnige Volk stieg erneut in ihm auf. Er hatte bereits selbst versucht mit den Sachsen ein Abkommen gegen die Thüringer zu treffen, doch die schoben es immer wieder auf. Jetzt hatte er den Beweis vor sich liegen, warum sie nicht auf sein Angebot eingegangen waren. Alles schien Theuderich jetzt ganz klar und er informierte umgehend seine Brüder über die neue Situation.

Vor mehreren Wochen hatten sie beschlossen, in den Sommermonaten, nach der Ernte, ins Reich der Thüringer einzudringen. Sie glaubten, dass ihre kampferprobten Krieger, nach Kenntnis der Verteidigungsanlagen der Thüringer, leicht zu besiegen wären. Wenn jedoch die Sachsen dann in ihr Land einfielen, hätten sie ein Problem. Sie müssten ihr Heer teilen und gingen Gefahr, gegen beide zu verlieren. So beschlossen sie, den Einmarsch auf ein Jahr zu verschieben und mit den Sachsen, Gegenabsprachen zu treffen.

Der Hauptmann erfuhr über seinen Informanten von den neuen Absichten der Franken. Es war alles so verlaufen, wie er es mit Harald vermutet hatte. Der Angriff wurde um ein Jahr verschoben.

Jetzt hatten sie noch Zeit ihr Verteidigungskonzept neu zu gestalten. Hagen wurde in der folgenden Zeit nicht angetastet. Er konnte so weiterleben wie bisher. Vielleicht bestand die Notwendigkeit nochmals eine gezielte Falschmeldung weiterzugeben. Seine Überwachung geschah sehr dezent, damit er oder seine Freunde, keinen Verdacht schöpfen konnten. Es wurden ihm auf verschiedene Weise immer wieder ein paar nicht so wichtige, aber leicht überprüfbare, Informationen zugespielt. So blieb er für den Kaufmann und den fränkischen König Theuderich weiterhin ein wichtiger Informant. Das bereits verratene Verteidigungskonzept wurde offiziell nicht aufgegeben.

An den Wehranlagen in der Nähe der Handelswege zwischen der fränkischen Grenze und dem Thüringer Becken wurde unvermindert weiter gebaut. Nichts sollte den Anschein erwecken, als wüsste man etwas von dem Verrat. Es war und blieb das Geheimnis zwischen dem König, dem Hauptmann und Harald.

Zusätzlich wurden jedoch Maßnahmen getroffen, die streng geheim gehalten wurden. Diese konzentrierten sich im Wesentlichen auf das Gebiet westlich des Thüringer Waldes. Um keinen Verdacht aufkommen zu lassen, denn es gab wahrscheinlich noch andere Spione auf Thüringer Boden, wurden alle Krieger zu einem Ort in der Nähe der Tretenburg, dem großen Thingplatz der Thüringer, hin beordert.

Es wurde niemand informiert, dass es eine Übung und kein Ernstfall war. Der Hauptmann wollte dabei feststellen, wie lange es dauerte, bis alle am vorbestimmten Platz ankamen. Zum anderen konnte er das Zusammenspiel der einzelnen Wehrgruppen aus den verschiedenen Gauen üben. Nicht zuletzt war ihm auch die Versorgung seines großen Heeres wichtig. Es galt jeden Tag genügend Lebensmittel herbeizuschaffen und vieles andere mehr.

Für die angereisten Krieger war nicht ersichtlich, ob die Schlacht gegen die Franken unmittelbar bevorstand. Erst nach sechswöchigem Heerlager wurde vom Hauptmann die Meldung herausgegeben, dass mit einem Angriff der Franken in diesem Jahr nicht mehr zu rechnen wäre. Ein Grund wurde nicht genannt. So gab es viele Vermutungen. Die einen meinten, dass sie vor den Thüringer Kriegern Angst hätten, andere glaubten, dass die Franken ihre Krieger nicht rechtzeitig zusammenziehen konnten und manche meinten sogar, dass sie den Weg hierher nicht finden würden.

Dem Hauptmann war es gleich, was sie sagten. Für ihn war wichtig, dass das Zusammensein und die gemeinsamen Übungen die Moral und Verteidigungsbereitschaft der Männer gestärkt hatte.

Die Franken erfuhren, wie erwartet, von dem Sammeln des Thüringer Heeres. Sie wussten nun, dass die Thüringer das Zusammentreffen der beiden Heere im Thüringer Becken in der Nähe der Tretenburg erwarteten. Somit konnten sie sich überlegen, wie sie im nächsten Jahr schnell und ohne Verluste dorthin gelangen könnten.

Ein Problem stellten die Sachsen im Norden dar. Sie waren in kleinere Stammesverbände gegliedert und unterstanden keiner zentralen Führung. Wer von den Sachsen mit den Thüringern ein Beistandsabkommen getroffen hatte, war nicht herauszufinden. Das führte zu einem steigenden Misstrauen zwischen den Franken und Sachsen. Dennoch versuchte Theuderich die Sachsen zu einem gemeinsamen Vorgehen gegen die Thüringer zu bewegen. Er hatte kein Glück damit, denn die Franken hatten in den letzten Jahren, wie auch in Thüringen, wiederholt Grenzverletzungen bei ihnen begangen und sich immer wieder aggressiv verhalten.

Mit dem Versprechen, dass diese Grenzverletzungen eingestellt würden, gaben die Sachsen auch das Versprechen ab, bei einem Krieg gegen die Thüringer nichts zu unternehmen. Mit dieser Regelung war Theuderich zufrieden. Er war sich sicher, dass der Heerzug erfolgreich sein würde und mit der vollkommenen Niederlage des Thüringer Heeres enden musste. Sein Bruder Chlothar, der in Soissons regierte, versprach ihn hierbei zu unterstützen.

Im großen Heerlager der Thüringer hatte der Hauptmann noch vereinzelt Mängel im Ausbildungsstand und auch in der Versorgung des Heeres festgestellt. Harald sollte bei der Koordinierung besonders darauf achten. Es war inzwischen Herbst geworden und in dem Winterhalbjahr führte man in dem nördlichen Klimaraum kaum Kriege.

Erst nach der nächsten Erntezeit bot sich ein günstiges Zeitfenster wieder dafür. Das würde fast ein Jahr dauern, also genügend Zeit für Harald, noch bestimmte Ideen umsetzen zu können. Insbesondere mit den Jungkriegern konnte er neue Kampftechniken üben. Sie waren aufgeschlossener als die älteren Krieger, die meist alles besser wussten und sich von den Jungen nichts sagen ließen.

Der Hauptmann erlaubte Harald, einen eigenen Kampftrupp zusammenzustellen und diesen persönlich auszubilden. Er sollte für spezielle Einsätze zur Verfügung stehen und nicht dem Heer unterstellt sein.

Harald suchte sich die Besten aus der Jungkriegerschar aus. Er konnte gar nicht alle aufnehmen, die sich dafür bewarben. So stellte er sehr hohe Eignungskriterien auf und wer eine der Aufnahmebedingungen nicht erfüllen konnte, musste wieder heimkehren.

Das Ausbildungslager verlegte er jedes Mal dorthin, wo er sich aufhielt. Somit wurden die Jungkrieger ständig mit einer neuen Umgebung und neuen Herausforderungen konfrontiert. Die gastgebenden Gaugrafen und ihre Krieger schauten sehr interessiert den Vorführungen der neuen Kampftechniken zu. Der Hauptmann hatte Harald einen seiner Sklaven zur Verfügung gestellt, der einst bei dem Ostgotenkönig Theoderich für Schaukämpfe in neuen Kampftechniken ausgebildet wurde. Von ihm erfuhr er vieles und entwickelte mit seinen Leuten diese Techniken weiter.

Heidrun konnte nun nicht mehr mitreisen, da sie schwanger war. So sahen sich die beiden Jungvermählten nur noch selten. In Rodewin richtete sich Heidrun ihr neues Zuhause nach eigenen Vorstellungen ein. Viele Verbesserungen hatte sie auf ihrer großen Reise durch die östlichen Gaue gesehen. Rosa half ihr dabei. Unangenehm war nur, dass alle zu sehr auf ihren Zustand Rücksicht nahmen. Man behandelte sie wie eine Kranke. Heidrun durfte nicht mehr schwer heben und auch keine Arbeit auf dem Felde verrichten. Andererseits war es ihr auch angenehm, so im Mittelpunkt zu stehen. Es verging nicht ein Tag, wo nicht ihr Schwiegervater Herwald bei ihr vorbei schaute und sich nach ihrem Befinden erkundigte. Hin und wieder kamen auch ihre Eltern zu Besuch, so dass ihr nie langweilig wurde.

Die Tage wurden kürzer und der Herbstnebel ebnete den Weg für den Winter. Der ließ nicht lange auf sich warten. Schnee bedeckte die weite Flur. Wer nicht im Freien bleiben musste, der zog sich gern in die warme Küche zurück. Heidrun war jetzt auch öfter im Haupthaus, weil sie sich dort mit ihrer Schwiegermutter gut unterhalten konnte. Sie war eine erfahrene Frau und hatte auf jede Frage eine kluge Antwort parat.

An den Abenden, wenn die Männer und Frauen aus dem Wald oder den Ställen kamen, um gemeinsam zu Abend zu essen, genoss sie die Geborgenheit in der großen Sippe. Jedes Mal erzählte Herwald im Anschluss an das Essen eine schöne Geschichte aus seinem Leben oder der Sagenwelt der germanischen Götter. Die Frauen setzten sich dann in die Nähe des Feuers und beschäftigten sich mit Handarbeit, wie Spinnen, Weben oder Stricken. Manche Männer schnitzten kleine Gegenstände aus Holz, wie Löffel oder Spielzeug für die Kinder.

So vergingen die Wintertage sehr schnell. Der einzige Wermutstropfen, den es für Heidrun gab, war die lange Zeit der Trennung von Harald. Sie wusste nicht, wann er einmal kommen würde und sie hatte das Gefühl, dass sie ihn gerade jetzt so dringend brauchte.

16. Prüfung der Jungkrieger

Hartwig hatte sich nach seiner Rückkehr aus dem Elb-kniegau voll auf die bevorstehende Prüfung als Jungkrieger, die zur Sonnenwende im Frühjahr des nächsten Jahres abgehalten werden sollte, eingestellt.

Gemeinsam mit den gleichaltrigen Jungen aus den Sippen der Nachbarorte übten sie sich im Speerwurf, Bogen-schießen, Axtwurf, Schwertkampf und anderen Techniken. Sie trafen sich regelmäßig am Thingplatz und ein paar erfahrene ältere Krieger gaben ihnen Tipps, wie sie sich verbessern konnten. Es gab feste Kriterien für die Prüfung, um Jungkrieger zu werden. Wer diese nicht erfüllte, konnte das Jahr darauf erneut antreten.

So kam es, dass in der Gruppe um Hartwig ein paar Jungen waren, die es schon bis zu zweimal versucht hatten. Nach dem dritten Mal wäre Schluss, dann gäbe es keinen Versuch mehr. Wer es bis dahin nicht schaffte, würde nie ein Krieger werden und auch keine Chance bekommen, nach dem Tod nach Walhalla zu reiten. Dieser Gedanke, nicht zu bestehen, war entsetzlich für jeden Burschen.

Manche bekamen deshalb sogar arge Albträume. Hartwig und die anderen unterbrachen auch nicht in der kalten Jahreszeit ihre Übungen. Es gab kein Wetter, das zu schlecht wäre, um sie zu unterbrechen oder auszusetzen. Oftmals kam er durchnässt und halb erfroren nach Hause und seine Mutter rieb ihn dann vor dem Herdfeuer kräftig mit einem Wolltuch ab.

Kurz nach der Wintersonnenwende kam Baldur wieder einmal nach Rodewin, um Hartwig zu besuchen. Dabei ging es ihm aber darum, mit ihm zusammen einen Besuch bei Ulrich in Alfenheim zu machen. Auch Ulrich war nicht der wahre Grund, sondern seine schöne Tochter Ursula. Auf die hatte Baldur schon lange ein Auge geworfen und sehnte sich nach ihrer Nähe. Hartwig sollte ihn dorthin begleiten, denn allein zu gehen, wäre für ihn nicht ganz standesgemäß. So als Begleiter von Hartwig blieb er ein einfacher Gast.

Um Hartwig bemühte sich dann Gislinde. Doch wo er jetzt

Elke aus dem Elbkniegau kennen gelernt hatte, wirkte Gislinde wie eine graue Maus. Er sagte ihr natürlich nichts davon. Letztendlich schienen alle zufrieden zu sein.

Nur Gislindes Mutter war etwas besorgt, da sie die Folgen solcher Begegnungen kannte. Sie schärfte ihren Töchtern ein, doch gut aufzupassen, dass sie nicht schwanger würden. Baldur fiel als Heiratskandidat wegen seinem hohen Stand aus. Bei Hartwig gäbe es da jedoch noch Möglichkeiten. Ulrich's Frau sprach deshalb auch ihren Mann an, in dieser Sache mit Herwald zu sprechen. Vielleicht könnte man Hartwig mit Gislinde verheiraten, dann wäre zumindest die eine Tochter gut versorgt.

Ulrich versprach ihr, bald einmal nach Rodewin zu Herwald zu fahren und mit ihm darüber zu reden. Hartwig wusste von alledem nichts.

Zur gleichen Zeit hatte sich in Rodewin kurzfristig Besuch angemeldet. Weibel, der Gaugraf war am Königshort und wollte, bevor er wieder nach Hause abreist, seinen Freund Harald und dessen Frau einmal kurz besuchen. Harald war leider nicht da, aber Herwald, der schon viel von ihm gehört hatte, freute sich auch sehr, ihn einmal kennen zu lernen.

Die beiden Männer verstanden sich von Anfang an sehr gut und Herwald bat Weibel, doch ein paar Tage zu bleiben. Das Angebot nahm Weibel gerne an. Sie waren beide Pferdenarren und es gab ständig etwas zu fachsimpeln.

Als Hartwig aus Alfenheim zurückkam, freute er sich sehr, Weibel zu sehen. Er stellte ihm so viele Fragen und wollte doch eigentlich nur etwas über Elke hören, wie es ihr ging und was sie so machte. Als die beiden einmal allein waren, sprach Weibel zu ihm: „Es ist schon lange her, als du von uns weg geritten bist und es hat sich auch viel bei uns ereignet. Ich sollte es dir eigentlich nicht sagen, aber ich kann es nun mal nicht für mich behalten."

„Was ist es Weibel, sprich?", fragte Hartwig ungeduldig.

„Es betrifft meine Tochter Elke. Ihr geht es gar nicht gut."

„Ist sie krank?", fragte Hartwig ganz besorgt.

„Das eigentlich nicht. Sie bekommt ein Kind."

Hartwig schaute Weibel ganz entsetzt ins Gesicht.

„Du sagst ein Kind. Hat sie denn geheiratet?"

„Nein, das nicht, aber sie hatte im Sommer einen Geliebten und da ist es halt passiert."

„Du meinst im Sommer, als ich bei euch war?"

„Ja, das meine ich."

„Das ist doch wunderbar, dann bin ich der Vater von dem Kind", rief Hartwig freudig erregt.

„Wenn du es mit ihr hattest, dann wird es wohl so sein."

Hartwig war noch immer ganz aufgeregt. Weibel sah, dass ihn die Nachricht sehr erfreute. So erkannte er, dass Hartwig in seine Tochter verliebt war.

„Weibel, ich möchte deine Tochter gern heiraten. Wenn es dir recht ist, so kannst du doch gleich mit meinem Vater über eine Hochzeit reden. Ich denke, mein Vater ist bestimmt damit einverstanden."

„Wenn du das wünschst, so rede ich gern mit deinem Vater."

„Im nächsten Jahr, da kann schon die Hochzeit sein, denn dann werde ich Jungkrieger und darf heiraten."

Hartwig lief eilig nach draußen zu Baldur, der gerade mit den Kindern eine Schneeballschlacht machte.

„Ich muss dir gleich etwas Wichtiges sagen."

„Was kann es denn so Wichtiges sein, dass ich den Schneeball in meiner Hand fallen lasse?"

„Du wirst es kaum glauben, ich werde Vater."

Baldur stand wie erstarrt da, so als hätte ihn die Nachricht selbst erreicht und Ursula wäre schwanger.

„Ich hatte bei Gislinde gar nichts bemerkt?", fragte er ungläubig.

„Doch nicht Gislinde. Ich meine Elke, das Mädchen aus dem Elbkniegau, von dem ich dir soviel erzählt habe."

„Ach so, Elke."

„Ja, Elke und vielleicht kann ich sie schon nächstes Jahr heiraten. Ihr Vater ist damit einverstanden."

„Da hast du aber großes Glück, dass er dich nicht gleich erschlagen hat. Schwängerst seine Tochter und machst dich danach aus dem Staub."

„So war es gar nicht und damals wusste noch keiner, dass sie schwanger war."

Hartwig rannte zurück ins Haus und fand in der Küche seine Mutter. Ihr erzählte er auch gleich das Ganze.

Als Herwald am Abend bei einem Krug Met mit Weibel zusammen saßen, da sprach er ihn deshalb an.

„Herwald, ich wollte noch etwas Wichtiges mit dir besprechen. Du weißt, dass ich fünf wunderbare Töchter habe, eine schöner, als die andere. In eine von diesen Mädchen hatte sich dein Sohn Hartwig verschaut und sie lieben sich."

„Dieser Schelm hat mir noch gar nichts davon erzählt."

„Du weißt doch selbst, wie das einmal war. Den Eltern sagt man es zuletzt."

„Du hast schon Recht, wir waren damals nicht anders."
Was sagst du zu dieser Verbindung unserer Kinder. Wärst du damit einverstanden oder hast du deinen Sohn schon jemand anderen versprochen."

„Das nicht, aber es kommt halt ein bisschen plötzlich für mich."

„Ich habe auch erst heute mit Hartwig gesprochen und er sagte mir, dass er sich die Ehe mit meiner Tochter sehr wünschen würde. Da beide sich danach sehnen, so sollten wir als Väter doch nicht dagegen sein."

„Ich habe grundsätzlich nichts dagegen, doch es kommt darauf an, ob ich mir das Brautgeschenk leisten kann."

„Darauf soll es zuletzt ankommen. Ein Pferd und ein Schwert, so wie es Brauch ist, wirst du doch noch für deinen Sohn haben?", entgegnete Weibel spöttisch.

„Wenn es nicht mehr ist, dann wollen wir auf unsere neuen familiären Bande anstoßen."
Herwald nahm die Metkanne und goss seinen und Weibel's Becher voll.

„So lass uns mit einem Zug die Becher leeren, mein lieber Weibel. Deine Tochter soll ab nun auch meine Tochter sein."

„Und dein Sohn soll mein Sohn sein, das will ich mit diesem Schluck bekräftigen."
Beide gossen in einem Zug ihre vollen Becher durch die Kehlen und umarmten sich. Jetzt war es beschlossen. Hartwig und Elke dürfen heiraten. Die Einzelheiten für die

Hochzeit wollten sie am nächsten Tag besprechen, wenn die Verlobung bekannt gegeben werden sollte.

„Eines muss ich dir aber doch noch über meine Tochter erzählen", säuselte Weibel, nun schon etwas angetrunken Herwald ins Ohr.

„Was ist mit deiner Tochter? Ist sie taub oder blind? Oder gibt es sonst etwas Auffälliges an ihr?"

„Taub oder blind ist meine Tochter nicht. Da kann ich dich beruhigen, aber schwanger ist sie."

Herwald schreckte von seinem Sitz auf.

„Von wem? Etwa von meinem Sohn?"

„Ja, von deinem Sohn."

„Dieser Schlingel, der kommt ganz nach seinem Vater."

Herwald füllte erneut die Becher und sie leerten sie wiederum in einem Zug. Dies war für beide zuviel. Ihre Köpfe fielen auf die Tischplatte und sie schnarchten nach kurzer Zeit um die Wette.

Am nächsten Morgen zum Frühstück gab Herwald die Verlobung von Hartwig und Elke bekannt. Alle freuten sich darüber, denn bei einer Hochzeit ging es allen gut. Auch die Vorbereitungen hatten, wie bei Harald's Hochzeit viel Freude gemacht.

Nun musste Hartwig erst einmal etwas über seine Braut sagen. Bisher hatte er sie den anderen verschwiegen. So schön und liebreizend, wie er sie nun beschrieb, konnte ein menschliches Wesen gar nicht sein, dachte sich mancher der Älteren unter ihnen. Das, was die meisten jetzt wissen wollten, war der Hochzeitstag.

Der früheste mögliche Termin wäre der Tag, nachdem Hartwig die Prüfung zum Jungkrieger abgelegt hätte. Doch besser schien ihnen die Zeit nach der Schlacht gegen die Franken. Der Herbst und Winter wäre jedoch auch nicht die geeignete Jahreszeit, da das Reisen dann zu beschwerlich wäre. So einigte man sich auf den ersten Tag im Ostermond nach der Schlacht gegen die Franken.

Weibel hatte Herwald angeboten, dass sich Hartwig im Elbkniegau niederlassen könne. Er könnte ihm dort ein großes Anwesen für die Pferdezucht zur Verfügung stellen und Hartwig wäre sein eigener Herr auf freiem Boden.

Herwald besprach das Angebot mit Hartwig und dieser war damit einverstanden.

Die Schneestürme tobten über das Land und es war sehr kalt geworden. Aus Harald's Haus in Rodewin drang gegen Mitternacht ein Schrei. Rosa, die in der Küche schlief schreckte aus ihrem Schaf und eilte zu Heidrun in die Kammer. Bei Heidrun hatten die Wehen eingesetzt. Sofort rannte Rosa zum Haupthaus und weckte Herwald's Frau Waltraut und ihre Mutter Lena. Beide Frauen wussten gleich, was zu tun war.

Lena füllte Schnee in einen Kupferkessel und stellte ihn auf die offene Feuerstelle in der Küche und Waltraut suchte saubere Woll- und Leinentücher und legte sie auf einen Stuhl. Dann halfen die Frauen Heidrun in die Küche und sie setzte sich auf einen Schemel in der Nähe des Feuers. Die Abstände zwischen den Wehen wurden immer kürzer und die Schreie von Heidrun immer lauter. Als die Fruchtblase platzte und der Geburtsvorgang einsetzte, gab ihr Waltraut ein Stöckchen in den Mund, auf das Heidrun, wenn die Schmerzen einsetzten, beißen konnte. Es war ein Sohn. Heidrun drückte das kleine unscheinbare und hilflose Wesen an ihre Brust. Waltraut und Lena säuberten das Kind und die Mutter und gingen dann wieder zum Haupthaus. Alles war still, als wenn nichts geschehen wäre.

Die Geburt von Harald's Sohn sprach sich am Morgen schnell herum. Alle kamen, um das Kind zu sehen. Heidrun war zu schwach, um die Neugierigen abzuwehren, und schaute Hilfe suchend zu Rosa. Sie verstand ihren Blick und schickte alle schnell wieder nach draußen.

Rosa ging dann in die Küche, um für Heidrun eine kräftige Suppe zu kochen. Das Rezept hatte sie von der Waldfrau, die sie früher öfter besucht hatte. Es waren viele Kräuter darin, die Mutter und Kind stärken sollten. Nachdem Heidrun gegessen hatte, schlief sie gleich ein. Heidrun war sehr erschöpft, aber auch glücklich. Es war ein Glück, das sie nicht hätte beschreiben können. Ihr kleiner Sohn lag in einem Weidenkorb neben ihr und schlief auch fest. Rosa betrachtete die beiden und wäre gern an Heidrun's Stelle. Rosa wusste nicht, ob sie einmal Kinder haben würde und heiraten durfte. Sie war eine Sklavin und erstmals wurde ihr das bewusst. Gern hätte Rosa von Harald auch ein Kind gehabt. Dieses Kind wäre aber ein Bastard und hätte keine Rechte.

Herwald hatte Hartwig losgeschickt, um Harald die freudige Nachricht zu überbringen. Baldur, der noch bei ihnen in Rodewin war, begleitete ihn. So ritten die beiden durch den tiefen Schnee.

Ein Weg war kaum zu erkennen. Hartwig orientierte sich an großen Bäumen und anderen markanten Dingen, die in der Schneelandschaft standen. Sie schlugen den ersten Weg in Richtung Westen ein und befragten jeden, den sie unterwegs antrafen. Die Bauern konnten keine Auskunft geben, da sie aus ihrer Siedlung nicht herauskamen und sich auch selten ein Durchreisender zu ihren Hütten verirrte.

Ein glücklicher Zufall war es, dass die beiden einen Meldereiter des Königs trafen, der wusste, wo sich Harald und seine Krieger aufhielten. Sie ritten mit ihm mit und erreichten nach zwei Tagen sein Zeltlager.

Das Lager befand sich an einer windgeschützten Stelle in der Nähe eines Baches. Harald war sehr erstaunt, seinen Bruder und Baldur zu sehen.

„Ist etwas Schlimmes passiert, dass ihr hierher gekommen seid?", fragte er die beiden.

„Nein, sei unbesorgt", antwortete Hartwig. „Wir sind gekommen, um dir eine gute Nachricht zu überbringen. Heidrun hat dir einen Sohn geboren."

„Lasst euch umarmen", rief Harald außer sich von Freude.

Er drückte sie beide an seine Brust und zog sie in sein Zelt. Dort hatte der Knappe ein starkes Holzfeuer in einem Eisenkorb entfacht und drei Schemel darum gestellt.

„Setzt euch, ihr werdet bestimmt hungrig und durstig sein. Mein Knappe wird euch gleich etwas bringen."

Sie setzten sich und Harald fragte nach jeder Einzelheit. Vieles konnte Hartwig gar nicht beantworten.

„Was haltet ihr davon, ein paar Tage hier zu verweilen", fragte er Hartwig und Baldur.

„Das würde uns gut gefallen", antwortete Baldur, ohne das vorher mit Hartwig abgesprochen zu haben.

„Nun gut, dann könnt ihr in meinem Zelt bleiben und ich reite schnell einmal nach Hause, um mein Kind und meine Frau zu sehen. Mein Knappe wird euch alles beschaffen, was ihr benötigt."

Damit stand Harald auf, hängte sich ein Wolfsfell über die Schultern und ging eilig aus dem Zelt. Verwundert blickten sich Hartwig und Baldur an.

Es war schon fast Mittagszeit und Knappe Roland brachte den beiden ein zünftiges zweites Frühstück. Sie hatten ihre Mahlzeit noch nicht beendet, da kam der Truppführer und bot den beiden an, mitzukommen. Sie folgten ihm durch den kniehohen Schnee.

„Harald sagte mir, dass ihr gern bei unseren Übungen zusehen wollt. Ich bringe euch jetzt zu einem Platz, wo ihr alles sehen könnt."

Der Truppführer ging mit ihnen zu einem Felsvorsprung, von dem aus sie den Übungsplatz gut überblicken konnten.

Auf ein Zeichen des Truppführers galoppierten von rechts und von links zwei Reiter aus dem Wald mit langen Stöcken, die wie Lanzen aussahen. Gekonnt trafen sie damit auf den Holzschild des Gegners. Die Stöße waren so heftig, dass beide Reiter vom Pferd fielen. Nach ein paar Rollen im Schnee standen sie wieder auf ihren Beinen und kämpften mit Streitäxten gegeneinander.

Es war ein imposantes Schauspiel, das sie lieferten. Hartwig und Baldur waren begeistert und hätten sich am liebsten selbst mit betätigt. Danach folgten andere Krieger mit anderen Waffen und Kampfstilen. Diejenigen, die schon gekämpft hatten, bildeten einen weiten Kreis. Sie feuerten sie an oder gaben Ratschläge.

Während einer Pause stellte der Truppführer die beiden Ankömmlinge den anderen vor. Sie freuten sich, dass der Sohn des Königs anwesend war und boten den beiden an, sie ein wenig in die neuen Kampftechniken einzuführen.

Das ließen sich Baldur und Hartwig nicht ein zweites Mal sagen. Sie waren begeistert dabei. Schweißgebadet, trotz der kühlen Temperaturen kamen sie am Abend ins Zelt und Roland der Knappe hatte für sie einen Bottich mit heißem Wasser vorbereitet. Da stiegen sie gleich hinein und wärmten sich auf.

Nach dem Essen besuchten sie das große Mannschaftszelt. Dort saßen alle Krieger um das Herdfeuer herum und zwei Knechte bedienten sie mit einer kräftigen Fleischbrühe. Das roch sehr gut und Harald und Baldur probierten davon.

Die meisten Jungkrieger waren nicht viel älter als sie, aber von einer wahren athletischen Statur. Die ganzen Tage waren sie damit beschäftigt, ihre neuen Kampfstile zu üben. Oft kamen viele Zuschauer auf den Übungsplatz und die unverheirateten Frauen brachten selbstgebackene Leckereien oder andere Dinge als Geschenk den Kriegern mit. Das motivierte sie sehr und gern wiederholten sie die eine oder andere Übung, die den Leuten gefallen hatte. Selbst bei dem schlechtesten Wetter war immer jemand gekommen.

Die Mädchen kümmerten sich nicht nur um das leibliche Wohl, sondern auch um die Kleidung der Krieger. Manchmal kam es unter ihnen zu Streitigkeiten, wenn sich mehrere Mädchen um einen Krieger bemühten. Die Jungkrieger der nahen Siedlungen waren von diesem Treiben nicht sehr erfreut. Ihnen rannten die Mädchen weg. Sie merkten, dass sie nur eine Chance hatten, wieder ihre Gunst zu erlangen, indem sie versuchten, bei der Spezialtruppe mitzutun und von ihr zu lernen. Daher war der Vormittag der Ausbildung den ansässigen Kriegern vorbehalten. Das reichte ihnen auch, denn nach wenigen Stunden krochen sie fast auf allen Vieren von dem Kampfplatz. Dann kümmerten sich auch ihre Mädchen wieder um sie und halfen ihnen, sich bis zum nächsten Tag zu erholen. Kleinere Wunden und Blessuren blieben bei alledem nicht aus und voller Stolz wurden diese bei jeder Gelegenheit hergezeigt.

Als der Gaugraf hörte, dass der Sohn des Königs im

Kriegerlager war, erschien er gleich am nächsten Tag, um ihn zu begrüßen. Er lud ihn und Hartwig zu sich nach Hause zum Abendessen ein. Die beiden sagten zu.

Der Gaugraf war ein sehr stämmiger und starker Mann. Bei jeder Gelegenheit prahlte er mit seiner Kraft und Hartwig musste oft an die Göttersagen mit den Riesen denken. So einer war der Gaugraf.

Es waren jedoch nicht nur starke Worte, sondern er bewies dies auch gern, indem er Eisenstangen verbog oder riesige Steine anhob und wegschleuderte. Danach bot der Gaugraf den Gästen an, das Gleiche zu tun und nun erst erkannten sie, dass das für sie unmöglich war und so sicherte er sich jedes Mal einen großen Applaus.

Auch an diesem Abend gab er eine Kostprobe seiner Stärke und niemand von den geladenen Gästen konnte es ihm gleichtun. Das brachte Baldur auf die Idee, einen Wettkampf zwischen einem der Krieger von Haralds Spezialtrupp und ihm vorzuschlagen. Es sollte ein Kampf ohne Waffen sein. Nur allein die eigene Kraft und Geschicklichkeit sollte zum Tragen kommen.

Wer am Rücken läge und nach dem Auszählen bis zehn nicht aufstehen konnte, der sollte als der Verlierer gelten. Der Sieger jedoch sollte ein schönes Geschenk bekommen.

„Was für ein Geschenk?", fragte begeistert der Gaugraf. Baldur zeigte sein kunstvoll graviertes Messer hoch und sprach: „Dieses Messer soll der Sieger erhalten."

Alle betrachteten es und jeder würde gern für diese Kostbarkeit kämpfen.

Der Gaugraf nahm das Messer an sich und sagte: „Eigentlich kann ich es gleich behalten, denn es gehört so gut wie mir. Keiner kann mich je besiegen, das war immer so und das wird auch so bleiben, wenn ich gegen einen der Krieger mit bloßen Händen kämpfe."

„Zunächst behält aber noch Baldur das Messer, auch wenn es dir so gut gefällt. Wir sollten nun den Tag für den Schaukampf besprechen", meinte Hartwig.

Der Gaugraf überlegte eine Weile und sagte dann: „Ich werde in drei Tagen ein Fest geben und alle hierher einladen. Einen großen Ochsen werde ich schlachten und der Met soll in den Krügen nicht ausgehen. Zuvor werde ich den Kampf und damit das Messer gewinnen."

„Das ist ein guter Vorschlag. Wir sehen uns also in drei Tagen zur Mittagszeit auf deinem Hof."

Voller freudiger Erwartungen kehrten Baldur und Hartwig ins Lager zurück. Im Mannschaftszelt unterhielten sich noch viele Krieger. Als die beiden eintraten, mussten sie sogleich von ihrem Besuch bei dem Gaugrafen berichten. Sie erzählten die ganze Geschichte.

„Es wird nicht leicht sein, gegen den Gaugrafen zu gewinnen, denn er ist wirklich der stärkste Mann, der mir je begegnet ist", meinte der Truppführer.

„Das kann schon sein, aber mit Kraft allein kann man noch keinen Sieg erringen. Wer seinen Kopf benutzt und gewandt genug ist, den Würgegriffen des Gaugrafen zu entgehen, hat bestimmt eine Chance. Ich habe doch bei euch neue Kampftechniken gesehen, wie man auch ohne Waffen einen Sieg gegen starke Männer erringen kann. Diese können da angewandt werden."

„Dein Vorschlag ist gut, Baldur. Nur, wer soll kämpfen?", fragte der Truppführer und schaute in die Runde.

„Der Beste von euch natürlich", entgegnete Baldur.

„Der Beste ist nicht da. Es wäre Harald. Der Zweitbeste bin wohl ich. Doch ob ich gegen den Gaugrafen gewinnen kann, ist sehr ungewiss. Denn er ist überaus stark. Ihr habt ja ein paar Proben seiner Kraft gesehen."

„Aber du kannst es doch versuchen", spornte Hartwig und danach auch die anderen ihn an.

Am Tag des Schaukampfes schien die Wintersonne. Die Schneedecke reflektierte die Strahlen in tausendfachen Farben. Schon am frühen Vormittag kamen die ersten Schaulustigen zum Hof des Gaugrafen. Manche kamen von sehr weit her. Keiner wollte sich den Kampf entgehen lassen. Die Knechte des Gaugrafen schoben den Schnee auf dem Hof beiseite und sie hatten einen großen Ochsen auf einen Spieß gesteckt. Mehrere Männer mussten diesen gleichmäßig drehen.

Eine Stunde vor Mittag, wo die Sonne ihren höchsten Stand erreichte, kamen der Gaugraf und sein Gefolge auf den Hof und schauten nach, ob alles in Ordnung war.

„Wo bleiben denn unsere kühnen Krieger?", rief der Gaugraf laut in die wartende Menge.

„Vielleicht kommen sie erst gar nicht, weil sie vor meiner Stärke erzittern. Schaut her, wie ich meinen Gegner besiegen werde." Im Nu griff er einen großen Sklaven, der neben ihm stand, hob ihn hoch und schleuderte ihn durch die Luft in den Schnee. Alle schrien vor Schreck auf. Niemand der Anwesenden würde sich mit ihm messen wollen. Jeder könnte verstehen, wenn die Bärenkrieger, so nannten sich die Krieger von Haralds Spezialtrupp, nicht antreten würden.

Der Name Bärenkrieger stammte daher, dass eine der Mutproben für die Auswahl der Jungkrieger in Haralds Trupp der Sprung in einen Bärenzwinger war. In die Mitte einer Bärengrube wurde ein Kurzschwert geworfen und der Krieger musste das Schwert wieder herausholen. Wenn es ihm gelang, gehörte es ihm und er hatte damit den letzten Teil der Aufnahmeprüfung bestanden.

Am Rande der Bärengrube standen mehrere Leitern, die ein schnelles Entkommen ermöglichten. So mancher Krieger scheiterte an dieser Aufgabe. Die, die es schafften, durften sich Bärenkrieger nennen und gehörten Haralds Trupp an.

Unruhig lief der Gaugraf hin und her. Von den Bärenkriegern war noch niemand zu sehen. Jetzt fing er an, denen Glauben zu schenken, die meinten, dass niemand von ihnen kommen würde. Zum anderen konnte er sich nicht vorstellen, dass sie fernblieben. Eine solche Schande würde sich schnell im ganzen Land herumsprechen und keiner würde ihnen mehr Achtung entgegenbringen. Ein Junge, der auf einen Baum geklettert war, rief laut: „Sie kommen, ich kann sie sehen."

Alle Bärenkrieger kamen auf ihren Pferden herangaloppiert. Bei den Schneewehen mussten die Pferde langsam durch den tiefen Schnee staken. Das hielt auf.

Noch rechtzeitig zur Mittagstunde erreichten sie den Hof

und sprangen von ihren weißen Rössern. Kinder sprangen hinzu und kümmerten sich um die dampfenden Tiere, rieben sie mit Stroh ab und warfen ihnen eine Filzdecke über den Rücken. Für die Jungen war es eine große Ehre, wenn sie sich um die Pferde kümmern durften und sie verzichteten dafür sogar auf das Zusehen beim Zweikampf. Für sie und für alle anderen schien das Ergebnis des Kampfes vorgegeben zu sein. Keiner zweifelte an dem Sieg des Gaugrafen.

Haralds Männer begrüßten den Gaugrafen und seine Krieger, die in seinem Gefolge waren. Sie kannten sich gut und es bestand zwischen ihnen eine freundschaftliche Beziehung. In diesem Sinne sollte auch der Wettkampf ausgetragen werden. Baldur hob sein kostbar zisiliertes Messer, das er als Preis dem Sieger überreichen wollte, hoch in die Luft, damit es alle sehen konnten und beschrieb die Regeln des Kampfes. Es durften keine Waffen oder andere Gegenstände benutzt werden. Wer am Boden auf dem Rücken liegen würde, hätte verloren, sobald er bis zehn gezählt hat.

Dann sprachen der Gaugraf und auch der Truppführer der Bärenkrieger noch ein paar Worte zu den Zuschauern und betonten den rein freundschaftlichen Wettstreit im Messen der Kräfte und der Kampfkunst. Danach liefen beide zur Mitte des Hofes. Die Zuschauer stellten sich im weiten Kreis um sie herum.

Baldur schlug gegen einen Gong, der laut widerhallte. Das war das Signal für den Beginn des Kampfes. Der Gaugraf ging langsam auf den Truppführer zu, doch dieser wich immer wieder rückwärts schreitend aus. Die Zuschauer feuerten beide Kämpfer stark gestikulierend an. Eine ganze Weile lief der Gaugraf auf den Truppführer zu, doch er konnte ihn nicht fassen. Der Truppführer wich immer rückwärts schreitend aus. Es gab jetzt unter den Zuschauern erste Zurufe, ‚Feigling' und ‚Angsthase' und ähnliches.

Auf einmal rannte der Truppführer im Kreis um den Gaugrafen herum und als dieser nicht schnell genug folgen konnte, trat er ihm mit einem Bein von hinten gegen die Fersen. Der Gaugraf fiel in den Schnee. Er rollte auf den Bauch und der Truppführer sprang auf ihn. Doch es gelang ihm nicht, seinen Gegner wie eine Schildkröte auf den Rücken zu drehen. Alles ziehen und schieben half nicht. Der Gaugraf rührte sich nicht von seiner Stelle.

In einem Moment der Unachtsamkeit, drehte der Gaugraf sich plötzlich um und konnte den Truppführer mit seinen Armen umfassen. Beide rangen nun am Boden knieend miteinander. Jetzt hatte der Truppführer keine Chance mehr. Die Arme des Gaugrafen schlossen sich immer fester um seinen Brustkorb, so dass man es schon krachen hörte. Als der Gaugraf merkte, dass der Truppführer nichts mehr gegen ihn ausrichten konnte, ließ er sich nach vorn fallen und begrub den Truppführer förmlich unter sich.

Baldur zählte bis zehn und der Kampf war entschieden. Er schlug den Gong, als Zeichen des Endes des Kampfes. Der Gaugraf hatte gewonnen. Behäbig löste er sich vom Boden und stand langsam auf. Er hob seine beiden Arme, als Zeichen des Sieges und alle jubelten ihm zu. Dann reichte er dem noch immer daliegenden Gegner seine Hand, um ihm aufzuhelfen. Sie gingen zusammen zu Baldur und der übergab dem Sieger sein Messer. Das wollte natürlich gleich jeder sehen. Es wurde von einem zum anderen gereicht und die schöne Arbeit bewundert.

Noch während des Kampfes war Harald aus Rodewin kommend, hier eingetroffen. Er gratulierte dem Gaugrafen, der zu seinen guten Freunden zählte.

„Na, hast du wieder einen deiner großen Siege errungen, alter Freund?", sprach Harald ihn an.

„Es war gar nicht so leicht, deinen Mann zu bezwingen. Immer wieder ist er mir ausgewichen."

„Das ist auch unsere Taktik, dass wir im Kampf nach einem plötzlichen Vorstoß schnell wieder zurückweichen und damit den Gegner irritieren und dadurch geringe Verluste haben."

„Das leuchtet mir schon ein", meinte der Gaugraf, „ doch es ist kein ehrenhafter Kampf, wenn man zurückweicht."

„Die Ehre bestimmt der, der gewinnt. Nur auf den Sieg kommt es an. Dem Verlierer bleibt die Schande."

„Wie du gesehen hast, nützen eure Tricks gar nichts gegen meine Stärke. Es hat mich noch niemals ein Gegner besiegt und ich würde sogar mein Schwert dafür geben, wenn es einem gelingen würde."

„Du könntest es einmal mit mir versuchen. Vielleicht sind meine neuen Kampfeskünste doch wirkungsvoller, als deine Muskelstärke?", fragte ihn Harald.

„Du willst wirklich gegen mich antreten?", fragte ungläubig der Gaugraf.

„Das würde ich schon. Es käme auf einen Versuch an."

„Den sollst du gern haben. Hier ist mein Schwert als Preis und wenn ich gewinne bekomme ich deines. Bist du damit einverstanden?"

„Das bin ich. So lass uns gleich damit beginnen."

Die Zuschauer stellten sich wieder zu einem Kreis auf und der Gaugraf und Harald gingen in die Mitte. Sie rissen sich ihre Felljacken vom Körper und warfen sie in die Menge. Ihre Oberkörper dampften in der Kälte. Dann liefen sie aufeinander zu. Harald tänzelte leichtfüßig um den Gaugrafen herum. Der versuchte ihn mit seinen Fingern zu fassen, damit er ihn zwischen seinen beiden starken Armen an sich pressen und die Luft nehmen konnte. Harald hatte seine Hände zu Fäusten geformt und wenn der Gaugraf mit seinen Fingern ihm zu nahe kam, dagegen geschlagen.

So ging das Spiel eine ganze Weile, bis Harald eine gute Position für einen Fausthieb gegen den Kopf des Gaugrafen platzierte. Der blieb breitbeinig stehen und schüttelte sich. In dem Moment versetzte ihm Harald einen zweiten ungeheuer starken Fausthieb gegen den Plexus und der Gaugraf fiel auf den Rücken und rührte sich nicht mehr. Manche dachten schon, er sei tot und fingen an zu jammern. Harald ging hin zu ihm und rieb sein Gesicht mit Schnee ab. Das brachte ihn nach einer Weile wieder zu Bewusstsein.

„Was ist mit mir?", fragte der Gaugraf noch ganz verwirrt.

„Ich habe dich gerade besiegt", sprach Harald.

„Wie konnte das nur passieren? Mir haben plötzlich die Beine und alle meine Kräfte versagt. Da war bestimmt Zauberei im Spiel."

„Nein, mein Freund, das war keine Zauberei. Ich hab nur gewusst, wo du eine schwache Stelle hast."

Harald half dem Gaugrafen vom Boden auf. Keiner traute sich, zu applaudieren. Alle waren wie geschockt, dass ihr stärkster Mann von einem jungen Krieger zu Boden geworfen wurde. Das konnte nur Zauber sein. Nur die Bärenkrieger wussten, dass es nicht so war. Sie übten untereinander auch des Öfteren den Faustkampf und es war dabei keiner so gut, wie Harald.

Der Gaugraf übergab Harald sein Schwert und drückte ihn zum Zeichen der Freundschaft an seine Brust. Jetzt erst jubelten die Zuschauer Harald, als Sieger zu. Er hob das gewonnene Schwert in die Höhe und ging damit in den Zuschauerkreis. Dann steckte er es in seinen Ledergürtel. Der Gaugraf stand noch immer, wie benommen an seinem Platz und konnte nicht verstehen, dass er zu Boden ging. Harald kam auf ihn zu und sprach: „Wir sind Waffenbrüder und deine Freundschaft ist mir sehr viel wert, wertvoller als jeder Sieg. Daher möchte ich dir mein eigenes Schwert, als Zeichen unserer unverbrüchlichen Freundschaft schenken."

Harald reichte ihm sein Schwert und dem Gaugrafen und vielen der Umstehenden standen vor Rührung die Tränen in den Augen. Die beiden umarmten sich nochmals und der Gaugraf forderte danach alle zum Festschmaus auf. Auf dem Hof wurden lange Tafeln und Bänke aufgestellt und die Mägde und Knechte brachten den Gästen die besten Stücke vom Ochsen. Die weniger schmackhaften Teile blieben den anderen, so dass dennoch jeder satt wurde.

Der Gaugraf bat seine Gäste nach dem Essen in sein Haus, denn draußen wurde es durch die Kälte etwas ungemütlich. In dem Langhaus war es angenehm warm und der Met schmeckte hier besser, als auf dem Hof.

Die Stimmung war sehr gut und alle tranken auf die neuen Kampftechniken und auf den bevorstehenden Sieg gegen die Franken.

Viele aus dem Gefolge des Gaugrafen konnten immer noch nicht den Sieg von Harald begreifen. Die Meinung, dass da Zauberei im Spiele war, blieb hartnäckig bestehen. Einige wussten auch von Haralds Sieg gegen die Sachsen zu berichten und dass die Leute ihn dort als einen von den Göttern begnadeten Krieger verehren und andere sogar dachten, dass er selbst ein Ase wäre. Diese und jene Erzählungen wurden jedoch nur unter vorgehaltener Hand getan und drangen nicht bis zur Tafel, an der Harald und der Gaugraf saßen. So ließ sich der Sieg gegen den stärksten Mann erklären und alle konnten besser damit leben.

Hartwig und Baldur durften noch ein paar Tage im Lager der Bärenkrieger bleiben und an den Übungen teilnehmen. Der Zustrom von Lernwilligen nahm nach Haralds Sieg gegen den Gaugrafen von Tag zu Tag zu. Selbst aus den Nachbargauen kamen Jungkrieger und wollten zusehen. Sie waren in einer getrennten Zeltstadt untergebracht und Harald stellte einige seiner Männer für ihre Ausbildung frei.

Mit dem Wissen und den Fertigkeiten über die neuen Kampftechniken reisten Hartwig und Baldur nach Hause. Baldur bat Hartwig mit ihm zur Königsburg zu kommen. Er wollte seinen Vater fragen, ob er die Prüfungen zum Jungkrieger zusammen mit ihm in Rodewin ablegen durfte. Nach Rücksprache mit dem Hauptmann, stimmte sein Vater zu. So konnten die beiden Freunde zusammen nach Rodewin reisen und sich dort auf die Prüfungen als Jungkrieger vorbereiten. Der Hauptmann hatte ihnen noch einen erfahrenen Waffenmeister von seiner Wachmannschaft mitgegeben, damit die Ausbildung des Königssohns auch bestens verlaufen würde. Auch der Schreiber kam mit, um den Königssohn in Sprachen zu unterrichten. Das störte die beiden natürlich ein wenig, da sie jetzt auf lange Zeit unter Beobachtung und Leistungsdruck standen.

Als die vier in Rodewin ankamen, lud Heidrun den Schreiber, den sie von ihrer Reise mit Harald gut kannte und auch den Waffenmeister, in ihr Haus ein. Sie konnten die große Wohnstube zusammen beziehen.

Der Waffenmeister war ein alter Haudegen, den Herwald

auch gut kannte. Sie waren früher öfter zusammen im Heer. Obwohl er mehr als zehn Jahre älter als Herwald war, sah man ihm sein Alter nicht an. Im Umgang mit allen Waffen war er ein großer Meister und nur wenige konnten sich mit ihm messen. Er war auch ein guter Erzähler und unterhielt nach dem Abendessen groß und klein mit seinen oft sehr phantastischen Geschichten.

Bei der Kampfausbildung von Baldur und Hartwig schauten immer viele Kinder und Jugendliche zu. Es sprach sich schnell herum, dass ein Waffenmeister vom Königshort in Rodewin weilte. So mancher der Jungen, die sich im Frühjahr für die Prüfung zum Jungkrieger angemeldet hatten, kamen hinzu. Das was hier gelehrt wurde, war viel mehr, als zu der Prüfung erforderlich war. Einige von ihnen fragten dennoch an, ob sie bei den Übungen mitmachen durften. Dem Waffenmeister war es sehr recht, denn so konnte er auch vieles lehren, was man nur in der Gruppe üben konnte. Diese Gruppenübungen gehörten nicht zu dem Prüfungsprogramm, doch gefielen sie allen sehr und förderten das Gemeinschaftsgefühl.

Jeden Morgen, nach dem Frühstück, war jedoch für mehrere Stunden Lernen von Sprachen und anderem Wissen angesagt. Das gefiel den beiden nicht so gut und es gab hierbei auch niemand, außer Heidrun und Rosa als Zuhörer. Da Baldur lernen musste, hatte sich Hartwig ihm angeschlossen, denn gemeinsames Leid ist nur halbes Leid. Besonders die Sprachen, wie das Latein machten den beiden große Probleme.

Heidrun und Rosa, die im Hintergrund still saßen, lernten leicht mit. Wenn sie allein waren, wiederholten sie die Vokabeln und versuchten sich in den neuen Sprachen zu unterhalten. Der Schreiber hatte das Interesse und Talent der beiden Frauen schon lange bemerkt und unterhielt sich mit ihnen oft in Latein.

An den Nachmittagen, wenn Baldur und Hartwig ihre Kampfübungen hatten, setzte er sich zu ihnen und sie übten gemeinsam Schreiben und Lesen. Ebenso lehrte er ihnen die fränkische Sprache. Er sagte, dass man nie weiß, ob man sie einmal braucht und es dann gut wäre, wenn man sich verständigen könne. In ihrer Wissbegierde hätten die beiden Frauen jede Sprache erlernt. Es machte ihnen einfach Spaß und vertrieb die Langeweile.

Eines Tages kam Ulrich aus Alfenheim zu Besuch. Er war etwas zugeknüpft und wollte dringend seinen Freund Herwald sprechen. Der war noch im Wald beim Holzfällen. Ulrich wollte gleich wieder gehen und an einem anderen Tag noch einmal wiederkommen. Waltraut, Herwalds Frau, schickte gleich eine Magd nach ihrem Mann. Baldur und Hartwig, die ihn trafen, wollten mit ihm sprechen, doch er blieb auch ihnen gegenüber sehr verschlossen, so als ob ihn etwas bedrückte. Er saß stumm in der Wohnstube und grübelte vor sich hin.
Die Jungen mussten zu ihren Kampfübungen.
„Was hältst du von Ulrich, er ist so eigenartig verschlossen und will nicht sagen, was er mit meinem Vater besprechen will?"
„Ich kann es dir auch nicht sagen Hartwig. Vielleicht hängt das mit unseren Besuchen bei ihm in Alfenheim zusammen."
„Meinst du, es ist etwas mit seinen Töchtern."
„Es sieht ganz so aus. Wie er sich verhält, scheint ihm etwas Unangenehmes passiert zu sein."
„Es wird doch nicht eine seiner Töchter schwanger sein? Das fehlte uns noch", entgegnete erschrocken Hartwig.
„Da er mit deinem Vater sprechen will, könnte Gislinde die Glückliche sein."
„Oh je, jetzt wo ich schon einer anderen versprochen bin. Das gibt bestimmt viel Ärger."
„Mir wäre es recht, wenn es Ursula beträfe und ich sie heiraten dürfte", entgegnete Baldur.
„Du weißt genau, dass das auch bei dir nicht geht", antwortete Hartwig.
„Wenn ich sie auch nicht heiraten dürfte, so könnte ich sie trotzdem zu mir nehmen und sie wäre dann immer in meiner Nähe."
„Da bin ich nicht davon überzeugt, ob das dein Vater zulassen würde. Eines Tages musst du bestimmt eine

Prinzessin aus einem anderen Königreich zur Frau nehmen."

„Dazu habe ich keine Lust. Ich will nur Ursula haben."

„Ich kann dich verstehen. Sei nur unbesorgt. Die Götter werden es schon lenken."

Bei den Kampfesübungen lief es diesmal nicht so gut. Gedanklich waren die beiden zu sehr abgelenkt. Sie konnten kaum erwarten, zu erfahren, was der Grund für Ulrichs Besuch war. Nach dem Abendessen nahm Herwald seinen Sohn zur Seite.

„Hör mir bitte einmal zu", sprach er zu ihm. „Ulrich war da und hat mit mir über Gislinde, seiner jüngsten Tochter gesprochen."

Hartwig rutschte vor Schreck fast das Herz in die Kniekehle. Es dauerte ihm unendlich lange, bis sein Vater das Gespräch fortsetzte.

„Er möchte gern seine Tochter mit dir verheiraten. Ich habe ihm nun gesagt, dass das leider nicht mehr geht, da ich vor ein paar Wochen mit einem anderen eure Ehe abgesprochen habe. Er war leider ein wenig zu spät gekommen, denn als mein alter Freund hätte ich ihm seinen Wunsch bestimmt nicht verweigert."

Hartwig atmete auf. Der Stein auf seinem Herzen hob sich und er war froh, dass Weibel dem Ulrich zuvorgekommen war. Das hätte bös ausgehen können, dachte er sich, denn er liebte Gislinde nicht.

So, als würde ihn das nicht sonderlich berühren, entfernte er sich von seinem Vater und teilte Baldur die Neuigkeit mit. Der meinte, dass sie, so bald wie möglich, nach Alfenheim reisen und selbst mit den Mädchen und Ulrich reden sollten. Hartwig hatte keine Lust dazu, doch seinem Freund zuliebe wollte er mitkommen.

Baldur sprach mit seinen Lehrern ab, dass sie für einen Tag eine Pause einlegen durften und die beiden ritten nach Alfenheim.

Hier schien alles wie beim Alten, nur Ulrich war noch immer etwas bedrückt. Als ihn Hartwig danach fragte, erzählte er ihm von seinem Vorhaben und dass er leider zu spät mit seinem Vater wegen einer Hochzeit gesprochen hatte.

Nun machte ihm seine Frau täglich große Vorwürfe, dass er so säumig war und auch Gislinde, die davon erfahren hatte, schmollte mit ihm.

„Ich werde mit Gislinde und deiner Frau einmal reden", beruhigte er Ulrich. Hartwig ging in die Küche zu Ulrichs Frau.

„Sei doch deinem Mann nicht so gram. Unser Schicksal wird von den Göttern gelenkt. Wenn ich Gislinde nicht heiraten kann, so wird sich bestimmt noch ein Besserer finden, den sie eines Tages als Mann bekommt. Du musst nur daran glauben."

Mit diesen und anderen schönen Worten beruhigte er Ulrichs Frau. Sie schien jetzt in der Hoffnung zu leben, dass die Götter ihrer jüngsten Tochter einen noch besseren Mann bescheren würden. Dabei konnte sie sich jedoch nicht vorstellen, wie ein besserer, als Hartwig, aussehen sollte.

Der Hausfrieden schien wieder hergestellt. Ulrich war sehr froh darüber, dass ihm seine Frau nicht mehr so böse war. Hartwig versuchte jetzt noch Gislinde, von dem Wink der Götter zu überzeugen.

Das war schon schwieriger, wenn nicht sogar unmöglich. Sie liebte ihn und davon ließ sie sich nicht abbringen. Auch war sie davon überzeugt, dass Hartwig sie lieben würde und er nun bestimmt sehr unglücklich war, weil er eine andere heiraten musste. Ihr Groll traf nun Hartwigs Vater, der die Verbindung mit der anderen beschlossen hatte. Sie glaubte, dass Hartwig sehr unter dieser Entscheidung leiden würde und nahm sich vor, ihn so gut es ging, zu trösten. Liebe mit Mitleid gepaart, empfand Hartwig bei Gislinde als einen wunderbaren Zustand. Sie bemühte sich sehr um sein Wohlwollen und wünschte sich von ihm, dass er sie auch weiterhin besuchen kommt. Die Mutter schien von diesem Wunsch nicht so angetan zu sein, doch schwieg sie dazu.

Der Frühling war gekommen und der Schnee von den Feldern und Wiesen weggetaut. Nur wenige weiße Flecken in den Schattenlagen erinnerten noch an die kalte Jahreszeit.

Mensch und Tier atmeten auf und erfreuten sich an dem neuen Grün und den wärmenden Sonnenstrahlen.

Die Vorbereitung der Jungkriegerprüfung war in vollem Gange. Am Tage zuvor war auch der König mit seinem Gefolge angereist, um bei der Prüfung seines Sohnes dabei zu sein. Er zeltete in der Nähe des Thingplatzes. Ebenso war Harald mit seinen Bärenkriegern erschienen. Für die Ehrengäste wurde ein überdachtes Podest gezimmert und in der Nähe des Opferaltars aufgestellt. Als alle am Thingplatz erschienen waren, hielt Herwald als Gaugraf eine kurze Rede und beschrieb die einzelnen Disziplinen der Prüfungen und nannte die Namen derer, die sich für die Prüfung angemeldet hatten.

Der Waffenmeister übernahm die Organisation des Ablaufs. Zunächst musste jeder einzeln sein Können beim Speerwurf auf einen Baumstamm, Pfeilschießen auf eine Strohscheibe, Axtwurf auf ein weit entferntes Brett, Ringstechen vom Pferd und andere Übungen zeigen.

Der Schreiber notierte die Ergebnisse auf einem Pergament. Nach den Einzelübungen kamen die Kampfesübungen zu zweit mit dem Schwert, der Keule und den Stöcken. Wer die Übungen gut vollbrachte, bekam Applaus von den vielen Zuschauern.

Der Schreiber verkündete am Ende der Prüfung das Ergebnis. Für jede der Disziplinen gab es Punkte und alle hatten die erforderliche Punktezahl erreicht. Das beste Ergebnis erzielten Baldur und Hartwig, das freute besonders den König und den Gaugrafen. Sie lagen mit Abstand in der Punktezahl vorn.

Der König überreichte allen neuen Jungkriegern ein Schwert und vom Gaugrafen erhielten sie einen Schild. Bevor jedoch gefeiert wurde, zeigten die Jungkrieger noch ein paar Schauübungen in der Gruppe.

Auf besondere Bitte des Königs traten auch die Bärenkrieger mit einer Vorstellung ihres Könnens auf. Dies entfachte eine große Begeisterung bei Jung und Alt. Danach lud der Gaugraf die Gäste an seine Tafel und die Knechte und Sklaven brachten Essen und Met.

Die Feierlichkeiten hielten noch bis weit in die Nacht an und waren für alle ein wunderbares Erlebnis.

Baldur und Hartwig waren nun Jungkrieger. Sie hatten ihr wichtigstes Ziel erreicht. Mit diesem Tag wurden sie in die Gemeinschaft der Männer aufgenommen und hatten ab jetzt neue Rechte, aber auch Pflichten.

Alle Jungkrieger saßen an einer separaten Tafel neben der des Gaugrafen. Ihre Gespräche drehten sich nur um den bevorstehenden Kampf gegen die Franken und wie tapfer sie siegen werden. Dazu meldete sich immer wieder einer aus ihren Reihen, um einen Trinkspruch zum Besten zu geben. Dem König gefielen diese Sprüche und sie erinnerten ihn sehr an seine Jugendzeit.

17. Die Schlacht

Es war Sommer, sehr heiß und trocken. Das ersehnte Nass blieb schon lange aus und die Priester beteten in den schattigen Hainen für Regen. Seit Wochen zeigte sich kein Wölkchen am Himmel und so mancher sprach von einem schlechten Omen, einer schweren Zeit, die da kommen würde und sogar von einer Niederlage gegen die Franken.

Nach den letzten Informationen aus dem Frankenreich wusste Bertachar, dass die Franken dabei waren, ihr Heer zusammen zu ziehen. Er gab daher an alle Gaugrafen des Reiches den Befehl, sich bei der Tretenburg zu sammeln. Dort ließ er ein riesiges Zeltlager errichten. Die einzelnen Kriegerverbände aus den Gauen kamen zeitlich versetzt im Lager an, da sie unterschiedlich lange und mitunter sehr beschwerliche Anreisewege hatten. In der Regel wurden diese Trupps von den jeweiligen Gaugrafen angeführt.

Bertachar begrüßte alle Neuankömmlinge und forderte sie auf, sich auf unbestimmte Zeit hier einzurichten.

Die Tage waren ausgefüllt mit Kampfübungen, zu zweit oder in der Gruppe. Kontrolliert wurde alles vom Hauptmann und seinen Leuten.

Die Trupps der einzelnen Gaue wurden zu größeren Verbänden, den Hundertschaften und Tausendschaften, zusammengefasst, die einen Führer aus ihren Reihen wählten.

Die Tausendschaftsführer waren bei den täglichen Lagebesprechungen im Zelt des Königs gemeinsam mit dem Kriegerrat zugegen und konnten dort auch ihre Meinung abgeben. Die letzte und ungeteilte Entscheidung blieb beim König. Seine Befehle mussten eingehalten werden und es war niemandem erlaubt, sie anzuzweifeln.

Herwald war mit allen Kriegern seines Gaus auch im Lager eingetroffen und sie hatten es sich da gemütlich eingerichtet. Er suchte nach seinen Söhnen, konnte aber nur Hartwig finden. Von ihm erfuhr er, dass Harald mit den Bärenkriegern schon vor Wochen in den Selgau gezogen war. Was sie dort taten, wußten nur der König und der Hauptmann.

Herminafrid, der Großkönig, weilte auch für ein paar Tage im Lager und besichtigte die Truppen bei einer großen Heerschau. Da ihm jedoch das Kriegerhandwerk nicht so lag, blieb er nicht länger als notwendig und zog sich schon bald in seine Burg auf der Nordseite der Unstrut zurück.

Sein Sohn Amalafred, der in diesem Jahr Jungkrieger geworden war, durfte im Gefolge seines Onkels bleiben. Jetzt waren die drei als Jungkrieger wieder beisammen und sie blieben in der Nähe des Königs. Hier bekamen sie auch mehr Informationen über das gesamte Geschehen. Sie konnten es kaum erwarten, dass es losgehen würde und sie mit dem Schwert in der Hand ihren Heldenmut beweisen konnten. Bertachar setzte alle drei als Meldereiter ein. Dadurch kamen sie auch manchmal aus dem Lager heraus.

Späher hatten Bertachar den Abmarsch des fränkischen Reiterheeres vom Westen in Richtung Thüringen auf der Königsstraße gemeldet. Das Frankenheer bestand aus sehr erfahrenen Kriegern, die schon viele Schlachten geschlagen hatten und meist siegreich waren. Sie wurden von dem König Theuderich angeführt, der von seinem Bruder Chlothar mehrere hundert Reiter zur Verfügung gestellt bekam. Chlothar musste kurzfristig einen Kriegszug gegen die rebellischen Burgunder im Frankenreich führen, daher konnte er nicht selbst teilnehmen.

Die Waffen und Ausrüstungen der Franken waren auf dem besten Stand. Jeder Schritt schien gut durchdacht. Der Einfluss des ehemals so starken Roms war bei diesem Heer erkennbar.

Seit mehreren Generationen hatten sich die Bewohner der früheren römischen Provinzen auch im fränkischen Heer etabliert und ihre Erfahrungen, gepaart mit der Wildheit und Unberechenbarkeit des germanischen Frankenvolkes, machte aus diesem Heer einen gefährlichen Gegner.

Die Franken waren sich eines schnellen Sieges sicher, denn auch sie hatten Späher auf der thüringischen Seite, die ihnen die Truppenkonzentration in der Nähe der Tretenburg gemeldet hatten. Den Ort der Schlacht vermuteten sie in dieser Gegend.

Im ebenen Gelände hatten die fränkischen Krieger mit ihren geschlossenen Formationen der starken Reiterei erhebliche Vorteile. Das wusste auch Bertachar. Seine Strategie war, sie anzugreifen, wenn sie im schwierigen Gelände des Thüringer Mittelgebirges entlang zogen. Dort könnten sie nicht ihre Flanken schützen, da die Wege zu schmal waren und teilweise durch Felsschluchten und an Abhängen entlang verliefen. Diese Stellen hatte Bertachar für einen Angriff ausgewählt. Es blieb nur noch die Frage, ob die Franken wirklich auf der Königsstraße daher kommen würden.

Um das zu begünstigen, hatte der König schon im letzten Jahr alle anderen Zuwege zum Thüringer Becken durch neue Schutzanlagen befestigen lassen. Es wurden wohl diese Maßnahmen durch Hagen und andere Spione verraten, aber das kam ihm in seinem Vorhaben entgegen.

Nur entlang der Königsstraße nahm er keine Verbesserungen vor. Die Anlagen, die dort existierten, kannten die Franken seit Jahren. Es musste ihnen daher als die schnellste und sicherste Möglichkeit vorkommen, auf diesem Weg entlang zu reiten.

Im Stillen zog Bertachar die kampfesstärksten Verbände aus seinem Lager ab und schickte sie auf Seitenwegen in Richtung Selgau. Die verbliebenen Trupps im Lager nutzten dann die Zelte der abrückenden Tausendschaften mit, so dass mögliche fränkische Späher keine Veränderungen im Lager feststellen konnten.

Keiner der Krieger konnte sich die Absichten für dieses Vorgehen erklären, doch fragte auch niemand danach. Solange der König sich im Lager befand, würde auch die Schlacht hier stattfinden, das glaubten sie.

Die ersten Tausendschaften kamen im Selgau an. Harald und seine Subkoordinatoren übernahmen sie. Er führte sie zu ihren Einsatzorten entlang der Königstraße und brachte sie in Stellung. Er wies ihnen an, was sie in den kommenden Tagen hier zu tun hätten. Je ein Subkoordinator blieb bei jeder Tausendschaft. Sie unterstützten die Führer bei ihrer Arbeit und waren Verbindungsmänner zur Zentraleinheit, die von Harald geleitet wurde.

Der Gaugraf vom Selgau, der trotz der Niederlage im Zweikampf gegen Harald als stärkster Mann galt, war bei ihm. Die Zeit, die Harald mit seinen Bärenkriegern im Winter hier verbrachte, hatte er bereits damals für die Vorbereitung dieses Kampfes genutzt. Jetzt, als es nun soweit war, weihte er auch den Gaugrafen in seinen Plan ein. Der schien nicht davon begeistert zu sein.

„Es ist ein unrühmliches Tun, wenn wir den Franken nicht im offenen Kampf gegenüberstehen. So kommen wir niemals nach Walhalla."

„Das denke ich nicht", meinte Harald. „Vor vielen Jahren, so erzählt man sich, haben die Cherusker gegen die gut ausgerüsteten Römer gekämpft. Sie hätten auf dem freien Feld keine Chance gegen sie gehabt. Doch in dem Wald und den Sümpfen ist es ihnen gelungen, sie zu besiegen. Auch wir müssen so vorgehen."

„Was nützt uns der Sieg, ohne Ehre."

„Was nützt uns die Ehre ohne Sieg? Was glaubst du, ist von beiden das Bessere? Such es dir aus!"

Der Gaugraf dachte darüber nach, doch er konnte sich nicht Haralds Meinung anschließen. Trotzdem unterstützte er ihn, so gut es ging.

Etwa fünf Tage hatte man noch Zeit, bis das fränkische Heer hier entlang kommen würde. Dies reichte aus, um alle Vorbereitungen abzuschließen. Jede Aktion musste zeitlich genau aufeinander abgestimmt werden. Keiner der Krieger durfte eigenwillig vorgehen, denn das würde das gesamte Unternehmen gefährden.

Die Subkoordinatoren, die den Plan kannten, schärften jedem Krieger ein, sich genau an die Anweisungen des Tausendschaftsführers zu halten. Dieser würde seine Befehle von den Subkoordinatoren erhalten und die bekämen ihre Einsatzbefehle direkt von Harald.

Im Lager bei der Tretenburg war inzwischen nur ein kleiner Teil des Heeres verblieben. Je weniger sie waren, um so mehr wurden sie angehalten, durch Aktionen den Anschein eines großen Heerlagers vorzutäuschen. Bei der Trockenheit wirbelte viel Staub auf und ein Außenstehender hätte eine riesige Ansammlung von Kriegern dort vermutet. So sollte es sein.

Hartwig, Baldur und Amalafred waren in diesen Tagen ständig zwischen dem Selgau und dem Lager unterwegs. Sie überbrachten die Meldungen zwischen dem König und Harald. Meist ging es um Informationen die Harald an den König weitergab und die für einen Uneingeweihten nicht immer verständlich waren.

Der Einsatz der Meldereiter unterstand direkt dem Hauptmann. Dieser hatte zwischen dem Selgau und der Tretenburg mehrere Pferdestationen eingerichtet, in der die Meldereiter ihre Pferde wechseln konnten. Die Stationen waren in Sichtweite zueinander und wenn ein Reiter ankam, war auch schon das neue Pferd bereit, mit ihm davon zu galoppieren.

Der Reiter selbst musste die Distanz ohne Pause durchstehen. Erst am Ziel durfte er sich nach Übermittlung der Nachricht ausruhen. Das war für alle sehr hart und sie genossen eine gewisse Sonderstellung und wurden von allen Kriegern sehr geachtet. Es wurden hierfür auch nur die besten Jungkrieger vom Hauptmann persönlich ausgesucht und nicht jeder, der es gern tun wollte, war dafür geeignet.

Harald erhielt von einem Späher die Nachricht, dass die Franken den Grenzfluss überquerten und das Heer auf der Thüringer Seite zum Weitermarsch gesammelt und geordnet wurde. Ihre Vorhut sicherte den Übergang des Haupttheeres ab. Es war niemand da, der die fränkischen Krieger bei der Überquerung des Flusses gestört hatte. Das sahen die Franken als gutes Zeichen an und sie beeilten sich mit dem Weiterkommen, um bald ins Thüringer Becken zu gelangen. Zwei Tage später kamen sie am Fuße des Thüringer Waldes an und lagerten an einer übersichtlichen Stelle. Ausgeruht wollten sie am nächsten Tag die bergige Wegstrecke, hin zum Rynnestig, zurücklegen. Die Nacht blieb ruhig.

Von den Spähern konnte keine Menschenseele außerhalb ihres provisorischen Lagers entdeckt werden. Die Thüringer schienen sich vor den heranrückenden Frankenkriegern in

Sicherheit gebracht zu haben oder sie waren alle bei der Tretenburg.

Ausgeruht zog das Heer am Morgen auf der Königsstraße weiter. Die Vorhut ritt anfangs in Sichtweite zu dem Hauptheer. Einen Tross hatte Theuderich nicht mit sich geführt, um schneller voranzukommen. Bei einem Sieg würde ohnehin alles im Überfluss vorhanden sein. Nach wenigen Tagen kamen sie in das bergige Gebiet des Thüringer Waldes.

Die Königsstraße wurde immer enger und so konnten manchmal nur noch zwei Reiter nebeneinander reiten. Auch die Sicherung der Flanken war jetzt nicht mehr möglich. Der Weg führte an einem bewaldeten Hang entlang. Teilweise hatte man den Weg in den Fels gehauen, so steil war hier der Hang über eine weite Strecke. Tief im Tal hörte man das Rauschen eines wild dahin strömenden Bergbaches. Er war nur an einigen Stellen zu sehen, dort wo sich kein Baum am Hang halten konnte.

Die Vorhut ritt jetzt weiter voraus und konzentriert schauten die Krieger zu den Felsen, um eventuell einen Hinterhalt frühzeitig zu entdecken. Das Reiterheer kam trotz des schmalen und ungeschützten Weges sehr gut voran und schien sich endlos lang hinzuziehen.

Theuderich, der Frankenkönig, ritt an der Spitze des Hauptheeres. Er war sich sicher, dass die Schlacht an der Tretenburg stattfinden würde und überlegte, wie er die Thüringer dort angreifen und schnell besiegen könnte. Die Sachsen hatten ihm zugesagt, die Thüringer nicht zu unterstützen, so dass sie ohne fremden Beistand für sich allein kämpfen mussten.

Alles schien wie ein Kinderspiel zu werden, ohne Risiko und größere eigene Verluste. Da sein Bruder Chlothar nicht selber mitkommen konnte, musste er die Beute, die er machen würde, auch nicht teilen. Er hatte sich sagen lassen, dass die Thüringer einen riesigen Schatz aus dem Verkauf von Pferden und Eisenwaren angehäuft hatten. Den wollte er unbedingt haben.

So in seinen Träumen versunken, ertönte weit vorn des Wegs ein Horn. Theuderich schreckte aus seinen

Gedanken auf. Er wusste nicht, was das bedeuten könnte. Er hob die Hand und die Reiter hinter ihm blieben stehen. Vier Reiter von seiner nachfolgenden Leibgarde nahmen ihn sofort in ihre Mitte, um im Ernstfall schützend eingreifen zu können.

Auf einmal schien die Hölle loszubrechen. Von den steilen Felsen rollten Unmengen von großen Steinbrocken in Richtung Hangweg. Die Pferde bäumten sich auf und in dem Chaos stürzten viele den steilen Abhang hinunter in den Bergbach.

Manche der Krieger hatten Glück, nicht von einem Felsbrocken erschlagen zu werden oder in das Tal zu stürzen. Sie versuchten sich zu ordnen und hielten nach dem Feind Ausschau.

Im gleichen Moment rollten über die kahlen Felsenklippen brennende Strohballen. Dies verwirrte die Tiere noch mehr, als die Steine. Die Verluste an Pferden und Reitern waren sehr groß.

Jetzt erst tauchten die Thüringer Krieger am Hang oberhalb des Weges auf und schossen ihre Pfeile auf die Franken ab.

Für sie gab es kein Entkommen und nur wenig Deckung, um den Geschossen auszuweichen.

Theuderich versuchte nach vorn durchzubrechen, doch da versperrte Harald mit seinen Bärenkriegern den Weg und es kam zum Kampf, Mann gegen Mann. Theuderichs Leibgarde waren sehr kampfstarke Krieger und die griffen die Bärenkrieger mit voller Wucht an. Harald versuchte an Theuderich heranzukommen. Es gelang ihm und sie hieben mit ihren Schwertern aufeinander ein.

Das Gedränge war in der Nähe des Königs so stark, dass auch die Leibgarde große Mühe hatte, den König zu beschützen. Von einem Leibgardisten wurde Harald schwer verwundet und ließ vom König ab. Ein Bärenkrieger zog ihn aus dem Kampfgetümmel.

Als Theuderich die Ausweglosigkeit erkannte, sprang er auf ein Pferd und ritt im scharfen Galopp, geschützt durch einige Reiter seiner Leibgarde, auf dem Weg, den er gekommen war, zurück. So mancher seiner Krieger, der auf

313

dem Weg stand und sich mit dem Schild gegen die Speere und Pfeile der Thüringer schützte, wurde dabei niedergeritten.

Herwald führte eine Tausendschaft im Mittelabschnitt des Weges an. Sie hatten an den Tagen zuvor riesige Haufen mit abgerundeten Steinen vor dem Abhang aufgeschichtet und durch Balken gesichert. Als das Signalhorn ertönte, lösten sie die Verankerungen der Balken und die Steine rollten den Abhang hinunter. Danach zündeten die Thüringer Strohrollen an und warfen diese hinterher. Durch die rollenden Fackeln scheuten die Pferde der Franken so sehr, dass die meisten den Hang hinab in den Bach stürzten.

Herwald hatte jedoch nicht alle Steine auf einmal hinab rollen lassen, sondern wartete damit noch ab. Einige fränkische Krieger versuchten den Hang hinaufzuklettern, geschützt von den wenigen Bäumen, die hier standen. Als sie auf halber Strecke anlangten, lösten die Thüringer die nächste Steinwelle aus und so mancher Frankenkrieger wurde getroffen und stürzte in die Tiefe. Viele brachen sich dabei das Genick oder verletzten sich so sehr, dass sie kampfunfähig waren.

Nun verschanzten sich die Franken so gut es ging. Mit ihren Schilden konnten sie sich einigermaßen gegen die Pfeile und Speere schützen. Herwald merkte nun, dass sie so nicht viel ausrichten konnten. Er ließ daher einige Gruppen seiner jungen und ungeduldigen Krieger an verschiedenen Stellen an Seilen auf den Weg hinab gleiten. Wie wild geworden stürmten sie auf die fränkischen Krieger zu.

Für die kampferprobten Franken schienen diese Männer jedoch keine große Gefahr darzustellen. Sie ließen sie in eine Gasse laufen und metzelten sie nieder. Herwald musste das von oben mit ansehen.

Der Anführer stellte sich mitten auf den Weg und schrie zum Hang hinauf: „Ist das alles, ihr feigen Thüringer, was ihr zu bieten habt?"

Dabei schlug er einem verwundeten Jungkrieger den Kopf ab und hielt ihn an den Haaren in die Höhe.

„So wie dem, wird es bald allen von euch ergehen."

Er warf den Kopf in weitem Bogen den Hang hinab in den Bach.

Herwald beriet sich mit seinen Leuten, was sie am besten tun könnten. Die meisten der Frankenkrieger waren bereits tot oder verwundet. Der Rest von ihnen schien jedoch unbezwingbar zu sein.

Hin und wieder preschte ein einzelner fränkischer Reiter oder eine kleine Gruppe auf dem Weg zurück und manchen gelang die Flucht.

Der Aufforderung, sich zu ergeben, entgegneten die Franken nur mit Hohngelächter und Spottreden.

An den übrigen Streckenabschnitten schien es ähnlich auszusehen. Als sich keine Änderung abzeichnete, beschlossen Herwald und die übrigen Tausendschaftsführer einen massiven Angriff mit ihren kampferprobten Kriegern.

Die besten Bogenschützen blieben oberhalb des Hangs. Sie sollten auf die Franken schießen, wenn diese ihre Deckung aufgeben würden.

Herwald seilte sich mit den übrigen ab. Als sie auf dem Weg ankamen, stellten sie sich geordnet in Reih und Glied auf. In geschlossener Formation gingen sie, geschützt durch ihre Schilde, auf die Franken zu. Die warfen mit ihren gefürchteten Äxten nach ihnen, doch hatten sie damit nur wenig Erfolg. Auf dem schmalen Weg standen sich die gegnerischen Truppen gegenüber, wobei die Thüringer zahlenmäßig weit in der Überzahl waren und die Franken von zwei Seiten angreifen konnten. Die Thüringer versuchten ihre geschlossene Formation beizubehalten. Es entbrannte ein heftiger Kampf.

Herwald focht mit an vorderster Stelle. Er suchte nach dem Anführer der Franken, der zuvor den Kopf des Jungkriegers abschlug und in die Tiefe warf. Gegen ihn wollte er kämpfen. Als er ihn erblickte, rief er ihm zu: „Hier sind wir, du Großmaul. Du wirst bald niemand mehr verspotten können."

Der Anführer schaute zu ihm hin und erteilte seinen Leuten einen Befehl. Die ließen Herwald ungehindert zu ihm vordringen. Herwald kämpfte mit dem Schwert in der Rechten und dem Schild in der Linken gegen den Anführer der Franken. Der schlug anfangs nur mit seiner Axt auf Herwald los. Als er merkte, dass er damit nicht viel ausrichten konnte, zog er sein Schwert und beide kreuzten die Klingen.

Der Kampf tobte hin und her und es schien, als würde es keine Entscheidung geben. Auf einmal traf Herwald ein Speer von hinten durch die Brust. Der Anführer lachte laut auf und rief: „So kämpfen wir, du Thüringer Wegelagerer." Er holte mit seinem Schwert weit aus, um Herwald den Kopf abzuschlagen. Doch der nutzte die geöffnete Deckung seines Gegners und stach ihm mit letzter Kraft sein Schwert in den Bauch. Beide Kämpfer stürzten tot zu Boden. Bald darauf waren auch die übrigen Franken überwältigt.

Herwalds Krieger teilten sich auf und kamen den anderen noch auf dem Weg kämpfenden Trupps zu Hilfe. So gelang es den Thüringern alle Franken auf dem Königsweg zu vernichten. Am späten Nachmittag war der Kampf entschieden.

Die Thüringer versorgten ihre Verwundeten und brachten sie zu einem Zeltlager, das auf der Höhe des Rynnestigs errichtet wurde. Auch die Toten wurden dorthin geschafft und im Freien aufgebahrt. Viele Thüringer mussten bei dem Kampf auf dem Hangweg ihr Leben lassen, doch es war jedem bewusst, dass sie von den Walküren nach Walhalla gebracht wurden. Hier konnten sie bis zur Götterdämmerung ein herrliches Leben führen. Jeden Tag gab es dort genügend Wildbraten und Met und sie vertrieben sich die Zeit mit Kampfesübungen. So mancher der Verwundeten beneidete die Toten. Wenn eine Verwundung den Krieger zukünftig untauglich für den Kriegsdienst machte, so gab es kaum eine Chance für ihn, auch nach Walhalla zu gelangen und das stellten sich die meisten schlimm vor.

Als König Bertachar durch seine Meldereiter von dem Beginn des Kampfes gegen die Franken auf dem Hangweg im Selgau des Thüringer Waldes informiert wurde, beschleunigte er das Tempo seines Heeres. Die im Lager verbliebenen Tausendschaften kamen gut voran, so dass er bereits am späten Nachmittag vor dem Rynnestig ankam.

Der Kampf auf dem Hangweg war bereits entschieden und so beschloss er, im Zeltlager auf dem Rynnestig mit seinem Heer zu rasten. Hier konnten ihm die Krieger genauestens den Hergang des Kampfes schildern. Bertachar sprach mit den Verwundeten und besah sich die Toten. Auch die toten Franken hatte man hierher gebracht und abseits vom Lager auf die Erde gelegt. Der König schritt durch ihre Reihen und sah an der Kleidung der Krieger, dass viele von vornehmer Herkunft sein mussten. Es war ihm berichtet worden, dass sie alle heldenmütig gekämpft hatten und bestimmt würde so mancher ihrer Krieger ebenso in Walhalla aufgenommen werden, wie die Thüringer.

König Theuderich hatte nach seiner geglückten Flucht vom Hangweg, an dem Lagerplatz Rast gemacht, auf dem sie zuletzt übernachtet hatten, bevor sie den verhängnisvollen Ritt auf der Königsstraße hinauf zum Rynnestig antraten. Die fränkischen Reiter, denen die Flucht gelang, sammelten sich alle dort. Es war nur noch ein kleiner Teil seiner so siegesgewohnten Krieger übrig geblieben. Theuderich wusste, dass die Thüringer ihn nach gewonnenem Kampf verfolgen würden. Daher ritt er in Begleitung seiner übriggebliebenen Leibgarde zum Grenzfluss weiter. Auf dem eigenen Land würde er sich wieder sicher fühlen können. Die im Lager verbliebene Reiterei würde sich den Thüringern entgegenstellen und ihm dadurch einen Vorsprung bei seiner Flucht verschaffen können.

Dass Theuderich sein Reiterheer unter diesen Umständen verloren hatte, konnte er immer noch nicht fassen. Der Sieg schien für ihn und seine Krieger so sicher zu sein, dass nie über einen möglichen Rückzug nachgedacht und gesprochen wurde. In eine so simple Falle zu tappen, würde ihm sein Bruder Chlothar bestimmt nie verzeihen. Das war eine Schmach, die er wohl sein Leben lang mit sich tragen musste. Voller Wut gegen sich selbst und die Schicksalsgöttinnen, die ihm diese Niederlage bescherten, galoppierte er in Richtung der Furt, die durch die Werra führte, weiter.

Vom Lager der Franken konnte man das umliegende Gelände gut übersehen. Wenn die Thüringer von der Bergkette her kamen, so würde man sie rechtzeitig entdecken. Damit es keine weiteren unangenehmen Überraschungen an diesem Tage gäbe, postierten sie überall verstreut kleine Posten, die die anderen sofort alarmieren würden.

Die Nacht verlief ruhig, obwohl die Franken mit einem nächtlichen Überfall gerechnet hatten. Sie wussten, dass sie keinen großen Widerstand den Thüringern bieten konnten, denn sie waren nur noch sehr wenige.

Ihr Anführer beobachtete seit dem Sonnenaufgang angestrengt das Gelände. Er musste den Vormarsch der Thüringer zum Grenzfluß hin stoppen oder zumindest verlangsamen, damit ihr König sicher auf eigenen Boden gelangen konnte. Als sich bis zur Mittagszeit immer noch nichts tat, kamen ihm Zweifel, ob die Thüringer hier entlang kommen würden.

Sie kannten das Gelände besser, als die Franken und hatten womöglich einen anderen Weg bis zur Furt an der Werra gewählt. Während er mit seinen Kriegern hier wartete, bedrohten sie womöglich schon seinen König. Dieser Gedanke war ihm unerträglich. Er sammelte seine Männer und befahl, im Eiltempo, den Weg auf der Königsstraße zur Furt hin zu nehmen und den König zu retten.

Kaum hatten die Franken das Lager verlassen, als König Bertachar mit seinen Kriegern von der Königsstraße her kam. Er konnte noch von weitem die davonreitenden Feinde sehen. Der Hauptmann ritt neben ihm und sagte: „Schaut nur mein König, sie fliehen vor dir, bevor sie dich gesehen haben."

„Es ist schon sehr sonderbar, dass sie sich nicht einem Kampf stellen", meinte Bertachar.

„Ich kann es mir auch nicht erklären. Es passt gar nicht zu ihnen, denn Feigheit vor dem Feind kann man ihnen nicht unterstellen."

„Vielleicht wollen sie sich an der Furt sammeln und erwarten uns dort mit einem neuen Heer."

„Ich glaube nicht, dass sie so schnell ein Ersatzheer dort

aufstellen können, aber möglich ist bei denen alles. Wir sollten uns auf jeden Fall darauf einstellen und gewappnet sein."

„Was sollen wir tun, mein König?", fragte der Hauptmann.

„Ein Spähtrupp soll ihnen folgen und mir ständig berichten."

Der Hauptmann stellte sofort einen Spähtrupp aus den Reihen seiner Meldereiter und Bärenkrieger zusammen und schickte sie los. Die Männer waren es gewohnt, ohne Pause im Galopp größere Strecken auf dem Rücken der Pferde unterwegs zu sein. Sie waren nur leicht bewaffnet und hatten jeder ein zweites Pferd zum Wechseln mit. So kamen sie schnell von hinten an den Haufen der Franken heran, die nichts von ihren Verfolgern bemerkten und bei ihrem Tempo auch niemanden hinter sich vermuteten.

Der Truppführer, der diese Gegend gut kannte, weil er hier aufgewachsen war, beschloss sie mit einer kleinen Gruppe zu umgehen. Er wollte versuchen, das schnelle Vorrücken der Franken zu verhindern.

Ein Meldereiter galoppierte zurück zum Hauptmann, um ihn über seinen Plan zu informieren. Dann teilte er seinen Trupp und ritt auf einem Seitenweg mit zehn seiner Krieger davon. Die andere Gruppe folgte den Franken unbemerkt nach, so wie bisher.

Durch ein Seitental gelangte der Truppführer mit seinen Leuten schon nach kurzer Zeit zu einem Hügel, an dessen Fuß die Königsstraße entlang führte, auf der die Franken vorbei kommen mussten. Die Straße ging direkt auf den Hügel zu und da die umliegenden Felder und Wiesen freie Sicht boten, konnten sie die fränkischen Reiter schon von weitem erkennen. Der Truppführer ritt mit seiner kleinen Schar hinab auf die Straße, so dass sie von den Franken gesehen werden konnten.

Der fränkische Anführer hatte die Gruppe auch gleich erkannt und seine Männer zum Stehen gebracht. Sein Verdacht schien sich zu bestätigen, dass die Thüringer auch auf der Südseite des Rynnestigs Kampfverbände in Stellung gebracht hatten, um ihnen den Rückzug zu verwehren. Für ihn war jedoch nicht erkennbar, wie viele Krieger ihn hinter dem Hügel erwarteten. So beschloss er abzuwarten und sich zu verschanzen. Seine Krieger brauchten auch die Ruhe nach dem schnellen Ritt hierher.

Es wurde langsam dunkel und der Truppführer ließ von den Bärenkriegern viele Feuer anzünden, um eine große Heerschar vorzutäuschen. Die Franken fanden die ganze Nacht keine Ruhe, da sie nicht wussten, ob die Thüringer sie des Nachts überfallen würden.

Inzwischen war das Heer des Bertachar aufgeschlossen und sie hatten den Trupp der Meldereiter, die die Franken verfolgten, erreicht. Dann teilte der Hauptmann das Heer in drei Teile auf. Je ein Teil zog im weiten Bogen links und rechts der Straße weiter. Es war schon dunkel geworden. Sie hatten jedoch ortskundige Krieger bei sich, die die Nebenwege kannten und sie sicher führten.

Am frühen Morgen waren die Thüringer Kampfverbände in Position gebracht. Der Hauptmann blies in sein großes Horn. Die Vögel flogen aufgeschreckt davon. Dies war das Signal für den Angriff. Aus allen Richtungen stürmten die Thüringer dem fränkischen Haufen entgegen, dass diese nichts anderes, als den Tod erwarteten.

Abermals ertönte das Horn und der Angriff stockte. Der König und der Hauptmann ritten auf die fränkischen Krieger zu und Bertachar rief ihnen entgegen: „Franken ergebt euch. Wir sind in der Übermacht und ihr habt keine Chance. Wir verschonen euer Leben, wenn ihr eure Waffen niederlegt."

„Niemals werden wir das tun", antwortete der Anführer.

„Ihr werdet aber alle sterben."

„Lieber tot, als in Schande leben."

„Ich gebe euch noch eine letzte Möglichkeit. Wir lassen die Götter entscheiden, ob euch die Freiheit geschenkt wird oder ob ihr meine Gefangenen werdet. Ein Mann von euch soll gegen einen von uns kämpfen, aber ohne Waffen. Nehmt ihr das an?"

Auf der fränkischen Seite folgten heftige Wortgefechte, doch dann schienen sie sich wieder zu beruhigen. Der Anführer ritt vor seinen Heerhaufen und sagte: „Wir sind einverstanden. Gewinnen wir, so dürfen wir frei abziehen. Gewinnt ihr, so könnt ihr mit uns machen, was euch gefällt."

„So soll es sein", sprach der König und ritt mit dem Hauptmann zurück zu den Seinen.

Nach einer Weile löste sich ein fränkischer Krieger von hünenhafter Gestalt aus seinem Verband und ritt auf die freie Fläche, die zwischen seinem Heerhaufen und dem des Königs lag. Er ließ seinen Schild und das Schwert auf den Boden fallen.

Ein Thüringer kam ihm entgegen. Es war der Gaugraf des Selgaus. Beide Reiter sprangen von ihrem Pferd und warfen ihre Oberbekleidung Stück für Stück in das Gras. Dabei liefen sie im Kreis und beobachteten sich genau. Der Gaugraf war etwas kleiner und stämmiger, als der Franke. Auf ein Zeichen des Königs begann der Kampf. Sie liefen aufeinander zu und umschlangen sich mit ihren muskulösen Armen.

Es begann ein Ringen und Drücken und von allen Seiten erfolgten aufmunternde Zurufe. Bei dem Kampf ging es um sehr viel, das war besonders den Franken bewusst, daher schrien sie am lautesten. Die schweißtriefenden Oberkörper der beiden miteinander ringenden Krieger glänzten in der Morgensonne. Es schien lange so, als würde es zu keiner Entscheidung kommen, da die beiden Kämpfer ebenbürtig waren. Als es jedoch dem Gaugrafen gelang, seinen Gegner mit den Armen ganz zu umfassen, drückte er ihn, wie in einem Klemmstock immer mehr an seine Brust und nahm ihm die Luft.

Der Franke konnte nicht mehr richtig durchatmen und wurde immer blasser. Als der Gaugraf keinen Widerstand mehr verspürte, ließ er seine Arme locker und der Franke sank in sich zusammen. Die Götter hatten entschieden. Diese Entscheidung akzeptierten nun auch die übrigen Franken. Sie legten ihre Waffen, Kettenhemde und Helme nieder und ließen sich von den Thüringern abführen.

Der König ritt zu dem Gaugrafen und sprach zu ihm: „Du hast heute einen großen Sieg für uns errungen. Ich würde dir gern einen Wunsch erfüllen. Sag mir, was dir gefallen könnte."

„Schenkt mir den Franken, den ich besiegt habe als Sklaven."

„Dieser Wunsch sei dir gewährt", entgegnete der König und musste dabei lachen.

Die fränkischen Krieger zogen nun ohne Gegenwehr in Gefangenschaft. Ihnen war bewusst, welches Schicksal sie erwartete.

Der Anführer der Franken, der dem hohen Adel angehörte, würde bestimmt von seiner Familie freigekauft werden. Er durfte auch als Einziger auf seinem Pferd reiten. Die anderen jedoch mussten laufen und würden wahrscheinlich als Sklaven an die Ostvölker verkauft werden. Das war nicht sehr ehrenvoll, aber eine Entscheidung der Götter, der man sich fügen musste.

Bertachar ließ die Gefangenen auf einem anderen Weg, als der Königsstraße zur Bertaburg bringen. Er stellte hierzu einen Teil seiner Krieger zur Bewachung ab und ritt mit dem großen Heer weiter auf der Königsstraße in Richtung der Furt durch die Werra. Am Abend machte er auf halber Strecke Rast. Er brauchte sich nicht mehr so sehr zu beeilen, denn Theuderich war vermutlich schon auf der fränkischen Seite in Richtung seiner Königsburg unterwegs. Nach der schlaflosen Nacht brauchten seine Krieger auch etwas Ruhe.

Am nächsten Tag erreichten sie den Grenzfluss und die Furt. Auf der fränkischen Seite standen ein paar Krieger, die wahrscheinlich zu der Wachstation gehörten. Das Thüringer Heer richtete sich das Lager in der Nähe eines Waldes ein, der nicht zu nah am Grenzfluss lag, um sich vor einem Überraschungsangriff noch rechtzeitig schützen zu können. Aus den umliegenden Siedlungen brachten die Bauern Lebensmittel und Decken für die Krieger.

Der Kampf war entschieden und die Franken besiegt. Alle freuten sich, bald wieder heimzukehren und von den Erlebnissen den Freunden und der Familie zu Hause berichten zu können. Der König ließ aus seinem in der Nähe liegenden Königsgut Met und Bier ins Lager bringen und sie feierten gemeinsam bis spät in die Nacht den Sieg.

Gegen Mitternacht wurde Alarm geblasen. Ein fränkischer Trupp hatte die Thüringer im Lager überfallen. Die Wachen hatten zu spät die Angreifer entdeckt, die mit ihren Äxten so manchen Thüringer Krieger im Schlaf überrascht und ihm den Kopf gespaltet hatten. Nur mit Mühe konnten die Franken überwältigt werden.

Bei einem peinlichen Verhör ihres Anführers erfuhr Bertachar, dass dieser Angriff auf Anordnung Theuderichs erfolgt war. Der Frankenkönig hatte nach seiner Flucht die Wachposten am Grenzfluss angewiesen, so oft wie möglich, ins Thüringer Land einzubrechen und dort alles zu verwüsten. Bertachar war fassungslos über soviel Dreistigkeit. Er beriet mit seinen Gaugrafen, was sie in dieser Situation tun könnten.

Der Hauptmann ergriff zuerst das Wort: „Die Franken sind unverbesserlich. Es hat wohl nicht genügt, dass wir ihnen mit unserem Jungkriegerheer eine Warnung verpasst haben. Selbst jetzt, wo ihr Heer geschlagen wurde, sind sie noch frech. Wir sollten daher erneut die Wachstationen hinter dem Grenzfluss schleifen."

Der Gaugraf vom Selgau meldete sich zu Wort: „Ihr habt doch gesehen, Hauptmann, dass das bei den Franken nichts hilft. Das Beste wäre, sie bis zur Fulda zurückzuwerfen. Dann könnten sie keinen Schaden mehr im Thüringer Land anrichten."

„Wenn wir ihnen das ehemalige Gebiet der Chatten wegnehmen, würden sie unablässig versuchen, uns dort zu vertreiben und wir hätten nie Ruhe vor ihnen", meinte der Hauptmann.

„Die haben wir auch so nicht", entgegnete der Gaugraf.

Viele meldeten sich zu Wort und am Ende gewannen die Befürworter einer Besetzung des Gebietes bis zur Fulda die Mehrheit. Bertachar schien unschlüssig. Er hätte sich lieber noch mit seinem Bruder abgestimmt. Doch die Versammlung der Gaugrafen bedrängte ihn, eine sofortige Entscheidung zu treffen. Die Mehrheit wollte den Kampf fortsetzen und das Land bis zur Fulda besetzen. Es sollte zukünftig ein Teil des Thüringer Königreichs werden.

Nach langem Zögern, stimmte Bertachar zu. Es wurde be-

schlossen, noch am gleichen Tag den Grenzfluß zu überschreiten und ins fränkische Reich einzudringen.

In den frühen Morgenstunden ritt das gesamte Heer durch
die seichte Furt der Werra. Sie kamen schnell voran und
es gab keine nennenswerten Hindernisse bis hin zur
Fulda. Hier zogen sie flussabwärts bis zur Weser und wieder nach Süden, quer durch das eroberte Gebiet, das zwischen beiden Flüssen Werra und Fulda lag. Widerstand
gab es kaum und die Übergänge an der Fulda wurden von
Thüringer Kriegern kontrolliert.

„Wir haben gegen die Franken endlich gesiegt, mein lieber Hauptmann", sagte Bertachar erfreut zu ihm. „Keiner
von ihnen wird es mehr wagen uns anzugreifen."

„Das weiß man nicht, mein König. Jetzt haben wir gesiegt,
doch was wird sein, wenn sie sich von dieser Niederlage
erholt haben."

„Davon erholen sie sich nicht so schnell. Wir haben sie in
ihre Schranken gewiesen und das haben sie hoffentlich
verstanden."

„Das Frankenreich ist aber viel größer, als unseres. Sie
können sich von einer Niederlage schnell erholen. Das haben wir doch gesehen, als sie gegen die Chatten verloren
hatten und schon bald danach mit einem noch größeren
Heer anrückten und sie besiegten."

„Das mag wohl sein, aber wozu sollten sie nochmals gegen uns kämpfen wollen. Unser Reich ist doch nicht so
interessant für sie?"

„Ich glaube doch, denn die Krieger aus dem Osten strömen unaufhörlich nach dem Westen weiter und treiben
viele Völker vor sich her. Die Franken brauchen unser
Reich als ein Bollwerk gegen diesen Ansturm, um ihr eigenes Gebiet dadurch zu schützen."

„Das kann schon sein, Hauptmann, doch wir erleben
es bestimmt nicht mehr. Wir können uns das dann von
Walhalla aus ansehen."

„Ihr habt Recht mein König. Ich habe jedoch noch eine ganz
andere Angelegenheit mit euch zu besprechen. Einige der
Gaugrafen haben gefordert, das eroberte Gebiet zwischen
Werra und Fulda frei plündern zu dürfen. Sie sehen nicht

ein, dass sie sich im Beutemachen zurückhalten sollen."
„Das finde ich auch. Sollen sie doch ihren Spaß haben.
Wenn die Franken gesiegt hätten, so wären sie auch nicht
zimperlich mit unseren Leuten verfahren."
„Wenn dies dein Wille ist, so werde ich es so bekannt geben."
Bertachar zog mit dem Heer weiter kreuz und quer durch
das eroberte Land. Die Franken, denen er habhaft werden
konnte, wurden als Gefangene zum Königshort hin weggeführt. Sie sollten als Sklaven in die Ostländer verkauft
werden.
Viele versuchten zu fliehen und manche töteten sich auch
selbst.
Als die Bevölkerung merkte, dass sie nicht verschont wurde, zogen sich die meisten in die dichten Wälder zurück
und es bildeten sich viele kleine Widerstandsgruppen. Wie
die Wegelagerer lebten sie hier und wenn einer von ihnen
von den Thüringer Kriegern aufgegriffen wurde, so hängte
man ihn gleich an einem Baum auf.

Baldur, Amalafred und Hartwig hatten den König auf seinen Streifzügen durch das besetzte Gebiet begleitet und
sie konnten das Tun ihrer Landsleute nicht billigen. Sie
verstanden nicht, dass der König und der Hauptmann das
alles zuließen.
Eines Tages kamen sie in eine Siedlung, in der mehrere
Bauern lebten. Die Soldaten trieben als erstes die Männer,
Frauen und Kinder auf dem Hof zusammen. Dann schauten sie in die Häuser und Stallungen nach brauchbaren
Dingen, die sie mitnehmen konnten. Sie hatten inzwischen
schon soviel bei sich, dass sie vorher mitgenommene
Gegenstände liegen ließen und die vermeintlich besseren
jetzt einsteckten. Große Schätze waren es ohnehin nicht,
vielleicht ein Messer oder auch einmal ein Schmuckstück,
das sie bei einer Frau fanden. Reich waren die Bauern
hier nicht und somit war die Beute nur gering. Danach
wurden in der Regel die Vorratsräume geplündert. Sie
suchten und fanden auch die Behälter mit den vergorenen Getränken. Es war eine Art Wein mit einem gerin-

gen Alkoholgehalt. Schon nach dem Genuss der ersten Krüge dieses Getränks nahmen die Auswüchse gegen die Bauern zu. Die Frauen und Mädchen wurden dann in die Ställe gezerrt und dort vergewaltigt. Die Männer der Frauen mussten manchmal sogar dabei zusehen. Wenn sie dann versuchten, sich von ihren Fesseln zu lösen, wurden sie verspottet.

Dieses Treiben missfiel Baldur sehr und er sprach seinen Vater in dieser Sache an.

„Vater, warum lässt du dieses schändliche Treiben deiner Krieger zu?"

„Das verstehst du noch nicht mein Sohn. Diese Behandlung dient dazu, den Willen der Leute zu brechen und es hilft ihnen, sich schneller an ihr Schicksal als Sklaven zu gewöhnen. Alle Krieger verfahren so mit ihren Feinden, das ist üblich und war schon immer so. Es hebt die Moral und Kampfbereitschaft unserer Männer."

„Aber es ist doch unmenschlich. Die Bauern und ihre Familien können doch nichts für den Krieg, den ihr König verursacht hat."

„Das ist schon richtig, doch sie sind seine Untertanen und gehören damit untrennbar zu ihm."

„Wenn wir sie aber gut behandeln würden, dann würden sie bestimmt auch gute Untertanen der Thüringer werden."

„Das glaube ich nicht. In ihnen steckt der fränkische Geist und sie würden jederzeit beginnen, zu rebellieren. Du kannst dir auch nicht eine Laus auf den Kopf setzen und von ihr verlangen, dass sie dich nicht beißt."

Von Seiten des Königs gab es kein Einsehen und keine Nachsicht für die Leute. Baldur war darüber sehr betrübt, doch er konnte nichts dagegen tun. Die drei baten deshalb, zurück zum Königshort reiten zu dürfen. Das wurde ihnen gewährt. So zogen sie den Weg den sie gekommen waren, wieder zurück.

Der Gaugraf vom Selgau begleitete sie. In seinem Gau hatte die Entscheidungsschlacht stattgefunden und es mussten die Totenfeierlichkeiten für die Krieger auf dem Rynnestig abgehalten werden.

Als sie durch das ehemals fränkische Gebiet ritten, zeigte sich ihnen nur Not und Elend. Die Krieger hatten die Häuser der Bauern in Schutt und Asche gelegt. Nur wo sich ein Thüringer ansiedeln wollte, blieb alles verschont. Dort konnten sie auch einkehren und sich für den Weiterritt stärken.

Der Gaugraf erzählte ihnen auch seine Geschichte von dem Beginn des Kampfes auf dem Hangweg zum Rynnestig hin.

„Ihr müsst wissen, dass ich der Erste war, den die Franken zu Gesicht bekommen haben. Die Vorhut war schon fast am Ende des Hangweges angekommen. Auf der einen Seite ging es steil nach unten ins Tal und auf der anderen Seite ebenso steil nach oben. Der Hang war mit hervorspringenden Felsen gesäumt und bot gute Deckung. Ich hatte mich mit einer Keule in der Hand mitten auf den Weg gestellt und ließ die Vorhut der Franken auf mich zukommen. Als sie in Rufweite vor mir standen, schauten sie zu den Felsen. Sie vermuteten noch weitere Wegelagerer. Ich hatte mir nur ein Wolfsfell umgehängt und sah eher wie ein wilder Mann aus, als wie ein Krieger. Als sie keinen Menschen außer mir erkennen konnten, ritt der Anführer langsam auf mich zu.

‚Wer bist du, wilder Mann und warum versperrst du uns den Weg?', rief der Anführer.

‚Ich beschütze den Königsweg, damit kein Gesindel hier entlangkommt', entgegnete ich.

‚Du bist ganz schön frech wilder Mann, wir sind kein Gesindel, also mach uns Platz', sagte der Anführer.

Ich antwortete: ‚Ihr seht aber nicht so aus, als kämet ihr in friedlicher Absicht daher. An mir kommt keiner von euch vorbei, bei meiner Ehre.'

Der Anführer der Vorhut ritt zu seinen Leuten zurück. Es löste sich aus der Gruppe ein großer Krieger und stieg vom Pferd. Er hatte eine Wurfaxt in der Hand. Langsam ging er auf mich zu und wollte die Axt werfen.

In dem Moment, als er sie hob, traf ihn ein Pfeil in den Hals und der Mann fiel tot um. Ich blies in mein Horn, dass es durch das ganze Tal schallte. Das war der Beginn des Kampfes.

Von den Felsen schossen unsere Krieger ihre Pfeile, warfen Speere und Äxte und rollten auch große Steinbrocken den Hang hinunter. Die Pferde der Franken bäumten sich auf und es entstand ein vollkommenes Durcheinander. Ein paar der Reiter stürzten mit ihren Pferden den Hang hinab und sie brachen sich das Genick. Andere wurden von den Steinen erschlagen und viele von ihnen starben durch unsere Waffen. Als die Vorhut der Franken stark dezimiert war, kamen unsere Krieger aus ihren Deckungen heraus und machten den Rest nieder. Ich habe bestimmt mehr als zehn der Frankenkrieger mit der Keule niedergestreckt. Nur wenige Reiter konnten auf dem Weg zurück zum Hauptheer fliehen. Das nützte denen aber überhaupt nichts. Inzwischen war das Hauptheer genau so stark dezimiert wie die Vorhut. Harald war dort und kämpfte wie ein Held mit seinen Bärenkriegern.

Die Franken hatten sich tapfer gewehrt. Als Harald mit dem König focht, wurde er am Bein verwundet und von einem seiner Männer fortgebracht. In dem Moment bin ich mit meinen Leuten angekommen und wir haben den Rest niedergemetzelt. Mit Müh und Not konnte sich der König der Franken noch durch Flucht retten."

„Was ist denn mit Harald passiert?", wollte Hartwig wissen.

„Ich kann es dir nicht sagen, mein Junge. Ich weiß nur, dass ihn ein Bärenkrieger eilig weggebracht hat."

„Vielleicht ist er schwer verletzt? Oder sogar tot?"

„Das glaube ich nicht, denn die Verwundung soll nur an seinem Bein gewesen sein."

„Hast du auch etwas von meinem Vater gehört?", fragte Hartwig weiter.

„Nein, von ihm weiß ich gar nichts. Er war mit seiner Tausendschaft im Mittelstück des Weges. Vielleicht hat er Harald nach Hause geschafft."

„Ich werde gleich morgen früh heim reiten. Ich muss wissen, was mit ihnen passiert ist."

„Wenn du willst, begleite ich dich", sagte Baldur.

„Das ist mir sehr recht, aber musst du nicht mit Amalafred zur Tretenburg zurück?"

„Ich denke, es ist besser, wenn Amalafred allein dort hin-
reitet und sich feiern lässt. Was meinst du, Amalafred?"
„Du bist doch nicht eifersüchtig auf mich, mein lieber
Vetter", antwortete Amalafred.
„Nein, durchaus nicht, es sollte nur ein Scherz sein. Es
wird noch so viele Feiern geben, die wir besuchen müssen, dass es uns irgendwann zuviel wird."
„So, liebe Freunde, jetzt lasst uns noch ein paar Krüge von
meinem besten Met durch die Kehlen fließen und dann
gehen wir schlafen. Ihr könnt mir noch erzählen, was ihr
bei dem Kriegszug alles erlebt habt."
Hartwigs Gedanken schweiften immer wieder zu Harald.
Bestimmt hatte der Vater ihn nach Hause gebracht und sie
warteten schon sehnsüchtig auf sein Erscheinen. Vielleicht
waren sie auch in Sorge, wie es ihm erging.
Am nächsten Morgen ritten die drei weiter. Als sie zu einer
Kreuzung kamen, wo ein Weg rechts zum Rynnestig hin
führte, trennten sie sich.
Amalafred ritt den Königsweg weiter und Hartwig und
Baldur schlugen den Weg zum Rynnestig ein. Auf diesem
Höhenweg war für sie ein schnelleres Vorankommen mög-
lich und Hartwig kannte sich da gut aus.

Viele der Krieger waren noch zusammen mit König
Bertachar auf dem Kriegszug durch das Gebiet zwischen
Werra und Fulda. Es war ein großer Sieg für die Thüringer
und alle hofften, dass nun die Franken ein für alle mal Ruhe
geben würden. Bertachar ließ Wachstationen entlang der
Fulda errichten, um die neue Grenze abzusichern. Einige
seiner Krieger waren bereit, sich in diesem Gebiet anzu-
siedeln. Ihnen wies er das neu gewonnene Land zu.
Er bestimmte einen Gaugrafen für das eroberte Gebiet.
Dem übrigen Heer befahl er, auf dem Königsweg zurück
zu reiten. Er selbst zog mit einem kleinen Gefolge an der
Fulda entlang nach Norden. Bevor er die Weser erreichte, schwenkte er nach Osten und wollte mit einem Boot
die Werra überqueren. Er rief vom Ufer aus nach dem
Fährmann.
„Du sollst mich über den Fluss bringen", befahl er dem

jungen Mann, „aber etwas schneller, als du hierher gekommen bist."

„Habt ihr es denn so eilig, Herr?", fragte der Fährmann.

„Ja, ich habe es sehr eilig. Zu lange bin ich schon von zu
Hause weg."

„Wer seid ihr, dass ihr so lange unterwegs seid. Ein
Händler könnt ihr nicht sein, denn der Handel ist schon
lange verboten."

Der König stieg ins Boot und mit ihm der Hauptmann.

„Wenn du es unbedingt wissen willst, wer ich bin, so will
ich es dir sagen. Ich bin dein König und habe gerade die
Franken besiegt. Und wer bist du, ein Thüringer oder ein
Franke?", wollte Bertachar wissen.

„Was wäre, wenn ich ‚Franke' sagen würde. Was würdet
ihr dann mit mir tun?"

„Alle Franken, denen ich habhaft werde, mache ich zu
Sklaven, aber du scheinst doch ein Thüringer zu sein oder
nicht?"

Fragend schaute er den jungen Mann an, der kraftvoll
seine Ruder gegen die Strömung bewegte. Sie befanden
sich gerade in der Mitte des Flusses, wo die Strömung
sehr stark war.

„Ich will dir sagen, wer ich bin. Ich bin ein fränkischer
Krieger und deine Soldaten haben vor ein paar Tagen meine Frau vergewaltigt und sie danach getötet. Ich habe es
gesehen und konnte nur mit Mühen hierher fliehen. Jetzt
hat mir Odin euch gesandt, damit ich mich dafür bedanken
kann."

Der junge Mann ließ die Ruder los und sprang auf den ihm
gegenüber sitzenden König zu. Er hatte ein Messer in der
Hand und stach es dem König in die Brust. Danach sprang
er ins Wasser und schwamm mit der Strömung davon.

Der Hauptmann wollte dem König helfen, doch dieser
winkte ab. Dann nahm der Hauptmann die Ruder und sie
erreichten mit Mühen das andere Ufer.

Der König versuchte aufzustehen und allein aus dem Boot
zu steigen. Es gelang ihm aber nicht. Der Hauptmann
stützte ihn und legte ihn am Ufer ins Gras. Jetzt besah er
sich die Wunde. Das Messer steckte noch zwischen den

Rippen des Königs. Es hatte nicht das Herz getroffen. Der Hauptmann zog es mit einem Ruck heraus und verband die Wunde. Inzwischen waren ein paar Bauern am Ufer erschienen, die die anderen aus des Königs Gefolge über den Fluss setzten. Sie bauten eine Trage und brachten ihren Herrn zu seiner Burg. Er hatte viel Blut verloren und alle waren um die Gesundheit ihres Königs besorgt. Ans Feiern konnte bei seinem Zustand jetzt niemand denken. Die übrigen Krieger waren auf dem Königsweg bis zur Tretenburg geritten. Herminafrid empfing sie und erwies ihnen große Ehren. Die Feierlichkeiten fanden ohne Bertachar statt, der noch immer in Lebensgefahr schwebte. Danach zogen die Krieger in ihre Gaue, um sich dort weiter feiern zu lassen. Es gab jedoch nicht nur Grund zur Freude. Viele hatten Sippenangehörige verloren und manche Krieger kamen schwer verletzt nach Hause.

Als Hartwig und Baldur in Rodewin ankamen, bemerkten sie gleich, dass irgendetwas Schlimmes passiert sein musste. Hartwigs Mutter kam ihnen mit rußbeschmiertem Gesicht und Asche in den Haaren am Eingang entgegen. Sie freute sich dass Hartwig noch lebte und es ihm gut ging. Sie erzählte ihm, dass der Vater tot und Harald schwer verwundet sei und die Vorbereitungen für die Trauerfeierlichkeiten bereits getroffen wurden. Die Verbrennung von Herwalds Leichnam sollte in zwei Tagen sein. Harald war nun das Familienoberhaupt, aber durch seine schwere Verwundung noch nicht in der Lage zu laufen.
Hartwig eilte sofort in Haralds Haus, um nach ihm zu sehen. Er lag in dem großen Bett im Wohnraum. Als er Hartwigs Stimme in der Küche hörte, rief er gleich nach ihm. Hartwig eilte zu ihm und die Brüder umarmten sich. Harald erzählte seinem Bruder, was passiert war und wie ihr Vater durch den Speer eines Franken getötet wurde. Sie waren überzeugt, dass er jetzt in Walhalla weilte. Dies war immer sein größter Wunsch. Harald erzählte auch von seinem Kampf gegen Theuderich und dass er auf dem Königsweg seine Klinge mit ihm gekreuzt hatte.

Dessen Schwertträger kam seinem König zu Hilfe und schlug ihm mit dem Schwert das linke Bein in der Mitte des Unterschenkels ab. Einer der Bärenkrieger konnte noch Schlimmeres verhindern, indem er mit seiner Streitaxt den Schädel des Schwertträgers spaltete. Er zog dann Harald aus der Gefahrenzone, verband ihn und brachte ihn danach gleich nach Hause.

Harald war über seinen Zustand sehr unglücklich. Lieber wäre er im Kampf getötet worden und jetzt mit seinem Vater in Walhalla. Nun war er ein Krüppel und konnte nicht mehr als Held im Kampf fallen und von den Walküren zur Götterburg getragen werden. Das betrübte ihn sehr. Hartwig tröstete ihn, so gut er konnte.

Harald wollte nun von Hartwig wissen, wie es ihm erging. Er hatte an den Kämpfen auf dem Hangweg nicht teilnehmen können, da er im Gefolge des Königs war. Auch sonst gab es für ihn keine Möglichkeit das Schwert mit dem Gegner zu kreuzen. Hartwig erzählte von seinen Erlebnissen nach dem Übergang über die Werra und wie sich die Krieger gegenüber den Bauern verhalten hatten. Harald verstand ihn. Auch er tolerierte ein solches Vorgehen nicht. Doch wusste er auch, dass dieses Gebaren bei allen Kriegern Brauch war und kaum zu unterbinden wäre. Die beiden Brüder unterhielten sich noch lange und Harald tat es sehr gut, in seinem Bruder einen so verständnisvollen Gesprächspartner gefunden zu haben.

Baldur blieb noch bis zur Trauerfeier. Er reiste jedoch am nächsten Morgen allein nach Alfenheim, um Ursula wieder zu sehen. Ihr musste er unbedingt alles erzählen.

In Alfenheim war es sehr ruhig. Vater und Sohn waren noch nicht zurückgekommen. Dies war eher ein gutes Zeichen, denn dann mussten sie noch beim Heer sein. Baldur erzählte den Frauen, was er erlebt hatte und wie der Kampf gegen die Franken siegreich endete.

Ursula war ganz stolz auf ihren Held und ließ ihn das auch merken. Das gefiel Baldur sehr. Nachdem er alles berichtet hatte, wollte er gern mit Ursula allein sein. Die Mutter schickte sie in den Wald zum Pilze suchen. Gislinde bot sich an, sie zu begleiten, doch die Mutter hielt sie zurück und meinte, dass sie ihr in der Küche helfen sollte.

Ursula ging mit ihm zu der Stelle an dem Teich, wo sie der Musik der Elfen zugehört hatten. Sie legten sich ins Gras und unterhielten sich. Es gab so viel zu sagen. Ursula sprach von ihrer Angst, dass Baldur im Kampf hätte umkommen können und sie ihn dann nie wieder gesehen hätte. Wenn sie daran dachte, da kamen ihr jedes Mal die Tränen. Baldur tat es gut, dass jemand da war, der sich so sehr um ihn sorgte.

Seitdem seine Mutter gestorben war, fühlte er sich manchmal sehr allein. Hier im Gras vergaßen sie die Pilze, die sie hätten suchen sollen. Baldur musste noch vor dem dunkel werden zurück nach Rodewin reiten, denn am nächsten Tag würden die Trauerfeierlichkeiten stattfinden. Erst spät am Nachmittag verließ er Alfenheim und versprach Ursula, bald wieder zu kommen.

Am Thingplatz in der Nähe von Rodewin versammelten sich viele Menschen aus allen Sippen des Oberwipgaus und auch viele aus den benachbarten Gauen. Herwald war ein beliebter Gaugraf gewesen und hatte die Geschicke des Gaus gut geführt. Da die meisten Krieger noch nicht von ihrer Heerfahrt zurück waren, fehlten viele seiner ehemaligen Freunde.

Der Leichnam wurde auf einem Ochsenkarren zum Thingplatz gefahren. Dahinter trugen vier Bärenkrieger Harald auf einer Trage. Ihm folgten seine beiden Brüder und die Mutter und danach kamen die Sippenangehörigen und Gäste.

Inmitten des großen Thingplatzes war ein mannshoher Scheiterhaufen errichtet worden und obenauf lag der Leichnam von Herwald auf einem breiten Eichenbrett. Er hatte ein zufriedenes Aussehen und allen war klar, dass er nach Walhalla abberufen wurde.

Die Priester sorgten für eine feierliche Umrahmung. Sie sprachen mit den Göttern und opferten viele Tiere. Danach überreichte der Oberpriester Harald eine brennende Fackel. Die vier Träger umschritten mit ihm den Scheiterhaufen und er zündete diesen an. Die Flammen loderten im Nu und der Rauch stieg weit in den Himmel.

Das war das Ende eines großen Mannes und eines lieben

Vaters, dachte Harald und ihm standen die Tränen in den Augen. Er hoffte, dass sie sich in Walhalla wieder sehen würden, aber Walhalla lag nun einmal ganz woanders und nicht hier, wo sie ihn alle so sehr brauchten.

Das Leben würde nun in Rodewin ein anderes sein. Wie, konnte Harald nicht sagen, aber dass es sich verändern würde, das fühlte er. Er musste jetzt alle Aufgaben, die früher sein Vater innehatte übernehmen. Mit seiner Verwundung würde das bestimmt nicht leicht sein. Doch da waren auch noch seine beiden jüngeren Brüder Hartwig und Siegbert, auf die er sich verlassen konnte.

Als das Feuer fast verloschen war, verließen die ersten Trauergäste den Thingplatz. Ein Priester sammelte die Asche ein und füllte sie in ein Tongefäß. Das übergab er mit einer feierlichen Geste Harald. Das Gefäß wurde in dem benachbarten Hain, in dem manchmal die Götter spazieren gehen sollen, unter einer starken Eiche vergraben. Diesen Platz hatte sich Herwald gewünscht und dies den Priestern anvertraut.

Zu Hause versammelten sich alle Sippenangehörigen in dem Wohnraum von Harald. Er war nun als ältester Sohn für die Belange der Sippe verantwortlich. Seine beiden Brüder und alle Sippenangehörigen bestätigten ihm dies feierlich. Ob er mit seiner Verwundung auch von den anderen Sippen zum Gaugrafen gewählt würde, war unklar. Diese Entscheidung würde erst in ein paar Wochen getroffen werden müssen, wenn die Krieger wieder daheim wären.

Baldur verabschiedete sich und ritt zur Königsburg. Sein Vater müsste schon angekommen sein und er freute sich, seine Schwester Radegunde wieder zu sehen. Er eilte zuerst in ihre Kemenate und traf sie beim Lesen eines Buches an. Radegunde erzählte ihm von der schweren Verwundung des Vaters und wie es dazu kam. Das erschütterte Baldur sehr. Er eilte sofort zu ihm.

Um das Bett des Königs standen mehrere Männer und redeten in verhaltenem Ton mit ihm. Als Bertachar seinen Sohn sah, winkte er ihm zu, näher zu kommen.

„Du wirst schon gehört haben, was mir passiert ist. Es

sieht gar nicht gut aus, sagen die weisen Männer. Ich fühle mich auch nicht gut und so werden sie wohl recht haben."

„Du wirst bestimmt wieder gesund werden, Vater. Du brauchst nur ein paar Tage Ruhe."

„Du brauchst mich nicht zu trösten, das tun schon die anderen. Mit dir muss ich noch viel besprechen, was deine und die Zukunft des Königreiches angeht. Nicht heute, aber bald."

„Ich bin immer in deiner Nähe. Du brauchst mich nur rufen."

Baldur verabschiedete sich von seinem Vater und ging sorgenvoll in seine Kemenate. Er brauchte jetzt viel Zeit, um alles zu überdenken. Ihm wurde zum ersten Mal bewusst, wie hart das Schicksal mit einem umgehen konnte.

18. Der Königsschatz

Schon am nächsten Morgen ließ der König seinen Sohn rufen. „Komm zu mir Baldur, ganz nah an mein Bett, denn ich kann nicht so laut sprechen. Die weisen Männer sagten mir, dass das Messer meine Lunge verletzt hat und mein Leben nicht mehr lange dauern wird. Wir müssen noch viel miteinander bereden, damit alles seine Ordnung hat und du mein Erbe fortsetzen kannst. Ich weiß, dass mein Bruder das Reich gern wieder zusammenführen will und da du noch nicht das nötige Alter für einen König hast, so wäre er dein Vormund. Ob er dir später das Westreich wieder zurückgeben wird, bezweifle ich. Daher möchte ich einige Vorkehrungen treffen, die deine Zukunft und die von Radegunde absichern sollen."

„Ist das nicht alles ein wenig früh, jetzt schon darüber zu sprechen?"

„Nein, mein Sohn. Es ist schon fast zu spät. Daher höre mir gut zu und tu, was ich dir jetzt sage.

Ich habe einen großen Schatz an Gold und Silber angehäuft. Diesen Schatz musst du als erstes in Sicherheit bringen. Solange ich lebe, ist dies möglich. Danach würde Herminafrid darüber verfügen und dir bliebe nichts mehr übrig. Daher überlege, wo man ihn hinbringen kann. Am besten sind mehrere Verstecke, so wie bei den Eichhörnchen, die an verschiedenen Stellen im Wald ihren Vorrat für die Winterzeit vergraben.

Wenn ein Versteck von jemand gefunden würde, hättest du dann noch genügend andere. Den Schatz brauchst du eines Tages, um wieder König zu werden."

„Wieso brauche ich Gold und Silber, um König zu werden? Das verstehe ich nicht."

„Das ist leicht zu erklären. Wenn du eines Tages das Alter hast, um als König im Thing gewählt zu werden, dann brauchst du viele Gaugrafen, die dich wählen sollen. Mit Gold und Silber kann man manche entscheidende Stimme gewinnen."

„Die Gaugrafen verehren dich doch sehr und werden mich dann bestimmt auch ohne Bestechung wählen."

„Da irrst du dich, mein Sohn. Die Gunst des Adels ist wechselhaft. Sie werden sich nur dem anschließen, von dem sie am meisten für sich erwarten können. Da du noch sehr jung und unerfahren bist, wird mein Bruder sie beeinflussen, auf eine Teilung des Reiches in Zukunft zu verzichten. Sein Sohn Amalafred würde dann der neue König von ganz Thüringen sein und du würdest leer ausgehen."

„Ich verstehe mich mit Amalafred aber ganz gut."

„Das tut gar nichts zur Sache. Wenn er nach dem Tod seines Vaters einmal das Reich übernimmt, so wird er niemals mit dir freiwillig teilen. So etwas gibt es nicht. Ich würde das an seiner Stelle auch nicht."

„Was soll ich also als Nächstes tun?"

„Du brauchst für dein Vorhaben einen Vertrauten, auf den du dich vollkommen verlassen kannst und der, der Sucht nach Reichtum widerstehen kann.

Wenn du einen solchen gefunden hast, so kannst du mit ihm die Verstecke besprechen und die Schätze dorthin bringen. Das Problem ist nur, einen so zuverlässigen Kameraden zu finden."

„Ich hätte da schon einen, dem ich mich anvertrauen könnte. Du kennst ihn. Es ist der Sohn von Herwald aus Rodewin und der Bruder von Harald."

„Ah ja, den Burschen kenne ich. Er war auch als Meldereiter während des Krieges bei mir."

„Ja, der ist es. Wärest du mit ihm einverstanden?"

„Das käme auf einen Versuch an. Bringe ihn her und ich werde ihn mir einmal näher ansehen, aber rede noch nicht mit ihm darüber."

„Gut, Vater, ich werde einen Boten zu ihm senden."

„Tu das, mein Junge. Jetzt werde ich etwas ruhen und dann reden wir weiter."

Baldur verließ besorgt seinen Vater. So, wie es aussah, würden unruhige Zeiten auf ihn zukommen.

Hartwig war so schnell wie möglich zur Königsburg geeilt. Er konnte sich nicht erklären, was der Grund war, dass er kommen sollte. Er hatte doch Baldur erst seit kurzem gesehen. Die Trauer um den Tod seines Vaters hatte ihn noch sehr mitgenommen. Immer musste er an ihn denken und dass er nicht mehr da war, konnte er nicht begreifen.

Als er zur Burg hinauf ritt, kam ihm Baldur auf halben Weg entgegen. Sie gingen gleich in seine Kemenate und Baldur erzählte dem Freund, was seinem Vater passiert war und dass es gesundheitlich schlecht um ihn stand.

„Mein Vater sagte mir, dass er dich sehen möchte und wir gleich zu ihm kommen sollen."

Sie liefen durch verschiedene Gänge und gelangten bald darauf zum König. Er gab den umherstehenden Herren ein Zeichen, dass er mit ihnen allein sein wolle.

„Kommt nahe zu mir, ihr beiden." Der König schaute Hartwig freundlich an.

„Wie ich hörte, bist du der beste Freund meines Sohnes. Ist das richtig?"

Fragend schaute der König Hartwig an. Dieser nickte.

„Das freut mich, dass Baldur einen richtigen Freund hat, denn den wird er in der Zukunft sehr brauchen."

Dem König fiel sichtlich das Reden schwer. Er deutete mit der Hand noch näher zu ihm zu kommen. Hartwig war ganz nah bei ihm und konnte jetzt deutlich das blasse Gesicht des Königs erkennen.

„Du warst auch sehr tapfer in der Schlacht gegen die Franken. Daher möchte ich dir gern ein Geschenk machen, damit du immer an deinen König denkst.

Hier auf dem Tisch, der vor dir steht, sind drei Gegenstände und du sollst dir einen davon aussuchen. Das Eine ist eine goldene Schale, das Zweite ein silberner Pokal und das Dritte ein kurzes Eisenmesser mit eingravierten Runen. Schau dir alle drei Dinge gut an und wähle dann eines aus."

Hartwig war etwas verwundert über die plötzliche Ehrung, doch freute es ihn, auch vom König persönlich ein Geschenk zu erhalten. Er nahm die goldene Schale in die Hand und betrachtete die feinen Figuren, die da eingraviert waren. Man könnte gut süße Fladen oder andere Leckereien darinnen aufbewahren. Doch das brauchte Hartwig nicht. Dann nahm er den Silberpokal in die Hand. Auch er war mit Gravuren versehen, die eine Szene aus einer Göttergeschichte zeigte. Ihn würde er gut beim

Zechen verwenden können, doch ein solcher Pokal würde eher einem Gaugrafen als Trinkgefäß zustehen, als ihm. Hartwig griff nun nach dem Messer und betrachtete die Runen.

„Was sollen die Runen bedeuten?", fragte er den König.

„Es ist ein Zauberspruch, der dem Träger immerfort Glück in allen Unternehmungen bringen soll."

„Das würde ich gern annehmen, wenn ihr es mir geben wollt." Hartwig legte das Messer zurück auf den kleinen Tisch.

„Es soll hinfort dir gehören und dir immer Glück und Segen bringen." Der König nahm das Messer und reichte es Hartwig.

Bertachar bekam einen Hustenanfall und bald darauf kamen zwei von den weisen Männern, die Baldur schon einmal gesehen hatte. Sie bemühten sich um den König und baten Baldur und Hartwig zu gehen.

„Dein Vater ist sehr krank", meinte Hartwig.

„Ja, er sagte mir, dass er bald sterben wird."

„Was ist dann mit dir, Baldur? Wirst du König?"

„Das weiß ich nicht. Mein Onkel wird zunächst als mein Vormund das Königreich meines Vaters mitregieren, bis ich von den Gaugrafen als König gewählt werden kann."

„Wenn dein Vater nicht mehr lebt, wird es für dich schwierig werden, das Westreich wieder zu bekommen."

„Das ist richtig, das sagte mir auch mein Vater. Es wird ganz von den Gaugrafen abhängen, ob sie mich als König wollen."

„Es ist eine verzwickte Sache, die keiner im Moment beeinflussen kann. Wir können uns nur fügen."

Baldur führte Hartwig in eine Kemenate, die gleich neben seiner lag.

„Hier kannst du wohnen, wenn du auf der Burg bist. Wenn du etwas brauchst, so sage es mir gleich. Es soll dir an nichts mangeln."

Am Nachmittag hatte der König Baldur allein zu sich gerufen.

„Mein Sohn, ich glaube, dass Hartwig die richtige Vertrauensperson für dich ist. Ich habe ihn beobachtet und beim Betrachten der Goldschale und des Silberbechers kein Funkeln der Begierde in seinen Augen erkennen können. Ich denke, du kannst dich wegen des Schatzes ihm anvertrauen."

Der König zeigte auf fünf große eisenbeschlagene Truhen, die neben der Eingangstür standen.

„Ich habe diese Schatztruhen hierher bringen lassen. Öffne sie alle. Da sind die Schlüssel."

Er hatte am Kopfende einen großen Schlüsselbund liegen, an dem fünf Schlüssel hingen. Baldur probierte die Schlüssel und er brauchte eine Weile, bis er den Richtigen für jede Truhe fand. Als er die Deckel anhob, waren sie alle bis oben hin angefüllt. Die eine enthielt römische Goldmünzen und die anderen Silberstücke unterschiedlicher Währungen. Baldur hatte noch niemals so viele auf einmal gesehen.

„Mit diesem Schatz könnten die Römer ein Heer von zehntausend Mann für mehrere Jahre erhalten. Das stellt für dich jetzt noch einen unbegreiflichen Wert dar, doch wenn du einmal König bist, so musst du damit umgehen können.

Das Geld ist eine Ware, wie jede andere. Sie hat jedoch den Vorteil, dass man die Metallstücke gut transportieren und verstauen kann. Es wäre nicht möglich, diesen Wert an anderen Waren in diesen kleinen Kisten unterzubringen."

„Kennen die Gaugrafen den Wert dieser Metallstücke?"

„Einige schon, besonders diejenigen, die sich im Handel auskennen. Eines Tages wird der Handel noch stärker durch die Gold- und Silberstücke bestimmt werden, aber es werden noch sehr viele Jahre in unserem Reich vergehen, bis es von allen akzeptiert wird."

„Was soll ich mit den Kisten tun, Vater?"

„Zunächst musst du die Metallstücke in kleine Lederbeutel füllen. Immer Tausend Stück in einen. Diese Beutel verteilst du in den Kisten so, dass in jeder der gleiche Anteil an Goldmünzen ist.

Wenn alle Kisten gleich gefüllt sind, musst du jede Kiste an einem anderen Platz verstecken. Der Vorteil bei dem Gold und Silber liegt auch darin, dass sie nicht bei schlechten Lagerbedingungen verrotten. Du kannst sie ruhig in der Erde vergraben oder in einem Gewässer versenken. Nur merken musst du dir diese Plätze genau. Es ist wie bei den Eichhörnchen."

„Und warum soll Hartwig die Verstecke kennen?"

„Es kann sein, dass du nicht selbst an die Kisten gelangen kannst und da gibt es für dich noch eine Möglichkeit, an den Schatz durch ihn heran zu kommen."

„Gut, dann muss ich nur noch wissen, wo ich die Kisten verstecken soll?"

„Das kannst du allein mit Hartwig ausmachen. Er kennt sich im Lande sehr gut aus und wird bestimmt ein paar gute Vorschläge machen können."

Nach dem Gespräch mit seinem Vater besprach Baldur die Angelegenheit mit Hartwig. Der war erst ein wenig verwundert, weil er sich auch nicht vorstellen konnte, warum der Schatz vergraben werden sollte. Hartwig stellte jedoch keine Fragen und überlegte sich einige Verstecke.

„Ich kenne ein paar Verstecke. Vielleicht gefallen sie dir", sagte Hartwig.

„Sprich nur."

„Ich würde jede der Kisten an eine andere Stelle bringen und zwar dorthin, wo wir beide uns gut auskennen und wo niemand darauf kommen würde, dass da ein Schatz liegt. Die erste Kiste könnten wir nach Alfenheim schaffen und sie in der Mitte des Elfenteichs versenken. Die zweite Kiste nach Rodewin in eine kleine Höhle, die bisher nur ich kenne. Die dritte Kiste könnten wir in den Selgau in das Tal bringen, wo das Übungslager der Bärenkrieger war und wo wir eine tiefe Höhle gesehen hatten. Die vierte Kiste sollten wir ganz nach Osten, in den Elbkniegau schaffen und in dem Teich, den ich mit Elke immer besucht hatte, versenken. Die fünfte und letzte Kiste könnten wir in der Nähe der Königsburg im heiligen Hain vergraben. Da gibt es verschiedene Plätze, die sich als Versteck gut eignen würden."

„Das sind gute Vorschläge. Ich wüsste selber keine besseren Plätze. Wichtig wäre, dass sie außerhalb der Burg liegen und wir jederzeit wieder daran kommen können", meinte Baldur.

„Das wäre bei allen Verstecken gegeben."

„Wir werden die Vorschläge meinem Vater unterbreiten. Ich denke, er findet sie auch gut. Doch wie wollen wir die Kisten dahin bringen, ohne aufzufallen? Vielleicht sollten wir uns als Handelsleute verkleiden?"

"Besser wäre es bestimmt, wenn wir auf die Jagd in diese Gebiete gehen und einen Planwagen mitführen würden. Darin könnten wir die Kisten gut verstecken und ein Wagen fällt nicht auf."

„Ja, ich glaube, das ist besser. Wir werden versuchen, gleich mit meinem Vater zu reden. Komm mit."

Baldur lief voran. Der König hatte wieder die weisen Männer bei sich und die überlegten, wie sie ihm helfen könnten. Bisher hatten sie wenig Erfolg mit der Heilung und der König wurde von Tag zu Tag schwächer. Als der König die Jungen in der Tür stehen sah, winkte er ihnen zu, näher zu kommen. Baldur und Hartwig kamen nahe an das Bett und die Männer verließen wortlos den Raum.

„Na, was habt ihr auf dem Herzen?", fragte er die beiden. Baldur antwortete ihm: „Wir haben überlegt, wo wir den Königsschatz verstecken könnten und möchten dazu deinen Rat hören."

Er unterbreitete dem König die Vorschläge. Der König unterbrach seinen Sohn dabei nicht. Als Baldur fertig war, sagte er zu ihnen: „Eure Vorschläge sind allesamt gut und ich könnte keine besseren Stellen nennen, doch eines möchte ich zu bedenken geben. Eine Fahrt in den Selgau und den Elbkniegau dauert lang und ist sehr beschwerlich. Besser wären da noch zwei Stellen zu finden, die am Weg nach Alfenheim liegen."

Der König wollte die Sache so schnell wie möglich erledigt wissen, denn er spürte seinen gesundheitlichen Verfall immer deutlicher.

Noch am gleichen Tag hatte Hartwig einen geeigneten Ochsenkarren für den Jagdausflug organisiert und sie packten die Gold- und Silberstücke in Lederbeutel und diese in unauffällige Eichenkisten, so wie sie die Bauern verwendeten. Als es Nacht war, verstauten die beiden die Kisten auf dem Wagen. Niemand hatte sie dabei gesehen.

Es war nicht ungewöhnlich, dass Knechte mit Ochsenkarren die Jagd des Königs begleiteten und das erlegte Wild in die königliche Küche brachten. Jetzt, wo der König selbst nicht jagen konnte, war es normal, dass sein Sohn auf die Jagd ging. Sie fuhren am nächsten Morgen in Richtung Rodewin und banden ihre Pferde am hinteren Ende des, mit einer Plane versehenen Karrens, an.

Unterwegs fragte Hartwig Baldur, ob sie nicht doch eine Hilfskraft mitnehmen sollten. Er dachte dabei an den starken Sklaven Sigu, den er sich von Harald erbeten könnte. Baldur wollte sich den Sklaven zuerst einmal ansehen.

Beide kamen noch vor dem Dunkelwerden in Rodewin an. Hartwig zeigte Baldur den Sklaven, der sehr stark und schweigsam war. Er hatte ihn schon früher gesehen, doch war er ihm noch niemals richtig aufgefallen.

Baldur sprach ihn an und merkte, dass der Sklave stotterte und in seiner Wortwahl eher etwas eingeschränkt war. Doch hatte er weiche Gesichtszüge und schien ein ehrlicher und gutmütiger Typ zu sein. So hatte er nichts dagegen, wenn er ihnen helfen würde. Er sagte dies Hartwig und der sprach mit Harald, ob er ihm Sigu für immer überläßt. Harald war damit einverstanden. Er ließ Sigu kommen und erklärte ihm, dass von nun an Hartwig sein Herr sei. Sigu nickte verständig und kniete vor Hartwig nieder. Der legte seine Hand auf seinen Kopf. Damit gehörte er nun ihm und würde seine Anweisungen alle befolgen.

Die Trauer um den lieben Vater hatten die Söhne noch nicht überwunden und bevor Hartwig am nächsten Tag mit Baldur und Sigu zur Jagd aufbrach, ritt er zum Hain und ging zu dem Baum, wo die Asche seines Vaters begraben lag. Er führte mit ihm Gespräche, als würde er leibhaftig vor ihm stehen. Das tat ihm gut.

Die kleine Jagdgesellschaft zog in Richtung Alfenheim. Am Weg dorthin kamen sie an der Höhle vorbei, die nur Hartwig kannte. Da vergruben sie die erste Kiste und Sigu rollte große Steinquader vor das Eingangsloch der Höhle.

Danach ging es weiter zum Giselateich. Dort schlugen sie ihr Lager auf. Sigu kümmerte sich wortlos um alles. Er baute ein Zelt für Baldur und Hartwig auf und bereitete das Essen.

Es war ein warmer Tag. Hartwig und Baldur inspizierten das Gelände und gingen in den See, um eine passende Stelle für den Schatz zu finden. Der Ort musste später gut auffindbar sein. Die Bachmündung des Wasserzulaufs und der Wasserablauf waren markante Punkte, die sich in vielen Jahren nicht verändern würden. Genau in der Hälfte dieser Strecke wollten sie die zweite Kiste versenken. Sigu musste ihnen dabei helfen. Er stellte keine Frage - warum und wieso. Er tat, was man ihm anwies. Die Kiste versank im Schlamm. Sigu fertigte einen starken Eichenpfahl und schlug ihn neben der Kiste in den Boden des Teichs. Das war eine mühevolle Arbeit und ohne Sigu hätten Hartwig und Baldur das kaum bewältigen können.

Nach getaner Arbeit gingen Baldur und Hartwig jagen. Von ihren Pferden aus, konnten sich die beiden leicht dem Rehwild nähern. In kurzer Zeit hatten sie drei Tiere mit Pfeilen erlegt.

Die Jagdbeute packten Baldur und Hartwig auf ihre Pferde und brachten diese zu ihrem Rastplatz. Hier blieben sie über Nacht. Baldur wäre gern zu Ursula geritten, um sie zu sehen. Doch das ging jetzt nicht. Sie mussten allein auf dieser Jagdtour bleiben, bis alle Kisten versteckt sein würden.

Mit ihrem Planwagen fuhren Baldur, Hartwig und Sigu weiter zu der ehemaligen Bergleutesiedlung, wo der Wassereinbruch war. Alle Menschen, die hier einst hausten, waren weggezogen, da es nicht genügend Arbeit mehr für sie gab.

Die halbverfallene Siedlung wirkte wie ein Geisterort, ein Platz, den man lieber mied. Hartwig suchte nach den Eingängen zu den verlassenen Schächten. Es gab mehrere. Einer davon lag hinter Felsen verborgen. In den trug Sigu die dritte Kiste. Vom Eingang her, zählte Hartwig zehn Schritte und dort vergrub Sigu die Kiste. Dann rollte er schwere Steine vor den Eingang und verschloss ihn damit.

344

Weiter ging es dann in Richtung Rynnestig, in dessen Nähe sich ein Lagerplatz befand, wo Hartwig oft mit den Pferden auf der Weide war. Dort war eine kleine Hütte, in der sie den großen Suppenkessel gelagert hatten und wo sie sich vor schlechtem Wetter schützen konnten. Der Boden in der Hütte bestand nur aus verdichtetem Lehm. Hier vergruben sie die vierte Kiste.

Es blieb nun nur noch eine Kiste übrig. Diese vergruben die drei unter einer großen Eiche, die in der Nähe einer Wegkreuzung von zwei wichtigen Handelsstraßen lag.

So hatten die Männer nun alle Kisten in Sicherheit gebracht und keiner, außer ihnen, kannte die Plätze.

Den Heimweg wählte Baldur über Alfenheim, um Ursula zu besuchen. Sie hatten inzwischen viel Wild erlegt und Sigu transportierte es auf dem Ochsenkarren.

Ulrich und sein Sohn Udo waren inzwischen aus dem Heerlager zurückgekommen. Sie setzten sich zusammen und erzählten bis spät in die Nacht ihre Kriegserlebnisse.

Udo war sehr betrübt, dass es Harald so schlimm erwischt hatte und nahm sich vor, am nächsten Morgen zu ihm zu reiten. Baldur machte den Vorschlag, dass sie an den nächsten beiden Tagen noch einmal ihr Jagdglück in der Nähe von Alfenheim versuchen sollten, denn somit konnte er noch ein paar Tage oder vielmehr Nächte mit Ursula zusammen verbringen.

Am dritten Tag zogen sie zur Königsburg weiter.

Hier herrschte große Unruhe. Der Bruder des Königs war angekommen und wollte sich nach dem Gesundheitszustand von Bertachar erkundigen. Er war sehr bestürzt, dass es so schlecht um ihn bestellt war. Bertachar hatte mit ihm über die Zukunft des Reiches gesprochen und auch die Nachfolge von seinem Sohn Baldur gefordert.

Herminafrid gab ihm sein Wort, dass er dies zur gegebenen Zeit unterstützen werde und dass er auch für Radegunde, wie ein leiblicher Vater sorgen wolle.

Bei diesen Gesprächen waren immer die Vertrauten von Bertachar dabei. Insbesondere auf den Hauptmann und den Zinsmeister konnte er sich verlassen. Sie hatten ihm gegenüber ihre Bedenken geäußert, dass Herminafrid das Reich zusammenfügen und nicht wieder teilen würde.

Bertachar hatte das Versprechen seines Bruders, doch wusste er auch, dass dieser aus machtpolitischen Überlegungen schnell wortbrüchig würde. Jetzt konnte er nichts anderes mehr tun.

Nach ihrer Ankunft gingen Baldur und Hartwig gleich zum König. Sie trafen ihn allein und erzählten ihm von der gelungenen Aktion. Der König schien sichtlich erleichtert.

„Das, was ihr versteckt habt, soll die geheime Reserve sein. Du, Hartwig, sollst mir noch schwören, dass du das Geheimnis immer für dich bewahrst und du meinem Sohn und seinen Nachkommen, bis in den Tod treu dienen wirst, ganz gleich was auch passiert. Komm zu mir und knie nieder."

Hartwig tat, wie ihm geheißen wurde. Er kniete vor dem Bett des Königs nieder. Der König nahm sein Schwert und berührte damit dreimal Hartwigs Schulter.

„Ich mache dich hiermit zum Schwertträger meines Sohnes Baldur. Sei ihm treu ergeben, bis in den Tod."

Er reichte Hartwig danach sein Schwert und legte sich erschöpft zurück.

Nach einer Weile sagte er ganz leise: „In die leeren Schatztruhen habe ich verschiedene andere Dinge verstaut, die ebenfalls sehr wertvoll sind. Die sollst du, Baldur, bei dir behalten. Sie sind ebenso dein persönliches Eigentum, von dem du und Radegunde standesgemäß leben könnt. Ich glaube, dass ich nur noch wenige Tage leben werde, denn ich fühle mich sehr müde und leer. Meine Wunde schmerzt immer mehr und ich bekomme kaum noch Luft. Ich möchte daher alle meine Getreuen noch einmal sehen. Gebt ihnen Nachricht."

Er schloss die Augen und rang mühsam nach Luft.

Die Nachricht vom baldigen Ableben des Königs erreichte auch Harald. Er bat seine Bärenkrieger, ihn zur Königsburg zu tragen. Es war wie eine Prozession, als Harald auf der Trage voran und viele treue Krieger des Königs im Gefolge den Weg zur Königsburg hinauf zogen.

Es waren schon viele angekommen, die den König noch

einmal sehen wollten. Sie mussten auf dem der Burg vor-
gelagerten Thingplatz rasten. Harald wurde gleich zum
König vorgelassen. Beide freuten sich sehr, einander zu
sehen. Für ihn wurde eine Liege aufgestellt und der König
bat Harald bis zu seinem baldigen Ende bei ihm zu bleiben. Auch der Hauptmann und Zinsmeister blieben jetzt
Tag und Nacht in der Nähe des Königs.

Der Schreiber, der Harald früher begleitet hatte, notierte
nun den letzten Willen des Königs. Er wurde von ihm unter Mithilfe seiner Getreuen verfasst und sollte auf dem
Thingplatz vor der Burg von allen angereisten Gaugrafen
bestätigt werden. In dem Testament war auch die Nachfolge
seines Sohnes Baldur, als König des Mittelreiches gere-
gelt und alle Gaugrafen wurden aufgefordert, Baldur zu
unterstützen.

Viele der getreuen Krieger kamen, um sich von ihrem
schwerkranken König zu verabschieden. Er konnte kaum
noch ein Wort sprechen, denn das Luftholen fiel ihm immer schwerer. Am vierten Tag verstarb der König.

Das Mittelreich wurde jetzt von seinem Bruder, der
Vormund des Prinzen Baldur war, mitregiert. Sein Bruder
Herminafrid leitete auch die Trauerfeierlichkeiten, die an
Ausmaß alles bisher Bekannte übertrafen.

Im ganzen Reich wurde die Trauer verkündet und viele
Krieger aus allen Gauen des Thüringer Reiches kamen
angereist. Bertachar wurde in seinem geliebten Hain, der
in der Nähe der Königsburg lag, in einem Erdgrab bestat-
tet. Es war ihm gleich, ob er begraben oder verbrannt wurde, ihm war nur wichtig, im Hain, bei seinen Pferden zu
sein. Sie durchzogen in großen Gruppen das weit auslau-
fende Waldgebiet.

Als Grab hatte man eine große freie und ebene Fläche
inmitten des Hains ausgewählt. Hier errichteten die
Handwerker des Königshofes aus großen behauenen
Steinquadern und Eichenstämmen ein rundes Gebäude,
in dem sich mehrere Räume befanden. Im Mittelraum wurde eine große Steinplatte aufgestellt, auf die der König
aufgebahrt werden sollte. Es gab zwei gegenüberliegende
Tore, durch die man in das Innere gelangen konnte.

Am Tag der Trauerfeier wurde der König in einer Massenprozession von der Burg bis zu seinem Grabmal im Hain getragen. Tausende von Menschen erwiesen ihrem König die letzte Ehre. Hinter den Trägern gingen seine beiden Kinder Baldur und Radegunde und danach kam Herminafrid und seine Familie. Der Zug der Trauergäste schien unendlich zu sein.

Der Leichnam wurde in dem Grabmal auf die große Steinplatte gelegt. In den übrigen Räumen hatte man bereits viele persönliche Dinge des Königs aufgereiht. Sie sollten ihn auf der langen Reise zu den Göttern oder in das Totenreich begleiten.

Seine Chance, als Held von den Walküren nach Walhalla getragen zu werden, war groß, da er durch die Hand eines fränkischen Kriegers getötet wurde und in der vorausgegangenen Schlacht tapfer gekämpft hatte. Alle seine Getreuen wünschten ihm das von Herzen.

Als der König aufgebahrt war, schritten die Trauernden an ihm vorbei und nahmen still Abschied. Baldur und Herminafrid standen neben dem Leichnam des Königs und hielten als erste Totenwache.

Die Priester besprachen die Runen und beteten zu den Göttern. Hin und wieder wurde ein Heldengesang angestimmt und von allen vorbeiziehenden Trauergästen gesungen. Außerhalb des Grabmals wurden verschiedene Tiere als Brandopfer Odin und Thor geweiht. Das Lieblingspferd des Königs wurde auch getötet und in einem der Nebenräume des Grabmals aufgebahrt. Alle Trauergäste, aus nah und fern hatten, wie es Brauch war, einen Stein aus ihrer Heimat mitgebracht. Diesen legten sie vor dem Grabmal nieder. Die dem König nahestehenden Krieger und Beamten übernahmen nach dem Verlöschen der ersten Fackeln die Totenwache. Erst am späten Nachmittag hatte der Letzte der Trauergäste vom König Abschied genommen.

Am Abend lud Herminafrid den gesamten Adel zu einem Leichenschmaus im Hof der Königsburg ein. Es gab reichlich zu essen und zu trinken. Viele Sänger priesen in ihren Liedern die Taten von Bertachar. Erfreut war so mancher, wenn auch er darin genannt wurde.

Herminafrid hatte in einer Festansprache die großen Verdienste seines Bruders für das Reich gewürdigt. Er gab auch bekannt, dass er als Vormund von Baldur das Reich im Ganzen regieren werde.

Der Applaus hielt sich bei dieser Bekanntmachung besonders bei den Gaugrafen des Mittelreiches in Grenzen. Die meisten hätten lieber die Krönung von Baldur, als ihren neuen König gesehen, doch das war wegen seines Alters zu dieser Zeit noch nicht möglich. So sahen sie schwierige und schlechte Zeiten auf sich zukommen, denn Herminafrid regierte sein Reich anders als Bertachar.

In seinen Gauen gab es eine starke Beamtenschaft, die viele Aufgaben der Gaugrafen übernommen hatten und nur vom König ernannt und nach Gutdünken wieder abberufen werden konnten. Es war ein ähnliches System, wie es die Franken in ihrem Reich aufgebaut hatten. Mit den Traditionen der Thüringer war das nicht im Einklang und hin und wieder bildete sich Widerstand.

Herminafrid lud am nächsten Tag Baldur und die engsten Vertrauten seines Bruders zu einer Versammlung ein. Er teilte ihnen seine Pläne für die nahe und ferne Zukunft mit. Die Burg sollte ihre Funktion als Zentrum für das Mittelreich verlieren und die Häuser im Königshort an seine Bürger abgegeben und von diesen selbst verwaltet werden, ähnlich den römischen Siedlungen. Mit dieser Regelung waren die Bürger, die meist Handwerker waren, sehr zufrieden und Herminafrid hatte diese auf seiner Seite. Dem Adel gefiel dies nicht so sehr, doch konnte er sich nicht dagegen stellen.

Herminafrid gab auch bekannt, dass alle, die hohe Ämter innehatten, vergleichbare Ämter bei ihm bekommen würden. Ebenso informierte er die Versammelten, dass er als Zeichen der ungeteilten Macht im Reich, einen neuen Königshort gründen wolle. Er sollte zwischen den beiden ehemaligen Königshorten in der Nähe der Unstrut liegen. Diese Nachricht schlug ein, wie ein Paukenschlag und war ab nun das große Gesprächsthema. Wer ein Amt im Reich begleiten wollte, musste bereit sein, dorthin umzuziehen.

Als die Versammlung beendet war, bat Herminafrid seinen

Neffen Baldur, ihm zu folgen. Sie gingen in den Raum, in dem Bertachar die letzten Tage vor seinem Tod verbracht hatte.

Herminafrid setzte sich in einen bequemen Armstuhl, der mitten im Raum stand. Baldur stand vor ihm.

„Ich möchte mit dir unter vier Augen reden, Baldur. Du und deine Schwester seid jetzt wie meine eigenen Kinder. Ihr habt die gleichen Rechte und Pflichten und ihr werdet in Zukunft auf meiner Burg leben."

„Kann ich nicht lieber hier bleiben? Es fehlt mir an nichts."

„Nein, das geht nicht. Ich bin jetzt dein Vormund und als solcher für dich und Radegunde verantwortlich. Du sollst bei mir die Ausbildung bekommen, die dir eines Tages ermöglicht, ein Reich zu regieren.

Das habe ich deinem Vater versprochen. Wir werden daher schon morgen abreisen."

„Was passiert mit der Burg, wenn ich nicht hier bin? Es ist und bleibt doch meine Burg?"

„Natürlich, niemand wird sie dir wegnehmen. Ich werde einen Verwalter hier einsetzen, der darauf achtet, dass alles in seinem Zustand erhalten bleibt und wenn es die Zeit zulässt, kannst du zu Besuch hierher kommen."

„Was ist mit meinem Freund Hartwig? Kann er bei mir bleiben?"

„Hartwig, kann bei dir bleiben, wenn er bereit ist, mit dir gemeinsam an der geistigen Ausbildung, der du dich unterziehen musst, teilzunehmen. Anders, als bei deinem Vater, lege ich Wert darauf, dass man zum Regieren den Kopf benötigt und nicht nur das Schwert. Daher musst du noch viel lernen, bevor du das Mittelreich übernehmen kannst."

„Ich denke schon, dass er da mittut. In der lateinischen Sprache hatten wir einen gemeinsamen Lehrer und es hat ihm das Lernen immer Freude gemacht."

„Das ist gut, so soll es auch sein. Doch nun möchte ich dich fragen, wo dein Vater seinen Königsschatz hat. Ich konnte ihn nicht finden."

„Er ist in diesen schweren Kisten", antwortete Baldur und zeigte auf die Kisten im Raum.

„Ich hatte da schon hineingesehen, aber die sind nur halbvoll gefüllt. Das kann doch nicht alles sein, was er an Gold und Silber besaß?"

„Mein Vater hat vieles davon als Geschenke für die siegreichen und tapferen Krieger weitergegeben."

„Davon hatte ich gehört, dass er darin sehr großzügig war. Doch es gab im Frankenreich auch erhebliche Beute. Wo ist die verblieben?"

„Ich kenne nur diese Kisten und hatte mich auch nicht dafür interessiert."

„Ich verstehe", sprach der König nachdenklich. Er war davon überzeugt, dass das nicht alles sein konnte. Wahrscheinlich hatten der Hauptmann und der Zinsverwalter da ihre Hände im Spiel. Nur von denen, würde er nichts erfahren.

„Wann müssen wir abreisen?", wollte Baldur noch wissen.

„Warum fragst du?"

„Ich möchte noch einige Freunde zum Abschied besuchen."

„Wie lange brauchst du dafür?"

„Etwas mehr als eine Woche würde genügen."

„Nun gut, so verabschiede dich von ihnen. Ich reise morgen schon mit Radegunde ab und du kannst dann nachkommen."

Baldur schien davon überzeugt, dass sein Onkel ihm die Sache mit dem Königsschatz und den Geschenken abgenommen hatte. Es kam keine weitere Frage mehr zu diesem Thema.

Eilig suchte er nach Hartwig. Der war in der Küche und ließ sich von den Kochkünsten der Köchinnen verwöhnen.

„Hartwig komm' schnell, wir müssen gleich weg."

„Was könnte so wichtig sein, dass ich auf diese köstlichen Gerichte hier verzichten soll."

„Wir reisen nach Alfenheim."

„Das ist eine gute Idee, dann kann ich noch zu Hause vorbei schauen."

„Ja, das kannst du und verabschiede dich gleich von allen, denn wir reiten danach zum Königshof des Herminafrid und bleiben für immer dort."

„Was willst du bei deinem Onkel? Gefällt es dir hier nicht mehr?"

„Das ist es nicht, aber mein Onkel hat es so gewollt und du darfst mich begleiten."

„Soll ich darüber froh oder traurig sein?", scherzte Hartwig.

„Halte es, wie du willst. Ich zumindest bin nicht erfreut darüber, aber ich muss ihm gehorchen."

Hartwig winkte einer der jungen Köchinnen.

„Sei so gut und pack mir diese köstlichen Dinge in meinen Proviantsack. Unterwegs werde ich an dich denken, schönes Kind, wenn ich dies alles genüsslich verspeise."

Er lachte laut auf und gürtete sich sein Schwert um.

Ohne Pause ritten die beiden den kürzesten Weg nach Alfenheim und kamen noch vor dem Dunkelwerden dort an. Baldur ging es darum, mit Ursula unter vier Augen zu reden. Er liebte sie und das wollte er ihr sagen. Die ganze Sippe war schon darauf gespannt, etwas von den Geschehnissen der letzten Tage am Königshort zu erfahren. So mussten sie sich mit dem Bericht von Hartwig begnügen.

Baldur und Ursula gingen zu ihrem Lieblingsplatz am Elfenteich. Die Sonne war bereits im Untergehen begriffen. Die Wolken am Horizont strahlten feuerrot.

„Ursula, ich muss dir sagen, dass ich zu meinem Onkel an seinen Königshort übersiedeln muss. Das ist sehr weit von hier entfernt und ich befürchte, dass wir uns dann nicht mehr so oft sehen können."

„Das ist sehr schade. Ich wäre so gern immer bei dir."

„Ich möchte dich auch immer bei mir haben und würde dich gern heiraten, doch das wird mein Onkel niemals zulassen. Die Mitglieder der Königsfamilie sind für ihn nur Bausteine in seinen politischen Machenschaften und wir können uns unsere Lebensgefährten nicht selber aussuchen."

„Bei uns ist das normalerweise auch so, dass die Eltern die Partner für ihre Kinder auswählen. Die Liebe spielt da oft keine Rolle."

„Ich muß dir noch sagen, dass ich dich über alles auf der Welt liebe und ich möchte mein Leben lang mit dir zusammen sein. Vielleicht könnten wir irgendwohin fliehen, wo uns niemand kennt."

„Es gibt keinen Platz auf der Welt, wo wir unerkannt blieben. Irgendwann würde dein Onkel dich finden und für dein Vergehen bestrafen."

„Du hast Recht, aber vielleicht könntest du in die Dienste auf seiner Königsburg eintreten und dann würden wir uns jeden Tag sehen können."

„Das geht nicht mehr, Baldur."

„Wieso denn nicht, denkst du, dass deine Eltern dagegen sind."

„Das ist es nicht, aber es gibt einen Grund, dass ich nicht von hier weg kann."

„Das verstehe ich nicht? Hat dich etwa dein Vater einem anderen versprochen."

„Nein, das ist es auch nicht. Ich weiß nicht, wie ich es dir sagen soll?"

„Du weißt doch, dass wir uns alles sagen können, also sprich frei heraus."

„Ich glaube, dass ich schwanger bin."

Baldur konnte sein Erstaunen nicht verbergen. Doch bald darauf fing er sich wieder.

„Das ist doch wunderbar. Nur wie werden deine Eltern darauf reagieren?"

„Mit meinen Eltern habe ich schon gesprochen. Sie haben mir gesagt, dass ich dir nichts davon sagen soll, weil du mich nie heiraten könntest."

„Das eine hat doch mit dem anderen nichts zu tun. Jetzt, wo ich Vater werde, sieht doch alles ganz anders aus."

„Eben nicht, Baldur. Das musst du einsehen. Ich werde hier bei meinen Eltern unser Kind aufziehen und wenn du einmal Zeit hast, so kommst du bei uns vorbei und wir genießen die wenige Zeit, die wir zusammen sein können."

„Was ist, wenn dich dein Vater mit einem anderen Mann verheiratet, dann müsste unser Kind bei einem anderen aufwachsen. Das könnte ich nicht ertragen."

„Mein Vater hat mir versprochen, dass ich nicht mit einem

anderen verheiratet werde und immer in unserer Sippe frei leben darf."

„Nun gut, es soll dir an nichts fehlen, dafür werde ich sorgen."

Baldur löste den Lederbeutel von seinem Gürtel und reichte ihn Ursula. „Wenn du einmal in Not gerätst, so soll dir der Inhalt helfen. Ich werde dir noch viel mehr davon geben, so dass unser Kind in deiner Sippe immer geachtet sein wird."

„Das ist sehr lieb von dir Baldur, doch ich brauche nichts."

„Dann gebe ich es deinem Vater."

„Er würde es nicht annehmen und außerdem würdest du mich damit verraten, dass ich dir das Geheimnis anvertraut habe."

„Ja, aber dann musst du es nehmen, mir zuliebe."

„Nun gut, wenn du unbedingt darauf bestehst, so will ich es irgendwo verstecken. Vielleicht hast du eine Idee wo wir es hintun könnten."

„Wir können es gleich hier an unserem Lieblingsplatz unter einer Wurzel der alten Eiche vergraben."

„Das ist eine gute Idee. Die Eiche ist schon so alt, dass sie niemand mehr fällen würde."

Ursula und Baldur suchten eine geeignete Stelle. Dort vergruben beide den Beutel mit den alten römischen Silbermünzen. Danach eilten sie zurück zur Siedlung und speisten mit allen gemeinsam zu Abend.

Früh am Morgen ritten Baldur und Hartwig aus Alfenheim fort. Es war sehr kühl und der Herbstreif hatte die Wiesen mit einem dünnen Silberschleier überzogen. Dies waren die ersten Anzeichen des bevorstehenden Winters.

Die Freude war groß, als die beiden in Rodewin ankamen. Hartwig nahm von seiner Sippe Abschied auf lange Zeit. Harald zeigte ihm seine ersten Gehversuche auf Krücken, die ihm Jaros gefertigt hatte. Auch auf dem Pferd hielt er sich ganz gut. Scherzhaft meinte Hartwig zu ihm: „Wenn du immer auf dem Pferderücken sitzen bleibst, so brauchst du ohnehin deine Beine nicht mehr."

„Nur mit dem Schlafen gibt es noch ein Problem da oben", erwiderte Harald und beide lachten. Hartwig war froh, dass Harald seinen Lebenswillen wieder gefunden hatte und nicht mehr dem Vater nach Walhalla folgen wollte.

„Lieber Bruder, ich möchte mit dir noch über deine Heirat mit einer der Töchter von Weibel sprechen. Die Mutter erzählte mir alles darüber. Sie sagte auch, dass die Hochzeit im nächsten Sommer sein soll. Wann willst du deine Braut hierher führen?"

„Es ist noch nicht entschieden, wo wir uns niederlassen werden. Weibel hat mir angeboten, bei ihm in der Nähe ein großes freies Gebiet zu übernehmen. Die Besiedlung des Elbkniegaues ist sehr gering. Viele Slawen haben sich dort schon niedergelassen und so wäre er sehr froh, wenn auch einmal ein Mittelthüringer zu ihm käme."

„Das stimmt. Ich hatte auf meinen früheren Reisen sehen können, dass viele Familien aus den Ostgebieten eingewandert waren. Das Land ist sehr fruchtbar, aber auch durch die regelmäßigen Überschwemmungen sehr gefährlich für Mensch und für Tier. Wenn es dir zusagt, dort zu leben, so habe ich nichts dagegen. Du kannst aber auch jederzeit mit deiner Familie hierher kommen, das weißt du."

„Ja, das weiß ich und ich danke dir dafür. Doch ich glaube, dass es das Beste ist, Weibels Angebot anzunehmen, zumal ich viel unterwegs sein werde und Elke, meine Braut, in der Nähe ihrer Familie und der vertrauten Umgebung sich wohler fühlen wird."

„Ja, das denke ich auch, doch sag, was meinst du mit ‚viel unterwegs sein'?"

„Ich begleite Baldur zu seinem Onkel. Es wurde ihm erlaubt, dass ich mit ihm zusammen dort leben kann und in allerlei Dingen der Staatsführung und sonstigen Künsten ausgebildet werde."

„Das ist eine große Chance für dich und ich könnte dich darum beneiden."

„Du hattest doch auch eine hohe Stellung am Königshof des Berthachar."

„Ja, das war einmal und ist nun leider Vergangenheit. Es war eine schöne und erfolgreiche Zeit für mich."

„Sei nicht traurig darüber. Wir müssen alles so nehmen,

wie uns das Schicksal es anbietet und nicht darüber ver-
zagen."

„Das ist leichter gesagt, als getan. Doch ich will nicht klagen. Zumindest kann ich wieder reiten und bald auch auf
dem Pferderücken schlafen." Sie mussten wieder laut bei
diesem Gedanken lachen.

Das Zentrum für die Sippe blieb weiterhin das Haupthaus
der Eltern und die Mutter sorgte sich um die Bedürfnisse
eines jeden, so wie sie es seit vielen Jahren gewohnt war.
Heidrun, Haralds Frau, kümmerte sich fast nur um ihren
Sohn und ein zweites Kind war bereits unterwegs. Die
Arbeit in ihrem kleinen Haushalt verrichtete Rosa. Sie war
als Heidruns Sklavin mit ihrem Schicksal sehr zufrieden.
Am meisten gefiel ihr, dass sie Harald pflegen durfte. Es
war ihr Verdienst, das seine Beinwunde schnell verheilt
war, denn sie holte sich Rat und auch Medizin von der
alten Kräuterfrau, die einsam mit ihren beiden Töchtern im
Walde hauste.

Heidrun war anfangs sehr besorgt, als Harald schwer verwundet nach Hause kam. Sie tröstete ihn und versuchte
seine depressiven Gedanken zu zerstreuen. Es brauchte
seine Zeit, um bei ihm die Freude am Leben wieder zu
wecken. Dies gelang ihr auch durch unendliche Geduld
und Hingabe.

So oft wie jetzt, waren sie noch nie zusammen. Das be-
durfte schon einer gewissen Umstellung und Anpassung in
ihrem Leben, aber es schien beiden von Tag zu Tag mehr
zu gefallen. Bei ihrem ersten Kind war sie von Harald oft
getrennt, doch jetzt konnte er die Zeit, wo sie ihr zweites Kind unter dem Herzen trug, bewusst miterleben. Sie
freuten sich schon auf den neuen Erdenbürger und ihre
Gespräche drehten sich oft darum.

Harald und Baldur blieben nur eine Nacht und ritten weiter zur Bertaburg. Der Hauptmann war als Burgvogt von
Herminafrid dort eingesetzt worden. Darüber war Baldur
sehr froh. Er gehörte, zusammen mit dem Zinsmeister, zu
den Vertrauten seines Vaters und war nun, nach dessen
Tod für ihn ein väterlicher Ratgeber. Vor der Weiterreise
zur Herminaburg bot er ihm an, gemeinsam zur Grabstelle

seines Vaters zu reiten. Baldur wäre von sich aus nicht dorthin zurückgekehrt. Zu sehr berührte es ihn.

Zu dritt ritten sie aus der Burg in Richtung Hainwald. Inmitten dieses riesigen Waldgebietes war die Stelle, an der Berthachar beigesetzt worden war. Als sie nach langem Ritt den Grabhügel erreichten, waren Baldur und Hartwig sehr erstaunt.

Ein Grabplatz war kaum noch zu erkennen. Es gab nur einen riesigen flachen Hügel, der von alten Buchen und Eichen umsäumt war.

„Was ist hier passiert?", fragte Baldur den Hauptmann.

„Unzählige Bauern haben mit ihren Ochsenkarren über dem Steingrab Erde aufgeschüttet. Danach verdichteten sie das Erdreich und legten Grasballen darüber. So entstand dieser abgeflachte Hügel, unter dem niemand mehr ein Grab vermuten würde. Er sieht genau so aus, wie die anderen Hügel in der Umgebung."

„Auf den anderen Hügeln stehen aber alte Eichen und Buchen."

„In hundert Jahren wird es hier auch so sein. Bis dahin können sich die Pferde an diesem Platz satt fressen. Wenn wir nicht so laut sind, so werden wir sie gleich sehen."

„Wem gehören jetzt die Pferde des Berthachar?", wollte Hartwig wissen.

„Die Pferde gehören jetzt dem Großkönig Herminafrid. Der Hain ist heilig und es darf hier niemand, außer dem König und der Priesterschaft etwas verändern. Hierher kommen manchmal die Götter und erfreuen sich an ihrer Schöpfung und ganz besonders an den weißen Pferden."

„Ich kann aber keine sehen", sagte Hartwig.

„Wenn wir leise sind und einen Moment warten, kommen sie bestimmt hierher um zu grasen", meinte der Hauptmann und ging zu einer Baumgruppe am Rande der Waldwiese.

Hartwig folgte ihm, doch Baldur lief zu einer Stelle in der Mitte der Lichtung. Dies musste der Platz sein, unter der das Grab seines Vaters verborgen lag. Es sollte für alle Zeiten unauffindbar sein, damit nicht Grabräuber seine Ruhe stören könnten.

Hartwig wollte Baldur zu sich rufen, doch der Hauptmann hielt seinen Finger vor den Mund, um ihm anzudeuten, dass er schweigen sollte.

Baldur hatte sich flach auf den Boden gelegt, mit dem Kopf nach unten, als lauschte er nach der Stimme seines Vaters. Es war still, totenstill. Seine Gedanken glitten weit zurück, als er zusammen mit ihm zum ersten Mal auf die Jagd ging. Wie er mit seiner Hilfe den ersten Fisch in einem fließenden Gewässer, mit den bloßen Händen, fing. Auch dachte er an seine verstorbene Mutter, die er so sehr vermisste.

Jetzt hatte er niemand mehr, außer seiner Schwester Radegunde. Seinem Vater hatte er versprochen, gut auf sie acht zugeben, so wie ein Vater für seine Tochter sorgt.

Nun wird er auch bald Vater und er dachte an Ursula und sein noch ungeborenes Kind. Ob es ein Junge werden wird?

Es war ihm gleich. Traurig machte ihn, dass er nicht bei ihnen sein konnte. Vielleicht hätte sein Vater eine Heirat zugelassen, aber sein Onkel würde hierzu niemals seine Einwilligung geben.

Plötzlich hörte er Laute, die aus dem Boden drangen. Erschreckt blickte er auf. Da sah er, dass sich eine Gruppe weißer Pferde ihm näherte. Er setzte sich hin und schaute zu den Tieren, die keine Scheu vor ihm zeigten.

Der Leithengst kam auf ihn zu und beschnupperte seinen Kopf. Auch die jungen Stuten betrachteten ihn neugierig, doch immer bereit, schnell davon zu galoppieren. Baldur hielt dem Hengst seine offene Hand entgegen. Er leckte ihm die Innenseite der Handfläche.

Hartwig und der Hauptmann beobachteten das Ganze und sie verhielten sich ganz still.

Die Sonne schien auf die kleine Herde inmitten der Lichtung und ließ ihr Fell weißsilbern erscheinen. Hartwig dachte an die Zeit, wo er mit seinen beiden Brüdern die Pferde auf den Bergweiden des Rynnestigs gehütet hatte. Es war für ihn eine schöne Zeit.

Nun war alles anders. Sein Vater lebte nicht mehr, doch

es gab noch die Sippe mit den weißen Pferden. Sie waren sein Zuhause und dorthin konnte er jederzeit zurückkehren. Diese Gewissheit gab ihm Kraft für die Zukunft.

Zeittafel (380-592)

380   Der Name T(h)oringi/T(h)uringi wird erstmals von dem in Konstantinopel lebenden Schriftsteller Vegetius Renatus im Zusammenhang mit guten Pferden erwähnt.

403   Bündnis der Thüringer im Donau-Raum mit den Hunnen.

451   Erwähnung der Thüringer als Verbündete der Hunnen auf den Katalaunischen Feldern.

453   Entstehung des germanischen Großreichs nach der Ermordung des Hunnenkönigs Attila im Jahre 453 (Hermunduren und Warnen).

455   Entscheidungsschlacht am Fluß Nedao. Das Attila-Reich zerfällt und das Thüringer Königreich kann sich entfalten.

475   Thüringer plündern Passau und bedrohen Lorch.

476   Untergang des Weströmischen Reiches (Kaiser Romulus Augustulus von Odoaker besiegt).

486   Der Frankenkönig Chlodwig erobert das Gebiet zwischen der Seine und Loire.

491   Chlodwig erobert einen Teilstamm der Thüringer in Belgien.

493   Nach Odoakers Tod wird Theoderich der Große König der Ostgoten (493-526).
          Die Thüringer verbünden sich - aus Furcht vor den Franken – mit ihm.

496   Chlodwig nimmt - auf Anraten seiner burgundischen Gemahlin Chrodechilde - den katholischen Glauben an.

496   Sieg der Franken gegen die Alamannen (Zülpich, südwestlich von Köln).

500   Chlodwig führt Krieg gegen die Burgunder (Saône und Rhône, Sieg erst im Jahre 532).

507   Sendschreiben von König Theoderichs an König Herminafrid bezüglich seiner Nichte Amalaberga.

507	Chlodwig besiegt die Westgoten (südlich der Loire).
508	Chlodwig besiegt die Chatten (Ostgrenze an Werra und Weser).
510	Bisin der König der Thüringer stirbt und hinterlässt das Thüringer Königreich seinen drei Söhnen (Herminafrid, Baderich und Bertachar).
510	Herminafrid (Hermenefred *480-490, †534), ältester Sohn Bisins, heiratet die Nichte des Ostgotenkönigs Theoderich, Amalaberga.
511	Chlodwig stirbt. [Erben: Chlodomer (511-524) → Orleans, Childebert (511-558) → Paris, Chlothar (511-561) → Soissons, Theuderich (511-533) → Reims].
512	Gründung des ersten Nonnenklosters in Westeuropa auf einer Rhône-Insel.
515	Eroberungsversuche der Franken in Thüringen.
518	Radegunde geboren.
526	Theoderich der König des Ostgotenreichs stirbt in Italien.
529	Angriff der Franken gegen die Thüringer wird bei Eisenach abgeschlagen.

Kleines Wörter-Lexikon

Asen	Indogermanisches Göttergeschlecht in der nordischen Mythologie
Asgard	Götterburg der Asen
Elfen	Fabelwesen in der nordischen Mythologie (Sonnenelfen, Schwarzelfen)
Gau	Stammesmäßig und landschaftlich geschlossener Siedlungsraum der Germanen
Gaugraf	Oberhaupt eines Gaus
Hain	Geschützter Wald (heilig)
Halfter	Gebissloser Kopfzaum zum Führen und Anbinden eines Pferdes
Hauptmann	Anführer eines Heerhaufens
Hunno	Anführer einer Hundertschaft (militärische Einheit)
Kanzler	Oberster Verwaltungsbeamter des Königreichs
Kemenate	Beheizbarer Wohnraum in einer Burg
Köcher	Behältnis für Pfeile
Königshort	Stadtartige Siedlung, in der der König seinen Wohnsitz (Burg) hat
Koppel	Umzäuntes Weideland
Lenzing	Monat April
Met	Alkoholisches Getränk aus Honig und Wasser (11%vol-16%vol). Mitunter werden auch verschiedene Gewürze, Früchte oder Fruchtsäfte zugegeben.
Morgengabe	Geschenk des Bräutigams an die Braut

Odin	Hauptgott in der germanischen Mythologie
Rynnestig	Alte Bezeichnung des Rennsteigs, dem Kammweg im Thüringer Wald. Er beginnt bei Eisenach an der Werra und endet in Blankenstein an der Saale.
Sippe	Großfamilie mit gemeinsamer Herkunft sowie eingegliederten fremden Personen
Thing	Volks- oder Gerichtsversammlung nach dem alten germanischen Recht
Troll	Geisterwesen aus der germanischen Mythologie, die oft Schaden bringen.
Tross	Nichtkämpfender Teil des Heeres, der die Versorgung auf einem Feldzug gewährleistet.
Tümpel	Kleines teichartiges stilles Gewässer
Via Regia	Ist eine Königsstraße (Königsweg). Sie war rechtlich dem König zugeordnet und stand unter besonderem Schutz. Die bekannteste ist die vom Rhein nach Schlesien über Frankfurt am Main, Fulda, Eisenach, Erfurt, Leipzig nach Breslau.
Wonnemond	Monat Mai
Zunder	Leicht brennbares Material, welches zum Entzünden von Feuer verwendet wird.

Germanische Stämme (Auswahl)

Cherusker

Westgermanischer Stamm, der sich zwischen 1. Jh. v. Chr. bis 2. Jh. n. Chr. in dem Gebiet zwischen Weser, Elbe und Harz siedelte und dann in dem Stamm der Sachsen aufging.

Langobarden

Elbgermanischer Stamm, der im Gebiet des westlichen Mecklenburg angesiedelt war. Ende des 5. Jh. lebten sie im Gebiet Böhmen und Mähren und an der mittleren Donau (Rugier, Niederösterreich). Im 6. Jh. besetzten sie große Teile Italiens und erreichten im 8. Jh. ihre größte territoriale Ausdehnung. 774 eroberte Karl der Große Pavia und ließ sich selbst zum Langobardenkönig krönen.

Alamannen

Westgermanischer Stamm, der sich aus verschiedenen elbgermanischen und suebischen Stammesgruppen im Gebiet im 3. Jh. zwischen Rhein, Main und Lech gebildet hat. Nach den verlorenen Schlachten gegen die Franken (496, 507) fiel das Alamannenreich unter die Herrschaft der Franken und Ostgoten.

Semnonen

Bedeutendster elbgermanischer Zweigstamm der Sueben im Raum zwischen Elbe, Oder, Warthe und von der Havel bis zur böhmischen Grenze. Sie siedelten sich in Südwestdeutschland (Juthungen) an.

Juthungen

Alamannischer Stamm, der nördlich von der Donau und Altmühl angesiedelt war.

Markomannen

Suebischer Volksstamm der Germanen, der um die Zeitenwende in Böhmen angesiedelt war. Im 7. Jh. gingen sie in den einwandernden Slawen auf.

Quaden

Suebischer Volksstamm der Germanen, der im 1. Jh. n. Chr. in den Westgebieten der Slowakei angesiedelt war. Im 5. Jh. n. Chr. gingen sie in den Stämmen der Langobarden und Alamannen auf.

Hermunduren

Elbgermanischer Stamm aus dem unteren Elbegebiet. Sie wanderten im 1. Jh. v. Chr. im Thüringer Becken ein und verdrängten die ansässigen Kelten. Im 1. Jh. n. Chr. weiteten sie ihr Reich auf Nordböhmen aus. Im 3. Jh. n. Chr. vermischen sie sich mit den Angeln und Warnen zu dem neuen Stamm der Thüringer.

Silingen

Ostgermanischer Teilstamm der Vandalen, der auf dem Gebiet des heutigen Schlesien siedelte. Im 5. Jh. n. Chr. fielen sie in Gallien ein und zogen über Spanien bis nach Afrika, wo sie unter dem asdingischen König Geiserich das Vandalenreich gründeten, das bis 533 bestand.

Historische Personennamen

Amalaberga	Thüringer Königin und Frau des Herminafrid
Amalafred	Sohn von Herminafrid und Amalaberga
Baderich	König der Thüringer (Sohn Bisins)
Bertachar	König der Thüringer (Sohn Bisins)
Bisin	König der Thüringer (Vater des Herminafrid, Baderich und Bertachar)
Childebert	(511-558) König der Franken (Paris)
Chlodomer	(511-524) König der Franken (Orleans)
Chlodwig	(482-511) König der Franken
Chlothar	(511-561) König der Franken (Soissons), 1. Ehe: 520 Ingund (Tochter einer Optimatenfamilie), 2. Ehe: 524 Guntheuca (Witwe seines Bruders Chlodomer), 3. Ehe: 540 Radegunde (Thüringer Königstochter)
Herminafrid	Thüringer König (Sohn Bisins)
Menia	Thüringer Königin und Frau des Bisin
Radegunde (Heilige)	Tochter von Bertachar, verheiratet mit dem Frankenkönig Chlodwig, Klostergründerin
Theoderich der Große	(493-526) König der Ostgoten
Theuderich	(511-533) König der Franken (Reims)
Wacho	(510-540) König der Langobarden (Ehemann von Radegunde, Tochter des Thüringer Königs Bisin)

Vorschau

Wie geht es mit der ersten Thüringen-Saga weiter?

Nach dem Sieg gegen die Franken hofften die Menschen im Thüringer Königreich auf einen langanhaltenden Frieden. Hartwig lebte mit Baldur am Königshof des Herminafrid. Da ihm die Trennung von seiner Braut Elke von Tag zu Tag immer schwerer fiel, heiratete er sie schon früher, als vereinbart war und Elke zog mit der gemeinsamen Tochter nach Rodewin. Hier war es für Hartwig wegen der geringeren Entfernung leichter, sie öfter zu besuchen.
Baldur, sein Freund, begleitete ihn und nutzte diese Besuche, um seine Geliebte Ursula in Alfenheim wieder zu sehen. Sie bekam ein Kind von ihm, doch sie durften nicht zusammen leben. Die Standesunterschiede waren zwischen dem Prinzen und einem Bauernmädchen zu groß und der König würde nie seine Einwilligung für eine Heirat geben. Doch wie sollte es nun weitergehen?
Elke und Ursula freundeten sich schnell an und besuchten sich öfter. Sie fuhren auch gemeinsam zum Elbkniegau, wo Elkes Vater Weibel, Harald einen Gutshof mit viel Land bereitgestellt hatte. Dies war Haralds und Elkes neues zu Hause, doch leider sehr weit vom Königshof entfernt.
Der Frieden in Thüringen sollte nicht lange andauern. Erneut bedrohten die Franken das Thüringer Königreich. Ein riesiges Heer wurde im Frankenreich aufgestellt, um Rache für die Niederlage von 529 zu nehmen und das stolze Königreich Thüringen von der Landkarte zu tilgen. In beiden Königreichen bereitete man sich auf den neuen Waffengang vor.
Wird es den tapferen Thüringern diesmal erneut gelingen, sich gegen einen übermächtigen Feind erfolgreich zu verteidigen?
Werden sich die Liebenden auch nach den bevorstehenden Kämpfen wieder begegnen?